AS
REGRAS
DO JOGO

AS REGRAS DO JOGO

SARAH ADAMS

Tradução de Isadora Prospero

intrínseca

Copyright © 2024 by Sarah Adams
Todos os direitos reservados, incluindo o direito de reprodução total ou parcial em qualquer formato.

Esta edição foi publicada mediante acordo com Dell, um selo da Random House, uma divisão da Penguin Random House LLC

TÍTULO ORIGINAL
The Rule Book

COPIDESQUE
Stéphanie Roque

REVISÃO
Beatriz Araujo
Georgia Kallenbach

PROJETO GRÁFICO
Sara Bereta

ADAPTAÇÃO DE PROJETO E DIAGRAMAÇÃO
Inês Coimbra

DESIGN E ILUSTRAÇÃO DE CAPA
Sandra Chiu

CIP-BRASIL. CATALOGAÇÃO NA PUBLICAÇÃO
SINDICATO NACIONAL DOS EDITORES DE LIVROS, RJ

A176r

Adams, Sarah
  As regras do jogo / Sarah Adams ; tradução Isadora Prospero. - 1. ed. - Rio de Janeiro : Intrínseca, 2025.
  352 p. ; 21 cm.

  Tradução de: The rule book
  ISBN 978-85-510-1297-0

  1. Ficção americana. I. Prospero, Isadora. II. Título.

25-96374
CDD: 813
CDU: 82-3(73)

Mari Gleice Rodrigues de Souza - Bibliotecária - CRB-7/6439

[2025]
Todos os direitos desta edição reservados à
EDITORA INTRÍNSECA LTDA.
Av. das Américas, 500, bloco 12, sala 303
22640-904 – Barra da Tijuca
Rio de Janeiro – RJ
Tel./Fax: (21) 3206-7400
www.intrinseca.com.br

*Este é para as minhas meninas:
sonhem ainda mais alto.
Busquem ir além do impossível.
Jamais ousem se acomodar.*

NOTA DA AUTORA E AVISO DE CONTEÚDO

Obrigada por querer passar um tempo com Derek e Nora. Embora este livro seja escrito de um jeito leve e bem-humorado, por favor, saiba que aqui são retratados assuntos e temas delicados, como diagnóstico tardio de dislexia e negligência parental. A história também contém linguagem adulta e cenas de sexo. Se preferir deixar a porta do quarto fechada, por favor, pule o capítulo 34.

1
Nora

Às vezes a vida é como uma caixa de bombons, e às vezes a vida é como uma caixa de bombons que ficou embaixo do sol o dia inteiro.

Hoje, por acaso, é um dia do tipo bombom derretido, todo molenga. Não só pisei num chiclete com meu tênis favorito indo para o trabalho como também encontrei algumas informações incrivelmente perturbadoras no meu e-mail quando cheguei ao escritório.

— Toc-toc — digo à minha chefe, Nicole Hart, ao entrar, hesitante, na sala dela para conversar sobre o e-mail em questão.

Para falar a verdade, sempre hesito um pouco em entrar lá porque, nossa, ela é muito sinistra. Não à toa Nicole é a diretora-executiva da agência. Ela é gentil comigo (do jeito dela), mas parece um furacão de tanta confiança. A gente precisa de um capacete e de um lugar seguro para se abrigar quando ela vem na nossa direção.

Tipo agora, com uma saia cinza listrada e uma blusa de seda impecáveis, batom vermelho e o cabelo loiro preso em um rabo de cavalo alto e elegante que termina num cachinho mágico. Mas todos esses atributos superficiais são pura enganação. É nos olhos dela que dá para ver a verdade. A ferocidade alerta, arrepiante, felina. É a sagacidade de Nicole que a faz ser a melhor agente no nosso ramo e descolar patrocínios milionários para clientes como Nathan Donelson, o famoso quarterback do LA Sharks, o time da liga de futebol americano da nossa cidade. A mulher é puro foco e dedicação. Uma inspiração.

— Por favor, diga que você está pedindo para entrar, e não começando uma piada.

— Eu até poderia dizer isso, mas seria mentira.

Nicole me encara, e eu abro um sorriso. Ela trabalha comigo há tempo suficiente para saber que perco a chefe, mas não a piada.

— Quem é? — pergunta ela como se estivesse no meio de um tratamento de canal.

— Vaio.

— Vaio quem?

— Vai um sorrisinho pra animar seu dia? — E entro arrastando os pés na sala, rindo.

Nicole ergue o olhar do teclado — com a postura perfeita — e me mede do cabelo castanho-avermelhado até meus tênis amarelos, então volta para meu rosto. A mulher não deixa passar nada. É uma predadora, e acabou de identificar o ponto fraco do seu alvo. *Meu Deus, eu quero ser igual a ela.*

Nicole ignora minha ótima piada.

— Quantos pares desses sapatos você tem? — pergunta, se referindo aos meus tênis amarelos escandalosos.

— Quatro. Eu estava com os vermelhos hoje de manhã, mas pisei num chiclete e tive que trocar. — Levanto o pé e o balanço com orgulho. — O cheiro estava uma delícia, o problema era só o rastro grudento.

— Imagino que Marty tenha dito alguma coisa sobre eles. Vou ter que baixar a bola dele?

Ela está focada no teclado, mas, ainda assim, consegue conversar enquanto seus dedos voam sobre as teclas. A verdade é que Nicole ladra... e morde ainda mais forte. Mas só aqueles que ameaçam quem ela gosta. E, embora curta fingir que não significa nada para ela, já deixou claro que faço parte dessa turma.

Torço o nariz à menção da pior pessoa do escritório. Não que os outros caras sejam muito legais — nenhum parece curtir quando me junto ao clube do bolinha, não importa quantos pacotinhos de Skittles eu deixe na copa para a galera —, mas Marty é de longe o pior de todos. *Machista número um.*

Dou de ombros.

— Só disse que o amarelo é mais constrangedor que o vermelho e que eu deveria gastar meu salário num guarda-roupa profissional.

— Ele não está errado sobre a cor — comenta ela, com um olhar de soslaio. — Mas só eu tenho permissão para criticar seu estilo. Não um homem que não reconheceria um terno bonito nem se ele batesse na cara dele.

— E quanto a isso você está absolutamente certa — digo, feliz.

— Mas não é por isso que estou aqui, na verdade.

Quando comecei como estagiária de Nicole, dois anos atrás, ela foi muito sincera sobre quanto detestava meu guarda-roupa bem-humorado. Mas aí fui promovida a agente assistente no ano passado e provei ser mais do que capaz de trabalhar nessa área, então ganhei o respeito dela. Agora ela nunca me diz o que usar. Em vez disso, manda todo mundo à merda em meu nome, já que tenho dificuldade em ser durona com os outros.

Hoje estou usando um terninho justo de mangas três-quartos, amarelo e branco, com uma saia azul-bebê plissada e uma camiseta dos Rolling Stones por baixo para arrematar o look (e, por mais que eu saiba que Nicole odeie, ela não diz nada). Quase sinto falta dos dias em que ela dizia coisas como *você parece uma bibliotecária tentando ser descolada*. A Nicole atrevida é um prazer de estudar.

— Me avisa se o Marty disser mais alguma coisa sobre sua roupa. Vou ficar feliz em enfiar esses tênis amarelos na bunda dele.

— E é por isso que eu tenho medo de você e te adoro na mesma medida, gloriosa deusa guerreira do escritório. Mas acho que prefiro deixar meus tênis longe das partes íntimas do Marty. Na verdade, vim aqui porque quero falar sobre o e-mail que acabei de receber.

Nicole enfim para de digitar e gira a cadeira para mim com um suspiro sofrido. Cruza uma perna esguia (depilada... e eu sei porque era eu quem marcava as sessões para ela quando era estagiária) sobre a outra e apoia o cotovelo na mesa e o queixo delicadamente nos dedos.

— Acho que pode ser um engano — continuo, me remexendo nos meus miniabraços de pé (é assim que eu chamo esses tênis dos sonhos) enquanto ela estreita os olhos para mim.

— Pare de duvidar de si mesma, Mac. Você está pronta para mais esse passo. Trabalhou muito para chegar até aqui, merece essa promoção — diz ela, com seu jeito direto.

Ela tem razão. Trabalhei muito mesmo e, sem querer encher minha própria bola, sinto que mereci essa promoção, sim. Na verdade, estou tentando alcançar esse sonho desde criança, quando visitava meu pai nos fins de semana e ficava sentada com ele no sofá assistindo a qualquer esporte que estivesse passando na TV. Durante aquelas poucas horas, ele me deixava entrar na sua vida e eu me sentia próxima dele. Meu relacionamento com meu pai não durou, mas meu sonho de trabalhar como agente esportiva sobreviveu ao ensino médio, à faculdade, ao mestrado, aos estágios de pós-graduação e, nos últimos tempos, ao cargo de assistente de Nicole.

Não, a promoção para agente em tempo integral, quando a brincadeira vira coisa séria, não é o problema.

O engano é que ela está me designando para Derek Pender, o *tight end* do LA Sharks.

— Não estou duvidando — digo a Nicole. — Só questionando um pouquinho. Você tem certeza que o sr. Pender e eu seríamos uma boa dupla?

Não estou perguntando o que de fato quero perguntar, mas não sei se deveria contar a verdade toda ou guardá-la para mim. Se Nicole me ensinou algo, é que a gente precisa ser estratégica nesse ramo — e a chave para fazer isso é não revelar suas cartas cedo demais.

Mas Nicole capta a meia-verdade e tamborila as unhas vermelhas na mesa.

— Você está praticamente vibrando de nervoso. O que é que você quer perguntar de verdade?

— Só estou preocupada porque falaram para o Derek que ele ia se encontrar com *Mac*, não *Nora Mackenzie*, e ele pode estar esperando uma pessoa totalmente diferente. — É a verdade, só não toda a verdade. Mantenho minhas cartas um pouco mais próximas do peito.

— Você quer se certificar de que ele não está esperando um homem?

Não é bem isso, mas isso também. Todo mundo aqui no escritório me chama de Mac por causa do meu sobrenome. Eu não amo, mas aprendi a tolerar porque a triste verdade é que, nesse meio, as pessoas do outro lado dos e-mails tendem a falar "sim" com mais frequência quando deduzem que sou um cara. O mundo dos esportes é habitado pelos homens mais misóginos (Marty, *cof cof*), e as mulheres trabalham duas vezes mais para ganhar o mesmo respeito. Está tudo errado.

— Acho que só queria saber se você pode me contar exatamente o que disse ao Derek... hã, ao sr. Pender sobre mim. É que... parece bom demais para ser verdade que ele esteja prestes a assinar um contrato com uma agente nova. Só quero ter certeza de que ele sabe a história toda.

Ela gesticula, ignorando meu protesto.

— Não se preocupe. Eu usei os pronomes corretos e disse a ele que você é nova, mas que fui eu que te treinei, então ele pode ficar tranquilo, que você foi ensinada pela melhor — *a confiança dessa mulher* — e que, se ele fosse esperto, te garantiria como agente antes que você tenha a chance de fazer a carreira de algum outro atleta decolar.

Meu coração estremece de prazer. Ela disse tudo isso mesmo? Está sendo sincera? Nicole não é leviana com elogios, então eu não fazia ideia de que ela pensava isso de mim.

— Uau... obrigada — digo, tentando não me emocionar, mas sem conseguir direito.

Aperto os lábios, e ela sabe por quê.

Ela torce o nariz de desgosto.

— Você vai chorar?

Mantenho os lábios apertados e nego com a cabeça, embora lágrimas estejam brotando dos meus olhos. Ah, não — estão grudando nos cílios. Alguma gota vai escorrer!

Ela resmunga e volta a encarar o notebook.

— Nada de sentimentalismo neste escritório, você sabe disso. Acredito em você e estou feliz em contribuir para o seu sucesso, Mac. — Ela está digitando e falando de novo. Como consegue? — Derek

Pender vai ter que enfrentar muitos obstáculos nos próximos meses. O futuro dele está totalmente indefinido, e você talvez tenha que lidar com uma transferência ou renegociação de contrato, além de precisar controlar quaisquer especulações que a mídia vai tentar criar ao redor dele à medida que a temporada se aproximar. Está pronta pra isso?

Olha, essa situação toda me faz querer rir de nervoso, porque, *não,* não estou pronta pra isso. Mas não porque me sinta incapaz de lidar com essas coisas. Na verdade, a ideia de superar grandes obstáculos no começo da minha carreira me enche de estrelinhas cintilantes de prazer. *Expectativa.* Eu amo um bom desafio. E o maior desafio de todos será como Derek Pender — o maior *tight end* no futebol americano dos últimos tempos — vai voltar para essa temporada depois de uma lesão monstruosa no tornozelo que deveria ter destruído a sua carreira.

Não, o problema é que não estou pronta para encarar o homem em si. O homem com quem ainda sonho, mesmo sabendo que não deveria.

Pisco para afastar as lágrimas.

— Obrigada, Nicole. Estou animada com a oportunidade. Te devo meu amor e minha amizade eternos.

Fico envergonhada de admitir quanto gostaria que a parte da amizade fosse recíproca.

Só que ela diz:

— Fique com o amor e a amizade pra você, por gentileza. Não estou te fazendo favor nenhum; você fez por merecer, sozinha. Sabia que na história desta empresa uma assistente nunca fechou tantos contratos como você? E, sem dúvida, foi a minha primeira assistente a assinar com um jogador em meu nome.

Tecnicamente, foi um acidente. Eu topei com um jogador famosinho de basquete universitário no mercado e elogiei seus tênis supermaneiros e o desempenho fenomenal dele no jogo da semana anterior. Uma coisa levou a outra, e na segunda-feira seguinte ele estava no escritório de Nicole assinando um contrato. Muito gente fina. Bateu a cabeça na porta ao sair.

— Mas agora — continua Nicole — vamos ver se você aguenta o tranco, porque vai estar sozinha nesse mundo cruel de agenciamento esportivo, e não vai poder errar.
Meio apavorante. Gostei, não.
— Beleza, então não é um favor, mas você quer ser minha melhor amiga. Saquei — acrescento com uma continência, e fico grata por ela estar encarando o computador e não ver o gesto, porque só se irritaria ainda mais.
E a verdade é que quero muito que Nicole goste de mim. Porque, embora eu ame que minha mãe seja minha melhor amiga (ela é demais), estou começando a sentir que é hora de fazer novas amizades.
A bem da verdade, fazer amigos é fácil. Mantê-los é que se provou complicado.
Saio da sala de Nicole e chego ao fim do corredor, onde fica a minha sala — se é que podemos chamá-la assim, já que parece mais um armário de vassouras com uma janelinha do tamanho de uma escotilha —, milagrosamente sem ser confrontada por Marty ou os lacaios dele. Lá dentro, me espremo para contornar a mesa e me sentar.
Determinada a pegar esse dia de bombom derretido e transformá-lo em um delicioso chocolate quente, começo a organizar minha mesa, porque nada me anima mais do que ordenar as coisas e categorizá-las por cor. Quando o mundo parece mais estável, abro a caixa de entrada e leio O E-MAIL outra vez. Ainda estou convencida de que é um erro. Uma alucinação. Um pesadelo.
A qualquer momento, eu, Nora Mackenzie, vou acordar e ver que nenhum chiclete grudou nos meus tênis vermelhos preferidos e que minha grande chance profissional não depende *daquele homem*.

Mac,
　　Ótimas notícias. Nicole e eu estamos muito impressionados com seu trabalho (sobretudo em relação ao patrocínio com aquela marca de roupa que você fechou para

Nicole enquanto ela estava de licença) e sentimos que está mais do que pronta para assumir o cargo de agente em tempo integral.

    Tenho certeza de que você já sabe que um dos nossos clientes, Derek Pender, *tight end* dos Sharks, está precisando de um agente novo. Bill Hodge representou Derek durante os sete anos dele na NFL, mas agora, infelizmente, ele está com problemas de saúde — sobre os quais não vou entrar em detalhes aqui — e pediu demissão, que entra em vigor imediatamente. Precisamos alocar um novo agente para o sr. Pender quanto antes. Nicole não pode cuidar de mais nenhum cliente no momento, mas transmitiu a ele a fé que tem em você como agente, e ele está disposto a um encontro para ver se formam uma boa dupla. Ele estará aqui à uma da tarde. Embora todos estejamos cientes dos obstáculos que ele vai enfrentar no começo da temporada, Derek ainda é um excelente primeiro atleta para sua lista de clientes. Parabéns!

Joseph Newman,
Fundador e diretor,
Sports Representation Inc.

    O e-mail em si é fofo, elogioso e diz tudo que já sonhei que acontecesse na minha carreira. O problema é que tenho certeza de que Derek não sabe com quem vai se encontrar mais tarde. Se soubesse, jamais teria concordado.

    Porque a última vez que vi Derek, meu namorado na faculdade, foi quando terminei com ele.

2
Derek

Chego em casa, deixo o pote com sopa na bancada, olho para o quadro branco no canto da sala e dou meia-volta na hora.

— Não — digo, indo para a porta.

Que doente, o quê. Meu amigo e colega de time, Nathan, enviou uma mensagem hoje de manhã para mim dizendo que ele e a esposa, Bree, estavam muito gripados e perguntando se eu poderia deixar um pouco de sopa para eles — afinal, já sabem que sou sempre o primeiro a aparecer quando alguém precisa de mim. Só que ele parece perfeitamente saudável, parado ao lado da lousa com outros três amigos meus e um sorrisão no rosto.

Lawrence entra na minha frente quando tento recuar, dando um gostinho de como é enfrentar o nosso *left tackle* no campo.

— Escuta a gente, Derek.

— Vão pro inferno. Vim aqui por outros motivos, não para uma intervenção qualquer — digo, apontando para a lousa atrás de mim.

— Qual é, cara? Já está na hora. — Jamal ama o som da própria voz. — Além disso, depois do que a gente encontrou na sua mesinha de cabeceira, você não pode negar que é isso o que você quer.

— Não está na hora, e eu não quero.

Vou até ele para arrancar a caneta de sua mão. Em seguida, apago com raiva as palavras *Encontrar uma esposa para Derek* do quadro branco. Esse quadro se tornou presença constante em toda sessão de planejamento de vida do nosso grupo nos últimos dois anos, desde que o usamos para ajudar Nathan a sair da *friend zone* com sua melhor amiga (e agora esposa), Bree. E, sério, sempre fico feliz em sentar com os caras e criar uma estratégia meticulosa para os planos amorosos ridículos deles, mas, se tentarem usar isso comigo, vou botar fogo nesse troço.

— Não quero uma esposa. E essa é a última vez que aviso: não mencionem mais minha mesa de cabeceira. Senão vai haver consequências reais, incluindo a cara de vocês ficar um pouco menos bonita quando a temporada começar.

Eu não deveria ter dado a chave da minha casa para eles enquanto estava fora, mesmo que minhas plantas precisassem ser regadas. É claro que iam bisbilhotar. Ultrapassar limites está no DNA deles.

Mas essa história de usar a lousa é demais. Eu sei por que estão fazendo isso — dá para ver a verdade por trás dos sorrisinhos ansiosos, de pena. Estou virando um ermitão, recusando cada vez mais jantares, dando bolo nas festas, e, claro, não namorando. Sou basicamente uma fração do que era antes, e eles acham que um relacionamento vai me fazer voltar à antiga forma. E talvez a preocupação deles faça sentido. Eles não sabem mais quem eu sou nem como lidar comigo. Eu também não sei.

Não me sinto inseguro assim desde o oitavo ano, quando eu era desajeitado e desengonçado, ia mal na escola, tinha dificuldade para fazer amigos que não zombassem de mim depois de me ouvirem ler em voz alta e só vivia na sombra da minha irmã mais velha. Ginny era a favorita de todo mundo. Tirava notas altas sem esforço — provavelmente por isso que hoje é médica. No que ela se dava bem, eu sofria o dobro. Eu brigava o tempo todo com meus pais por causa das minhas notas e ouvia *Por que você não pode só se esforçar, Derek, e parar de palhaçada* tantas vezes que perdi as contas.

Foi só há poucos meses que finalmente a minha suposta *palhaçada* ganhou um diagnóstico… dislexia. Uma noite, deitado na cama e mexendo no celular, topei com um vídeo em que um cara descrevia como era viver com dislexia. Fiquei chocado — ele basicamente detalhou todas as minhas experiências. Assim que deu, entrei em contato com um especialista em aprendizado e, depois de um teste, foi confirmado.

Sou disléxico.

Era por isso que ler e escrever era tão difícil para mim, e eu levava o dobro do tempo que os outros alunos precisavam. Era por isso que eu sofria para processar certas palavras. Por isso que ficava para trás. Não fiz o teste na adolescência porque minha família estava convicta de que o problema era uma questão de "esforço". Só que, na verdade, eu estava me esforçando ao máximo. Nunca entendi por que não era suficiente. Por que eu não conseguia entender o que estava lendo nos livros da escola, como todo mundo. E esse abismo entre mim e meus pais só cresceu, até que passei a odiar ter que aprender qualquer coisa.

Mas aí... descobri o futebol americano no nono ano. Entrei no campo, e foi como se todas as peças do quebra-cabeça se encaixassem. Eu era *bom*. Um talento nato. E só melhorei à medida que os anos se passaram, me assentei em meu corpo de 1,90 metro e ganhei mais músculos que os caras ao meu redor. As garotas de repente passaram a gostar de mim. Os professores eram muito mais pacientes. Meus pais ficaram orgulhosos porque, como Ginny, eu estava construindo uma boa reputação. Um motivo para eles se vangloriarem com os amigos. Ninguém ligava muito que minhas notas eram péssimas, ou que eu tinha dificuldade na escola — porque claramente eu ia jogar futebol na universidade e seguir para a NFL, então, de que importava?

E foi isso que aconteceu.

Eu mal tinha me formado na escola e já quebrava recordes universitários como *tight end*. Recebi mais ajuda dos meus professores na faculdade do que gosto de admitir, mas me formei e fui o primeiro universitário a ser selecionado pela NFL no meu ano. Joguei dois Super Bowls e fui nomeado melhor jogador em campo. Saí com estrelas do cinema, comprei uma casa nova para os meus pais e paguei os empréstimos da faculdade de medicina da minha irmã como presente de formatura dela.

Foi só quando fraturei o tornozelo no fim da temporada passada e precisei de cirurgia que minha identidade se alterou. Faz tanto tempo que essa carreira é minha principal fonte de estabilidade e aprovação, que não sei quem eu seria sem ela. O que todas essas pessoas vão pensar de mim quando eu não puder mais fazer a *única* coisa em que sou bom? *Inútil.*

Esse é o pior momento para tentar encontrar uma namorada. Ainda mais porque Colin Abbot — o reserva estreante que jogou no meu lugar enquanto fiquei fora dos dois últimos jogos da temporada — impressionou todo mundo. Estou cercado de boatos agora. *Ele vai pegar meu lugar nessa temporada.* Tenho tudo a perder — e nada concreto a oferecer.

— Derek, para de ser idiota e deixa a gente te ajudar a encontrar o amor e a felicidade — diz Nathan.

— Esse não é um bom momento — respondo, em vez de disparar que amor e felicidade não são sinônimos na minha cabeça e que ele pode enfiar as opiniões dele no rabo.

Só uma mulher me fez cogitar a ideia de me casar. A única que senti de verdade que me amava por quem eu era fora do futebol americano. Foi antes de eu conhecer esses quatro palhaços que chamo de colegas de time (menos carinhosamente conhecidos como amigos), e digamos apenas que foi o suficiente para saber como é ser amado e largado — e nunca mais querer repetir a experiência. Eles não sabem sobre ela. Não sabem que ela é o motivo de eu evitar a ideia de um relacionamento sério agora.

— Por que não? — pergunta Nathan Donelson.

Nathan é o *quarterback* do nosso time, o Los Angeles Sharks, e o apelidamos carinhosamente de *papai* por toda a sua liderança e sabedoria. É por isso também que, depois que ele se casou com Bree dois anos atrás, o grupo seguiu o exemplo pouco depois. Jamal se casou com Tamara, e Lawrence, com Cora — os dois casais chegaram a ir para Las Vegas, igual a Nathan e Bree, só porque eles fizeram parecer que era coisa de conto de fadas. Mas o casamento é onde paro de seguir o rebanho.

Sou o último do nosso grupo sem uma aliança e vou continuar assim.

— Pender está com medinho — diz Jamal Mericks, o *running back* do time e autoproclamado pé no saco, pegando a caneta da minha mão e desenhando um bebê com uma chupeta na lousa branca.

Como se houvesse alguma dúvida quanto a quem o bebê representa, ele escreve meu nome com uma grande seta apontando para o desenho.

Mostro o dedo do meio para ele.

— Quanta maturidade! Só está provando que eu tenho razão — insiste ele, batendo a caneta no bebê.

— Já deu de picuinha por hoje — afirma Lawrence, que sem dúvida é o cara mais sentimental do grupo, mas também o mais agressivo em campo... Ninguém imagina, já que ele fica superfurioso quando brigamos. Ele também é o único aqui que faz eu me sentir baixinho. Mesmo eu tendo 1,90 metro, Lawrence parece uma torre ao meu lado.

Ele passa por mim e por Jamal para apagar a lousa.

— Jamal, foi um milagre você ter arranjado uma esposa com esse seu ego enorme. E, Derek, estou começando a duvidar se você arranjaria uma mesmo se tentasse.

— Seu grosso — dizemos eu e Jamal ao mesmo tempo.

Então olhamos um para o outro. É um lance de amor e ódio. No sentido de que eu amo odiá-lo.

— E se vocês fizessem algo útil e viessem aqui me ajudar, em vez de tentar enfiar um relacionamento goela abaixo do Derek? — grita Price da sala, onde está jogado no chão com um milhão de pecinhas de plástico das cores do arco-íris. Acho que a intenção era formar uma espécie de cadeirinha de suporte de bebê.

Jayon Price é nosso *wide receiver*, um cara ranzinza. Ele deixou todos nós em choque ao ser o primeiro do grupo a anunciar que teria um filho. Eu apostava em Nathan, mas não. Hope, a esposa de Price, está no último trimestre da gravidez, e nunca vi um cara tão feliz.

Na verdade, ele não parece tão feliz enquanto tenta encaixar uma peça de plástico flexível em outra, sem sucesso. Seu bíceps vai explodir de tanta força que está fazendo.

— Por que eles não vendem esses trecos já montados?

Ele joga a peça problemática no outro lado da sala, e eu me abaixo — desviando por um triz de levar uma abelha de plástico na cara.

— Tenho uma pergunta melhor — começa Jamal, indo olhar para a caixa das peças. — Por que você está montando isso agora?

Price fica abismado.

— Por que não? Hope vai ter o bebê daqui a dois meses.

Dou uma bufada.

— Cara, vai demorar um tempo até seu bebê ter idade suficiente para usar esse negócio. — Aponto para a caixa. — Diz ali atrás que é para fortalecer as pernas e as costas antes de começar a andar.

Price deixa cair as instruções e lança um olhar sombrio para cada um de nós.

— Se vocês contarem isso para a Hope, eu mato vocês. Ela já está surtando porque a gente não sabe direito o que fazer, não quero que ela se preocupe mais quando descobrir que me pediu para montar um brinquedo para um bebê de oito meses.

Adoro passar por todas essas fases da vida com meus amigos — e é por isso que preciso voltar com tudo para o futebol. Porque parte de mim teme que se eu for cortado do time... *deixa pra lá*. Não quero pensar nisso agora.

Nathan assente.

— A gente te ajuda a montar esse negócio, mas só porque sua esposa me aterrorizou de verdade na semana passada quando ameaçou enfiar um garfo na minha mão se eu pegasse o último brownie. Se essa mulher quer o andador do bebê montado com vários meses de antecedência, a gente monta. — Ele me encara de novo. — Mas primeiro... ainda não acabamos de discutir sua vida amorosa.

— Ah, acabamos, sim — digo, indo até a cozinha para pegar minhas chaves na bancada. — Deixa minha vida amorosa em paz e toma logo sua sopa, seu mentiroso do cacete. Estou indo nessa.

— Ninguém vai a lugar nenhum!

Uma voz feminina vem da porta da cozinha. Olho para lá e vejo que a esposa de Nathan, Bree, apareceu do nada e está usando o corpo como barreira, os braços esticados e as mãos no batente para eu não sair. Ela deve ter vindo do estúdio de balé, porque está usando um collant preto e calça de moletom cinza. Seu visual típico.

— Já contaram o plano para ele?

Nathan grita da sala:

— Contamos, mas ele não quer se casar!

Bree fica de queixo caído.

— Nunca?

Ela parece pessoalmente ofendida. Não é como se eu fosse contra o casamento de forma geral, só não é para mim. Não mais, pelo menos.

Dou de ombros e giro as chaves no dedo, encarando a mulher que agora é como uma irmã mais nova para mim.

— Desculpa, Queijo Bree, só não é bem a minha.

— Beleza, beleza... — Ela faz um aceno com a mão. — Então você não quer se casar. Não tem problema. Pelo menos deixa a gente te arranjar um date.

— Obrigado, mas não. Tá tudo sob controle.

Sigo na direção dela e da porta, mas Bree não se move.

— Não tá, não! Não pense que não notamos que você, Derek Pender, não foi a um único date desde que se lesionou. Todos aqueles bebezões ali, espiando atrás do balcão, podem ser covardes demais para dizer... mas é preocupante você não estar mais saindo. Namorando. Nem ficando com ninguém!

Ela diz tudo isso como se meu nome fosse sinônimo dessas coisas. E... bom, acho que costumava ser.

Olho para trás, e, de fato, todos estão observando. Mas se encolhem um pouco quando faço contato visual.

— Não é nada com que se preocupar, pessoal. Só estou focando na fisioterapia agora.

— A que custo? — pergunta Bree, os ombros caindo um pouco.

Encontro seu olhar.

— Para de se preocupar. Estou bem, juro.

Ela abaixa os braços e revira os olhos.

— Você está me irritando, é isso o que está fazendo. Mas acho que, ainda assim, vou te dar isso.

Ela enfia a mão na bolsa que pende em seu ombro, e sei o que virá em seguida: um Breebelô. Ela costuma demonstrar afeto dando, do nada, presentinhos que a fizeram lembrar da gente. Cada um de nós já ganhou alguns. Eu tenho uma xícara de café no formato de um crânio, que ela diz que parece minha tatuagem no antebraço, e um ímã de geladeira com o número 82, que ela roubou dos números de aprendizagem das sobrinhas em homenagem ao número da minha camisa.

Hoje, ela me dá uma coisa que me faz congelar, embora ela não tenha como saber por que esse item específico tem tanto impacto.

Bree deixa um chaveirinho na palma da minha mão, e tudo que consigo fazer por uns quinze segundos é encarar a miniatura da tigela de sorvete com cereal em cima. Meu rosto esquenta como se eu tivesse sido pego no flagra.

— Por que está me dando isso?

Meu tom é acusatório. Como se ela tivesse fuçado o interior do meu cérebro sem permissão. Como se soubesse todos os meus segredos e isso fizesse parte da intervenção.

— Porque... — O sorriso dela ganha um ar de dúvida. — Lembra que você ficou bêbado no casamento do Lawrence? E fez aquele discurso engraçado sobre como tudo que você queria comer pelo resto da vida era sorvete com cereal e que estava muito triste porque não podia? Achci uma loja on-line que fazia chaveiros de resina de sorvete personalizados, aí encomendei um com cereal em cima.

Beleza. Por causa do discurso. Meus ombros relaxam um pouco por Bree não saber sobre *ela*. Nora.

Até hoje o grupo ri desse "discursinho engraçado" que fiz na festa. Acharam que eu estava só falando um monte de bobagem, de tão bêbado. E é verdade — eu estava bêbado mesmo. Mas só porque não conseguia parar de pensar em Nora — a mulher com quem quis me casar desde o dia em que a conheci — durante toda a cerimônia. Não conseguia parar de pensar onde ela estaria e me perguntar por que não fui suficiente para ela. Ok, a gente era o oposto um do outro. Ela era incrivelmente inteligente e motivada, vivia focada nos estudos, e eu era um atleta com um transtorno de aprendizagem não diagnosticado que vivia de festa em festa.

Mas a gente também era compatível em muitos aspectos. A gente amava competir — tudo virava um jogo inútil e divertido, só pelo desafio. Nossa química era uma coisa que nunca senti com mais ninguém. Do tipo que entra na corrente sanguínea e muda quem somos. E, como se isso não fosse o bastante, a gente amava esportes. Na verdade, ela até queria trabalhar com agenciamento esportivo. *Será que aconteceu?*

E a sobremesa favorita dela? Sorvete com cereal.

Pelo visto, nunca dei qualquer indício de que o discurso na verdade se tratava do meu coração partido ou da mulher que tacou o martelo nele. Eles só deduziram que eu estava com vontade de comer doce naquela noite. Deixei que acreditassem nisso porque prefiro que minha história com Nora permaneça enterrada.

Fecho as mãos ao redor do chaveiro e forço um sorriso.

— É verdade, esqueci totalmente. Obrigado, é engraçado.

Bree franze a testa. Ela provavelmente falaria alguma coisa sobre minha cara fechada se Nathan não tivesse aparecido atrás dela e a abraçado. É tanta doçura entre esses dois que chega a enjoar.

— A gente vai almoçar. Quer vir? — pergunta Nathan, ainda apertando Bree.

— Não dá. Tenho uma reunião à uma. Bill teve que se aposentar, por causa de algum problema de saúde que ele não quis falar... aí vou me encontrar com a pessoa que Nicole recomendou para substituí-lo.

E ainda tem isso. Sei que a agência não está apostando muito na minha carreira porque estão tentando me passar a garota nova. Imagina ser o melhor *tight end* do futebol americano profissional, aí quebrar o tornozelo como um graveto, ser obrigado a fazer uma cirurgia e agora ser obrigado a lidar com uma novata que nunca agenciou um cliente na vida. Só não rejeitei a ideia na hora por dois motivos: 1) eu também não tenho certeza se valho a pena; e 2) Nicole — que é agente de Nathan desde o começo da carreira dele e é conhecida como a melhor no ramo — recomendou a substituta.

— Nicole não te colocaria numa roubada. Se ela disse para assinar com ele, faça isso — recomenda Nathan, ainda agarrado a Bree como se ela fosse uma boia salva-vidas e ele fosse afundar se o contato físico fosse rompido.

Que inveja.

— Ela — corrijo, desviando o olhar do casal feliz para girar as chaves no dedo de novo. — É uma agente.

— Ah, talvez ela seja linda e solteira e você se apaixone perdidamente — comenta Bree com um olhar apaixonado.

Faço que não com a cabeça.

— É sério, preciso que vocês parem com isso. Não quero relacionamento nenhum.

— Ok... você acha isso agora. Mas e depois que conhecer a mulher mais incrível no mundo?

Olho para Nathan.

— Pode pedir pra Cupido aqui sair do caminho e me deixar ir embora?

3
Nora

Toco a maçaneta da porta da sala de reunião, e a sensação é de que estou pulando de um penhasco. Em queda livre, vou entrando em um portal contínuo do espaço-tempo, onde sigo caindo sem encontrar saída para a minha desgraça. Mas não porque não estou preparada para fazer meu trabalho — é porque não estou preparada para ficar cara a cara com Derek Pender de novo.

Resumo da ópera: Derek era tudo para mim, mas nosso encontro nunca deveria ter acontecido. Eu tinha a vida toda organizada em um plano bem estabelecido. Um plano em que ainda estou hiperfocada. E não fazia parte do plano conhecer um jogador de futebol americano todo festeiro, divertido e sexy e me apaixonar perdidamente por ele no último ano de faculdade. Ambos estudamos na Universidade do Sul da Califórnia por três anos sem topar um com o outro.

Mas então, como uma ondulação no espaço-tempo, lá estava ele... na mesma festa que eu, os olhos azuis como uma chama intensa. Inexplicavelmente, ele ficou tão atraído por mim quanto eu por ele. Notou que eu estava num canto, mas não porque sou introvertida ou tímida, mas porque não queria estar ali. A festa me impedia de terminar uma apresentação que eu estava animada para montar, mas minha colega de quarto me forçou a ir. Pelo visto, eu não piscava fazia vários dias. E foi aí que Derek veio conversar comigo.

Depois de um tempo, ele me convenceu a ir para a pista dançar, e, no fim da noite, minhas bochechas doíam de tanto rir. Também fiquei completamente bêbada e, como minha colega de quarto foi embora com um cara e estávamos fora do campus, eu não tinha carona. Derek (que estava bem mais sóbrio que eu) chamou um Uber para nós dois e se certificou de que eu chegaria ao meu dormitório sã e salva. Aí dormiu no chão ao meu lado a noite toda para garantir que eu não me engasgasse durante o sono.

Na manhã seguinte, me senti péssima por todo o transtorno que o fiz passar e estabeleci um trato, indicando que eu devia um favor a ele, que poderia ser solicitado a qualquer momento. Mas ele nunca o usou, e não demorou muito para a gente se apaixonar de vez. Também não demorei muito para largar minhas metas e sonhos — e substituí-los pelo meu vício pelo sorriso dele, o toque dele, o jeito como ele olhava para mim como se eu fosse a melhor coisa no mundo. A gente se entendia de um jeito que ninguém mais conseguia. Mesmo com nossa necessidade constante de competição. Era normal declararmos aleatoriamente uma corrida até onde estávamos indo. Quem conseguia equilibrar uma xícara na cabeça por mais tempo. O chão é lava. Competiçõezinhas ridículas o tempo todo.

A gente vivia aquele amor bobo e arrebatador da juventude, que só funcionava matando muitas aulas, ficando a noite toda fora para ver o sol nascer enquanto comíamos donuts de posto de gasolina, e ignorando minhas leituras para vê-lo treinar ou jogar uma partida.

Até que percebi que Derek não entendia uma das partes mais importantes sobre quem eu era. Então, logo antes de nos formarmos e ele ser contratado pela NFL, terminei com ele. De maneira abrupta e fria como gelo. Até hoje me arrependo dessa parte.

O cenário mais provável, porém, é o seguinte: assim que nos reencontrarmos, Derek vai olhar para mim, abrir um sorriso tranquilo e me dar um abraço platônico. Quem sabe até me chame pelo meu apelido carinhoso, em nome dos velhos tempos — *Gengibrinha*. Porque ambos somos adultos agora. Porque, embora terminar com ele quase tenha me matado, na semana seguinte ele já estava pronto para outra. E, julgando por toda a imprensa e os sites de fofoca, se tem uma coisa que Derek não está fazendo é ficar sentado com saudades de mim. Essa ideia costumava me incomodar, mas hoje me conforta. Se ele superou tão rápido, há uma chance de que ele quase não se lembre de mim.

E então, cheia de coragem, giro a maçaneta e entro, confiante, na sala de reunião — emanando poder e compostura. *Brincadeira.* Alguém abre a porta do outro lado, enquanto minha mão ainda está na maçaneta, e acaba me puxando para dentro. Eu tropeço na soleira, passo pelo estagiário que abriu a porta e sem querer derrubo a caneta do topo da pilha de contratos em cima da mesa. Ela aterrissa bem no meio da mesa, e Nicole (ah, ótimo, parece que ela vai participar dessa reunião também) observa a cena absolutamente chocada.

Eu me endireito e ajeito meu blazer com a dignidade de uma rainha. Possivelmente uma criança brincando de rainha, mas a dignidade existe mesmo assim.

— Oi. Cheguei! — Forço minha voz a sair firme.

— É, chegou. — Por sorte, Nicole foi a única que viu minha entrada desastrada, porque Derek (ai, minha nossa, ali está o Derek) ainda está de costas para mim, encarando a mesa. — Vamos às apresentações, que tal?

Ah, não. É agora que vai tudo por água abaixo, e Nicole estará presente para testemunhar. Eu deveria ter contado a verdade para ela. A verdade é sempre a escolha certa. Sempre. Eu sei disso, porque sou a presidente do Clube dos Seguidores de Regras. Só que...

Derek se estica e pega a caneta do meio da mesa. Apertando-a na mão, ele empurra a cadeira para trás e se levanta. Sinto um frio glacial na barriga só de olhar para suas costas. São... enormes. Não lembrava que eram tão grandes. Os músculos são tão obscenos que dá pra ver o contorno deles através da camiseta. A pobre camiseta de algodão está se esticando com toda a força. E então ele se vira, e fico sem chão.

Olhos penetrantes, azuis como centáureas, se conectam com os meus — tão belos que são quase cruéis, e sinto uma velha centelha de algum magnetismo entre nós. E então um pensamento me ocorre antes que eu consiga bani-lo. *Não superei esse homem e tenho medo de que jamais consiga superá-lo.*

Seu cabelo castanho iluminado recai suavemente em volta das têmporas e da nuca, acentuando suas feições de tirar o fôlego. Para falar a verdade, ele e o *quarterback* do time dele, Nathan Donelson, parecem irmãos, muito altos e com o queixo bem marcado. Mas Derek é a contraparte terrena de Nathan. O rosto dele é bonito de um jeito sombrio e fascinante.

Meu olhar desvia sem parar, nervoso demais para se fixar de fato nele. Ele era grande e forte na faculdade, mas... nossa, esse homem está arrebatador. Parece até ser de uma época em que as pessoas precisavam de guerreiros para garantir a segurança delas. E todas as tatuagens... algumas mais isoladas, espalhadas e sem conexão, em ambos os braços; elas também são novas para mim. Eu tinha visto na TV durante os jogos, mas ver assim na pele dele, ao vivo, reforça a experiência.

Quando olho para seu rosto de novo, vejo que ele não parece feliz em me ver.

Nicole pigarreia.

— Derek, essa é...

— Nora Mackenzie — digo na mesma hora que ele, a fim de esconder sua voz. Estendo a mão com um sorriso largo e suplicante e tento não desmaiar com o pico súbito de adrenalina. — É um prazer conhecê-lo, Derek.

Nicole não consegue me ver. O corpo gigante de Derek está bloqueando sua visão. O olhar gélido dele desce até minha mão estendida, e sua testa se franze ainda mais. Em silêncio, eu lhe imploro para aceitá-la. Para seguir com a minha farsa até Nicole ir embora. Mas acho que ele não vai fazer isso.

Assim que Derek abre a boca para falar alguma coisa, a porta se abre atrás de mim e a recepcionista enfia a cabeça dentro da sala.

— Nicole, desculpe interromper, mas você tem uma ligação urgente. Transferi para a sua sala.

Nicole contorna a mesa e olha do rosto tempestuoso de Derek para minha expressão alegre e empolgada, que claramente está tentando compensar a dele.

— Se puderem me dar licença — diz ela, hesitante. — Volto em um minuto.

Uhum. Sem pressa, minha senhora! Tire o dia todo, se precisar!
Nicole sai da sala e fecha a porta com elegância. Fico sozinha, encarando os olhos hostis de Derek. Ele não perde tempo antes de balançar a cabeça e se virar para pegar as chaves na mesa.
— Não. Não vai rolar.
Espera aí, o quê?
Fico chocada. Piscando, pasma, como se alguém tivesse acabado de apontar um holofote nos meus olhos. Faz anos que não nos vemos, e isso é tudo que ele vai dizer?
— Derek, peraí! — digo, contornando-o para bloquear seu caminho antes de ele chegar à porta.
Ele me olha, a mandíbula trincando.
— Me disseram que seu nome é Mac. — Ele bufa, o desgosto anuviando sua visão. — Parabéns. Se sua meta era me enganar, você conseguiu.
Até a voz dele está diferente agora. Mais grave.
Sinto dificuldade para manter o equilíbrio — subestimei absurdamente como seria ficar cara a cara com Derek de novo. Toda as células do meu corpo estão zumbindo. Eu estaria mentindo se dissesse que nunca imaginei topar com ele. Sempre soube que Derek era cliente de Bill — mas não achei que havia a chance de a gente se ver porque Bill sempre se encontrava com Derek em outros lugares, e eu não tinha nenhum motivo para contatar Derek e anunciar minha presença na agência.
Ainda assim, imaginei. Imaginei cruzar com ele no corredor numa tarde aleatória e trocar um olhar surpreso. Mas nas fantasias, nosso encontro sempre começava com um sorriso lento e travesso se espalhando na boca dele e terminava com a gente se pegando na despensa.
Mas a reação dele agora é compreensível. Eu o magoei — e preciso me desculpar por isso. Mas agora não é a hora.
— Não. Por favor, escuta. Eu não estava tentando te enganar. Na verdade, fiquei com medo de você não saber quem eu era quando ouvi que Nicole te apresentou a ideia. Todo mundo no escritório me chama de Mac. É apelido de...

— *Mackenzie* — vocifera Derek, como se não acreditasse que tenho a audácia de insinuar que ele não sabe. — Sim, eu lembro, Nora. — E então ele solta uma risada curta e desdenhosa. — Também lembro como você abandona uma pessoa do nada, e é por isso que nunca vou assinar um contrato contigo. Prefiro que minha agente seja confiável e dedicada.

Ai.

Sem olhar para trás, Derek passa por mim, tomando cuidado para não tocar em nenhuma parte do meu corpo, como se não quisesse pegar piolho, antes de sair batendo a porta da sala.

— Bom, isso com certeza poderia ter sido melhor — digo às cadeiras vazias.

Então, tudo indica que Derek se lembra de mim. E me odeia. Não posso culpá-lo, mesmo que isso me deixe confusa.

Parece que tenho duas opções: 1) Contar para Nicole que já perdi o primeiro cliente que ela praticamente me deu de bandeja. *Constrangedor.* 2) Arrancar essa faca do meu peito e usá-la como um dardo para alcançar minhas metas profissionais.

Vou com a 2, o que significa que é hora de fazer as pazes com meu ex-namorado.

4
Derek

— Derek! Derek! Espera!

Isso não pode estar acontecendo. Já estou na calçada, fora da agência, tentando escapar o mais rápido possível desse lugar e dessa mulher. *Mac*. Eu deveria ter pedido mais detalhes. Mas como ia saber que minha ex arranjou um emprego na agência que me representa? *Ah, Deus, há quanto tempo ela trabalha aqui?* Há quanto tempo ela sabia desse único grau de separação entre nós, mas decidiu nunca me informar?

Nem pensar que eu vou deixar essa mulher me representar.

— Derek! Por favor... *aff.* Pode vir mais devagar? Caraca, suas pernas estão enormes agora. Você está tipo aquelas árvores gigantes de *O Senhor dos Anéis*.

Ela está correndo atrás de mim, gritando para a cidade inteira ouvir. Meu carro está logo depois da esquina, em um estacionamento, e pretendo chegar lá antes que Nora me alcance. Estou sendo mesquinho? Sim. Me importo? De jeito nenhum.

— Você não é minha agente e nunca vai ser, então pode parar de me seguir — digo a ela por cima do ombro.

Capto um vislumbre das suas bochechas rosadas e de seu cabelo castanho-avermelhado voando no rosto enquanto ela corre para me alcançar. O vento agita sua saia e mostra suas pernas mais do que ela quer, julgando pelo modo como está tentando manter a mão na frente, como um pôster da Marilyn Monroe. Parece que enfim tenho uma resposta à minha pergunta: ela virou mesmo agente esportiva.

Nora me ultrapassa rapidamente e faz uma pequena manobra com um pulinho para andar de costas enquanto olha para mim.

— Pode me dar só um segundo para explicar?
— Poste.
— Quê?
— Tem um poste aí — respondo, agarrando o braço dela e puxando-a só o suficiente para tirá-la com segurança do caminho.

Eu a solto logo em seguida. *Deveria ter deixado que ela batesse.* Em vez disso, ela está do meu lado de novo em um segundo.

— Derek, por favor! Eu quero falar sobre isso. E pedir desculpas.
— Eu não quero desculpa nenhuma. Na verdade, não quero nada de você.

E é verdade. Pode até ter existido uma época em que eu teria dado qualquer coisa para vê-la implorando por uma chance de se explicar e se desculpar, mas hoje não mais. Meu coração é puro gelo. Claramente não fui bom o suficiente para ela, e não há nada mais a dizer.

Fico olhando para a frente, tentando não observá-la caminhando de costas.

— Para de me seguir. E olha para onde está indo, senão vai tropeçar.
— Viu só? Já sou uma agente tão devotada que não há nada que não arriscaria por você!

Fico irracionalmente furioso. Ela está brincando como se fôssemos velhos amigos, em vez de ex-namorados com uma história tão complicada que só sinto raiva quando olho para ela.

— Você não é nem nunca será minha agente.

Quero fechar os olhos. Quero bloquear sua imagem e fingir que ela não está aqui, bem do meu lado — porque esse momento vai destruir todo o meu progresso. Só ver Nora já abre velhas feridas que nunca achei mesmo que cicatrizariam. Estou tendo flashbacks dela me cutucando para me fazer sorrir. Seus olhos nervosos e arregalados enquanto a gente se esgueirava para dentro do centro de lazer da faculdade, depois de fechado, para nadar sem roupa na piscina. O sorriso suave de Nora, sentada ao meu lado na aula, anotando a matéria enquanto eu desenhava um coração invisível em sua coxa.

Quando chego ao estacionamento e aperto os botões da chave da minha SUV elétrica, os faróis piscam e a porta se abre. Nora vê qual carro é o meu e corre na frente para colar as costas contra a porta — respirando pesado. Por que ela ainda tem que ser tão bonita, cacete?

— Não saio daqui até você me escutar.

— Sai, ou eu vou fazer você sair. Não vou falar outra vez.

Não olhe nos olhos dela.

Ela ergue as sobrancelhas.

— Sem ofensa, mas acho que está subestimando meu impressionante 1,70 metro de altura e minha determinação em permanecer plantada aqui até você...

Ponho as mãos na cintura dela, me recusando a reconhecer seu cheiro refrescante e tropical, e a ergo do chão, posicionando-a longe da minha porta. *Obstáculo removido.*

Ela arqueja, revoltada.

— Eu te avisei.

Abro a porta, e o audiolivro que eu estava ouvindo volta a tocar no volume máximo. É uma coisa que o especialista de aprendizagem me falou para tentar — pelo visto, ouvir um audiolivro é um jeito muito mais fácil de o meu cérebro compreender informações. Pensei em dar uma chance a uma série de fantasia que todo mundo amava no ensino médio e que eu odiava porque era difícil de ler. Queria saber o que tinha perdido. Mas agora, ouvindo a história no último volume com Nora ao meu lado, sinto como se estivesse parado nu no meio de um furacão.

Estendo a mão depressa e aperto o controle no volante, abaixando o volume todo. Quando fica silencioso, a voz de Nora atravessa minha nuvem de raiva.

— Derek... *por favor.*

O tom dela é totalmente suave e suplicante. Não quero sentir nada por ela. Zero compaixão. Zero pontada no peito. Nada.

Mas, cacete, eu sinto, porque essa é a Nora. A *minha* Nora. E foi por isso que eu me alertei para não olhar nos olhos dela: porque senão veria refletido neles tudo o que já fomos um dia. Veria que ela está dolorosamente mais linda do que nunca, e não importa o que ela faça ou aonde vá, no meu coração ela sempre será minha. E eu a odeio por isso.

Fecho a porta do carro de novo e a encaro, cruzando os braços e desejando ter um escudo de verdade para me cobrir. Seus olhos recaem por um instante nas minhas tatuagens, e ela as examina. Imagino que seja estranho me ver com tantas, já que eu não tinha nenhuma quando a gente namorava. Tem muita coisa sobre mim que mudou desde então.

Ela ergue o olhar para encontrar o meu, e ele brilha de determinação.

— Não sei se... quer dizer... eu quero... — Ela umedece os lábios, e eu a deixo se atrapalhar. Ela merece se afogar em constrangimento. — Faz um tempo que a gente não se vê.

— Jura? Porque parece que ontem mesmo você estava me dizendo que não me queria mais na sua vida.

Ela se encolhe.

— Quer falar sobre o que aconteceu?

Acho que é a coisa que eu *menos* quero na vida.

— Se estiver a fim de falar, eu preferiria ouvir sobre há quanto tempo você sabe.

— Sei como os bebês são feitos? Minha mãe me contou quando eu tinha...

Fecho os olhos, e ela para de falar. Desviar de assuntos difíceis fazendo piada é tão a cara de Nora que chega a doer.

— A gente não se fala há oito anos, e você está fazendo piada?

O sorriso dela morre.

— Você tem razão — diz ela em um tom diferente, mais sensato e genuíno. — Chega de farfalhada. Está me perguntando há quanto tempo eu sei que a agência onde trabalho te representa, certo?

Dou um aceno curto.

— Bom... eu sei desde que comecei aqui, há mais ou menos dois anos. Mas só descobri depois que consegui o emprego, numa reunião em que os agentes estavam conversando sobre seus atletas.

Aí mencionaram seu nome... Desde então escuto o pessoal falar de você de vez em quando, mas nunca com muitos detalhes.

Meu sangue ferve.

— E você não achou que seria apropriado me contar? Só pensou que, em vez disso, seria mais divertido me surpreender aleatoriamente um dia? E o que é farfalhada?! — Eu não queria fazer essa última pergunta, mas ia me matar se não perguntasse.

Nora parece meio animada demais para responder.

— Significa "palavreado sem valor". Minha mãe me deu um calendário de Palavra Esquisita do Dia e *farfalhada* é a de hoje. Não achei que teria uma chance de usar, mas...

Quando me viro para a SUV de novo, Nora arregala os olhos freneticamente.

— Espera, Derek. Me desculpa. Eu deveria ter lidado melhor com a situação. Eu não tinha certeza do que fazer ou se você sequer ia se importar. Até onde sabia, você e Bill iam ser felizes para sempre juntos, de repente até fariam tatuagens combinando! E não tinha ideia de que iam me alocar para você até hoje de manhã. Juro que teria te avisado se soubesse. E ninguém no escritório sabe sobre nossa história, eu juro. Não é nenhuma piada da minha parte.

Eu acredito nela. Acho que isso é o pior — acredito plenamente que ela pensou que nossa proximidade não significaria merda nenhuma. Um flashback perfura minha memória, da última vez que a vi parada no corredor do prédio, na frente do meu apartamento, enfiando uma caixa de coisas nos meus braços sem nenhum aviso prévio. *"Desculpa, Derek. Pensei que podíamos fazer isso, mas não consigo. Quero terminar. Você vai seguir o seu caminho e... eu não posso ir com você. O que a gente tem nunca deveria ter acontecido. Foi um erro."* A frieza com que ela me encarou, os olhos impassíveis e o coração fechado — eu preferiria ter levado uma facada.

Queria viver a vida inteira com Nora, e no fim fui só uma distração para ela.

Todos esses anos tentando esquecer, tentando superar e não comparar toda mulher com ela, e aqui está Nora... pedindo para ser minha agente. Pedindo para entrar de novo na minha vida como se nada de significativo tivesse acontecido.

— Não dá, Nora. Não vai funcionar para mim.

Ela hesita, piscando os olhos verde-dourados.

— Mas eu estou determinada a fazer funcionar. Você só não me deu uma chance de provar que posso ser a melhor agente que já teve. E sei que temos uma história juntos, mas...

— Eu tirei sua virgindade — digo bruscamente, vendo manchas vermelhas despontarem nas bochechas dela. — No seu quarto, no seu edredom rosa. Você chorou depois e disse que transar comigo ia ser seu novo hobby favorito. — Ela abre a boca e a fecha quando eu insisto: — Eu sei que você tem um padrão de sardinhas na sua nádega direita que parece a Ursa Maior. E que você faz um barulhinho suave antes de...

— Tá bem, já entendi — diz ela, o rosto da cor de um morango maduro.

Balanço a cabeça e me aproximo um pouco, assomando sobre ela. Abaixo a voz.

— Não, Nora. Não acho que você tenha entendido. Estou tentando dizer que tem coisas que não dão para relevar ou esquecer, mas parece que você não está ouvindo.

Como querer me casar com ela por estar tão apaixonado que doía, só para ela terminar comigo do nada. Não consigo esquecer isso, nem relevar. Muito menos agora, que minha carreira está na corda bamba. Ela seria a manifestação física, ao mesmo tempo, de tudo que perdi e tudo que poderia perder.

— Acredite, eu sei de tudo isso — diz Nora, colocando a mão na porta para me impedir de abri-la, com uma rouquidão na voz que não estava lá um momento atrás. É uma contradição completa com seu esmalte rosa, mas um flashback rápido da Nora competitiva que eu conhecia e amava. — Mas estou disposta a deixar tudo isso para trás. Na verdade, deixei tudo para trás porque foi há muitos anos. E sei que você também colocou, a julgar por todo o...

Ela deixa o fim da frase no ar e não se dá ao trabalho de terminá-la. Quero que ela termine. Preciso saber o que ela ia dizer e por que acha que tem direito de me falar o que eu superei.

Você não sabe de nada, Nora.

Palavras não ditas e frustrações antigas e reprimidas imploram para serem despejadas na cara dela bem aqui nesse estacionamento. Nunca achei que veria essa mulher de novo. Nunca pensei que teria a chance de lhe contar como ela me destruiu. Mas aqui está ela... implorando para ser minha agente, como se nosso tempo juntos não tivesse feito nem cosquinha em mim.

Mantenho os braços cruzados e a encaro.

Ela não vacila sob meu olhar gélido.

— Ajudaria se eu contasse algumas ideias que tive para ajudar a melhorar sua imagem no ano que vem?

— Não.

Ela torce o nariz.

— Posso dizer por que, na minha opinião, você está deixando passar algumas oportunidades de patrocínio maiores?

— Não.

— Uma piada, então? Uma apresentação de dança? Quer que eu lave seu carro?

Reviro os olhos e abro a porta porque não mereço isso. É hora de ir embora. Mas, quando sinto dedos quentes se fecharem sobre meu bíceps, congelo. Meu olhar vai para as unhas cor-de-rosa dela, segurando meu braço com delicadeza. Eu sinto minha pele queimar.

Quando percebe que estou olhando para aquele ponto de contato, ela retira a mão.

— Não vai ainda — suplica ela. — Só estou pedindo uma chance que sei que não mereço, Derek. *Por favor.* Eu entendo que não queira ser meu amigo, e beleza. Mas estou pedindo uma chance de te mostrar que sou uma boa agente. Que posso ser até uma *ótima* agente, porque você terá muitos obstáculos nos próximos meses e estou confiante de que vai superar todos eles com tranquilidade. Acredito em você e estou pedindo que acredite em mim também.

Que discurso tocante.
Pode ir pro inferno.
Agora minha raiva ficou palpável. As palavras dela não me comoveram. Elas transformaram a minha raiva em puro desejo de vingança, porque ela claramente não faz ideia de como me destruiu.

Minha vontade é de deixá-la tão infeliz quanto eu fiquei depois do que ela fez comigo, só para que ela finalmente entenda. Depois que Nora terminou comigo, não consegui comer, não consegui dormir, não consegui focar por semanas. A única pessoa que eu achava que me amava por quem eu era, e não pelo esporte que eu jogava ou pela possível fama no horizonte, terminou comigo numa terça-feira aleatória do nada, sem nem uma desculpa esfarrapada. Foi uma tortura, e acabei de decidir que vou dar um gostinho disso para ela.

Eu me viro para Nora com um olhar que deveria servir de aviso do que vem pela frente.

— Beleza — digo, dando um passinho para mais perto dela. Nora não se encolhe nem recua. — Quer uma chance, novata? Te dou uma chance. Mas é só isso. Não vou hesitar em acabar com nosso contrato se ficar insatisfeito com o seu trabalho. E vou me certificar de que essa cláusula seja acrescentada ao contrato.

— Sério? — Os olhos dela brilham com uma esperança ingênua. São os mesmos olhos em que eu costumava me perder. Eu me recuso a deixar isso acontecer de novo. — Ótimo. Perfeito! Obrigada! Você não vai se arrepender, Derek.

Ela tem razão. Eu não vou me arrepender nem um pouco. Mas ela, com certeza, vai, porque pretendo tornar a carreira de Nora um pesadelo até ela pedir demissão ou eu demiti-la — o que quer que aconteça primeiro.

— Quer voltar para a agência e assinar a papelada agora? — pergunta ela.

— Hoje não dá para mim. A gente pode se encontrar amanhã — respondo, apenas porque estou a fim de ser cretino. — E, se vamos trabalhar juntos, precisamos estabelecer algumas regras primeiro.

Porque, superada ou não, temos uma história física. E eu quero parâmetros claros de como podemos e não podemos interagir em uma relação profissional.

Nora fecha os olhos, e, a princípio, penso que é porque ficou magoada. Mas aí lembro que estou falando com Nora e ela simplesmente está tendo que respirar para conter a empolgação. Suas pupilas estão dilatadas quando abre os olhos de novo.

— Derek... depois disso, vou parar de pedir coisas, mas, por favor, eu imploro. Você me deixa criar um código de cores para as regras?

5
Nora

Volto para o prédio da agência e, assim que entro, dou de cara com a última pessoa que quero ver: Marty Vallar. Desde que o conheci, parece que ele tem formigas na cueca, julgando pela careta que sempre faz ao me encontrar. Ele é um daqueles caras de quarenta e poucos anos que acham que "feminista" é um palavrão que só pode ser atribuído a odiadoras de homens. Tenho pena de sua mente triste e fechada.

— Licença, Marty — digo, tentando contorná-lo.

— A reunião não foi bem? — pergunta ele, entrando na minha frente para eu não poder passar. — Vi o Pender sair daqui batendo os pés como se você tivesse mordido o cara. Talvez ele não tenha ficado muito animado com a ideia de ter uma... novata como agente.

Novata não era o que ele ia dizer.

— Aprimorando suas habilidades de investigação, Marty? Impressionante. Vou me lembrar de você se estiver precisando de um detetive, pode deixar.

Na verdade, sei que Marty presta atenção em cada passo que dou a todos os momentos. Não porque é a fim de mim nem nada assim... mas porque odeia muito que eu esteja aqui e quer que eu vá embora.

Em toda reunião da agência ele tenta ou sabotar minhas sugestões de marketing, ou zoar alguma coisa que eu disse, me puxando para uma discussão pública que me faz parecer esquentada e irracional. Mas não mordo a isca, porque as estatísticas falam por si sós. Minhas ideias são boas — e ele se sente ameaçado por elas. Por mim.

Então, todo dia que entro nesse escritório, eu me lembro de não desperdiçar energia com um homem que está tão ocupado olhando para o próprio umbigo que não consegue ver que suas táticas estão ultrapassadas. Que suas ideias de marketing não são originais. E que, se não aprender a adaptar o raciocínio em prol de uma abordagem mais moderna, eu vou tomar o seu lugar. Ele acha que me odeia porque sou uma mulher em um mundo que supostamente pertence aos homens, mas ele deveria me odiar por outras razões, como eu ser mais inteligente que ele e estar pronta para roubar seus clientes.

— Bom, enfim — diz ele com uma risadinha falsa e irritante —, só vim falar que, se as coisas não estiverem indo bem com Pender, ficarei feliz em tirá-lo de você. Te poupo o constrangimento de não saber do que está falando na frente dele.

Estou queimando por dentro com esse jeitinho condescendente dele? Sim. Já aprendi que é muito mais divertido comprovar o erro do outro alcançando sucesso do que trocando farpas no corredor? Sim, também. Mas será que vou tirar uma com a cara dele só porque é a única alegria que posso sentir nessa situação? De novo, um sim retumbante.

Coloco a mão no coração.

— Muito obrigada, Marty. Mas acho que estou bem, já que ele concordou em assinar comigo, e a gente só foi lá fora porque ele estava me mostrando a supercaminhonete dele. Além disso, o que pode ter de tão difícil em agenciar um jogador de basquete? — Dou uma risada fofa de propósito. — Aproveite os Skittles que deixei na copa antes que o pessoal coma! São de sabor tropical essa semana, só pra dar uma variada.

Quando passo por Marty, ele começa a me corrigir, dizendo que Derek é jogador de *futebol americano* e não *basquete*, mas logo ele cala a boca, provavelmente torcendo para que eu passe vergonha na frente de Derek em algum momento. É ridículo ele acreditar com tanta facilidade que eu nem conheço o esporte do atleta que vou agenciar. Mas Marty é assim. Fico grata por nunca ter contado a ninguém que Derek e eu já namoramos. Não que isso seja relevante em geral, mas sei que Marty acharia um jeito de distorcer a situação para que parecesse relevante. Como se eu estivesse recebendo tratamento especial, ou algo do tipo. Pelo contrário — nossa história só prejudicou minhas chances de trabalhar com Derek. Fico feliz por ter ouvido minha intuição, mesmo que precise esconder algo de Nicole.

Talvez um dia não seja uma luta tão grande ser mulher nesse ramo, mas hoje não é esse dia. Então vou continuar me empenhando com todas as minhas forças para provar que pertenço a esse lugar. Mesmo quando isso significa agenciar meu ex-namorado.

— Trouxe nossas bebidas — digo, levando dois cafés gelados até a mesinha no canto da cafeteria, onde Derek está me esperando.

Ele não ficou muito feliz quando eu disse que pediria e pagaria as bebidas, mas, como está evidente que quer interagir o mínimo possível comigo, não discutiu. Só que agora parece um gigante emburrado sentado entre móveis da Barbie. Está usando um moletom bordô que o faz parecer ainda mais largo (mas infelizmente esconde suas tatuagens, fora aquelas nas mãos), short de academia preto e meias brancas altas com um tênis da Nike de edição limitada, da parceria que fez com a marca. Além de um boné que projeta uma sombra sinistra sobre seu rosto. Derek está gostoso pra cacete, embora eu prefira comer uma pedra a admitir isso.

Ele se remexe na cadeira quando me vê, e o joelho dele bate na mesinha, que ameaça tombar. Sua mão se espalma no topo e a mesinha se firma. *Minha nossa, ele é grande.*

— Primeira tarefa como sua agente... concluída — anuncio num floreio teatral, apoiando as bebidas na mesa.

Juro que quase o vejo sorrir com os olhos com a piada por baixo da aba do boné.

— Que voz é essa?

Sento na frente dele.

— De narrador de videogame.

Ele parece confuso.

— Sabe? Tipo quando você passa de fase e uma voz divina estoura do alto-falante? — explico.

Ele ergue a sobrancelha.

— Pelo visto você não joga videogame — diz ele.

— Verdade — confesso. — Mas por que eu jogaria, quando posso organizar minha gaveta de meias por cor, tamanho e estampa?

Derek não esboça nenhuma reação. Está frio como gelo. De certa forma, suas maçãs do rosto e a mandíbula parecem ainda mais marcadas hoje.

Acho que ele preferiria estar fazendo um tratamento de canal no dentista a estar sentado na minha frente. E, para ser sincera, também estou lutando para manter o sorriso no rosto. O clima está tenso demais. E acho que vai continuar assim até a gente conseguir desanuviar a situação entre nós. Até eu lhe contar toda a verdade sobre nosso término — que teve muito pouco a ver com ele e tudo a ver comigo.

— Sabe... — Dou um golinho no meu café gelado com baunilha e deixo o açúcar fazer a festa nas minhas veias. — Eu estava revisando seu histórico mais cedo e notei que você não deu nenhuma entrevista nem fechou nenhum patrocínio desde sua lesão na temporada passada. Tenho alguns amigos em...

Ele ergue a mão como se fosse um rei e eu tivesse sido convocada a me silenciar.

— Hoje não quero discutir patrocínios nem minha lesão, nem nada relacionado à minha carreira. Hoje vamos escrever o código de conduta e assiná-lo. Só isso.

Que babaca. Sei que há muito ressentimento entre nós dois, mas... este não é o cara que conheci. Este aqui não só é uma montanha coberta de tatuagens e tem uma careta estampada no rosto como uma mancha de sangue numa camisa branca, como também é ríspido. O Derek que conheci era um mestre do flerte. Podia fazer uma pessoa ficar nua em dez segundos só abrindo um sorriso estratégico. Eu imaginaria que o Derek Jogador de Futebol Americano Famoso seria aquele mesmo cara, só que bombadão. (Não tomando bomba, porque essa merda é ilegal.) O cara sentado à minha frente está mais para um cacto musculoso.

Engulo minha réplica porque preciso firmar a paz entre nós para que isso dê certo. Vou deixar Derek dar o showzinho dele, e aí colocamos a mão na massa.

— Claro, vamos escrever as regras, chefe.

— Não me chame assim — resmunga ele antes de enfim dar um gole no seu café.

— Não? Não é o suficiente, né? Que tal Vossa Excelência do Futebol? — Eu o observo com as sobrancelhas erguidas, e ele só me encara com o olhar gélido. — A gente vai pensando nisso.

Pego uma caneta roxa brilhante com um pompom gigante na minha bolsa, depois um bloquinho de espiral que eu por acaso tinha no escritório (leia-se: mantinha cuidadosamente guardado em uma gaveta, dentro de um recipiente próprio e alinhado com seis exemplares iguais, mas com diferentes cores). Eu o abro na frente do rosto, e o ar deslocado agita meu cabelo como se eu estivesse parada na praia.

— Nada me empolga mais do que abrir um bloquinho de anotações de espiral novinho, de 7,5 por 10,5cm.

Finjo sentir o cheirinho dele. Ok, eu realmente sinto o cheirinho dele.

Se fosse antes, Derek teria me zoado dizendo que eu sou nerd. E, então, teria me puxado para o seu colo ali mesmo, no meio do café, e me beijado até meus lábios doerem e aparecer um chupão no meu pescoço. É o tipo de coisa que eu só faria com ele.

Agora, ele me encara como se eu tivesse feito algo absurdo.

Abaixo o olhar, sobretudo para ter outra coisa para encarar e ele não ver a emoção que estou tentando não sentir. Estou dividida. Parte de mim ainda sente culpa pelo jeito como terminei com ele na faculdade — sabendo muito bem que fui cruel e o magoei. Essa parte quer se desculpar e se redimir. Mas a outra está perplexa com a reação grosseira dele mesmo depois de tanto tempo. Depois que ele seguiu em frente com tanta facilidade, como se na época eu fosse só uma migalhinha que ele pudesse espanar da camiseta. Parece incompatível com essa atitude de "vou fazer você pagar por isso".

Eu me acomodo na cadeira e me obrigo a olhar para ele de novo, me forço a falar sério, o que não é fácil para mim.

— Derek, acho que temos algumas coisas sobre as quais a gente deveria conversar. Principalmente... o jeito como terminei com você. Se topar, eu gostaria de explicar tudo.

— *Regra número um...*

Ergo as sobrancelhas com o súbito tom assertivo dele.

— Nada de conversar sobre o nosso passado.

Eu o encaro, boquiaberta.

— Você não pode estar falando sério. Um pouco de comunicação ajudaria muito a gente.

Ele sorri, mas não é um sorriso agradável. É maldoso.

— Estou comunicando a você agora que não dou a mínima sobre seus motivos para terminar comigo, eu segui em frente. Se isso te incomoda, sinta-se à vontade para ir embora.

Cerro os dentes e escrevo a regra no bloco.

— Por mais tentadora que seja essa oferta, vou fazer igual ao chiclete preso na sola dos meus tênis preferidos e continuar grudada nessa cadeira.

— Número dois — dispara Derek, me dando um susto.

— Alguém está ansioso.

— Nada de bisbilhotar a vida pessoal um do outro.

Pelo modo como está recitando as regras, tão depressa, imagino que ensaiou cada uma delas no caminho até aqui. A intenção dele é me lembrar do meu lugar: que não é nos seus braços, na sua cama, nem no seu coração. A intenção aqui é me magoar. E, de repente, consigo ver o futuro. Consigo ver exatamente o que Derek pretende com essa lista de regras.

Mas, como não quero que ele veja que já me irritou, aponto a caneta para ele.

— Boa ideia. Amigos superficiais, apenas. Assim sobra mais tempo para focar na sua carreira...

— Regra número três, nada de amizade — interrompe, seus olhos azuis árticos recobertos por um ódio gélido.

Deve parecer que engoli um limão. De toda forma, quanto mais tempo passo com esse novo Derek, menos vontade tenho de ser amiga dele. Eu o magoei no passado e ele quer que eu pague por isso? De boa, é até justo. Mas não tenho que agir como se estivesse de fato pagando.

Sorrio com delicadeza enquanto anoto sua regra de nada de amizade.

— Que bom que mencionou essa, porque eu estava prestes a tricotar suéteres de amigos para sempre para usarmos no Natal, mas você acabou de me poupar o esforço.

— Número quatro...

Ele ergue todos os dedos menos o mindinho.

— Nossa, você está levando isso a sério.

Derek se inclina para a frente, os olhos capturando os meus. Uma corrente elétrica desce pelas minhas costas.

— Nada de beijo.

É o seguinte: o problema dessa regra não é a sua existência em si. Ela é importante mesmo. A gente costumava se beijar, e, embora não planejemos fazer isso de novo, faz sentido pôr na lista porque, se bem me lembro, a gente fazia isso muito bem e com a maior frequência possível. O problema é o brilho desafiador nos olhos de Derek enquanto fala. Esse brilho implica que eu quero beijá-lo, mas que ele vai me negar sua linda boca emburrada, como se fosse um tipo de tortura. E, ainda que eu possa ter imaginado os lábios dele nos meus em algum momento, não é mais o caso. Não depois de como ele está me tratando hoje. Não depois de perceber que ele se tornou um belo de um bebezão.

E é por isso que também me inclino na cadeira — até estarmos a poucos centímetros de distância e eu sentir seu joelho pressionando o meu.

— Regra fantástica. Mas eu gostaria de levá-la um pouco além.

— Sustento o olhar penetrante dele por um momento antes de abaixar os olhos e falar enquanto escrevo. — Regra número cinco: nada de toques desnecessários. Porque, sabe, não vamos querer que *ninguém* — acrescento uma ênfase especial na palavra para ele saber que me refiro a ele — confunda os próprios sentimentos.

Desencosto meu joelho para enfatizar a ideia. A mandíbula dele treme, e então eu vejo... um puxão sutil no canto da boca dele. Poderia muito bem ter pintado as palavras *Desafio Aceito* bem grande na parede. Quase fico empolgada, porque desafiar um ao outro era nossa brincadeira preferida. Fazíamos joguinhos o tempo todo. Mas dessa vez é diferente, não é por diversão ou flerte. Está entremeado de uma crueldade que chega a ser palpável.

— Só para garantir que estamos em sintonia, você poderia definir o que constitui desnecessário? — Ele pausa e observa minha boca por um segundo, a inspiração brilhando em seus olhos antes de ele os erguer até os meus. — Por exemplo, digamos que você esteja andando e eu veja que está prestes a pisar numa cobra. Devo te segurar e tirar do caminho, ou deixo você à mercê dela?

Apoio a caneta de pompom na mesa, porque levo todas as questões relacionadas a cobras muito a sério e ele sabe disso.

— Isso estaria categorizado como *toque necessário*. Ou seja, eu prestes a pisar numa cobra é uma situação que exige que você me erga e permita que eu suba nesses seus ombros absurdamente largos até alcançar um galho próximo e escalá-lo para as nuvens, onde nunca mais terei que ver uma maldita cobra de novo. Entendido?

— Entendido.

Ele espera até minha caneta estar nas mãos de novo antes de abaixar a voz:

— Agora, digamos que estamos numa reunião importante com sua chefe e eu reparo que tem um pouco de chocolate na sua boca por causa do doce que você roubou da mesa dela quando entrou. Não querendo que você passe vergonha, eu me inclino e esfrego o dedão no seu lábio inferior, limpo o chocolate e lambo o dedo. — Ele faz uma pausa longa o suficiente para o cenário se apossar do meu cérebro. — Seria um contato necessário ou desnecessário?

Minha cabeça fantasia a cena. Imagino a sensação dos dedos calejados de Derek se esfregando em meus lábios. Ele me encarando o tempo inteiro enquanto lambe o chocolate do dedão, um lembrete óbvio de muitas noites que passamos na casa dele, emaranhados nos lençóis e bloqueando o mundo o máximo possível.

Só percebo que estou quase quebrando a caneta de tanto apertá-la quando Derek estende o braço, tira-a da minha mão e a coloca com delicadeza em cima da mesa. Ele se recosta na cadeira com um sorrisinho.

É bem possível que eu esteja há tempo demais sem ser tocada por um homem e que seja por isso que meu corpo está tão quente do nada. Não tem nada a ver com Derek e tudo a ver com biologia básica. Infelizmente, por conta da sabotagem do meu corpo, Derek está vencendo essa competição aleatória que começamos. Quem consegue afetar mais o outro? Quem consegue demonstrar mais indiferença? Eu nem sei mais. Mas, julgando pelos meus batimentos cardíacos e pelos arrepios que percorrem meus braços, estou perdendo.

— Desnecessário! — praticamente berro, como se estivesse batendo o martelo junto a uma sentença num tribunal. Recupero a caneta. — Regra número seis... nada de flertar.

Ele estreita os olhos de leve com um divertimento maldoso, mas não sorri.

— Regra número sete: você nunca vai ficar só de calcinha nas nossas reuniões.

— Ok, amigão, escuta aqui! É óbvio que não vou ficar só de calcinha em lugar nenhum. Que tipo de doida você acha que eu sou?

Ele dá de ombros, todo metido.

— Se me lembro bem, você vivia só de calcinha por aí sempre que podia.

— Quando estava em casa! Eu nunca cogitaria sair assim. Por mais confortável que seja.

Pelo visto Derek não só se lembra de mim, ele *se lembra* de mim.

Ele dá de ombros como se eu fosse uma nudista vivendo uma vida rebelde sem calça e ele estivesse apenas à mercê dos meus caprichos pelados.

— Tá bom! Vou escrever. Mas fique sabendo que a regra número oito vai ser *Derek precisa estar sempre de camiseta.* Então, rá!

— Só uma camiseta? Tá, sempre achei que o look Ursinho Pooh não era atraente, mas se você não se incomoda...

— Regra número nove — declaro com uma autoridade majestosa. — Usar todas as peças de roupa em todos os momentos em todos os lugares. Nada de pele exposta.

E assim a lista continua. A partir dessas regrinhas, a gente rebate insultos de um lado para o outro como em uma partida de tênis em Wimbledon. Não sei bem o que essa porcaria de lista deveria ser, só sei o que ela acaba provocando: um término catártico. Quando terminei com Derek, disse o que eu precisava dizer e ele não discutiu. Pelo contrário, seus olhos só ficaram inexpressivos antes de ele virar de costas e se afastar sem pensar duas vezes. Embora eu não tivesse esse direito... esperava que ele lutasse por mim. Pelo menos me questionasse. Ele nunca fez isso.

Mas hoje... Hoje repassamos uma a uma todas as partes boas do nosso relacionamento e rejeitamos todas de forma implacável. *Nada de dormir na mesma cama. Nada de ver TV juntos. Nada de dividir a conta. Nada de andar no mesmo carro. Nada de segurar a mão um do outro.*

E quando terminamos a lista, no número vinte, nossos olhos estão selvagens, a respiração, pesada, e eu sei exatamente o que Derek sente. *Ele me odeia.* Isso me confunde, embora o sentimento esteja se tornando mútuo.

Ele empurra a cadeira da mesa e se levanta depois de enfim (e de má vontade) assinar o contrato.

— Acho que é isso.

Vejo Derek pegar as chaves e jogar os óculos de sol na cara antes de sair do café com passos confiantes — sem olhar para trás uma única vez.

Depois de tudo isso, minha única pergunta é: ele vai me deixar fazer meu trabalho, agora que tirou nossas pendências da frente?

Nas entrelinhas, está rabiscado em letras pequenas, com tinta invisível, no canto inferior do meu coração: sinto falta do meu Derek.

6
Derek

Preciso de um bebida. E não é o tipo de bebida esperado para este momento.

Jogo as chaves na bancada da cozinha, passo direto pela cerveja que está na geladeira há meses e ligo a chaleira elétrica. Comecei a beber muito chá de camomila depois da cirurgia, para dormir melhor, e, sei lá como, viciei. É só jogar um pouco de mel no negócio e sentir o corpo esquentar de dentro para fora. É bom numa noite solitária ou quando sinto que estou carregando o peso do mundo nas costas.

Depois que a água ferve, mergulho o sachê para fazer a infusão e, enquanto espero, olho ao redor para minha casa, grande e vazia. É enorme. E não sei como, mas cresce mais a cada dia. Comprei esta casa há alguns anos para fazer festonas e ter espaço de sobra. E, sim, foi perfeita para isso. Mas, quando está vazia, fica vazia de verdade. A questão é que não sinto falta das festas. O silêncio, porém, está começando a me desgastar.

Pego o celular e ligo para minha mãe, que é como sei que estou realmente deprimido.

— Derek! Que surpresa boa. Está tudo bem?

Sua voz suave está entremeada pela preocupação. Em momentos assim, tenho que bloquear as lembranças de nossas brigas exaltadas na cozinha, quando ela me dizia quanto estava decepcionada com as minhas notas depois de ver meu boletim. *Por que você não pode só se esforçar, que nem a Ginny?* Onde estava toda essa preocupação na época em que eu lhe dizia que a escola não era fácil para mim como era para a minha irmã, e ela revirava os olhos? Talvez seja por isso que ainda não contei a meus pais sobre meu

diagnóstico. Essa ferida ainda não sarou, e não estou pronto para os comentários deles a respeito disso.
Pulo na bancada, tomo um gole de chá e minto para minha mãe.
— Aham. Tudo bem.

No caminho de casa, vim ouvindo um programa de esportes na rádio e, adivinha só, aqueles dois cretinos, Gleen e Breen, ou Jim e Jam... sei lá, estavam falando de novo sobre como um cara da minha idade pode não conseguir voltar depois da lesão que sofri. *Uma fratura exposta no tornozelo é uma pena de morte para uma carreira no esporte.*

Não ajuda nada o departamento médico do time ficar falando com a imprensa só em termos genéricos sobre a minha evolução: "Estamos otimistas de que ele conseguirá se recuperar totalmente e estará pronto quando a temporada começar. Faremos mais avaliações quando ele voltar ao centro de treinamento."

Eles não estão dizendo nada que ajude esses caras a ter fé em mim de novo. Eles imaginam que vou jogar o primeiro jogo como uma roda velha e enferrujada. *É triste ver grandes nomes como Pender saírem de cena, mas, no fim, tem que acontecer, para abrir espaço para o pessoal da nova geração, como Abbot.* Ainda nem tive a chance de jogar e eles já me chutam porta afora. A *minha* porta. Os Sharks são o *meu* time, onde jogo com *meus* irmãos, e eles estão tentando dar de bandeja minha posição para o Abbot.

Mas não é culpa do Abbot. Ele é um cara legal e um ótimo atleta. O problema é que eu costumava deixar as especulações negativas servirem de motivação. Logo que saí da cirurgia, me dediquei a fazer a fisioterapia da melhor forma possível. Pensei que os torcedores estivessem do meu lado, o que ajudou. Mas logo vi quão rápido esses mesmos torcedores podem nos dar as costas e ficar com os olhos brilhando por outro jogador.

Abbot não está tentando pegar meu lugar nem nada, mas com certeza não está se escondendo também. Nas redes, o garoto posta vídeos diários de treino, mostra como está se mantendo em forma na pré-temporada e faz *lives* para os seguidores treinarem com ele. E um monte de outras coisas assim.

Sempre soube que meus dias no campo estavam contados, mas agora o fim parece estar se aproximando. Imaginei que, quando chegasse a hora de me aposentar, eu estaria casado, talvez com um ou dois filhos. Que estaria pronto para o próximo capítulo da minha vida. No momento, não estou nem perto de pronto. Estou morrendo de medo.

— Tem certeza de que está bem? Você está com uma voz estranha — diz minha mãe, me tirando dos meus pensamentos infelizes.

Pigarreio e sorrio como se ela pudesse ver do outro lado da linha.

— Aham. Tudo certo. Só queria saber como você e o pai estão.

E queria ouvir a voz da minha mãe. Existem muitos livros para ajudar a gente a superar pais tóxicos e rigorosos demais, mas são poucos os que nos ajudam a lidar com um relacionamento complicado com pais que amamos muito, mas dos quais ainda carregamos mágoa de infância.

— Nada de novo por aqui! — anuncia meu pai. Parece que eles chegaram naquela idade de entrar furtivamente em chamadas no viva-voz. — Almoçamos com sua irmã ontem. Ela está indo bem no hospital novo.

— Eu não esperaria nada menos da Ginny.

Minha irmã é incrível mesmo. Não tenho nada contra ela, somos próximos. Só odeio que seu nome seja muitas vezes um lembrete das minhas inadequações. Tenho me perguntado muito o que vai acontecer se me cortarem do time, se meus pais vão me olhar de novo como antes. *Decepcionados. Frustrados.* Ou se vou ter me provado bom o suficiente para eles, para que continuem agindo normalmente.

Essa ligação está fazendo o contrário do que esperei que fizesse. Então, falamos por mais alguns minutos sobre nada específico e eu desligo e largo o celular.

A casa está tão silenciosa que o baque da capinha contra a bancada de mármore ecoa como uma moeda jogada num poço. Eu já

treinei hoje — mas cogito ir à academia de casa e fazer alguns exercícios da fisioterapia. Sobretudo porque não há nada para fazer e não estou a fim de ver meus amigos. Mas, em vez de ir direto para a academia, deito na bancada, encaro o teto e deixo os pensamentos viajarem para o único lugar que não deveriam.
Nora Mackenzie.
Sorrio, percebendo que sei o jeito perfeito de preencher meu tempo e o silêncio.

7
Nora

Acabei de chegar em casa do trabalho depois de ter escaneado e digitalizado toda a papelada do contrato pós-reunião com Derek. É claro que Marty apareceu na minha porta com seu lacaio preferido, Joe, para encher meu saco. *Cuidado, hein, Mac. Pender não ia querer te ver franzindo a testa desse jeito. Eu manteria o sorriso no rosto se fosse você, querida.*

Claro, porque minha beleza foi o que me trouxe até aqui. Porque uma mulher só tem valor quando está sorrindo. Mas o negócio é o seguinte: eu me recuso a deixar esses escrotos tirarem de mim também o meu sorriso. Estragá-lo. Se eu quiser sorrir a cada segundo da minha vida, é o que vou fazer. Se acordar amanhã e decidir nunca mais mostrar os dentes, é escolha minha. O que eu *não* vou fazer é ser manipulada. Então, só fingi atender a uma ligação e ignorei os dois até que fossem embora.

Foi um dia exaustivo, mas agora estou em casa, no conforto do meu pequeno apartamento, e suspiro de alívio enquanto abro o zíper da calça jeans e a tiro no segundo em que atravesso a porta. Ela cai no chão com um *tum* satisfatório. Em seguida, tiro o blazer rosa-choque, depois pego os dois e os deposito no cesto de roupa suja (dividido por cor, porque gosto de me divertir no meu tempo livre).

Agora que estou sozinha em casa só de calcinha de urso-polar e uma camiseta com a frase *Let's Go Girls*, o mundo volta ao eixo. Não vou deixar o comentário de Derek sobre meu hábito de ficar sem calça invadir meu cérebro, porque, apesar do que acha, ele não me conhece mais. Como todo mundo, vê as cores berrantes que uso e meu sorriso de batom rosinha e me subestima, desdenhando de tudo pelo que passei para chegar a esse ponto da minha carreira.

Decido ligar para a única pessoa que de fato me conhece e entende: minha mãe. Espero a chamada conectar enquanto pego o pote de sorvete no freezer e uma caixa de cereal na despensa para criar minha sobremesa favorita: uma bola de sorvete de baunilha com um punhado de quadradinhos de canela açucarados em cima. Eu deveria jantar primeiro, mas, para ser sincera, meu dia foi uma montanha-russa, duvido que até o nutricionista mais caxias me culparia por contar isso como refeição.

Ela atende bem quando me sento na bancada da pia. (Não me julgue, eu moro sozinha, então não há ninguém aqui para reclamar sobre germes de bunda na pia que eu com certeza vou higienizar antes de dormir.)

— Oi, mãe.

— Oi, meu amor! — diz minha mãe, a voz alegre e ofegante.

Enfio a colherada de sorvete e cereal crocante na boca.

— Você me atendeu no meio da aula de aeróbica de novo? — pergunto de boca cheia.

A voz do instrutor soa no fundo de um microfone com chiado.

— E chute, chute, sobe, sobe! Agora mais rápido!

— É... mas dessa vez não parei para te atender.

Sorrio olhando para o pote de sorvete, imaginando minha mãe segurando o celular no ouvido enquanto tenta dar um chute alto na aula de ginástica. Desde que eu era pequena, ela se joga em toda atividade em grupo possível. *Não preciso de um homem para aproveitar a vida! É por isso que atividades em grupo foram inventadas, meu docinho.*

Ela é uma daquelas almas contagiantes que não dá para não amar. Sério, não faço ideia de como ainda está solteira. Estou começando a acreditar que é porque ela de fato prefere assim. Alguns homens entraram e saíram da vida dela depois que cheguei à adolescência, mas nunca era sério. Só um cara legal com quem passar o tempo de vez em quando, mas sempre ficou muito claro que era minha mãe quem os mantinha à distância.

Porque, quando um homem não te incentiva a almejar as estrelas, minha querida, ele está te colocando num jarro de vidro para conter a sua luz. Nós não temos que nos contentar com o ar vindo de buraquinhos abertos numa tampa. Podemos nos tornar estrelas nós mesmas — era o que ela dizia para mim com uma piscadela depois que eu perguntava por que ela e fulano tinham terminado.

Minha mãe passou por muitas fases profissionais na vida. Teve épocas em que se dedicava a coisas grandiosas e épocas em que trabalhava na minha escola só para poder ficar comigo em casa de tarde. Mas uma coisa é certa: ela se entregou a cada carreira com a mesma dose de motivação e paixão. Me mostrou que toda fase da vida é importante e que um caminho não é necessariamente melhor que outro.

— Quer conversar sobre alguma coisa específica? — pergunta ela, ofegante.

— Hã... vamos ver... tinha algo que eu queria conversar? Ah, é, só uma coisa. *Assinei o contrato com meu primeiro cliente hoje!*

Minha mãe dá um gritinho de alegria, como eu sabia que faria. Ela sempre foi minha maior incentivadora — nunca deixava transparecer que se ressentia do fardo de ser mãe solo. Não podíamos contar com meu pai para ser um pai, mas minha mãe foi o suficiente pelos dois.

O professor a repreende ao fundo e avisa que ela tem que deixar a sala se quiser ficar no celular. Ela o chama de careta e sai da sala.

— Mãe! Não precisa sair. Posso falar com você depois.

— Ah, por favor. E não aproveitar a oportunidade de perder os chutes altos? Não, obrigada. Assim eu conquisto meu donut pós-aula mas ainda consigo sentar na privada amanhã sem gritar de dor. Agora, de volta ao seu cliente... já ouvi falar dele ou dela?

Humm. *Ele foi praticamente tudo de que falei no último ano da faculdade. Foi para casa comigo no Natal e te ajudou a fazer waffles. Mandou flores no seu aniversário e, ah, é, tirou a virgin-*

dade da sua filha no quarto dela na faculdade (não que minha mãe saiba dessa última parte, mas Derek mencionou o fato e agora está em looping na minha cabeça).

— Já — digo, a voz esganiçada. — Talvez. É o... Derek... Pender.
— Ah.
— Pois é.
— Quer dizer...
— Uhum.
— E você não...? — *Viu ele desde que terminaram*, é o que ela não precisa completar.
— Correto.

Ambas processamos a informação por um segundo. E, para ser sincera, acho que é a primeira vez que me deixo mergulhar nas partes dolorosas dessa situação desde que o vi ontem. Eu olhei nos olhos dele. E os vi ficarem gélidos em resposta.

Minha cabeça dói.

— Não foi ideia minha — aviso a minha mãe. — A agência nos juntou de última hora. Claro que não sabem da gente, e planejo que continue assim o máximo possível, para as coisas não ficarem esquisitas. — Ou mais esquisitas...

— E como foi? Como Derek reagiu quando te viu de novo?
— Hã... podia ter sido melhor. — Faço uma pausa, pensando na testa franzida dele. Ele nunca franzia a testa para mim antes. — Só não consigo parar de pensar em como é irônico ter terminado com ele para me dedicar à minha carreira e agora minha carreira depender dele.

— Não depende dele, Nora. Você vai chegar lá mesmo sem ele. Mas com ele pode ser mais fácil e mais rápido. Então... você só tem que decidir se acha que essa nova relação profissional vale a pena.

Mais do que quero admitir — mas talvez não por querer ascender profissionalmente.

Peraí, não!

Estou nessa com Derek justamente para ascender profissionalmente.

— Vou achar um jeito de fazer dar certo.

— Sei que vai. Você sempre acha, pessegozinho! — Dificilmente minha mãe me chama do mesmo apelido duas vezes, não sei como ela consegue. — Tenho total confiança em você e vou estar na sua torcida com um cartaz todo enfeitado sempre que precisar de mim.

Sorrio porque sei que ela não está brincando. Provavelmente apareceria desse jeitinho mesmo no prédio da agência se eu pedisse. Porque minha mãe é assim — sempre me apoia. Mesmo no oitavo ano, quando falei para ela de repente que queria cortar o cabelo longo que tinha deixado crescer por anos, ela não me fez mil perguntas para garantir que eu sabia o que estava fazendo. Só marcou um horário e me deixou cortá-lo na altura do queixo. Seu lema sempre foi me incentivar a ouvir minha voz interior. Confiar em mim mesma e aprender com minhas escolhas no caminho.

Então, quando terminei do nada com meu namorado da faculdade por quem estava perdidamente apaixonada, ela não questionou. Só disse: "Venha para casa nesse fim de semana e vamos tomar sorvete e ver filmes, e você pode me contar o que aconteceu."

Ai, por que meu cérebro continua indo pro Derek toda hora? Preciso colocá-lo numa coleira.

— Aproveitando que você me ligou — começa minha mãe, me dando a distração de que preciso —, quero te avisar sobre uma coisa que acabei de ver no Facebook.

— Por que você ainda entra no Facebook?

— Eu amo o drama. É ótimo ver a vizinhança furiosa porque o cachorro de um cagou no jardim de outro. É uma delícia... a fofoca, não o cocô.

— Isso foi nojento e engraçado ao mesmo tempo. Adorei.

— Ótimo, porque talvez não goste da próxima parte. — Ela faz uma pausa, e eu fico tensa. — Seu pai vai se casar de novo.

Meus pulmões se esvaziam com tudo.

O assunto *meu pai* é delicado. Meus pais nunca foram um casal, por isso, entre as visitas dele, comecei a encher cadernos de estatísticas sobre times e jogadores só para impressioná-lo — ele, um amante de esportes — na sua visita seguinte, e então talvez... só talvez ele iria querer passar mais tempo comigo. (E aí se apaixonar pela minha mãe e todos viveríamos felizes para sempre como nos filmes da Disney.)

Isso funcionou em algumas fases da vida, em outras não. E quanto mais velha eu ficava, mais percebia que não era meu pai que não queria minha mãe — era minha mãe que não queria meu pai, porque ela tinha critérios elevadíssimos que, Deus me perdoe, meu pai não alcançaria.

Só que a recompensa da atenção dele foi suficiente para me deixar com muita vontade de aprender tudo que eu podia sobre esportes. Até que, quando eu tinha dez anos, meu pai se casou — não com a minha mãe, a mulher que ele engravidou na faculdade e nunca se deu ao trabalho de tentar merecer —, mas com alguém que já tinha uma filha, e por quem ele pareceu trocar minha mãe e eu.

Mas larguei mão dessa raiva que sentia dele há muito tempo, porque, no mínimo, posso agradecer a ele por instilar em mim uma paixão e um sonho. É muito raro eu falar com ele hoje em dia, mas, em algum momento, enquanto tentava impressioná-lo, acabei me apaixonando de verdade pelos esportes. Sempre serei grata a ele por isso, pelo menos.

Deixo cair a colher na tigela com o sorvete, que já está derretendo, e a ponho de lado.

— Claro que vai! Ele deve ter ouvido que estou há um tempo sem uma boa desculpa para usar um vestido de festa — digo com uma risada falsa que espero ser convincente.

— Esse é o seu pai, sempre tão preocupado com seu guarda-roupa!

Nós rimos. Ambas sabemos que a outra está mentindo.

Meu sorriso vacila.

— Sabe, eu não me importaria que ele entrasse no terceiro casamento se eu sentisse que ele vai se esforçar um pouco dessa vez. Mas ele não vai, a gente sabe. Parece que ele nunca vai crescer. Nunca vai pôr ninguém antes de si mesmo.

Sinto pavor só de pensar na ligação desconfortável que receberei em breve, e no meu pai esperando que eu fique feliz por ele e sua nova mulher. Sonho em não atender e deixar cair na caixa postal. Mas, no fundo, sei que nunca farei isso. Porque, não importa quanto eu tente resistir, sempre serei aquela menininha esperando que dessa vez ele vai decidir ser mais presente na minha vida em vez de me trocar por uma nova família — só voltando a aparecer quando a outra não der certo.

Sinto um aperto no peito ao me lembrar da última vez que confiei no meu pai e ele me deu um bolo no nosso compromisso — um jantar na noite anterior a uma prova da faculdade em que eu levei bomba. Prova para a qual eu já tinha adiado estudar só para poder viajar com Derek e visitar os pais dele — ou seja, eu deveria ter passado a noite estudando em casa, em vez de concordar em encontrar meu pai para jantar a uma hora e meia de distância da faculdade porque *ele estava com tanta saudade e queria me ver*. E, então, fiquei plantada sozinha naquele maldito restaurante por uma hora antes de finalmente ir embora sem receber sequer uma resposta às minhas mensagens ou ligações. Como descobri depois, ele se empolgou naquela noite e, de repente, decidiu pedir a namorada em casamento — por isso acabou se esquecendo do nosso jantar. Eu me dei mal na prova e alguns dias depois terminei com meu namorado.

Esse foi o dia em que percebi que ninguém se importaria comigo tanto quanto eu me mesma — e que precisava lutar pelos meus sonhos porque ninguém mais faria isso.

— Concordo — diz minha mãe. — E... lamento por ele ser seu pai, Nora. Sinto muito por você não ter alguém que se interessa pela sua vida e é presente como você merece.

Minha mãe de certa forma sempre se culpou por ter me concebido com meu pai. O que é absurdo, porque ela esteve presente na minha vida toda o suficiente para uma mãe e um pai.

— Eu não lamento nem um pouco. Ele inspirou meu amor pelos esportes e me deu esse cabelo castanho maravilhoso. Imagine como eu teria ficado esquisita loira. Eu te amo, mãe, e você é a rainha suprema da minha vida. Logo depois da Dolly Parton.

— São as roupas brilhosas, né?

— Os peitos, na verdade. Eu daria tudo para ter um par de melões incríveis como os dela.

Minha mãe ri.

— Talvez um dia, depois que você ganhar um monte de dinheiro com os contratos de patrocínio do seu ex-namorado-barra-cliente.

Falamos outras maluquices por mais um tempo e desligamos para minha mãe poder voltar à aula. Eu me acomodo no sofá e coloco *The Great British Bake Off* na TV como ruído de fundo enquanto repasso os contratos de Derek, porque não quero ficar sozinha com meus pensamentos e terapia é cara demais. Britânicos em uma competição de culinária de baixo risco cujo prêmio é um prato para bolo é a segunda melhor opção. Só preciso de alguma coisa que abafe os pensamentos sobre o novo casamento do meu pai. E é por isso que estou um pouco inquieta demais quando meu celular toca.

— Alô? — atendo, mesmo sem reconhecer o número.

Pode ser uma ligação de telemarketing, mas, sinceramente, estou pronta para discutir uma garantia estendida para o meu carro se isso significar que não tenho que ficar sentada aqui pensando na tristeza que invadiu meu peito depois da conversa com a minha mãe.

— Nora, sou eu.

Só tem um homem que ainda me chama pelo meu nome, e eu não esperava notícias dele tão rápido. Um frio injustificado surge na minha barriga quando ouço a voz grave do outro lado da linha, e não sei bem o que pensar. Eu não deveria odiar o som da voz dele depois de tudo? Deve ser memória muscular.

— Oi, Eu. Prazer em te conhecer.

Pulo do sofá e corro de volta para o meu quarto para revirar as roupas sujas e achar minha calça. Provavelmente é ridículo, mas, de alguma forma, sinto que ele vai ouvir na minha voz que estou quase pelada e vai alegar que estou quebrando uma regra.

— Essa foi uma péssima piada de pai.

— Não mesmo. — Eu me enfio nos jeans e fecho o zíper.

— Já te dei tempo suficiente para se vestir antes de perguntar se está de calça? — O tom dele não é provocativo nem brincalhão. É convencido.

Fico chocada, mas tomo cuidado para não emitir qualquer som que indique minha surpresa.

— Podemos classificar essa pergunta aí como inapropriada. E eu estava usando calça o tempo todo, muito obrigada — minto descaradamente.

— Eu ouvi o zíper.

Droga.

— O que posso fazer por você, caro cliente? — pergunto com animação extra, mais do que pronta para mudar de assunto.

A voz dele soa baixa e abafada, como se estivesse deitado.

— Pode começar sendo cinquenta por cento menos feliz o tempo todo.

— Entendido. Anotando. Cinquenta por cento... menos... feliz — digo, como se estivesse fazendo anotações minuciosas. — E agora estou amassando o papel e jogando no lixo, que é o lugar dele. Alguma coisa de fato produtiva com que eu possa te ajudar?

Ele respira fundo do outro lado da linha por algum motivo, o que me faz abrir um sorriso largo.

— Bom... eu te liguei porque... preciso de você.

Um silêncio ensurdecedor se instaura depois dessas palavras, e meu corpo fica tenso. Se eu fosse um gato, cada um dos pelos na minha nuca estaria arrepiado.

— Você...?

— Desculpe. Engasguei com um pouco de água e tive que te colocar no mudo por um minuto para tossir. — Ele pigarreia. — Preciso de você aqui em casa para me ajudar com um negócio. É importante.

Meus ombros caem. De alívio! E nenhum outro motivo. Definitivamente não de decepção pela falha de comunicação.

— Ah. Claro, claro. O que precisar. Posso passar aí amanhã por volta das...

— Agora — diz Derek com aquele tom forte e exigente que já ouvi dele vezes demais.

Olho para o relógio. Já são seis horas, o que significa que o trânsito para ir a qualquer lugar em Los Angeles vai estar horrendo.

Mais do que isso, acabei de chegar do trabalho e não jantei ainda. Sorvete não conta porque meu estômago já está roncando de novo. Sou uma daquelas pessoas que comem oito pequenas refeições por dia (leia-se: médias a grandes) e preciso de cada uma delas, ou minha animação se transforma em irritação. E quando estou irritada... Bem, ninguém sabe, porque não expresso muito minhas frustrações, mas mesmo assim! Eu me sinto mal internamente.

— Tem certeza de que não pode esperar até amanhã?

Ele mal espera que eu termine a frase e fala com rispidez:

— Você é minha agente ou não?

Hesito e aperto o celular com mais força.

— Sou. Você sabe disso.

— Então vai ter que agir de acordo. Preciso que minha agente esteja disponível 24 horas por dia, sete dias por semana. Se isso for difícil demais para você...

Escuto o sorriso arrogante na voz dele e saco na hora que todo esse combinado que fizemos é uma grande armadilha. Agora está claro como a água. Ele vai encher o meu saco até eu não aguentar mais e pedir demissão. Talvez ele nem tenha planejado me deixar ser sua agente, para começo de conversa. Algo me diz que essa vai ser nossa próxima competição: *quem consegue aguentar mais que o outro.*

— Claro que não é um problema. Só pensei que você poderia estar cansado no fim do dia. Os interesses dos meus clientes são minha maior prioridade. — E quando eu for a melhor agente que esse homem já teve, ele vai ter que me engolir. É pensando nisso que agora estou correndo até a despensa para enfiar meia caixa de cereal na minha bolsa e pegando as chaves na bancada. — Me manda seu endereço, Derekzinho. Já estou saindo.

— Nunca mais me chame assim — diz ele antes de desligar sem dizer mais nada.

Bem, agora um novo apelido surge na minha cabeça. *Derek, o Desagradável.* Pelo menos essa atitude dele vai me ajudar a me livrar desses sentimentos chatinhos que venho tendo pelo cara.

Mas, primeiro, mudo o contato dele no celular para Derekzinho.

8
Nora

Paro em frente ao portão do condomínio de Derek e me apresento ao segurança de cara séria. Esse bairro é conhecido por ser o lar de algumas celebridades e atletas de elite de Los Angeles. É totalmente seguro, e ninguém entra aqui sem acesso especial. Por isso estou torcendo para Derek ter me adicionado à lista enquanto estendo minha identidade ao guarda. Alguns segundos depois, ele abre o portão para mim e eu passo por algumas das casas mais deslumbrantes que já vi.

Não há uma única mansão neste bairro que valha menos de oito milhões de dólares. E, enquanto embico na garagem de Derek, atrás de um pequeno bosque privado plantado de maneira estratégica na entrada, dou uma boa olhada na casa enorme e sei exatamente como Elizabeth Bennet se sentiu chegando a Pemberley. Nem a pau ele comprou esse lugar por menos de doze milhões.

É aqui que o Derek mora.

Pena que ele é um babaca hoje em dia.

Estaciono na vaga de visitante, mas continuo dentro do carro sabe-se lá por quanto tempo, absorvendo tudo. Essa monstruosidade é construída em forma de L, e a fachada é uma mistura de pedra cinza e detalhes em ferro preto ao redor de todas as janelas. De um lado, há uma estátua de leão que cospe água pela boca em um laguinho. E as janelas são tão grandes que não me surpreenderia se descobrisse que são do mesmo tamanho que uma parede inteira do meu apartamento. Esse lugar tem fácil, fácil uns novecentos metros quadrados.

Por que ele mora aqui? Parece casa demais para um homem só.

Ou... ah, merda. Talvez não seja só ele. Talvez Derek tenha uma namorada que more aqui com ele. Talvez tenha uma namorada por quem está profundamente apaixonado e esteja a segundos de pedi-la em casamento! Talvez eu esteja prestes a interromper o pedido de casamento!

Talvez eu precise conter minha imaginação e me acalmar um pouco.

Eu me dou um olhar severo pelo retrovisor.

— Escuta aqui. Derek Pender não é importante. Mesmo se interromper um pedido de casamento, isso não tem qualquer efeito na sua vida. Ele é livre para se casar com quem quiser. Vai lá. Você é uma mulher forte, inteligente e sexy, você consegue.

Assinto com firmeza e saio do carro, seguindo sob o pórtico de pedra que leva à porta da frente da casa.

Toco a campainha e espero que ele abra. Espero, espero e espero. Por fim, quando estou prestes a pegar o celular e ligar para ele, a porta se abre.

— Você demorou um milênio para chegar — diz Derek como cumprimento e gesticula para que eu entre.

Não sei por que eu estava esperando um mordomo estilo *Downton Abbey* abrir a porta, mas não estava nem um pouco preparada para ver Derek de shortinho de academia, suando e com o peito ofegante sob uma camiseta encharcada do LA Sharks. Ela se cola ao corpo dele, e consigo ver o contorno perfeito de cada músculo definido no seu torso. Ele tem tatuagens embaixo da camiseta também. Elas estão espalhadas pelos seus peitorais — embora eu não consiga ver o que são.

Quero parar e admirar as dos braços, mas não ouso ficar encarando por tempo suficiente para identificá-las. Meus olhos já passaram tempo demais grudados nos seus ombros largos.

— É, bem, Los Angeles inteirinha decidiu que era uma ótima noite para sair de carro. E o pôr do sol estava lindo, então eles não estavam errados.

E você também não me avisou com antecedência desse passeio inesperado.

Afastando os olhos do corpo dele, encontro o seu rosto. Não ajuda muito. Na moral, é injusto um ser humano ser tão sexy. Na faculdade eu já achava Derek bem maduro, todo másculo, mas a versão atual faz a do passado parecer um garotinho de fralda. Ou seja, cacete! Os antebraços dele. Os músculos na base do pescoço. Ele tem pés de cabra no lugar das clavículas. Se eu me trancar para fora do carro, só preciso que ele bata com esses braços de aço na minha janela e ela quebra em um segundo. Mas o que mais me choca é a firmeza absoluta dos músculos. Eu achava que a NFL estava usando pesos nos treinos, mas pelo visto eles estão erguendo carros.

Todo mundo que já viu Nathan Donelson sabe que ele é o homem mais bonito da NFL. Ele tem uma vibe meio Clark Kent/Super-Homem. Um sorriso bonito, covinhas e olhos escuros. Mas Derek Pender tem uma beleza diferente. Ele é tão... Bem, ele é gostoso e tem cara de perigoso. Ele emana masculinidade, me faz querer morder meu lábio inferior e então o dele. É um desejo que não sinto há muito tempo.

Falando em lábios inferiores, a boca dele está curvada para baixo em uma careta séria, e presumo que ele percebeu que estou babando.

Pigarreio e aponto para trás com o dedão.

— Essa casa é incrível. E eu amei o leão lá fora. Por favor, me diz que o nome dele é Simba!

— Não dei nenhum nome pra ele.

Pressiono a mão no coração.

— Como ele vai saber que você o ama?

Irritado, Derek abre mais a porta.

— Entra logo, Nora.

Ele se vira para que eu o siga, e, graças a sua camiseta suada, meio transparente, vejo que tem algumas tatuagens nas costas também. Estou me coçando para perguntar se significam alguma coisa, mas também tento não pensar no homem andando à minha frente. Não posso começar a perguntar como é esse Derek. Se ele ainda odeia pipoca. Qual é a série preferida dele hoje. Será que ele ainda fala dormindo?

— Todo mundo me chama de Mac agora, sabia?
— Reparei.
— E você não vai me chamar assim também?

É tão estranho estar no mesmo cômodo que ele. Uma energia silenciosa zumbe sob a minha pele. Como se ela estivesse tentando voltar à vida.

— É tentador... — Consigo ouvir o sorrisinho em sua voz. — Já que lembro como você odeia esse apelido. Mas não, acho que não.

Meus passos vacilam por um momento com o choque — por sorte, Derek não repara. Ele não pergunta por que uso esse nome agora (provavelmente porque isso quebraria a regra número dois). Mas por que ele não está aproveitando a oportunidade de me chamar de um nome que eu detesto? Ainda mais considerando que parece me odiar tanto.

Sigo as costas maravilhosas de Derek por todo o imponente hall de entrada (ai, meu Deus, tem uma escada com corrimão de vidro que faz parecer que ela flutua até o segundo andar), passando por uma sala espetacular, com decoração escandinava, que se abre para uma cozinha de tirar o fôlego com vista para o jardim. E, nossa, sem comentários para esse jardim incrível! Pelas portas de vidro do chão ao teto, vejo uma mistura de pátio e piscina, incluindo uma cabana com toldo branco. Atrás de tudo tem uma academia, com todas as paredes de vidro.

— Uau — digo, dando uma voltinha para assimilar tudo. — Isso é...

— Uma cozinha.

Lanço um olhar seco.

— Ah, por favor. É uma ode ao paraíso! Como você ousa chamar de qualquer outra coisa?

— Olha, que bom que você se sente assim, porque é aqui que vai ficar pela próxima hora, mais ou menos. — Ele pega uma toalha na ilha da cozinha e passa na nuca e no cabelo. Os músculos rijos dos braços se flexionam sob as tatuagens, e eu desvio o olhar o mais rápido possível.

Olho hesitante ao redor e vejo ingredientes sobre a bancada. O Trabalho Importante dele está parecendo menos importante a cada segundo.

— O que é mesmo que vim fazer aqui, chefe?

— Não me chama de *chefe*.

— Ok, Derek, Dedé, Derikito...

Ele me interrompe com um resmungo e esfrega as mãos no rosto. Derek já está irritado comigo, e cheguei não faz mais que cinco minutos. São esses pequenos prazeres que me trazem alegria na vida.

— Não me chama de nada — diz ele, impaciente. — Você está aqui para fazer um fettuccine alfredo pro meu date. Só isso.

Começo a rir.

— Perdão, acho que seus músculos estão roubando energia demais do seu cérebro, porque parece que me disse que vou ser sua chef pessoal e, com certeza, isso é um engano.

Derek semicerra seus olhos azuis, e juro que a sombra de um sorriso se insinua no canto da sua boca.

— Não é nenhum engano. Preciso que você faça o jantar. Tenho um encontro mais tarde, e o chef está indisposto.

Indisposto é o que uma pessoa diz sobre alguém que ela matou e escondeu no porão. Será que Derek matou o cozinheiro para me infringir uma tortura culinária?

Coloco a mão na cintura, tentando exalar o máximo de autoridade possível.

— Odeio acabar com seus planos, mas não acho que fazer fettuccine alfredo está nas atribuições do meu cargo.

Ele foca em mim, seus olhos tão intensos que quase me desequilibro. Então, ele se aproxima.

— Ah, não? Meu outro agente fazia questão de que eu soubesse que estava sempre à minha disposição, para quando eu precisasse. E me lembro claramente de você dizendo que os interesses dos seus clientes são sua maior prioridade.

Agora ele incorporou o Darth Vader — está totalmente comprometido com o lado sombrio da força.

E, ok, tecnicamente é verdade que nós, agentes, devemos atender às necessidades dos clientes, mas eles nunca chegam a ser rudes a ponto de pedir coisas como essa. Quer dizer, exceto aquela vez que Nicole precisou interpretar a Elsa. Mas, de novo, ela se ofereceu para fazer isso porque gostava do cliente e queria ajudar. No momento não gosto muito de Derek e não estou encantada com a ideia de ajudá-lo com seu encontro dessa noite. (Esqueça que acrescentei essa última parte.)

Avanço um milímetro no espaço dele.

— Você está abusando do seu poder.

Ele avança um milímetro no meu.

— Estou? Sinta-se à vontade para desistir se achar o trabalho difícil demais. O contrato pode ser distratado em um segundo.

O sorrisinho dele é hostil. Odeio esse Derek. Sua aparência é diferente, sua voz é diferente, sua postura é diferente. Foi sorte não ter me apegado demais a ele no passado, já que o futebol americano profissional claramente o deixou de nariz empinado.

Ao mesmo tempo, não é do meu feitio desistir. Eu sou especialista em pegar um limão, espremê-lo e depois encher o suco de açúcar porque não gosto de limonada azeda. *Você vai ter que achar alguma coisa bem pior que fettuccine alfredo para me assustar, meu chapa.*

Ergo o queixo mais alto — tão perto dele que consigo sentir o cheiro do seu suor e reparar nas ruguinhas novas no canto dos seus olhos — e então... abaixo o olhar até estar encarando diretamente suas narinas. Nicole usa salto alto para ficar da altura dos homens como tática de intimidação. Essa, porém, é minha estratégia preferida.

— Vou ficar feliz em ajudar. Cadê a receita?

— Ao lado dos ingredientes — responde ele.

Derek une as sobrancelhas de leve, evidentemente preocupado por eu estar encarando seu nariz, mas ainda não recua. Mas, ah, ele quer recuar. Ainda mais quando levo as coisas para outro patamar e passo o olhar dos olhos ao nariz dele, indo e voltando.

Ele é tão alto e largo que é como observar um arranha-céu, mas continuo encarando as minas de ouro do nariz, esperando que ele ceda primeiro. E, para exagerar de vez, dou uma leve fungada. Só uma vez, para entrar na mente dele mais um pouquinho.

Ele leva dois segundos para desabar.

— Caralho — murmura Derek por fim antes de dar uma fungada e virar a cabeça para limpar rapidamente a meleca inexistente do nariz. Dou as costas para ele com um sorriso, sabendo que essa pequena vitória vai me manter satisfeita pelo resto da noite.

Quando recupera a compostura, certo de que não tem nada no nariz, ele volta a me encarar.

— Vou tomar banho. — *Não vou imaginar isso.* — Tudo que você precisa deve estar em cima da bancada ou na geladeira.

Faço que sim com a cabeça e enfio o rosto na receita para não lembrar como era ficar parada sob o jato de água quente com os braços de Derek ao meu redor. Beijando meu ombro e meu pescoço, e então...

— Ei, Nora? — chama Derek, a ternura em sua voz me fazendo congelar.

Por um segundo, é como se o homem do meu passado estivesse me chamando. Eu me pergunto se é porque ele está se lembrando da mesma coisa que eu.

— Oi?

Ele umedece os lábios com uma leve careta, me fazendo pensar que alguma coisa bombástica está por vir.

— Humm. Só... não deixa o macarrão cozinhando demais. — O sorriso dele é uma cobra. — Odeio quando fica grudento.

Você que é grudento, quero dizer às suas costas enquanto Derek se afasta.

9
Nora

Nunca fiz fettuccine alfredo, mas quem quer dá um jeito. Porque, se Derek acha que vai me afugentar por ter que cozinhar um pouquinho, não me conhece nem um pouco. Vou fazer um macarrão tão bom, tão delicioso, que ele vai chorar. E aí vou fazer com que ele se sente à mesa comigo e discuta algumas estratégias de carreira. Não vai sobrar escolha senão aceitar tudo depois que eu colocá-lo num coma alimentar. Também estou convencida de que não tem date nenhum. Já tenho acesso à agenda dele, e, quando olhei, não tinha nada que parecesse um encontro.

O que significa que esse era mais um de seus dispositivos de tortura. Derek acha que eu ligo se ele tem um encontro? *Rá!* Quer dizer, eu... ligo, muito, na verdade. Mas ele nunca terá o gostinho de saber disso.

Passo uma hora separando ingredientes, fazendo a massa para o macarrão (sim, ele exigiu que fosse feita em casa) e então cortando-a em tirinhas. Assisto a um vídeo no YouTube de um anjo que segura a minha mão ao longo de todo o processo e, quando termino a massa, me sinto a própria filha de Julia Child. Em seguida, vem o molho, que requer dourar um pouco de manteiga em uma panela com alho. Minha barriga ronca tão alto que é capaz do jornal anunciar que foi um terremoto mais tarde.

Antes que eu perceba, é hora de acrescentar caldo de galinha à panela. Então, depois de pôr duas xícaras do líquido fedorento em um copo de medida, eu o ergo da pia e me viro para o fogão. Infelizmente, minha mão colide com o peito do homem que não ouvi entrar na cozinha e derrubo todo aquele caldo fedido na minha camiseta e na minha calça. O copo cai no chão e se estilhaça em um milhão de pedaços, porque a gravidade não está fazendo corpo mole hoje.

Dou um gritinho e me abaixo para tentar apanhar os cacos de vidro do chão, mas, antes que eu consiga fazer isso, Derek me pega pela cintura e me coloca em cima da pia. Ele me olha indignado, e acho que talvez esse novo Derek goste de gritar e esteja prestes a brigar comigo por fazer bagunça na cozinha dele. Mas ele diz algo imprevisível:

— Diz que você não ia pegar o vidro com a mão, por favor.

Ele pega minhas mãos, vira-as de palma para cima sobre a dele e as analisa com atenção. Minha consciência foca na pele quente e áspera dos seus dedos. Em como sua mão é grande, confiante e habilidosa. Reparo em outras coisas também — como o cheirinho bom que ele está depois do banho. O sabonete dele é tão delicioso que cogitaria bebê-lo. Mas o fato é que o sabonete está misturado com seu cheiro natural — um cheiro que é tão Derek —, o que faz minhas entranhas se revirarem e derreterem.

— Fui no automático. Desculpa a bagunça. Prometo que vou...

A mão de Derek solta a minha para correr pela minha panturrilha, forçando minha perna a se estender até ele pegar meu pé descalço (não sou do tipo que usa sapato dentro de casa). Meus lábios se entreabrem e puxo o ar suavemente ao sentir suas mãos deslizarem com delicadeza sobre meu tornozelo e o arco do meu pé. É um toque tão íntimo. Delicado e suave. Como se alguma parte sua lembrasse que ele costumava pensar que eu era preciosa.

Leva um segundo para eu recobrar minha consciência, mas enfim entendo o que ele está fazendo: verificando se não me cortei.

— Estou bem.

Tento puxar o pé porque não consigo lidar com todos os sentimentos que o seu toque despertou em mim. Não deveria mais me sentir assim com ele. Meu corpo não deveria reagir ao dele.

As rugas apertadas entre suas sobrancelhas escuras se intensificam quando seus olhos azuis brilhantes voam até os meus.

— Fica parada. Tem vidro em cima do seu pé.

— Tem? — Olho para baixo, e a cozinha começa a girar. Há um pequeno rastro de sangue escorrendo do topo do meu pé e dois pedacinhos de vidro fincados nele.

É o meu fim. Diga a minha mãe que eu a amo. Por favor, mande todo meu dinheiro para a Associação de Tricô Nacional porque sinto que é uma instituição subvalorizada e sempre quis aprender a tricotar.

— Ei, ei — diz Derek, se aproximando ainda mais e abaixando meu pé para segurar minha nuca com a mão.

Quero dizer que é romântico, mas a verdade é que ele pode ver que estou prestes a desmaiar e não quer que meu crânio bata na bancada e faça uma bagunça ainda maior. Aí ele teria vidro e pedaços de osso para limpar, e parece coisa demais para fazer antes de um date.

— Você ainda desmaia só de ver sangue?

Faço que sim com a cabeça porque é tudo que consigo no momento.

Ele aprendeu isso sobre mim do jeito mais difícil na faculdade, quando um amigo nosso levou um frisbee na cara e seu nariz começou a sangrar. Eu desmaiei na hora e caí no chão. Derek teve que me levar para o pronto-socorro porque sofri uma leve concussão e, depois que recebi alta, ficou acordado comigo a noite toda vendo *The Office* e me dando doces.

O termo médico é síndrome vasovagal, um distúrbio cardíaco no qual certos gatilhos estressantes (para mim, é ver sangue, principalmente) pode fazer minha frequência cardíaca e pressão arterial desabarem, aí eu desmaio. Mas a maioria das pessoas ouve o seguinte: um distúrbio no qual Nora é dramática. No ensino médio, algumas meninas acharam que eu estava tentando chamar a atenção dos garotos quando desmaiei no dia em que a Kathleen sem querer cortou a mão na semana de dissecção. O corte foi tão fundo que ela precisou de pontos, e ninguém no seu grupo de amigas me perdoou por Cody — o *crush* dela — ter me amparado, em vez de ter ajudado a menina.

Meu último ex-namorado só achava que era *mais um exagero* para adicionar ao placar que alimentava em sua cabeça sobre quanto eu era exagerada. *Como se eu pudesse controlar o que meu coração faz.* Involuntário ou não, foi a gota d'água para ele. Na época, ele estava jogando basquete com os amigos e levou uma cotovelada no rosto que arrancou um dente da frente e arrebentou o lábio. Correu até mim nas arquibancadas e me mostrou a boca para que eu analisasse os danos. Era *muito* sangue. Eu desmaiei, e, mais tarde, quando estavam todos bem, ele terminou comigo. Disse que nosso relacionamento era demais. O que queria dizer que *eu* era demais.

Não tem problema. Minha mãe me ensinou desde cedo que nem todo mundo ia gostar de mim e que isso não significava que eu tinha que mudar. Larguei mão daquele namorado — só queria também poder largar mão da mágoa que a rejeição dele me causara.

Mas Derek não está me tratando como se eu fosse exagerada. Seus olhos, suas mãos e sua voz são gentis, o que me surpreende.

Ele se curva de leve para sustentar meu olhar.

— Foca em mim. Esquece que viu qualquer coisa, tá bem?

Seus olhos estão tão suaves agora, um contraste nítido com o seu tamanho e suas tatuagens. A careta de antes sumiu, e, por um breve momento, estou olhando para o rosto do homem que já amei. Que já me amou. Que se preocupava mais comigo quando eu desmaiava do que com a vergonha que eu o fazia passar.

Assinto de novo e minha atenção se desvia do sangue e passa para a minha nuca, onde sua mão grande está entrelaçada no meu cabelo. A outra está agarrando meu quadril. Ele percebe que está me segurando de um jeito tão afetuoso? De um jeito possessivo? Não é o toque de um estranho. É o tipo de toque que diz *você já foi minha.*

Ele se inclina por cima de mim, seu peito roçando o meu enquanto pega uma revista do outro lado do balcão e a solta no meu colo.

— Aqui. Se distrai com isso aqui enquanto eu tiro o vidro.

Devo estar pálida, de repente, pois suas mãos me apertam mais.

— Respira, Nora — me lembra ele, delicadamente, antes de concluir que não é seguro eu ficar sentada. Pega um pano de prato, dobra até virar uma almofadinha confortável e o apoia um pouco atrás de mim. — Deita aqui — ordena ele.

Sério, é ótimo o jeito como essas palavras fazem minha pele se arrepiar. É ótimo e gostoso e nem um pouco preocupante que meu cérebro esteja tão cheio de ideias que nem consigo pensar direito. Vou culpar a queda de pressão.

Tento focar nas imagens de um anúncio de loja de departamento e bloquear a sensação desse homem segurando meu pé como se eu fosse a Cinderela. Sinto uma pontadinha de dor, mas não é nada comparado às ondas de calor irradiando da minha perna quando os calos de Derek esfregam suavemente minha pele. Fazia tempo que eu não era tocada assim, com ternura. *Cuidada.* Quer dizer, outros homens cuidaram de mim desde Derek, mas... não do jeito que ele fazia. Parte de mim sempre se preocupou que ninguém mais faria isso.

— Você precisa de um terno novo? — pergunto, tentando fazer meus pensamentos emergirem do poço cheio de tensão sexual no qual caíram.

— Oi? Não. — Ele não está prestando atenção em mim. Todo o seu foco está em tirar o vidro. Sinto um leve puxão no topo do pé, e ele sibila: — Doeu?

Balanço a cabeça e viro as páginas furiosamente, desesperada para não pensar nos cortes.

— E um liquidificador? — Minha voz é como um daqueles brinquedos de apertar esganiçados. — Um troço parecido com um vaso de vidro ornamentado? Ah, olha só essa promoção: compre três fronhas e ganhe uma quarta com incríveis dez por cento de desconto. *Uau.* Que loja de departamento sobrevive só dando coisas de graça assim?

A mão dele aperta meu tornozelo.

— Só mais um pouquinho. Parece que não vai precisar de pontos. — Ele está cheio de simpatia quando outro puxão me faz fechar os olhos. — Não desmaie, novata. Já tirei o vidro. Pode abrir os olhos.

Com a mão ainda na minha coxa, Derek estica o braço na ilha para abrir uma gaveta, e me pergunto se ele ao menos percebe que ainda está me segurando. Ele puxa um pequeno kit de primeiros socorros vermelho e branco, então hesita, olhando a gaveta.

— Nora. Você organizou minha gaveta de tralhas?
— Organizei, sim.
Ele continua encarando, e não consigo ver direito, mas parece que está lutando contra um sorriso.
— Mas por cor?
— Olha... é. Faz mais sentido assim, não acha? Porque é fácil já ver logo a cor do que estamos procurando. Por categoria requer mais esforço mental. — Faço uma pausa. — Sendo muito sincera, também organizei sua gaveta de panos de prato. Você estava dobrando tudo errado.
Ele me encara.
— E?
Franzo o nariz.
— Eeeee... sua gaveta de potes.
Ele olha para o teto, e agora posso jurar que é porque não quer que eu o veja sorrir. Ou talvez só esteja sendo esperançosa. Ele pigarreia e fecha a gaveta de tralhas.
— Eu te diria para não organizar nada na casa a partir de agora, mas não adianta, né? Vai fazer isso de qualquer forma.
— Esse é o resultado mais provável, sim.
Outra coisa que incomodava muito meu último ex. Meu cérebro fica mais feliz quando as coisas estão em fileirinhas bonitas nas cores do arco-íris.
Ele começa a tratar meu pé com spray antisséptico e ataduras.
— Pelo visto, essa parte sua não mudou.
Será que ele estava me avaliando em busca de mudanças e semelhanças com meu eu de antes, como fiz com ele? Pelo modo como vem me tratando, eu teria suspeitado que só pensou em mim o suficiente para definir qual a tarefa mais irritante que poderia me mandar fazer.
— Beleza, tudo certo — diz ele, soltando meu pé com delicadeza.
Ele cai de volta ao lado do meu outro pé, todo frio e entediado agora.
Derek estende o braço para me ajudar a sentar. Mas, quando estou no seu nível de novo, ele não recua. Desde o término, esse é

o mais próximo que já ficamos. Na verdade, ele está parado bem no meio das minhas pernas. Pernas que, de repente, estão loucas para envolver a cintura dele. Seus olhos azuis frios encontram os meus e brilham quando uma chama antiga aparece entre nós. O ar muda por completo, e é como se fôssemos duas pessoas diferentes. Ou melhor, duas pessoas que já fomos.

Não sei quem diminui ainda mais a distância, mas nos aproximamos mais ainda, e as mãos dele encontram minha cintura, me puxando mais para a beirada do balcão. O interior das minhas coxas pressiona os quadris dele, e ficamos com o rosto a centímetros um do outro.

— Nora, você... está ficando com alguém? — Derek sussurra tão baixinho que é como se nem quisesse que eu ouvisse. Como se as palavras não contassem se saíssem silenciosas o bastante.

— Não.

O ar sai de mim num estremecimento.

O olhar de Derek desce para a minha boca entreaberta, e, sem querer, afundo os dentes no lábio inferior. A expressão dele passa a ser de agonia, e me lembro da regra que acabei de quebrar.

A realidade se suspende, o mundo se estreita, e somos só nós dois. Derek e eu. O rosto dele se vira para baixo, e o meu se ergue, eliminando o pequeno espaço entre nós. Nossos lábios roçam suavemente — não é bem um beijo, é quase isso. Não há pressão nem comprometimento, é só um gesto entremeado de tortura. Talvez essa seja nossa próxima disputa: quem consegue aguentar a tensão por mais tempo.

Quero romper o impasse e me soltar. Quero beijar Derek — esse Derek — mais do que quis qualquer coisa em muito tempo. É como se eu estivesse dividida, com metade de mim correndo o mais rápido possível dele, e a outra metade cogitando escalar seu corpo e me segurar nele como se minha vida dependesse disso. Mas a descoberta mais surpreendente é a de que, quando olho para Derek, alguma parte do meu coração ainda diz *meu*. Será que isso um dia vai passar? Eu quero que passe?

Sinto seu cheiro e preciso de mais pressão. Quero sentir o gosto da boca dele e ver se continua o mesmo. Ele sempre foi uma droga que corre pelas minhas veias e me transforma. Hoje não é diferente.

Suas mãos apertam a minha cintura e minhas coxas se tensionam ao redor dos seus quadris. Eu respiro, e ele inspira como se estivesse esperando. Como se também estivesse lutando contra a necessidade de ter um gostinho. Mas Deus me ajude se isso acontecer... se a gente realmente ceder à tensão, não vai ter como parar. Não vai ter volta. Ainda teremos que trabalhar juntos, quaisquer que sejam as consequências de nossas ações depois que a dopamina passar. E, até onde me lembro, Derek Pender me odeia hoje em dia.

É um pensamento que me traz de volta à realidade.

Assim como não sei quem começou, também não sei bem quem recua primeiro. Só sei que num segundo estou me afogando em desejo e, no outro, Derek dá um passo para trás enquanto me empurro para longe na bancada, abrindo um espaço bem necessário entre nós. Pressiono as mãos no rosto quente, e Derek me observa, olhando uma última vez para minha boca. Quando nossos olhares se encontram de novo, posso ver que ele se sente como eu. *Que erro.* E um erro que nunca vamos admitir que aconteceu.

Derek esfrega a nuca com força e se afasta. O vidro é triturado sob seus sapatos.

— Vou pegar a vassoura. — Ele olha de volta para mim, e seus olhos pousam na minha camiseta antes de se afastarem depressa. Ele pigarreia. — E você pode... pegar uma roupa minha... se quiser. — Ele também deve ter ficado bem balançado após nosso quase beijo, para estar demonstrando qualquer tipo de consideração.

— Vou ficar bem, logo chego em casa. Além disso, acho que o cheiro de caldo de galinha combina comigo. Pode ser meu novo perfume, que tal?

Tento fazer piada, mas minha voz soa cheia de... bom... desejo.

— Você que sabe. Mas, se mudar de ideia, meu quarto é no andar de cima. Segunda porta à direita.

— Sério — digo com uma risadinha. — Não sou fresca a ponto de um cheirinho de caldo de galinha me... — interrompo o raciocínio quando enfim olho para minha camiseta encharcada e percebo por que ele está evitando olhar para mim. O tecido ficou praticamente transparente, mostrando todas as minhas melhores partes. Que dia para usar um sutiã fino com estampa de arco-íris. E posso garantir que meus mamilos estão bem saidinhos. — Pensando bem, a cavalo dado, meia palavra basta. — Eu deslizo para o lado oposto da ilha.

— Esse, com certeza absoluta, não é o ditado certo.

— Mas cheguei perto, vai.

Saio correndo para o andar de cima, pronta para me livrar da minha camiseta encharcada e de toda essa insuportável tensão sexual.

10
Derek

Solto o ar com força enquanto varro os últimos cacos de vidro. Acho que já dá para dizer que as coisas não estão indo como o planejado. Não — não tenho encontro nenhum mais tarde, mas queria que Nora achasse isso porque, pelo visto, eu sou um completo idiota. Afinal, por que eu quero que ela sinta ciúmes? Isso nem fazia parte da vingança.

Só que essa noite foi um tiro no pé, porque Nora é Nora. Esqueci que ela nunca recusa um desafio — em vez disso, vira o jogo a seu favor antes de pintar um arco-íris nele. O que me faz lembrar do seu sutiã sexy de arco-íris. *Ótimo.*

Nora nem se incomodou em ter que cozinhar. Ela ficou cantarolando o tempo inteiro e até conversou com os ingredientes como se fossem seus amigos — ela *pedia desculpas por cozinhá-los, mas eles estavam morrendo por uma causa nobre.* A mulher trouxe tanta vida à minha casa em tão pouco tempo...

Fiquei parado no topo da escada por um tempo, só a ouvindo andando pela cozinha, até perceber que estava entrando em um terreno perigoso. Fui então tomar meu banho. Um banho frio. Mas aí fiz Nora derrubar aquele copo de vidro e tudo foi por água abaixo. Passei os dedos pelo cabelo dela. Minha mão tocou suas coxas, seu quadril. Senti a pele dela sob a ponta dos dedos. Sua boca na minha. Eu não chamaria o que rolou entre a gente de beijo, mas com certeza não foi um "não beijo". Só sei que, independentemente do que tenha sido, foi avassalador. Lembranças, emoções e desejo me arrebataram. Fui dominado em questão de segundos por tudo isso, a ponto de quase perder o controle e *de fato* beijar Nora. O que não pode acontecer. No último instante, por sorte, voltei à realidade e tive força de vontade suficiente para recuar antes que aquele roçar de lábios se tornasse algo muito maior.

E agora, em uma reviravolta irônica do destino, Nora está lá em cima vestindo as minhas roupas enquanto estou aqui embaixo fazendo o trabalho que inventei só para irritá-la. Não sei como, mas ela pegou tudo que planejei e virou de ponta-cabeça. Isso é a cara dela. Preciso tirá-la daqui para pôr os pensamentos em ordem de novo. Amanhã eu encho mais o saco dela, mas agora Nora tem que ir embora.

Escuto uma batida na porta da frente, seguida por toques rápidos da campainha. É o suficiente para eu me preparar para meu pior pesadelo.

— Merda.

Abaixo o fogo para a massa continuar quente e vou até a porta.

Através do vidro fosco, os olhos brilhantes de Jamal me espiam.

— Chegamos, meu bem! Não deixe a gente parado aqui nesse frio congelante!

Está fazendo 17 graus.

— Vazem daqui — digo a ele e aos outros caras que aparecem pouco a pouco ao lado de Jamal.

Não há a menor chance de eu deixá-los entrar agora. Eles não podem saber que Nora está lá em cima, ou quem Nora é, ou mesmo o que Nora ficou fazendo aqui a noite inteira. É tudo péssimo. Eles vão me zoar para o resto da vida.

— Cara, abre aí — diz Nathan. — Tô sentindo cheiro de alho.

— Vamos precisar de um pouco de alho — acrescenta Price.

Apoio a mão na porta, com medo de que eles entrem com um empurrão, mesmo que esteja trancada.

— Hoje não dá. Estou ocupado.

— Com o quê? Você não tem mais vida. Não adianta fingir que tem uma mulher aí dentro. — Jamal aperta o rosto contra o vidro para ter uma visão clara da minha casa e da minha cara. — Peraí... *tem* uma mulher aí dentro? — Ele solta uma gargalhada animada.

— Ah, é agora que a gente vai entrar.

Ele sorri para mim de forma ameaçadora e repousa o dedo sobre a campainha.

— Última chance. Ou você deixa a gente entrar, ou a gente chama ela.

— Não, vocês não...

Ele aperta a campainha com toquinhos rápidos, mas sem parar.

— Mas que cuzões! — resmungo, liberando o fecho de segurança para deixar esses sanguessugas entrarem. — Pronto, felizes? Entraram. Não mijem no tapete nem mastiguem os móveis. Ela ainda não chegou, então vocês só podem ficar por alguns minutos.

— A gente não precisaria invadir sua vida assim se você simplesmente respondesse nossas mensagens ou chamasse a gente para vir aqui durante a semana. — Lawrence me olha ofendido.

Nathan bate as costas da mão no meu peito.

— Você sumiu essa semana. O que rolou?

Dou de ombros e fecho a porta depois que eles entram.

— Só estava ocupado treinando.

Não é mentira, mas não é toda a verdade também. Eu *estava* evitando-os. Já me distanciando, caso os idiotas do rádio estejam certos e eu seja cortado do time no começo da temporada para Abbot tomar o meu lugar. Se isso acontecer, não tem por que a galera continuar andando comigo.

— Cara, você está treinando demais. Precisa sair de vez em quando, senão vai começar a pensar que os pesos da academia estão falando com você.

Todos os quatro seguem para a sala com um olhar desconfiado. A inspeção está a todo vapor. Eu não ficaria surpreso se Nathan tirasse uma lupa do bolso. Quase espero que Lawrence pegue um caderninho e lápis e comece a anotar as pistas. Ele olha para baixo, e um sorriso repuxa sua boca quando encontra uma: os tênis amarelos de Nora. Lawrence cutuca Nathan como se estivesse sendo discreto e aponta para os sapatos.

— É, eu vi também — sussurra Nathan, alto.

Eu fico tenso.

— Pronto, já viram tudo. Agora me deixem em paz.

Jamal para na minha frente, a sobrancelha direita subindo devagar até o cabelo.

— A questão, meu chapa, é por que você quer tanto mandar a gente embora. Hein? O que está escondendo?

Eu deveria ter fingido desinteresse. Tento dar para trás com um sorriso arrogante.

— A real é que... estou preocupado que ela fuja gritando quando vir essa sua cara feia.

Jamal fareja o ar. Então, funga de novo, as narinas se dilatando. Ele olha para trás e faz contato visual com Nathan.

— Estão sentindo esse cheiro, pessoal?

Nathan assente devagar. De maneira enfática.

— Macarrão.

— É. — Jamal enfia um dedo no meu peito. — E todos nós sabemos que macarrão faz você ficar inchado e peidando. Nem fodendo que ia comer macarrão num date. Você está mentindo. Admita.

— Protesto — digo, e Jamal e eu ambos olhamos para Nathan.

Ele cruza os braços.

— Negado.

Droga.

— Desembucha. — Jamal está em êxtase com a situação. — E também fala por que está tentando esconder o fato de que existe uma mulher que usa tênis tamanho 38 aqui em algum lugar. Você a enfiou no closet? A gente te criou para se comportar melhor que isso.

— Beleza. — Olho ansioso para a escada, e todos eles seguem meu olhar. — Podem só falar mais baixo? Não tenho nenhum date hoje, mas quero que o pessoal da agência pense que tenho.

— Por que caralhos quer que a galera da agência ache que você tem um encontro? Bill não deve nem ligar pra isso — diz Price, cruzando os braços e se encostando na parede.

Lawrence, que estava espiando pela janela da frente, se vira para nós.

— Aquele não é o carro do Bill. Está com um novo agente?

Todos eles arquejam, e reviro os olhos de novo.

— Estou, satisfeito? É uma nova agente. E por que a surpresa, Nathan? Eu já te contei sobre ela!

— Gosto de compartilhar das emoções do grupo — responde ele, como se fosse uma coisa normal.

— Vocês estão criando uma tempestade em copo d'água. Não é nada de mais.

Jamal ergue um dedo. Um dedo argumentativo.

— Você mandou mensagem pra gente quando comprou um edredom novo. Não era nada de mais, mas mesmo assim você fez questão de mencionar no jantar também. O fato de estar escondendo alguma coisa confirma que é importante. Então a gente não vai embora até você explicar por quê.

— Vocês não vão embora nem se eu contar.

— Tá, é verdade, mas conta mesmo assim.

Todos os quatro cruzam os braços e semicerram os olhos. Antes que eu tenha a chance de dizer qualquer coisa, uma voz feminina vem da escada.

— Ô, Derekzinho, não fica chateado, mas arrumei suas gavetas do banheiro um pouco... Ai! Desculpa! Não queria interromper.

Merda. Nora está parada no meio da escada usando uma das minhas camisetas, que a engole por inteiro, e um dos meus shorts de ginástica — a cordinha puxada com força para não cair. Está fofa demais.

Um sorriso lento se abre no rosto deles enquanto assimilam a visão daquela linda mulher usando minhas roupas, que, agora eles sabem, é minha agente. É, isso não vai acabar bem para mim. Já consigo ver Nathan montando uma lista de casamento na cabeça.

Jamal fala primeiro, aproximando-se da escada:

— Não está interrompendo nada! Nosso amigo Derek aqui estava nos contando que você é a nova agente dele. É um prazer te conhecer.

— Por que você está falando assim? — pergunto, e Jamal só abana o ar atrás de si como se me dissesse para cair fora.

Essa é a minha casa, idiota.

— Eu sou...

— Jamal Mericks — diz Nora com um sorriso largo. — Eu sei. E vocês são Nathan Donelson, Jayon Price e Lawrence Hill. — Ela ri e parece quase ansiosa. — Sei que não é nada profissional dizer isso, mas estou tietando internamente agora. Eu torço para os Sharks. Mas, claro, isso fica entre nós, porque admitir que você tem time sendo agente esportiva é tão pouco profissional quanto um palhaço num tribunal.

— Jura? — pergunto a ela com a testa franzida.

— Juro. Palhaços não combinam com tribunais. Pergunte a qualquer um. — É, caí direitinho nessa. Ela abre um sorriso brincalhão. — Mas, sim, eu amo os Sharks.

— É mesmo? — pergunta Jamal, estendendo a mão para ela apertar e então a guiando até a sala.

— Para de ser estranho — digo a ele.

Ele me mostra o dedo do meio atrás das costas dela.

— Então... nova agente do Derek...

— Mac — diz ela com um sorriso tranquilo.

— Nora — corrijo só para irritá-la. E talvez porque odeie ouvi-la usar um nome que sei que ela detesta. Não deveria ligar para isso, mas fazer o quê? Não quero que meus amigos a chamem assim. E nem combina com ela.

Ela olha por cima do ombro.

— Mac é o nome que uso profissionalmente. — explica Nora, enquanto todos se acomodam com ela no sofá, empolgados como criancinhas na hora da historinha antes de dormir. — Meu nome completo é Nora Mackenzie. Podem me chamar do que quiser.

— Então todo mundo tirando Derek te chama de *Mac*? — pergunta Lawrence, soando inocente, mas percebo a sondagem implícita em sua voz.

Ele está tentando descobrir por que eu a estava escondendo. Por que ela está usando minhas roupas. Por que está na minha casa de noite. Até eu admito que é suspeito. Parece que estou tendo um caso com minha agente.

O que não estou fazendo nem nunca farei.
Dou um passo à frente.
— Pessoal, deixem minha agente em paz. Ela tem que trabalhar numas coisas. — Acrescento uma ênfase especial na palavra *trabalhar* para eles desistirem do interrogatório.
— Que coisas? — Em geral, Price é o calado, mas até ele está interessado nesse mistério.
Nora se endireita de repente e olha para trás.
— O macarrão! Droga. Aposto que queimou.
Ela se levanta e pula sobre as costas do sofá, correndo até a cozinha. As sobrancelhas de todos se erguem, e eu entendo. Nora não é como os outros agentes com quem estamos acostumados.

Nathan trabalha com Nicole, que é a personificação do profissionalismo. E os agentes dos outros são todos uns convencidos, tão esquecíveis que não consigo nem memorizar seus nomes. Mas Nora é de uma autenticidade que te agarra pelo colarinho e diz que você não tem escolha a não ser gostar dela. Não sei dizer se ela só não foi traumatizada ainda pelo mundo esportivo ou se é assim que ela é de verdade. De uma forma ou de outra, fico com raiva. Quero esquecê-la de uma vez por todas — mesmo sabendo que isso nunca será possível.

No segundo em que ela sai da nossa vista, eles param de sorrir e me lançam olhares acusatórios. Todos sussurramos-discutimos ao mesmo tempo. Eles querem saber por que obriguei Nora a fazer um macarrão, por que ela está usando minhas roupas e o que estou deixando de contar para eles. Eu os lembro de que não é da conta deles e mando todo mundo vazar.

Nora volta, e nossos sussurros morrem. Todos abrem um baita sorriso para ela. Eu faço uma cara feia.

— Derek, aliás, sei que não me pediu, mas encontrei uma roupa melhor para você usar no seu date hoje, deixei em cima da cama. Vai combinar mais com a sua personalidade do que essa aí que você está usando. — Nem quero olhar para as caretas que os outros estão fazendo. — Ah, e o macarrão está pronto. Espero que não se importe, mas roubei um potinho e peguei um pouco pra mim, já que não tive tempo de jantar ainda. E coloquei a panela na boca de trás para a massa não ficar grudenta, já que você não gosta... mas a receita dizia que, se esperar demais para comer, vira cimento. Eu começaria a limpar o prato quanto antes.

Sua gentileza está me irritando. Eu preferiria que ela me mostrasse o dedo do meio, para eu não me sentir um completo imbecil.

O sorriso dela se alarga e seus olhos castanhos brilham.

— Se não precisar de mais nada de mim, estou indo nessa, chefe! Te ligo amanhã sobre uma proposta de patrocínio que você recebeu mais cedo. Já estou vendo os detalhes porque é das boas.

Ela faz uma mímica esquisita de pistola com um som de *piu piu piu*, então vai até a porta e calça os tênis, com cuidado para não estragar o curativo no pé.

Eu dou três segundos para algum...

— Mac! — grita Jamal, levantando-se com uma revolta indignada. — Queria só te avisar que o Derek está sendo um escroto por algum motivo. Tenho certeza de que você já sabe, mas nenhum de nós obriga nossos agentes a fazer merdas como essas, e ele também não deveria obrigar você. Ele nem tem encontro hoje!

Juro que vou moer esse cara na porrada assim que ela for embora.

Viro com cautela para Nora, com medo de ver a mágoa no seu rosto. Mas não a encontro, porque ela está sorrindo — de orelha a orelha, os dentes brancos sobre aqueles lábios rosados que quase provei mais cedo.

— Ah, eu sei — diz ela, animada. — Posso ser um pouco diferente dos outros agentes, mas sou ótima no que faço e pretendo aguentar firme até o Derek parar de dar chilique e me deixar provar isso. Quando meu chefe estiver pronto, vou levar a carreira dele a um patamar que ele nem sabia que existia. — Ela dá uma piscadela para a gente e abre a porta. — Boa noite, rapazes. Aproveitem o macarrão, foi bom conhecer vocês!

A porta se fecha, e o silêncio me engole. Todos nos encaramos como se estivéssemos no Velho Oeste, um apontando a arma para o outro. Quem vai apertar o gatilho primeiro? De uma só vez, os caras pulam do sofá e saem correndo até a escada. Quando chegam ao meu quarto, ouço uma explosão de gargalhadas.

Desisto e vou atrás deles. No quarto, em cima da cama, encontro a fantasia de frango que usei para o Halloween cinco anos atrás. Há um bilhete ao lado. "Use isso, você vai ficar irresistível pra frangaralho", com um rostinho sorridente desenhado ao lado da piada tosca.

Nathan, nosso caro papai, me lança um olhar de decepção.

— Ela é incrível. E você nem disse obrigado pelo jantar. Tem cinco segundos para explicar essa palhaçada, senão vamos mandar as esposas para cima de você.

— Acontece que... — começo, cada palavra saindo com muito custo. — Mac, como Nicole chamou quando a sugeriu para me representar, é... minha ex da faculdade. E... a pessoa a quem pertence aquilo que vocês encontraram na minha mesinha de cabeceira.

Eles respondem com um coro de *ooohs*.

— E imagino, pelo jeito como está tratando a moça, que a história não acabou bem — afirma Nathan.

Volto ao momento em que fiquei parado na frente do meu apartamento, vendo o rosto pálido e franzido dela enquanto se aproximava segurando uma caixa com as minhas coisas. O término todo durou um minuto, no máximo. Quase um ano de amor e dedicação, e ela deu um fim a tudo em sessenta segundos.

— Não. — Cerro os dentes. — Não acabou. E eu fiquei destruído depois, porque eu... eu amava ela de verdade.

Lawrence faz uma careta.

— Então isso é tipo uma vingança? Encher o saco dela com suas tarefas domésticas? Que coisa merda de se fazer... não combina contigo.

Soa péssimo, ouvindo em voz alta. E não sei bem como responder. Porque não pretendo parar. Ainda mais agora que meus antigos sentimentos estão vindo à tona. Preciso que ela se demita.

— E que mentira deslavada — comenta Jamal, jogando-se na minha cama e se acomodando. — Você não teria aceitado isso se

não tivesse uma parte sua que a quisesse como sua agente. Acho que esse negócio de vingança é só um pretexto. Acho que você ainda a ama e queria um jeito de ficar perto dela de novo.
Sim.
Quer dizer, não.
Meu Deus, eu nem sei mais.
Dou um tapa no pé de Jamal.
— Tire seus tênis da minha cama.
— Só pra constar — diz Price no seu tom brusco habitual —, acho que você está cometendo um erro. Nora pareceu legal. E muito capaz. Aposto que ela é uma boa agente... e você precisa muito de uma boa profissional nesse momento.
— Você tem razão sobre uma coisa: ela é muito legal — admito.
— Até decidir que se cansou de você. Aí ela é a pessoa mais fria que você já viu.
Não tenho certeza se conseguiria confiar nela de novo, mesmo se quisesse. Ou confiar minha carreira inteiramente a ela. Melhor fazer Nora pedir demissão e encontrar outro agente depois. Um em quem posso confiar para tirar minha carreira do buraco, se eu de fato superar essa lesão...
Lawrence se remexe ao meu lado.
— Você pode se vingar desse seu jeito idiota ou pode só sentar e conversar com ela e pôr um ponto-final no passado. Conseguir todas as respostas de que precisa e quem sabe até voltar com...
— Não termine essa frase — digo, indo à porta do meu quarto e parando ao lado dela para deixar minhas intenções claras: quero que eles saiam da minha casa. — Sei que estão tentando ajudar, mas não pedi ajuda. Vocês não fazem ideia do que aconteceu entre a gente, e, para mim, não é uma questão de falha de comunicação. Não quero saber os motivos dela. Não me importo. Não vai consertar o que aconteceu nem a dor que senti depois. Então, agora... planejo me vingar por algumas semanas para compensar, até ela pedir demissão e eu poder seguir com a minha vida, e não dou a mínima para o que vocês acham.

E, como são meus melhores amigos e me conhecem bem demais, eles trocam um olhar que diz que veem algo que não consigo ver. Em seguida, saem sem mais perguntas ou comentários, o que é preocupante — e também me faz sentir uma culpa do cacete.

Quando todo mundo foi embora, volto à academia pela terceira vez no dia, porque meu corpo está inquieto e furioso, e esse é o único lugar — a única parte da minha vida — em que não me sinto perdido e fora de controle. É o único lugar onde consigo bloquear meus pensamentos e medos e acreditar que estou trabalhando por uma coisa boa.

Isso é tudo que tenho para oferecer, então preciso me entregar de corpo e alma.

11
Nora

Meu Deus, que saudade dele. Mais do que já senti de qualquer coisa na vida, e essa dor não para. Cometi um erro — é isso, simples. Nunca deveria ter terminado com Derek, muito menos daquele jeito frio.
E vou reconquistá-lo.
Está tarde, e eu não deveria estar aqui agora, mas não me importo se pareço desesperada. Eu estou desesperada. Desesperada para tê-lo de volta e consertar o que estraguei. Viro a esquina no pequeno passadiço do condomínio dele e congelo. Lá está ele... Derek. Sinto um aperto no peito só de vê-lo. Seus ombros largos inundam meus pensamentos. Ombros que eu costumava acariciar, coisa que nunca mais vou fazer se não resolver as coisas.
Estou a um passo de sair das sombras quando percebo que Derek não está sozinho. Ele se move sutilmente, e vejo uma mulher o acompanhando. Seu vestidinho preto mal cobre a calcinha e o sutiã, e suas pernas bronzeadas não acabam nunca. Ela é... o oposto de mim. Assisto a tudo como se estivesse com uma faca no estômago — ela erguendo o rosto para Derek e apoiando as mãos no peito dele, o cabelo loiro cacheado deslizando dos ombros até as costas. A náusea me domina quando percebo que eles vão se beijar. Não. A gente terminou faz só uma semana... como ele pôde seguir em frente tão rápido? Como ele pôde...
Abro a boca para gritar o nome dele quando a mulher fica na ponta dos pés para beijá-lo. Ele inclina a cabeça na direção dela, e nenhuma palavra sai dos meus lábios. Nada exceto ar quente, enquanto tento gritar o nome dele.
E agora ele afunda a mão na nuca dela, e quero mais do que tudo dizer alguma coisa ou correr até ele, mas uma areia pesada está cobrin-

do meus pés e minhas pernas, me impedindo de sair do lugar. Minha voz ainda é um sussurro, não importa quão alto eu grite o nome del...
BURRRR. BURRRR.
Ergo bruscamente a cabeça do travesseiro, o cabelo na frente do rosto.
— Derek! — grito no quarto escuro, apertando meus braços contra meu corpo até assimilar o tecido macio e gasto do moletom que estou usando.
Estou na minha cama... não naquele corredor. E o som está vindo do meu celular, prestes a cair da mesa de cabeceira de tanto vibrar.
Murcho um pouco e esfrego os olhos, desejando apagar aquele sonho da minha cabeça. O sonho que continua me partindo ao meio toda vez.
Por fim, pego o celular e o arrasto até a minha orelha.
— Quê? Alô?
— Nora.
É Derek — ligando quase como se soubesse que eu estava sonhando com ele.
Por favor, me diga que esse homem não está ligando de madrugada para pedir alguma coisa.
— Não é madrugada — diz ele, pois pelo visto falei em voz alta.
Rolo para deitar de costas.
— Não posso ser responsabilizada por nada que eu diga às... — Afasto o celular para ver a hora. — *Quatro da manhã?* Está de brincadeira, Derek?
Juro que escuto um sorriso travesso na voz dele quando diz:
— Não é brincadeira. Preciso que me encontre na minha academia em uma hora.
Quero chorar. Na verdade, talvez já esteja chorando. Provavelmente as lágrimas já estão escorrendo pelas minhas bochechas.
— Está cedo demais! Pra que você precisa de mim na academia? Faz dez anos que não tento fazer uma flexão!
— Isso não é nada bom. Desenvolver músculos é muito importante para a saúde.

— Sabe o que mais é importante para a saúde? Dormir!

— Estou ouvindo muitas reclamações vindas da minha agente, de quem preciso para filmar meu treino para as minhas redes.

Ok, estou dividida. Por um lado, fico feliz de ouvi-lo fazer alguma coisa por sua carreira — porque, até agora, nos últimos dias (após a noite de fettuccine alfredo), Derek só me fez correr de um lado para outro resolvendo pendências e limpando seu carro. Sem nem um *obrigado* ou *bom trabalho*. Então a perspectiva de fazer uma coisa de fato relacionada à carreira dele é tentadora. Derek precisa mais do que nunca focar em construir uma narrativa forte e positiva para o seu nome na próxima temporada. Ele tem que dar entrevistas, aceitar patrocínios e ir aos eventos a que é convidado. E necessita de uma boa agente conduzindo o desfile do seu sucesso, mas nunca serei isso se ele não me deixar fazer meu trabalho.

Então, claro, quero que ele grave seus treinos para postar na internet. O problema é que minha cama está quentinha e aconchegante.

— Não pode pôr seu celular num tripé ou algo assim? Grave tudo, e vou ficar feliz em editar e postar pra você depois.

— Não, valeu — diz ele, sem dúvida sorrindo. — Vai ficar melhor se você filmar. Minha agente.

— Escuta. Vou ser sincera com você no meu momento de fraqueza, Derekzinho. Só fui deitar três horas atrás.

— *Por quê?* — Ele parece horrorizado, mas zero solidário.

Hesito em contar que é porque fiquei acordada até tarde fazendo hora extra por causa dele. Esta semana revisei todos os contratos dele e montei um plano para futuras renegociações de alguns acordos ruins que encontrei, e entrei em contato com o consultor financeiro dele a fim de saber para onde todo o dinheiro dele está indo e garantir que tenha uma boa estratégia de longo prazo para quando sua renda não vier mais do futebol americano. Mas ontem à noite descobri uma coisa chocante.

Derek fundou uma das maiores organizações de auxílio a mães solo com dificuldade para pagar o aluguel ou a hipoteca e financia a iniciativa de maneira anônima. Quando li o e-mail, meu coração parou. Ele não é filho de mãe solo. Na verdade, ele vem de uma família com uma mãe e um pai que se apoiam muito. Mas minha mãe, sim, é mãe solo... e Derek sabe disso. Sabe porque eu falava muito com ele sobre como admirava minha mãe e tudo que ela sacrificou por mim. Sobre como eu queria que existissem mais iniciativas que dessem auxílio financeiro a mães como ela, assim minha mãe poderia ter trabalhado em prol dos próprios sonhos enquanto tentava com tanto afinco tornar os meus possíveis.

Eu disse ao meu coração idiota para não se apegar demais a isso, mas ele não para de supor que Derek fez isso por *mim*. Para outras mulheres como minha mãe. Só que não posso perguntar sobre isso a ele, porque aí ele vai saber que fiquei fazendo hora extra. E, se souber disso, pode começar a achar modos de me manter ocupada à noite também.

Sinto um frio na barriga com a ideia.

Não ocupada assim, corpinho safado!

— Eu não conseguia dormir porque estava ocupada demais apagando tudo de ruim que dizem sobre você na internet. — Exagero na mentira para distraí-lo da verdade.

Ele ri talvez pela primeira vez desde que o reencontrei, e sinto um quentinho no coração. Queria mais do que tudo estar lá para ver o sorriso dele combinado com essa risada.

— Se isso fosse verdade, você ainda estaria trabalhando. Levanta a bunda da cama e me encontra na academia, novata. — Ele pausa por um minuto e, como não respondo, chama: — Nora?

Inspiro bruscamente pelo nariz.

— Hum?

— Você voltou a dormir, né?

— Não — lamento com um grunhido.

Meu globo ocular dói. Quero mergulhar no mundo dos sonhos. Sonhar que eu posso trabalhar em horas normais. Trabalhar com um atleta normal que me deixa focar no esporte, em vez desse monstro que está determinado a tornar minha vida um pesadelo. Ou talvez não um pesadelo, mas com certeza um ciclo repetitivo irritante no qual meus talentos são desperdiçados e eu sou obrigada a fazer tarefas domésticas 24 horas por dia, sete dias por semana, como a Cinderela antes de ficar maravilhosa.

— Melhor levantar para não cair no sono de novo.

— Você é péssimo — digo, afastando as cobertas com relutância e jogando as pernas para fora da cama.

O sol não está nem perto de nascer. Ainda está todo aconchegadinho na cama.

— Pode se demitir, se estiver tão infeliz. Ou prefere voltar a dormir e ser demitida? Fico satisfeito com qualquer uma das opções.

Ele está gostando demais disso.

— Seu monstro — digo.

— Como é?

Ele definitivamente me ouviu da primeira vez.

— Eu disse: "Sim, mestre!" Chegarei mais rápido que um raio!

— Você precisa usar frases de efeito assim o tempo todo?

Você costumava amar minhas frases de efeito.

— Tenho, senão morro. Frases de efeito me dão força para viver. Quer mesmo um problema desses nas suas mãos, Vossa Chefência?

Ele resmunga.

— Parece que agora você acordou.

— Estou tão acordada que poderia iluminar a cidade inteira com meu poder cerebral. Vou tentar conquistar o mundo, Pinky.

— Pode só gravar meu treino, em vez disso? — pergunta ele, sem nem reconhecer minha referência a *Pinky e o Cérebro*.

— Claro, claro. Mas depois vou estar *totalmente* pronta para a dominação mundial. Vamos nos divertir muito juntos, aguarde e verá. — Aperto o botão na cafeteira que graças aos céus deixei preparada com água e grãos moídos ontem à noite.

— Ótimo — diz ele.

Não entendo seu tom. Está bravo ou tentando não rir? Provavelmente bravo.

— Ok, preciso desligar. Estarei aí num minutinho, fofinho.

Ele resmunga.

— Pensando bem... talvez eu não precise que você filme para mim.
— Te vejo em breve, lebre!

Sorrio para o celular porque, agora que sei que ele não gosta dessas brincadeiras, meu trabalho vai ser um pouco mais divertido.

12
Nora

Fico batucando o lápis na mesa, prevendo que meu celular vai vibrar a qualquer momento. Como sei disso? Porque, pelo visto, quando Derek decide fazer alguma coisa, ele se compromete de verdade. Raramente me deixa ter qualquer tempo livre antes de me ligar com uma nova ordem. Só tenho esse trabalho há duas semanas e já estou exausta.

Já entendi a tática dele: nunca deixar que Nora tenha tempo durante o dia para trabalhar de verdade. Mantê-la ocupada com coisas inúteis custe o que custar.

É por isso que tenho ficado até de madrugada fazendo a parte importante do trabalho, que é responder a e-mails, procurar oportunidades de entrevista e caçar talentos on-line como potenciais clientes. Minhas noites são pura produtividade, mas meus dias... nem tanto.

Já arrumei e lavei o carro de Derek, resolvi pendências para ele por toda a Califórnia (é, às vezes tenho que fazer bate-voltas), reorganizei seu closet (o que, na verdade, foi divertido e me deu a chance de usar meu kit de costura emergencial para mexer em algumas peças — tipo subir um centímetro a bainha apenas da perna direita das calças dele). E é claro que tive que desinscrever o e-mail dele de todo spam que recebeu nos últimos anos, pois é justamente essa a responsabilidade de uma agente! Nesse ritmo, nunca vou conseguir avançar nos planos para a carreira de Derek nem ter tempo de encontrar mais clientes. Ele está fazendo de tudo para que eu peça demissão.

E os contratos de patrocínio que ofereceram a ele? Esqueça. Ele nunca me deixa apresentá-los direito, sempre me corta com outra tarefa. O que está começando a me desanimar, porque, mesmo sabendo que essa coisa toda é uma estratégia para me deixar infeliz a ponto de eu querer me demitir, essa não era a meta de verdade, era? Pensei que seria uma coisa que ele logo superaria, e aí poderíamos seguir alegremente para a parte adulta dos negócios. Ele precisa de uma boa agente. É um cara inteligente — e deve saber que está a ponto de pôr em risco o crescimento do patrimônio dele, deixando passar todas essas oportunidades. Estou começando a sentir que tem mais alguma coisa em jogo que não cogitei.

Tem até uma empresa de ternos top de linha, a Dapper, que quer pagar uma bolada para Derek representar a marca e aparecer no próximo comercial deles. Mas Derek recusou na hora, porque estava ocupado demais e não podia faltar nenhum treino. Não sei bem explicar, mas estou começando a achar que são só desculpas esfarrapadas.

Eu deveria dar uma resposta à Dapper até o fim do dia, mas odeio ter que rejeitar uma oportunidade lucrativa como essa.

Outro problema são as pontadas do meu coração traiçoeiro nos raros momentos em que Derek faz uma coisa inesperada. Tipo me dar uma garrafa de água quando estamos fora de casa por muito tempo. Sempre garantir que eu esteja alimentada enquanto faço as coisas que ele pede. Fingir não ver se eu acidentalmente cochilo no trabalho devido às manhãs que começam cedo combinadas com as noites insones. Posso jurar que ontem peguei no sono enquanto apagava e-mails dele na cozinha, mas quando acordei estava deitada no sofá com um cobertor. Perguntei se ele sabia alguma coisa sobre isso, e ele deu de ombros e disse que eu devia ser sonâmbula. *Improvável*.

E são nesses breves momentos que percebo que o antigo Derek — o meu Derek — ainda está lá dentro, em algum lugar. O Derek que me soprava um beijo do campo antes de todo jogo na faculdade. O Derek cujas mãos pareciam o primeiro dia do verão, depois de estar mergulhada na depressão do inverno por tanto tempo. Que ao piscar fazia meu estômago dar cambalhotas. E preciso dizer — ninguém sabe piscar como Derek. A maioria das pessoas tenta, mas fica parecendo aqueles esquisitões que podem te seguir até o carro. Derek, não. É tão natural e genuíno. Como se ele e a pessoa estivessem partilhando um segredo extravagante e delicioso.

Contra todas as expectativas, ele ainda me atrai muito. Preciso controlar meus sentimentos. Porque, se tem uma coisa de que estou certa após trabalhar de perto com Derek a semana toda, é que ele não gosta de mim — ou, na melhor das hipóteses, não quer gostar.

Alguém bate na porta da minha sala.

— Pode entrar — digo, em completo desespero.

A porta se abre, e espio Nicole apoiar o quadril de saia lápis no batente. Hoje ela está usando um lindo conjuntinho preto do tamanho exato do seu corpo, que grita: Vai encarar tudo isso? É difícil não ter um *crush* nela.

Ela cruza os braços e ergue uma sobrancelha.

— Cochilando no trabalho?

— Não — resmungo na dobra do cotovelo. — Estou desistindo. Essa é minha posição de desistência.

— Mas já? — Ela para e lança um olhar enojado para a minha sala. — Apesar de que eu também desistiria se tivesse que trabalhar aqui todo dia. Que horror. Como você tem uma janela e mesmo assim não tem luz natural?

— O sol só entra por uns cinco minutos a partir das duas e meia todo dia.

— Que opressivo.

Ergo a cabeça.

— Você sabe que te acho uma deusa poderosa e linda de todos os jeitos, mas você não é boa dando apoio moral.

Ela ergue as duas sobrancelhas agora.

— Ah. É isso que eu devia estar fazendo? Só vim ver se você sabe onde guardam os clipes.

Já estou me levantando e puxando Nicole para dentro da sala.

— Bem, já que está aqui, bem que podia ficar um pouco e transmitir sua infinita sabedoria para mim.

— Mas eu preciso mesmo... Ah, não, não feche a porta. É tão bolorento aqui.

— Logo você se acostuma — respondo, praticamente empurrando Nicole na cadeira diante da minha mesa.

Ela olha para os apoios de braço como se pudesse manchar as mangas ao encostar neles. Eu me viro para ela e me sento na mesa com um pulinho. Ela examina meu macacão de cambraia com estampa de margarida com uma camiseta amarela de manga curta por baixo.

— Você veio direto de uma fazenda de leite?

Arquejo, ofendida, e engancho os dedos nas alças.

— Isso aqui é estiloso. Comprei na loja mais chique do país.

Ela parece cética.

— Que é...?

— A Target.

Ela revira os olhos.

— Péssimo.

— Querida, se isso é péssimo, nunca quero ser boa. — Nicole faz menção de se levantar e ir embora. Estendo o braço. — Não, peraí! Fica. Por favor. Preciso de um conselho.

— Você tem um minuto.

O bom é que a vida toda venho treinando para aqueles programas de enfiar o máximo de comida num carrinho de supermercado e, portanto, frequentemente aciono o cronômetro durante o dia para me acostumar com o tempo limitado. Eu me dou bem sob pressão.

Encho os pulmões de tanto ar que Nicole se encolhe. Mas preciso de todo o ar possível se vou confessar e despejar todo o meu histórico romântico em cima dela.

— Ainda não consegui trabalhar de verdade com Derek porque ele está meio que me passando trotes e me obrigando a fazer um monte de coisas nada a ver. E é tudo porque...

— Vamos parar por aqui e poupar a nós duas dos próximos cinquenta segundos — diz ela, erguendo a mão. — Já lidei com o tipo dele muitas vezes. E a resposta é simples: você tem que derrotá-lo no joguinho petulante dele.

— Mas como...

Pelo visto, Nicole está se sentindo benevolente hoje, porque continua:

— Você é uma mulher adulta e bem-sucedida, não tem tempo para homens como ele querendo te atrapalhar. Se ele quer brigar, brigue com ele. Mas jogue de acordo com suas regras a partir de agora. — Ela se levanta com a autoridade de uma comandante dirigindo-se a um exército. — Acredite, Mac, às vezes o único jeito de ganhar o respeito de alguém é exigindo. Você é a agente dele. Aja de acordo. Faça seu trabalho independentemente das coisinhas que ele tenta te passar, e, se Derek te demitir, é ele que sai perdendo.

Quero aplaudir Nicole, mas me contenho, porque ela detestou a única vez que fiz isso. Além disso, ela já está a caminho da porta. Não dá tempo para ficar de brincadeira.

— Não vai ficar feio pra mim se ele distratar o contrato? — pergunto.

— Não se você explicar a situação. — Ela faz uma pausa e hesita antes da próxima parte. — Além disso... estou do seu lado. Vou garantir que você não seja penalizada.

Isso muda tudo.

— Beleza — digo com um sorriso grato. — Obrigada, Nicole. Por tudo.

Ela assente e quase sorri.

— E, pelo amor da moda e do profissionalismo, pare de usar essas roupas.

— Nunca. — Pulo da mesa e bato as mãos nas coxas. — Tem bolsos.

Um olhar de terror surge no rosto dela.

— Só piora.

— Cuidado, você está começando a falar igual ao Marty.

Nicole ri com uma bufada desdenhosa.

— A diferença é que eu tenho um senso de moda impecável e quero ver você ser bem-sucedida. Marty usa ternos ultrapassados dois tamanhos maior do que o dele, acha que se veste como um deus e só critica seu estilo para te diminuir. — Ela para. — Mas entendo seu ponto. Use o que te deixa feliz... eu acho.

A expressão de Nicole ao sair da minha sala me diz como foi doloroso para ela falar isso. Rio baixinho enquanto contorno a mesa e sento de novo, dessa vez colocando um pé em cima da cadeira para pensar.

Tenho que achar um jeito de derrotar Derek nesse joguinho dele. Mas como?

Pego o lápis e fico batendo com ele nos lábios. Assim que aquela frestinha de luz de cinco minutos irrompe na minha sala, meu celular começa a tocar. O nome de Derek pisca na tela, e eu rosno antes de atender.

— Alô, aqui é a lacaia de Derek Pender, como posso ajudar?

— Por que você continua me atendendo assim? — Por "assim" ele quer dizer "de um jeito engraçadinho". Mudo a frase toda vez, mas a ideia é sempre a mesma.

— Porque te irrita e é o único jeito que tenho de resistir ao que você tem feito comigo.

— Não sei do que você está falando — diz Derek, impassível, e escuto um tom travesso na voz dele. — Vou sair hoje à noite. Preciso que pegue meu terno na lavanderia e o traga para a minha casa.

Respiro fundo e solto o ar devagar.

— Hum, parece muito divertido, mas eu sei que você tem vários ternos ótimos no seu closet. Dizem por aí que eles estão se sentindo bem solitários e esquecidos. Aposto que, se você usasse um deles, levantaria a moral do guarda-roupa todo.

Ele não quer nem ouvir.

— Preciso das roupas às seis.

— Às *seis*...? — Alongo a palavra por uns segundos e a deixo pender numa pergunta.

— É. Às seis.

— Não, estou perguntando, seis o quê?

— Seis em ponto. Nem antes, nem depois.

Solto um grunhido, queria bater minha cabeça na mesa.

— Não, Derek! Você está se esquecendo das palavras *por favor*! Preciso que pelo menos diga *por favor* quando estiver sendo babaquinha.

— E eu preciso que você me xingue como uma adulta! Mas nós dois não podemos ter o que desejamos. Sinta-se livre para se demitir se...

— Tá, tá, tá, já conheço o discurso. Levo seu terno às seis.

Desligo antes que ele tenha a chance de *não* dizer obrigado.

O conselho de Nicole fica girando no meu cérebro, mas como posso virar o jogo se estamos na pré-temporada e ele parece ter todo o tempo do mundo para ficar me dando ordens? E nem pense que não notei que ele está evitando os amigos. Nunca sai com eles nem atende às ligações ou responde às mensagens. Parece que a vida de Derek é só treinar e atrapalhar a minha vida. O que, no começo, pensei que era apenas porque ele me odiava... mas, agora, acho que é por um motivo totalmente diferente, que não estou vendo.

De repente, a ideia mais gloriosa do mundo me vem à mente — mas vou precisar recrutar ajuda.

Se é um terno que Derek quer... é um terno que ele vai ter.

13
Derek

Ela está atrasada. São seis e meia, e ela não chegou com o terno. Preciso dela aqui. E preciso daquele terno. Na verdade, não preciso do terno, porque, como ela disse, tenho muitos que poderia usar. Mas como é que vou encher o saco dela se ela não estiver aqui? Era para ela estar aqui.

Ando de um lado para o outro diante da porta.

Para cá e para lá, para cá e para lá, com o celular no ouvido. Chama, chama, chama, e ela não atende. Agora não estou só puto, estou preocupado. Nora vem atendendo às minhas chamadas e respondendo às minhas mensagens de imediato há duas semanas. E se alguma coisa aconteceu com ela? E se sofreu um acidente no caminho? No caminho para vir me trazer um terno de que eu nem preciso?

Passo a mão pelo cabelo, cogitando ligar para os hospitais, mas, assim que a ideia me ocorre, escuto um carro subindo até a frente de casa. Olho pela janela só o suficiente para confirmar que é ela, então, sem pensar, saio com tudo pela porta e a encontro na garagem.

Ela sai do carro, e uma brisa joga seu cabelo no rosto. Embora não tenha motivos para isso, sorri quando me vê disparando até ela. É um raio de sol no meio das nuvens no meu dia de merda, o que só me deixa mais furioso.

É como me senti as duas semanas inteiras trabalhando com ela. Era para eu odiá-la. Era para eu achar seu sorriso irritante. E aquelas frases de efeito esquisitas? Era para odiá-las demais. Mas odeio? *Nem um pouco.* Ao contrário, preciso lutar contra mim mesmo para não sorrir quando ela faz gracinha. Para não tomá-la nos braços toda vez que está perto.

O que me leva a uma raiva muito familiar — não contra Nora, mas contra mim mesmo.

Irritado por estar de novo tendo uma reação positiva ao vê-la, enfio as mãos nos bolsos.

— Por que você não me atendeu?

Ela abre um sorriso ainda maior e passa por mim com uma capa de terno sobre o ombro.

— Desculpe, Derekzinho. Minha bateria acabou faz uma hora. E estava sem o meu carregador. — Ela me espia por cima do ombro. — Você não estava preocupado, né? — Há um quê provocador nos seus olhos verde-dourados, e tenho que me virar para o outro lado para não acabar beijando Nora.

— Não, só precisava do meu terno.

Caraca, estou cansado de agir como um idiota autoritário. Achei mesmo que a essa altura ela já teria pedido demissão. Não sei quanto mais eu aguento.

Seu sorriso vacila um pouco, mas ela se recupera depressa.

— Bom, aqui está! O terno dos seus sonhos.

Alguma coisa no jeito como ela diz isso soa suspeito. É então que reparo na capa do terno. Não é a transparente que em geral recebo da lavanderia — essa é elegante, preta e opaca. É de marca.

— Mas que loucura é essa? — pergunto, embora eu saiba o que é.

A cara dela é de quem acabou de me vencer.

— Esse é o terno que você pediu.

— Não é o meu terno da lavanderia.

Não digo como uma pergunta, porque não é.

Ela abre um sorrisinho e bate de leve no meu peito — sinto como se uma corrente elétrica descesse pela minha coluna.

— Que ligeiro. Você não vai precisar mais daquele lá... nem de nenhum dos seus ternos velhos — diz ela em um tom animado demais antes de levá-lo para dentro de casa e ir em direção à escada. A escada que dá no meu quarto. Por que ela está indo para o meu quarto?

E por que estou indo atrás dela, como um cordeiro para o abate?

— Nora... por favor, diz que não fechou o patrocínio com a marca de ternos.

— Eu até poderia dizer isso, mas, como acredito que a honestidade é a melhor política, o ideal é contar que eu fechei, sim, e você agora é o rosto de uma das marcas de terno mais populares do mercado. Só preciso que assine na linha pontilhada hoje à noite.

Paro no meio da escada, observo sua bunda redondinha e atrevida balançar na minha frente e, contra todo o bom senso, não estou pensando no que ela fez. Minha mente só se pergunta se Nora ainda usa calcinhas de acordo com o dia da semana. No começo, na faculdade, achei que era só uma coincidência fofa. Mas aí comecei a reparar que todo dia ela usava a calcinha combinando. Perguntei para ela uma vez, e ela disse que gostava do hábito. Sua bunda gostosa virou meu calendário e... É, eu não deveria estar pensando nisso.

— Você fez isso sem o meu consentimento. Posso te demitir agora mesmo — digo, subindo os últimos degraus com uma corridinha para alcançá-la.

Ela vira e entra no meu quarto.

— Pode mesmo, mas vai precisar de uma agente nos poucos dias em que estiver no set. E duvido que conseguiria achar alguém para ocupar o cargo antes do seu voo na sexta de manhã.

Peraí, meu o *quê*? E que set?

— Não tenho nenhum voo na sexta de manhã — digo com uma calma controlada que deveria dar uma dimensão do tamanho da minha frustração.

Ela deixa o terno na minha cama, e tento muito não encarar enquanto ela se inclina para abrir o zíper. O short do macacão que está usando não deveria ser atraente. Não é. Nora tira o terno da capa e o ergue, procurando algum defeito, então o leva toda empertigada até meu closet como se fosse dona dele.

Fico plantado no meio do meu quarto, os braços cruzados, porque tem alguma coisa acontecendo aqui e tenho a sensação de que vou precisar de toda a minha força de vontade para resistir ao que for. Tem uma nova energia zumbindo em volta de Nora. *Não deixe o sorriso dela te enganar: ela está coberta de margaridas amarelas, mas é perigosa pra caralho.*

A mulher emerge do meu closet, ainda sem fazer contato visual comigo, com os braços cheios de roupas. Assisto com os olhos semicerrados enquanto ela joga tudo na minha cama, murmurando alguma coisa sobre meias e de quantos pares vou precisar. Em seguida, ela pega minha mala. A grandona. Ergue-a na cama com um grunhido de esforço.

— Você tem preferências na hora de fazer a mala? Gosto de pôr meias e roupa de baixo em um cantinho, e aí construir uma fortaleza de camisetas enroladas ao redor deles. Mas estou aberta a sugestões... *até certo ponto.* — Ela começa a enfiar minhas roupas lá dentro.

— Pare — ordeno, mas ela não para. — Nora, pare com isso.

— Desculpe, não dá! Nosso cronograma está muito apertado, preciso começar a *sua* mala hoje para poder lavar a *minha* roupa e a fazer minha mala amanhã. Porque, no momento, minha legging preferida está suja e nem a pau que eu vou ficar o dia todo num avião de calça jeans.

Cruzo o quarto com dois passos e, quando as mãos dela estão livres, fecho a mala.

— Explica direito o que está rolando.

Ela apruma os ombros como se estivesse esperando por esse momento. As chamas em seus olhos correm pelas minhas veias. Ela está tão perto de mim que eu poderia dar um passo à frente e estaríamos pressionados um contra o outro. A regra de não tocar fica zunindo à nossa volta, me provocando.

— Temos um voo marcado para sexta de manhã. Bem cedo. O primeiro voo, na verdade, então precisamos chegar ao aeroporto por volta das cinco e meia.

— Nem fodendo.

É involuntário, mas meus olhos focam na boca de Nora. É a primeira vez que ela oferece resistência desde que começamos a trabalhar, e me lembra de como costumávamos brigar de brincadeira, só por diversão, quando estávamos juntos. E, quando meu olhar desce para os braços dela, vejo sua pele arrepiada. Ela também não está indiferente a esse momento.

Nora então pigarreia e se vira, correndo até o closet de novo enquanto fico aqui, perdendo a cabeça. Enfio as mãos no cabelo e puxo com força, só para aliviar parte da frustração. Mas não é por causa do trabalho. Estou puto porque eu a quero. E frustrado porque não a tenho.

E nem posso ter.

Mesmo se ela me quisesse de volta, eu nunca me permitiria confiar nela de novo. Não depois de amá-la tanto e vê-la desistir da gente sem nenhum aviso ou motivo. Não houve sequer uma semana de distanciamento. Um dia ela me amava e sonhava com um futuro comigo enquanto matava a aula de oratória para fazermos trilha até uma cachoeira; no outro, ela mandou nosso relacionamento para a guilhotina.

— E para onde vai esse voo que eu não vou pegar? — pergunto, encontrando Nora no closet e apoiando as mãos de cada lado do batente.

Ela vai ficar presa ali até me dar uma resposta clara.

Ela sorri.

— Las Vegas.

E então ela e seus braços cheios de meias e cuecas desviam do meu bloqueio com facilidade.

Sinto um peso no estômago. Ela está falando sério. Comprou passagens para nós dois com destino a Las Vegas.

— Eu não vou. E não vou assinar contrato de patrocínio nenhum. Fim de papo.

Ela é uma abelhinha zumbindo pelo meu quarto, ainda reunindo tudo de que precisa para uma viagem que não vou fazer.

— Ah, acho que vai. Porque, número um, já comprei as passagens e confirmei com a Dapper que você estará no set na sexta-feira, animado e pronto para ser a estrela do principal comercial deles do ano.

Minhas narinas inflam.

— Você não fez isso.

— E, número dois, seus amigos me instruíram a dizer que, se você resistir, eles vão me contar sobre o negócio que encontraram na sua mesa de cabeceira uns meses atrás.

Meu sorriso se esvai.

Eles não fariam isso.

— Fiz uma chamada em grupo mais cedo para explicar a situação e ouvir a opinião deles. Descobri que estão do meu lado e acham que é hora de você voltar ao trabalho. Jamal até me pediu para ler este recado caso você resistisse. — Ela puxa um bilhete do bolso de trás e o balança como se fosse um jornal antigo. — "Derek, você é uma besta quadrada se achou que não usaríamos isso contra você. Senta a bunda nesse avião, senão eu conto pra ela o que encontramos."

Eu resmungo, porque é a única resposta que consigo dar no momento. Precisando de espaço, ando de um lado para o outro e me viro bruscamente para Nora.

— Eles te contaram o que encontraram?

— Não. Mas... estou muito intrigada. Deve ser muito constrangedor para despertar uma reação dessas. Acho que, como sua agente, eu deveria sab...

— De jeito nenhum.

Ela umedece a boca, abre um sorriso e dá um passo para perto de mim, erguendo o queixo e os lábios perfeitos.

— Isso significa que você vem comigo para Las Vegas?

Nora está toda feliz, deleitando-se na luz de uma vitória certeira. Mas eu não vou.

Corro a mão pelo cabelo e me afasto dela.

— Você não deveria ter feito isso, Nora. Foi longe demais.

O olhar dela me dilacera.

— É mesmo? Você ficou duas semanas me passando trotes e espera que eu só fique sentada e te deixe perder essas oportunidades incríveis por causa de uma coisa que rolou entre a gente na faculdade? Não mais. De agora em diante, vamos aceitar as propostas. Você vai dar as entrevistas.

Eu deveria manter a boca fechada. Deveria deixá-la pensar que esse meu comportamento é só por causa dela. Mas, de repente, é como se eu estivesse em um carro desgovernado. O pânico enche meu peito quando penso em me expor com tanta coisa em risco.

Sem permissão, minha mente me lembra dos apresentadores do programa de rádio e da ESPN dizendo que não tem como eu me recuperar por completo. Que viram muitos atletas perderem a batalha contra esse tipo de lesão e que vai ser triste ver acontecer comigo. Que vai ser uma cena deprimente.

Tudo gira sem parar ao meu redor. Minha respiração fica rasa. Meu pescoço, todo suado, e, de repente, estou de volta à escola, parado na frente da sala, vendo todo mundo rir de mim enquanto eu não conseguia passar pelo trecho que deveria ler.

E aí eu explodo.

— Não é por sua causa, Nora!

Ela não se encolhe com meu tom de voz. Parece aliviada.

— Então é por quê? Me conta, senão não posso dar um jeito.

Fecho os punhos.

— Não quero sair por aí pagando de fodão numa propaganda se a chance de eu ser cortado do time antes mesmo de a temporada começar é grande! Todo mundo, e é *todo mundo* mesmo, acha que os Sharks vão dar meu lugar para o Abbot, e quando isso acontecer vou ficar com cara de tacho. A Dapper, e qualquer outra empresa com quem você fechou negócio, vai voltar atrás e revogar o contrato. Então não, obrigado. Prefiro ficar na minha e focar no meu jogo e nada mais. Não vou me distrair e não vou ficar desfilando num terno sendo que posso nem ter um emprego esse ano!

Nora pisca, a energia que minha explosão atirou no quarto esvanece. Aí ela franze a testa.

— Então... todos os trotes... ficar me impedindo de trabalhar de verdade... era por isso? Porque você está com medo de fracassar e parecer bobo por ter tentado?

Suspiro, achando impossível explicar como nunca mais quero me sentir o garoto cujo suposto fracasso era o entretenimento de todo mundo sem contar a ela a verdade sobre meu passado e meu diagnóstico recente.

— Sim e não. Acho que você foi uma boa desculpa para dar uma pausa em todas as coisas externas e poder só ficar quieto e treinar. Então, por favor... ligue para eles e anule o contrato. Não quero fazer isso.

O silêncio ocupa o quarto por um minuto, e acho que consegui fazer Nora entender. Mas então seus olhos reluzem. Se eu achava que ela parecia determinada antes...

— Quer saber, Derek? Isso me deixa mais brava que uma vespa presa numa camiseta suada. Bem que eu gostaria que você só quisesse me fazer sofrer. Mas jogar fora sua carreira por medo do que vão pensar se você der o seu melhor e fracassar mesmo assim? — Ela se aproxima e me cutuca no peito como se fosse alguém do meu tamanho, e não uns trinta centímetros mais baixa. — Isso me corta o coração, e não vou permitir. Você merece coisas boas, não importa o que rolou depois da lesão. Trabalhou pra caramba durante toda a sua carreira e merece o melhor. E sabe do que mais? Nem todo mundo acha que Abbot vai assumir seu lugar. Eu acredito em você. *Eu acredito*, Derek. — Ela pressiona a mão com firmeza no peito. A intensidade emana dela em ondas. — Sei como você é quando se dedica a alguma coisa, uma prova disso é como esteve plenamente comprometido em me fazer penar nessas duas semanas. Além disso, eu fiquei vendo todos os seus treinos nesses últimos dias. Você não está acabado. Não está enferrujado. É a porra de um touro, Derek, mas tem que acreditar em si mesmo também, senão ninguém mais vai. — Ela faz uma pausa longa e respira fundo. — Tire sua bunda musculosa de casa e acredite em você. Aceite os patrocínios. Dê entrevistas. Poste conteúdo de treino que mostre você dando tudo de si e arrasando. Não desista só porque algumas pessoas com a mente fechada dizem que deveria! E *pare* de fazer joguinhos com a minha carreira, porque eu me esforcei pra caralho por ela. Não é justo comigo e, sinceramente, não combina com você.

Meu peito está tão apertado que mal consigo respirar. Não sei se estou puto, triste, envergonhado ou motivado.

— Mais alguma coisa?

— Sim. — Ela me cutuca de novo, mas dessa vez no queixo. — Você não sorri mais como antigamente.

— Quê?

— Você me ouviu — diz ela, incisiva, mas sem crueldade. Seus olhos se suavizam. — Você sorria o tempo todo e nunca sorri agora. Achei no começo que era porque me odiava, mas você também não sorri para mais ninguém. Sinto falta daquele sorriso. Era tão caloroso que eu sentia no corpo todo.

Eu a observo — um milhão de perguntas e desculpas rondando minha cabeça, mas não consigo escolher nenhuma exceto a maior, a que venho evitando há tanto tempo.

— Estou pronto para saber o que aconteceu — digo baixinho, sem mais qualquer traço de raiva nas veias.

Passei tempo demais dizendo a mim mesmo que não me importava. Que ela tinha terminado comigo e não me amava mais e não tinha o que discutir. Eu não precisava de detalhes, nem queria. Porque qualquer explicação doeria demais, e eu já estava sofrendo tanto que achei que ia desmoronar.

Mas agora preciso saber. Porque ouvi-la descrever como quase desisti da minha carreira por medo me fez pensar também em outra esfera da minha vida. Pode ter sido Nora quem se afastou de nós, mas eu a deixei fazer isso. Não lutei por nós nenhuma vez, pois tinha muito medo de não ser o bastante para ela.

Nora me encara em choque.

— Q-quê?

— O que aconteceu na faculdade? Com a gente — pergunto devagar e com cuidado, para não assustá-la. — O que te fez terminar comigo? E de um jeito tão frio. O que eu fiz de errado, Nora?

14
Nora

Fecho os olhos e solto o ar.

— É contra as regras f...

— Me conte. Por favor. Eu preciso saber.

Nunca o ouvi com um tom de voz tão desesperado.

Olho nos olhos dele e sou transportada para meu último ano de faculdade, quando me via diante da possibilidade de mudar toda a minha vida por um atleta em ascensão. Eu me permito sentir tudo que passei anos tentando bloquear. Em parte pela dor, em parte pela culpa.

— Eu estava com medo — digo sinceramente.

Ele franze as sobrancelhas e dá um passo hesitante na minha direção.

— Medo do quê?

— De você — sussurro. — De como eu me sentia em relação a você.

Derek me observa como se eu estivesse mudando de forma na frente dele.

Dou um passo em sua direção também, sentindo que o oxigênio do quarto está pouco a pouco diminuindo.

— Não era para você cruzar o meu caminho, Derek. Eu tinha um plano sólido para a minha vida, e o amor não fazia parte dele.

Mas olhei para Derek uma vez numa festa, e foi meu fim. Lembro como se fosse ontem. O abalo no meu sistema nervoso. A tensão no meu corpo que dizia *ele... ele é importante.*

— Quando te conheci e me apaixonei perdidamente, fiquei aterrorizada. E de repente as minhas notas começaram a cair porque eu passava o tempo todo com você, enquanto sua fama crescia depressa e as pessoas especulavam que você ia para a NFL. — Estou falando rápido, mas não consigo desacelerar agora que enfim estou dizendo essas palavras em voz alta. — E, como se isso não fosse assustador o suficiente, no dia em que terminei com você, tinha descoberto que por pouco não reprovei em Economia, por causa de uma nota horrível. Foi um alerta enorme para mim. Ainda mais porque eu queria entrar no mestrado.

Ver aquela nota foi um golpe forte. Eu tinha uma média perfeita no ensino médio e fui oradora da turma. Não era do tipo que fazia corpo mole nas aulas. Mas, de repente, eu me tornei essa pessoa por um cara, e odiei isso — tinha medo das outras partes minhas que eu abandonaria se continuasse com ele.

Além disso, se meu pai me ensinou alguma coisa, é que não vale a pena colocar nossa felicidade e nosso futuro nas mãos de um homem. Eles vão embora quando ficam entediados. E eu não tinha como saber quanto tempo Derek levaria para se cansar de mim. Era um risco muito grande para assumir no começo da minha carreira. Eu precisava continuar lutando por mim mesma.

Estudo os traços firmes do rosto de Derek, que de alguma forma ficam ainda mais lindos quando ele franze a testa assim. Ele balança a cabeça, mas o gesto é tenso.

— Eu... eu não sabia que suas notas estavam caindo. Se tivesse me contado, eu teria ajudado... estudado com você, ou algo assim.

— Teria mesmo? — pergunto com sinceridade, lembrando como a principal missão na vida dele parecia ser me convencer a pôr de lado meus livros para ficar com ele. — Acho que o Derek que você é agora teria me ajudado. Mas o Derek que eu namorava, que amava se divertir e zoar o tempo todo... ele teria me dito para não me preocupar com isso. Acho que você teria até se oferecido para se casar comigo, para eu nunca mais ter que trabalhar na vida.

Os olhos de Derek reluzem com algo que não reconheço, mas um segundo depois o brilho some e ele só parece triste.

— Mesmo assim, queria que você tivesse me dito isso quando terminou comigo. Mesmo se eu não entendesse... teria ajudado saber durante esse tempo todo. Teria ajudado... — Ele remexe os pés como se a vulnerabilidade o estivesse matando. Fico chocada quando ele termina a frase. — Poderia ter parado de doer mais cedo se eu soubesse.

Dessa vez, eu sinto o golpe.

As palavras *mais cedo* implicam que ele ficou magoado por um bom tempo. Mas não pode ser verdade. Ele seguiu em frente tão rápido, com aquela outra menina. Por outro lado, da mesma forma que havia mais por trás do meu término frio do que Derek viu, talvez houvesse mais que ele nunca me deixou ver também.

— Tem razão. Eu deveria ter sido sincera com você, mas me sentia egoísta demais escolhendo a mim mesma em vez de nós, e não consegui achar um jeito de explicar que não queria interromper meus sonhos tão cedo para ir atrás dos seus. — Mordo os lábios, odiando a pontada de culpa que ainda me perfura. — Sinto tanto por ter te machucado, Derek... e pelo jeito que terminei as coisas. Eu não estava pronta nem era madura o suficiente para o tipo de amor que a gente tinha.

— Você acha que não teríamos dado certo? — pergunta ele, e a esperança que escuto em sua voz me destrói.

Mas não posso mentir para ele. Balanço a cabeça suavemente.

— Não. Por mais que eu te amasse, havia muitas coisas que eu precisava experimentar na vida, e não teria conseguido se tivesse seguido você depois da formatura. Acho que a gente teria tentado bastante, por um tempo, e aí teríamos sentido a força de dois sonhos diferentes nos afastar. Era uma ideia que não conseguia suportar. E talvez nenhum desses motivos seja suficiente para você me perdoar, mas...

— Eles são — diz ele com delicadeza, mas mesmo assim o impacto das palavras me atinge como uma pedra no peito.

Não consigo respirar. Não consigo fazer nada exceto piscar enquanto vejo as rugas fundas de seu rosto se suavizarem. Dessa vez, é ele que toma forma à minha frente. Esse não é Derek, o rapaz inconsequente: é Derek, o homem.

Ele se aproxima de mim, e minha pele vibra ao perceber, mas logo se decepciona, quando ele para a alguns centímetros. Derek não faz qualquer menção de me tocar, mas está claro em seus olhos de safira ardentes que algo novo está se desdobrando entre nós. Uma trégua. Talvez até empatia.

Quaisquer que sejam as coisas não resolvidas que trouxemos para esse quarto, não vamos sair com elas.

O peito de Derek se expande com uma inspiração.

— Poderia não ter sido um motivo bom o suficiente para mim na época, quando eu tinha vinte e quatro anos e era imaturo, mas agora... — Ele troca o peso de um pé para o outro. — Faz sentido pra mim, Nora.

— Sério? — pergunto, com os olhos marejados.

Eu não fazia ideia, até esse momento, de como precisava ouvir isso dele. Ouvir que ele entende minha escolha e que talvez não me odeie por isso.

Seus olhos correm por meu queixo e minha boca como uma carícia. O olhar que está me dando agora me lembra que tivemos algo especial. Que eu já fui especial para ele.

— Acho que... — Ele inspira, os olhos subindo de volta aos meus. — Guardei uma mágoa que deveria ter superado há muito tempo.

Quero me inclinar para a frente. Há uma corda invisível prendendo os lábios dele aos meus, e está puxando com força. É quase impossível de resistir, então me aproximo um pouquinho.

— Nunca percebi que tinha te machucado, Derek. Você simplesmente foi embora quando terminei com você. Pegou a caixa da minha mão e se virou sem dizer nada. Eu sabia que estava bravo, mas magoado? Você não demonstrou.

— Pelo visto, é o que faço de melhor. — O sorriso dele é tão triste que dói. — Desculpe, Nora. Desculpe por tudo, incluindo tratar sua carreira como um peão em um jogo idiota.

A mão dele roça a minha, e não sei dizer se é intencional ou não. Mas meu corpo sente o leve toque em todo lugar.

— Tudo bem, tivemos um começo complicado — digo, quase sem fôlego.

— Não. — A voz dele é severa. — Não está tudo bem. Eu fui um cretino com você nas últimas duas semanas e sinto muito.

Meus lábios se abrem, mas mal sei o que dizer. Parece um sonho.

— Também sinto muito.

Ambos ficamos parados em silêncio por um tempo, absorvendo essa nova realidade e o que significa para nós. Estamos tão próximos que tenho que erguer o rosto para vê-lo, e, a cada respiração, nossos peitos quase se tocam. Nenhum de nós se afasta — e, quando sinto aquela conexão familiar entre nós se intensificar, percebo de repente que nunca mais quero ficar longe de Derek. Quero que ele me toque. Que ponha as mãos nos meus quadris e me puxe até não haver nenhum espaço entre nós. Meu corpo anseia por uma pressão que só ele pode satisfazer.

Mas agora nossas carreiras estão entrelaçadas e um relacionamento poderia complicar tudo. Não só isso, mas já vi como atletas começam e terminam relacionamentos como se não fosse nada. Como *Derek* já fez isso. Posso ainda nutrir sentimentos por ele, mas não sei se tenho confiança. E não conseguiria só dormir com ele hoje e seguir a vida normalmente amanhã.

Então, parece que minha única opção agora é...

— Podemos ser amigos? — É constrangedor como minha voz soa esperançosa.

Vejo o exato momento em que os olhos de Derek ficam impassíveis e sei que minha esperança foi equivocada. Ele dá um grande passo para longe de mim e esfrega a nuca.

— Desculpe, mas... não posso ser seu amigo de novo, Nora.

Porque não quer? Porque há história demais entre nós? Não consigo de fato perguntar — além disso, tenho a sensação de que ele está erguendo uma barreira ao não explicar o porquê.

— Certo. E não tem problema. É totalmente razoável, na verdade. — Eu remexo os pés, sem jeito. — É compreensível, e nobre, e... outros adjetivos que não consigo pensar no momento.

Derek me encara e suspira. Eu daria tudo para entrar na cabeça dele.

— Mas... — começa ele, a mandíbula flexionando-se. — Eu te busco para o nosso voo na sexta de manhã.

Eu o encaro, meus olhos arregalados.

— Você vai para Las Vegas comigo?

Ele aperta os lábios, e sei quanto essa escolha está lhe custando.

— Vou. Não vou mais atrapalhar a sua carreira, novata. E preciso mesmo de ajuda com a minha, já que parece que você não vai me deixar desistir antes da hora. — Ele dá um sorriso hesitante. — Vou assinar o contrato e ir com você para Las Vegas.

15
Derek

Bum, bum, bum.

Bato com força porta de Nathan. Sei que estão todos aqui porque ele postou um *story* uma hora atrás de uma pilha de jogos de tabuleiro e marcou o pessoal.

A porta abre, e Nathan aparece de short de ginástica e camiseta, parecendo culpado no mesmo instante.

— Derek, não estávamos esperando v...

Eu o interrompo quando o empurro para entrar.

— Que merda que vocês estavam pensando, brincando com a minha vida desse jeito?

— Ei! — diz ele, jogando as mãos para o alto quando eu passo, furioso. — Pelo visto Nora já te contou sobre os seus planos para o fim de semana.

— É, ela me contou. E transmitiu a chantagem que me fizeram. Vocês foram longe demais. — Congelo na sala de estar ao ver Jamal, Price e Lawrence, todos sentados no chão ao redor de um jogo. — *Monopoly?* — pergunto, indignado.

Lawrence pisca para mim.

— Derek... não é o que parece.

— Ah, sério? Porque parece que os cretinos dos meus amigos tiveram a audácia de jogar meu jogo preferido sem mim, enquanto tramavam com a minha ex-namorada-barra-agente pelas minhas costas.

Price franze o nariz.

— Tá, é um pouco o que parece. Quer jogar? Dá tempo.

— Não. Não quero jogar. Quero saber o que fez vocês pensarem que podiam criar toda uma conspiração com Nora.

Nathan abaixa sua taça de vinho.

— Simples. Você estava sendo um cuzão atormentando ela há semanas. Na moral, merecia mais que uma chantagenzinha que te obrigou a fazer o que deveria estar fazendo desde sempre.

— Eu não fiquei atormentando ela. — *Eu a irritei de propósito.*

— Com certeza não a valorizou nem a tratou com respeito — diz Lawrence, levantando-se e usando sua altura para me fazer prestar atenção. — Você foi um baita de um imbecil. E não só com ela, mas com a gente também, sem atender às nossas ligações e não vindo aqui quando a gente te convidava. Isso magoa.

— Não era a minha intenção...

Como assim? Foi minha intenção, sim, afastá-los. Foi minha intenção me esconder. Mas não queria magoá-los com isso. Parte de mim achava que eles não repararam nem se importariam tanto. É errado dizer que estou feliz por saber que se importam?

Price rola a tela do celular.

— Vou pedir comida pra gente. O que vocês querem? — Ele olha para mim. — Derek, imagino que você não queira nada, né, já que parece que está comendo merda.

A tensão crescente no meu corpo explode. Pego o celular da mão dele e vou até a mesa de centro, onde o jogo num copo de água. Faz um som de *plop* dramático, e eu me arrependo na hora.

— *Pender...* — diz Price devagar, num tom ameaçador, enquanto vem com passos largos e tira o celular do copo, secando-o com a camiseta. — Sorte sua que isso aqui é à prova d'água, porque se Hope tentasse me ligar para avisar que está em trabalho de parto e eu perdesse porque você está agindo feito uma criança mimada, sua vida teria acabado. *Peça desculpa.*

Droga, o que está acontecendo comigo?

— Desculpa, cara — digo, com sinceridade. Passo os dedos pelo cabelo e o auge da raiva se dissipa. — A real é que... estou passando por muita coisa. Mas não queria falar sobre isso.

Tipo como passei os últimos meses analisando minhas lembranças da adolescência sob um novo ponto de vista. Quão diferentes as coisas teriam sido se eu tivesse recebido apoio pelo meu jeito diferente de aprender, em vez de ser humilhado por causa disso? E ainda tem Nora e tudo que ela me disse hoje à noite. Ela tinha razão — o Derek da faculdade odiava estudos, livros e aulas porque se sentia mal. Tão deslocado. Tão insuficiente. Ter que me empenhar e estudar mais com ela teria aberto um abismo entre nós, como fez com meus pais e eu.

— Eu me afastei de vocês porque... *merda*... eu estava com medo, tá bom? Medo de perder vocês como amigos se eu for cortado do time e não for mais um Shark.

— Queria que tivesse nos contado antes — diz Nathan. — A gente poderia ter dado um chute no seu saco há muito tempo e deixado Nora fora disso. Resumindo, você não vai se livrar de nós.

Lawrence bufa, rindo.

— Estamos todos envelhecendo, cara. Lesões acontecem. A aposentaria está no horizonte para todos nós. Menos pro Nathan, que provavelmente vai jogar até os oitenta.

Nathan assente.

— É verdade.

— E é por isso que nossa amizade não depende de contrato nenhum. Nós somos como as *Quatro Amigas e um Jeans Viajante*. — Lawrence se acomoda de novo no chão.

Ergo as sobrancelhas.

— Estamos compartilhando as calças e eu não sabia? É por isso que todas estão me servindo mal ultimamente?

— Bem que eu ia comentar. Suas calças estão meio esquisitas, cara. — Price olha para a que estou usando, e, de fato... um lado está mais curto que o outro.

— Não — interrompe Lawrence antes que a gente desvirtue demais o assunto. — Quero dizer que sempre estaremos conectados, não importa a distância.

Nathan semicerra os olhos para minha calça.

— Tem uma diferença de um centímetro. Você só está secando uma perna ou coisa do tipo?

Dou de ombros.

— Não sei mesmo. Talvez uma perna esteja crescendo e a outra parou?

Jamal joga um travesseiro na minha cara.

— Foda-se sua calça feia, Derek. E a *mulher*?

— Que que tem ela? — Dou de ombros.

Ele arregala os olhos de irritação.

— Você ainda está apaixonado por ela?

Pela primeira vez, estou cansado demais para discutir com ele.

— Sim, estou. Profundamente. Tremendamente.

Todo mundo fica tão chocado com minha sinceridade quanto eu. Jamal se endireita.

— Bom, que merda, se você não está ameaçando me jogar pela janela por ter chamado sua calça de feia, a coisa tá ruim mesmo.

É aí que o peso de tudo desaba sobre mim e desabo no sofá, escondendo a cara nas mãos.

— Eu ainda amo a Nora. Acho que sempre vou amar. E, o que é ainda mais patético, acho que parte do motivo de ter obrigado a mulher a ficar resolvendo coisas na minha casa a semana toda é porque gosto dela perto de mim. Gosto de ouvir sua risada e suas piadas bobas e dos olhares feios que ela me dá quando finge estar brava. Eu gosto dela... mais do que já gostei de qualquer pessoa ou coisa na vida.

Nathan solta uma respiração pesada, inflando as bochechas, e apoia os cotovelos nos joelhos.

— Por essa eu não esperava. Agora quase me sinto mal pela chantagem.

— Eu não — diz Jamal, e todos o encaramos secamente.

Nathan se junta a mim no sofá.

— Agora que percebeu isso, o que quer fazer?

— Como assim?

Price se inclina para a frente.

— Ele quer dizer que você deve ter vindo aqui por algum motivo além de jogar meu celular num copo de água. Você quer reconquistá-la?

— *Não* — digo com firmeza, e estou sendo sincero.

Jamal revira os olhos e se levanta, desaparecendo na cozinha. Ele odeia a minha resposta.

Nathan me lança um olhar que sinto na alma.

— Então o que você quer?

O que eu quero?

— Quero esquecê-la de vez e seguir em frente. Acho que fiquei tão resistente a relacionamentos porque parte de mim ainda não superou ela. Tenho que desistir dela e... sei lá, talvez finalmente deixe vocês me arranjarem alguém.

Lawrence se levanta.

— Então tá. Se quiser seguir em frente, vai ter que agir como um adulto a partir de agora. Pare de zoar e seja honesto com ela. Conte a ela, depois dessa viagem para Las Vegas, que vocês têm que seguir cada um o seu caminho. Não é saudável para você trabalhar tão perto de alguém que ama assim.

— Concordo com Lawrence — acrescenta Price. — Ela merece mais respeito do que você tem dado, e você merece seguir em frente. Conte a verdade a ela.

Respiro fundo. Ele tem razão. Nora sempre me tratou com respeito e gentileza. Percebo pela primeira vez que o término curto e grosso foi até misericordioso, de certa forma. Ela viu que a gente não era mais compatível — que ela precisava focar na faculdade e nos estudos ao mesmo tempo que minha personalidade se rebelava contra essas coisas por pura autopreservação. Enquanto todos na minha vida me diziam para tomar vergonha na cara e me esforçar, Nora nunca fez isso. Ela amava o cara que eu era, mas também percebeu que precisava de algo diferente para si mesma e seguiu em frente sem jamais me apresentar um ultimato do tipo "você precisa mudar para ficar comigo".

E eu fiquei atormentando ela por causa disso.

— Vocês estão certos. Vou contar para ela no avião, na sexta.

Jamal de repente bufa e emerge da cozinha com uma jarra cheia de uma bebida cor de vinho que quase combina com a camiseta dele.

— Em primeiro lugar — ele aponta para Nathan —, *você* não me disse que tinha sangria! — O dedo gira para Lawrence. — E *você* deu o pior conselho que já ouvi. É evidente que o homem precisa reconquistar a mulher dele, não desistir dela.

Cruzo os braços e me recosto no sofá.

— Você está errado, cara. Nora não é minha mulher. Ela deixou isso claro anos atrás, e chegou a hora de respeitar isso. Agora, me deixem jogar *Monopoly*, e eu aceito um copo de sangria. Aproveita e coloca gelo.

Jamal se senta no chão de novo.

— Pega você sua bebida, seu merdinha que não sabe nada do amor. — Ele me entrega um pouco de dinheiro das cores do arco-íris. — E você vai ter que ser a cartola, só sobrou ela.

16
Nora

Uau, está sentindo isso? É a esperança! Radiante. Cheia de luz. Como é expressiva, a esperança! Por que estou saltitando pela casa como uma adolescente que nunca se decepcionou na vida? Porque, na outra noite, Derek e eu fizemos as pazes e acho que ele finalmente vai me deixar fazer meu trabalho. Ele nem me ligou ontem uma única vez, nem me mandou fazer nenhuma tarefinha de nada.

Não só isso: a culpa que carreguei por tanto tempo sumiu. Ele entende. Mais do que isso, acha que foi a decisão certa. A verdadeira dificuldade agora está sendo apagar a lembrança dos seus olhos se suavizando. Dele me contando que ficou feliz por eu ter cuidado de mim na época. Se o Derek doidinho e divertido era atraente, o Derek estável e maduro é surreal. Não dá para negar o quanto eu ainda...

Deixa pra lá. Nada disso importa. Porque, um segundo depois, ele disse que não quer ser meu amigo e isso me estripou como uma truta no mercado de peixes, mas não tem problema. Eu entendo. (Odeio com todo o meu coração — mas respeito.) Vamos colocar a carreira em primeiro lugar. Que bom, que bom, que bom.

Minha mala está pronta, e minha mochila está pesada, o notebook cheio de projetos (projetos reais, e não tarefas inúteis) nos quais fiquei trabalhando a noite toda porque estava animada demais para esperar, e aí quando pisquei meu alarme estava tocando. Não fiz nada além de trabalhar num fluxo infinito de horas desde que ele decidiu parar com os trotes, porque tenho que compensar todo o tempo perdido.

Eu me sinto triunfante. Como se devesse correr pelo apartamento com uma bandeira dos Estados Unidos amarrada às costas feito uma medalhista de ouro nos Jogos Olímpicos. Vivi à base de esperanças, sonhos e café, e tenho certeza de que estou com um olhar meio desvairado, mas não ligo. Pela primeira vez na vida, sinto que as coisas estão andando. Meus sonhos são possíveis. E mesmo se eu não puder ter Derek como parceiro ou como amigo... pelo menos não estarei completamente fora da vida dele outra vez. Não terei que dizer adeus a ele. Isso é patético? Decido não responder a essa pergunta.

Assim que sirvo minha quarta xícara de café, escuto uma batida na porta. Sei que é Derek porque um arrepio desce pela minha coluna. Brincadeira, é porque ele disse que ele e o motorista passariam aqui para me buscar às cinco.

Corro até a porta e a abro com tudo.

— Bom dia, Derekzinho! — digo a ele com um sorriso enorme, porque me recuso a deixar qualquer constrangimento remanescente depois do meu arroubo de vulnerabilidade e de termos praticamente transado com os olhos. Porque, sim: depois de repassar aquela noite sem parar na minha cabeça, decidi que quase transamos com os olhos. — Entra aí rapidinho enquanto pego minhas coisas.

Derek franze a testa de leve, hesitando na porta.

— Hum, Nora...

— Não. — Aponto para ele. — Nem vem. Vamos para o aeroporto. Vou ganhar um monte de dinheiro pra você. E não vai rolar qualquer estranheza entre nós por causa da outra noite. Podemos ambos ser adultos profissionais e respeitar as nossas regras. — Vou ao quarto e pego minha mochila e a mala enquanto continuo falando, agora mais alto para que ele me ouça da sala. — Não é querendo me gabar, mas mandei muito bem nos últimos dias. Duvido que possa acontecer qualquer coisa nessa viagem para a qual eu não esteja preparada.

Quando volto para a sala, Derek franze a testa ao observar meu rosto.

— Nora, você dormiu alguma coisa?

Aponto meu travesseiro de avião para ele antes de enfiá-lo na mochila.

— Boa pergunta. A resposta é: não. Mas, por sorte, não preciso mais dormir. Uma observação paralela: você sabia que se beber café suficiente consegue ouvir a cor roxa?

Coloco a mochila nos ombros e tento sair de casa. *Tento* é a palavra-chave, porque sou bruscamente puxada para trás por uma mão na minha mochila. Dou um gritinho enquanto tropeço contra Derek. Ele me encara por cima do meu ombro, os olhos azuis severos.

— Então você não dormiu. Comeu algo hoje?

— Comi... mais ou menos quatro mil miligramas de cafeína até adquirir sentidos-aranha. É ótimo, tudo está formigando e girando ao meu redor.

— Isso se chama ataque de pânico.

Faço um *pff* e tento andar de novo, mas ele me puxa mais uma vez. Aceito quando sinto suas mãos deslizando sob as alças da mochila e a tirando dos meus ombros.

— Derek, bora, a gente tem que...

— Escute aqui, novata. A gente não vai a lugar nenhum até você comer alguma coisa. — Ele deixa minha mochila de lado, e eu murcho. — Tem ovo na geladeira?

— Bom... tem... mas não dá tempo de fazer nada.

Ele já está indo até a cozinha — aquela montanha máscula e confiante agindo como se o tempo e o espaço fossem se curvar diante dele. E, com uma bunda dessas, talvez se curvem mesmo.

— Eu faço ovos pra você, você come, e aí a gente vai pro aeroporto e você dorme o voo inteiro. E é sério, Nora. Se eu tiver um vislumbre sequer dos seus olhos verdes, vou cancelar tudo, entendido?

Mandão, mandão, mandão. Por que não odeio isso? Ou uma pergunta melhor: por que isso me excita tanto? Deve ser porque de repente sou inundada com lembranças dos ombros dele pairando sobre mim, delineados apenas pelo luar, enquanto ele me sussurrava ordens diferentes.

Ele abre a porta da geladeira e pega a bandeja de ovos.
— Agora, enquanto cozinho, vai colocar uma calça. Você quebrou a regra número sete.
Eu bufo, rindo.
— Eu não qu... — Olho para baixo e, de alguma forma, arquejo e grito ao mesmo tempo. — Derek! Eu estou sem calça!
— Reparei — resmunga ele, sem olhar para mim. — Tentei te contar quando entrei, mas você estava ocupada demais vendo um universo diferente com seus novos poderes induzidos pela cafeína.
— Desculpa! Isso não é nada profissional. — Pego um cobertor turquesa peludo do meu sofá rosa (vantagens da vida de solteira) e o enrolo na cintura enquanto sigo com passinhos curtos em direção ao quarto. — Juro que não percebi que estava sem calça. É só que nunca uso quando estou em casa e fiquei tão preocupada com o trabalho que...
— Nora. — Derek se vira e me fita com um olhar tão cheio de lembranças e emoções que meus joelhos quase cedem. Ele não diz nada, mas seus olhos afetuosos dizem tudo: "Eu sei que você não usa calça em casa. E sei exatamente como você fica sem calça. Eu sei até como você fica cem por cento nua na minha cama." — Só se vista, por favor — diz ele, por fim, e assinto antes de entrar no meu quarto para me trocar, tentando esconder um sorriso que não tenho nenhum direito de exibir no rosto.

Passamos rápido pela segurança, mas preciso ser honesta: está difícil. Minhas pernas letárgicas tentam acompanhar as de Derek, tão compridas e acordadas, mas estou meio delirante pela falta de sono e pela cafeína. A essa altura, vejo o mundo através de um aquário. Tudo está turvo, e Derek tem razão, a quantidade imensa de café está me deixando muito ansiosa. Ou pode também ser o número enorme de observadores.

Estamos ambos de boné e moletom, nos escondendo o máximo possível. Mas, mesmo se as pessoas não souberem especificamente quem ele é — embora eu aposte que setenta e cinco por cento delas sabem, porque o cara é o *tight end* mais famoso da NFL —, elas veem o tamanho e os músculos dele, e as roupas caras de ginástica, e sabem que é alguém importante. Alguém de quem se tira fotos. Acho que era para eu protegê-lo nesse momento, mas fico tropeçando nos meus pés e me sentindo tonta. Derek com certeza repara, porque, antes que eu me dê conta, seu braço está ao redor dos meus ombros — me puxando junto dele para me estabilizar.

O problema é que Derek é tão forte e quente, e cheira a sabonete líquido marroquino de menta (sim, esse é o aroma exato... talvez eu tenha espiado o chuveiro dele uma vez) que está ficando difícil resistir ao impulso de fechar os olhos enquanto caminho. Em certo momento, percebo que ele está praticamente me mantendo de pé. Sem reclamar. Sua mão agarra meu corpo com firmeza pela lateral, como se ele quisesse me deixar ciente de que está cuidando de mim. E, de vez em quando, quando temos que parar numa fila, eu me permito me inclinar totalmente nele e cochilar rapidinho. O profissionalismo começa amanhã.

Nunca fiquei tão cansada na vida. Acho que duas semanas dormindo mal, além de uma noite inteira sem pregar os olhos, estão enfim tendo um preço.

— Estamos quase no nosso portão — avisa Derek, inclinando-se para falar no meu ouvido.

Arrepios irrompem no meu corpo, e estou cansada demais para resistir. Só consigo pensar: *Meu Deus, que saudade dele assim.*

Quando finalmente chegamos ao portão dez, Derek nos guia até um canto isolado, mas não adianta. As pessoas ainda reparam em nós, e ele tem que passar um tempão dando autógrafos e tirando fotos. Pergunto se ele quer que eu mantenha a multidão longe, mas ele diz que não se importa e que fica feliz em fazer isso. E acho que fica mesmo, a julgar pelo jeito que conversa longamente com alguns adolescentes, perguntando em quais posições eles jogam no colégio e onde querem fazer faculdade. Os garotos perguntam se o tornozelo dele vai ficar bom para o início da temporada, e Derek só sorri para eles e diz:

— Vou estar pronto no dia do jogo, não se preocupem.

Acho que ele precisava disso, para ser sincera. Ficou se escondendo um tempão na pré-temporada, se preparando mentalmente para a ligação que o avisaria de que foi cortado do time. Uma ligação que nunca vai acontecer, se depender de mim.

Em pouco tempo, estamos no terminal esperando para embarcar e fico encarando o joelho enorme de Derek a poucos centímetros do meu. Não consigo desviar o olhar. Meus olhos estão tão colados nele que de repente uma mera articulação parece erótica demais para suportar. Ele sempre teve esses joelhos? A mão dele se apoia na coxa, e, quando o vejo apertar a perna uma vez, sinto a mudança no ar antes que ele diga meu nome.

— Nora... precisamos conversar.

Não acho que o apertão na coxa foi um bom sinal. Acho que ele me pegou encarando e viu a saudade escancarada na minha cara, já que estou sonolenta demais para disfarçar. Ah, não...

Derek vai me demitir.

Eu sei disso. Sei pela tensão nas sobrancelhas dele e pela suavidade em seus olhos. Alguma coisa significativa mudou em Derek desde a outra noite. Não consigo identificar o quê, mas agora, depois que ele fez ovos para mim e me conduziu pelo aeroporto, consigo ver com clareza. Ele está agindo com ternura porque vai me dispensar. Talvez ache que sou nova demais no trabalho para ser sua agente de verdade depois que o convenci de que ele precisa parar de se esconder atrás dos treinos e proteger sua carreira. Ou talvez tenha sido porque eu estava sem calça hoje de manhã. Ou pelo fato de eu estar caindo de sono enquanto andava pelo aeroporto.

Mas... não! Não posso deixar que ele me demita antes de eu provar que consigo. Posso esconder melhor a minha saudade! Posso usar calça em todos os momentos! Juro!

— Ainda não — digo rapidamente antes de ele ter a chance de me demitir. — Só... eu sei o que você vai dizer... mas... pode só esperar até depois do fim de semana?

Derek abre a boca para responder, mas sou salva pela mulher gentil no alto-falante anunciando que vai começar o embarque. Meus sonhos podem sobreviver por mais uma hora, pelo menos.

Ambos nos levantamos, e eu pego minha mochila, mas Derek a alcança antes que eu a coloque nas costas e a joga sobre o ombro. Alguns minutos depois, embarcamos e, uma vez na primeira classe, vivendo como rei e rainha, eu desmaio. E, por sorte, Derek não me acorda para me demitir — não me acorda nem para dizer que minha cabeça está apoiada no braço dele.

17
Derek

Uma voz dramática soa atrás de mim.

— Perdão, meu gentil senhor, mas posso pedir um autógrafo? É que sou sua maior fã no mundo todo! E significaria tanto para mim...

— Por que você não está dormindo? — pergunto a Nora quando ela se senta na banqueta ao meu lado, com uma cara de...

Nossa, ela é tão linda. Seu cabelo está preso num coque alto e bagunçado que me deixa louco. Ela está com a mesma roupa que vestiu no aeroporto depois do nosso voo: sandálias de couro rosa-choque e uma camiseta branca de mangas curtas para dentro de uma calça azul-clara larguinha e de cintura alta. Não sei descrever direito, mas só de olhar para ela dá para saber o seu cheiro — doce e delicioso. Como um sonho.

Ela não tem o direito de estar bonita assim depois do dia insano que tivemos. Chegamos a Las Vegas por volta das nove e meia da manhã e fomos levados de carro até o set do comercial — que se passava num cassino. Eles me enfiaram num terno índigo que ficou perfeito, e a equipe gravou várias tomadas diferentes, meio melancólicas e elegantes, enquanto eu jogava *blackjack*, roleta e sinuca. Descobri que é difícil jogar sinuca usando um terno bem justo quando se tem o meu tamanho. Na última tomada da noite, o tecido não aguentou mais a pressão e rasgou bem no meio das costas.

Tirando descartar o paletó, não me dei ao trabalho nem de me trocar quando chegamos ao hotel, onde deixei Nora no quarto dela e disse que a amarraria se ela não dormisse. As gravações terminaram por volta das onze da noite, e ela ficou no set comigo o dia inteiro, mesmo eu insistindo toda hora para ela voltar ao hotel e tirar um cochilo. Ela não quis nem saber. É de longe a agente mais atenciosa que já tive — o que complica ainda mais minha decisão de revogar nosso contrato.

Não quero mesmo fazer isso. Não só porque preciso de uma boa profissional e acho que ela se encaixa perfeitamente no papel, a julgar pelo esporro que me deu na outra noite quando eu estava prestes a desistir da minha carreira, mas também porque estou apavorado com a ideia de deixar Nora sair da minha vida de novo.

Não é como se toda a dor que carreguei por perder a mulher que amava tivesse desaparecido num passe de mágica quando descobri a verdade, só vejo tudo aquilo sob um novo ângulo agora. Respeito Nora pela decisão que tomou quanto à própria vida. E, droga, respeitá-la me faz amá-la ainda mais.

Quero seguir em frente, não posso ficar vendo Nora dia sim, dia não. Vai doer demais.

Nora não se dá ao trabalho de fingir arrependimento por aparecer ao meu lado no bar a essa hora.

— Tentei dormir, mas tem muito barulho.

— Posso te arranjar uns tampões de ouvido.

Ela torce o nariz e balança os dedos ao lado da cabeça.

— Quis dizer que tem muito barulho na minha cabeça. Não consigo parar de pensar em todas as possibilidades para você... ainda mais agora que sei que consegue atuar. O que acha de...?

— Nora — interrompo, olhando para meu copo vazio.

Ela percebe a mudança em minha voz e sabe o que estou prestes a dizer.

Seu sorriso esvanece. Odeio causar isso.

Aperto o copo e olho para dentro dele enquanto digo as palavras que sei que vão machucá-la:

— Eu... eu não consigo fazer isso. Achei que conseguia, mas não dá. Preciso rescindir nosso contrato.

Há um momento de silêncio entre nós, apenas os sons de Las Vegas preenchem o ar. Pelo canto do olho, vejo os ombros dela subirem e descerem.

— Eu... eu não fiz um bom trabalho?

Olho abruptamente para ela.

— Quê? Não. Você é incrível no seu trabalho e, em outras circunstâncias... eu teria sorte em contar com você. — As palavras parecem espessas na minha boca. — Mas... — *Merda, não quero falar.* — Por causa do que já vivemos juntos, é demais pra mim. Fico feliz que conversamos na outra noite e fizemos as pazes. Eu falei a verdade sobre entender seu lado, mas...

Não consigo te superar.

Seu sorriso de sempre não está à vista.

— Você não acha que com tempo...?

Dou uma risada fraca.

— Faz oito anos. Acho que, se o tempo fosse consertar, já teria acontecido.

Sinto que estou sendo bem transparente com ela. Que Nora está entendendo o que estou dizendo sem que eu tenha que pronunciar as constrangedoras palavras *opa, ainda estou apaixonado por você, e, a não ser que seja recíproco, não podemos fazer isso porque dói demais estar perto de você e não te ter.*

Mas aí ela pergunta:

— É porque... você... você ainda me odeia?

Meu coração rasga ao meio.

Se eu a odeio? *Odeio que eu não possa te beijar quando você sorri. Odeio que você tenha meu coração nas mãos e não faça nem ideia. Odeio o fato de que nunca consegui te superar — nem por um único dia. Odeio que, se eu te contasse tudo isso, você iria embora e me largaria desamparado e sofrendo no bar.*

— Não, *ódio* não é a palavra certa.

É só o que respondo, porque não consigo me permitir a abrir meu coração no meio de um bar em Las Vegas. É hora de seguir em frente e desistir dela.

O bartender nos interrompe para perguntar a Nora o que ela quer, inclinando-se sobre o balcão para conseguir ouvi-la — ou talvez porque notou como seus olhos são bonitos e queira vê-los mais de perto.

— O que gostaria? — pergunta ele, e então, com um sorrisinho cretino, acrescenta: — Meu número, talvez?

Sinto o forte impulso de bater a cara dele no balcão e quebrar seu nariz. O que, claro, só confirma que não tenho como trabalhar com Nora. Não posso passar por isso o tempo todo. Todo mundo parece desejá-la — e por bons motivos.

Ela ri do flerte, e eu mordo o interior das bochechas para não dizer nada. Mas então Nora pousa a mão na lateral do meu pescoço, onde encontra meu ombro. Ela aperta uma vez, possessivamente, e eu olho para ela de soslaio. *Que porra é essa?*

— Desculpe... estou acompanhada — diz ela, e meu coração, meu coraçãozinho patético e sentimental, martela contra meu esterno.

— Ah, que pena — responde o bartender, virando-se para mim sem o menor arrependimento nos olhos.

Fico em silêncio enquanto Nora faz seu pedido — um gimlet —, com a mão ainda no meu pescoço. Seu dedão desliza para cima e para baixo, e duvido que ela entenda como está me torturando. E me deixando confuso. Eu não acabei de demiti-la? Que porra é essa? E por que estou cogitando agarrá-la e carregá-la direto para o quarto?

O bartender se afasta, e, no momento que dá as costas para nós, Nora abaixa a mão e seu sorriso se esvai.

— Desculpa! — diz ela, virando-se com os olhos arregalados para mim. — Ele deu em cima de mim, e eu estou exausta. Além disso, estava passando a vibe de um cara que só encararia uma rejeição como incentivo para tentar mais, mas aí percebi que você estava aqui e já me odeia e já estou demitida, então não tinha nada a perder, certo? — Ela dá um sorriso/careta para mim. — Ah, nossa, você não parece muito feliz. Vai me demitir de novo? Aqui... eu só... vou me afastar um pouquinho. — Ela arrasta a cadeira mais para o final do balcão. — Considere-me completamente demitida. Não vou mais te incomodar. Na verdade, vou fechar a boca, trancar e guardar a chave no bolso. — É claro que ela faz a mímica de todo esse monólogo, trancando os lábios com uma chave imaginária e guardando-a no bolso inexistente.

Então Nora se empertiga na banqueta e vira a cara para a frente como se não me visse mais. *Essa mulher.*
— Nora, o que está fazendo? — pergunto, tentando não rir.
Ela hesita, aí finge tirar a chave do bolso e destrancar os lábios.
— Te dando espaço.
— Isso é espaço? Você se senta a um braço de mim e finge que não existo?
— É, porque sou profissional. O ápice do profissionalismo. — Ela está fazendo algo com a mão agora. Um gesto giratório. Nora é o tipo de pessoa que conversa com o corpo inteiro.
— O que está fazendo com a mão? — pergunto.
— Rolando a janela para cima para não nos falarmos mais. Você está livre de mim.
— Você pode ter qualquer carro imaginário, mas escolhe um com manivela?
Ela segue sem olhar para mim.
— Claro, porque isso — ela imita apertar um botão imaginário no balcão — não é tão legal.
— Não sei se *legal* é a palavra que você está procurando.
Nora sorri e lentamente se vira na minha direção. É como se uma luz tivesse se acendido atrás dos seus olhos.
— Você não está bravo? Está fazendo piadas comigo?
— Olha, eu estaria se sua janela estivesse abaixada, mas... — Dou de ombros e sorrio para meu copo.
Reparo que o bartender está voltando com a bebida de Nora. Contra meu próprio bom senso, eu me inclino e a arrasto de volta para o meu lado. Mais perto dessa vez. O bartender põe a bebida no balcão e se demora um segundo, esperando obter a atenção dela (porque acho que ele está a fim de morrer hoje). Mas Nora não vê — ela está me encarando.
Estamos ambos confusos pra cacete.
Finjo não perceber como ela está mais perto. Finjo não perceber o cheiro incrível do cabelo dela. Em vez disso, continuo como se nada fora do comum estivesse acontecendo.

— Você vai ficar bem com o fim do nosso contrato?
— Matthew Macfadyen foi o melhor sr. Darcy a já agraciar as telas?
— Quê?
Ela dá um gole na bebida e lambe os lábios.
— A resposta é sim para ambas as perguntas. Vou ficar bem.
Exceto que os olhos dela se afastam depressa, como se não quisesse que eu visse a verdade. Talvez ela não fique bem. A agência pode achar que foi culpa dela. *Droga*.
— Eu ligo pra eles e conto tudo. Vou garantir que saibam que não foi nada que você fez, que é uma questão minha.
— Não precisa, eu dou conta — diz ela, com seu tom de aço habitual, e aí dá um longo gole, quase virando a taça inteira. Ela sibila ao engolir.
— Meio azedo? — pergunto com um sorrisinho.
Ela não responde. Gira na banqueta, e seus joelhos empurram o interior da minha coxa.
— Então, se eu não sou mais sua agente... hoje nós somos só...?
— Duas pessoas bebendo.
— *Pessoas* — diz ela, com ênfase. — Certo. Não amigos. Porque você me odeia.
— De novo, *ódio* não é a palavra certa.
— Tá, beleza, o que quer que a gente seja... — Ela agarra a taça e a leva à boca, virando-a para beber o último gole. — Podemos continuar sendo isso enquanto bebemos? Porque tive uma longa semana e acho que gostaria de me embebedar com segurança. E você é um cara grandão — diz ela como se eu não soubesse disso. — E um cavalheiro. Acho que até me odiando vai me manter segura.
— De novo... *ódio* não é a palavra certa.
Ela joga as mãos para o alto, num floreio meio dramático.
— Me detesta, me acha irritante, me despreza, me abomina...
Amo você, porra.
— ... sente raiva de mim, me deseja tudo de mal!
Ergo a mão para chamar meu bartender menos favorito. O olhar de Nora sobe pelo meu braço, e seus olhos cintilam.

— Uuuh, o que está fazendo? Está atraindo a atenção dele? Devo sentar no seu colo enquanto isso?

Volto os olhos devagar para ela, que abre um sorriso malicioso para mim. Por algum motivo, pensar que não gosto dela está lhe dando uma nova liberdade. Tudo bem. O que for necessário para aguentar essa última noite antes de seguirmos cada um para um lado e eu me obrigar a superá-la de vez.

Peço outra rodada para nós dois, além de umas doses, e alguns minutos depois estamos erguendo as taças em um brinde.

— Ao nosso fim oficial — declara ela com sua sinceridade de sempre, me fazendo querer rir mesmo que meu peito doa ao pensar em perdê-la.

— Ao nosso fim.

Nossos copos tilintam um no outro, e então ambos viramos as bebidas.

18
Nora

Acordo assustada daquele maldito sonho em que Derek beija a mulher na frente do seu prédio, de novo. Meus olhos se abrem em um quarto iluminado pelo sol — um contraste direto com o corredor opressivo. Estou puxando o ar como se tivesse corrido um quilômetro, e meu rosto está úmido de um suor familiar. *Foi só um sonho.* Pisco, olhando para o teto enquanto uma dor de cabeça forte como um raio perfura meu cérebro. *Ai, melhor ficar de olhos fechados.* Eu bebi muito ontem à noite?

Sim, muito.

Tipo, *muito*.

Ficar deitada de costas parece intensificar a dor de cabeça, então tento rolar de lado. Mas não consigo porque tem um tronco de árvore me segurando. Viro os olhos para a direita, e é aí que percebo que não estou sozinha. Tem um homem na minha cama. Ai, meu Deus, não é qualquer homem. Meu ex-namorado que virou meu ex-cliente está dormindo ao meu lado.

Não, não, não. Isso é ruim. Muito ruim.

E também muito gostoso e aconchegante. *Mas não! Não pense assim, Nora!*

O braço grande e pesado de Derek está jogado sobre a minha cintura, e não consigo respirar. Penso um pouco e concluo que talvez seja aceitável ser asfixiada até a morte se eu não tiver que lidar com o que quer que *isso* seja.

Tento alcançar os cantos encharcados de gim da minha memória para entender quais eventos levaram a esse grande erro. *Ai, dói pensar.* Uma dor que martela, lateja, apunhala. O tipo de agonia que se segue a uma noite inteira de bebedeira sem comer nem se hidratar o suficiente.

Como alguém sabe que está com intoxicação alcoólica? Perguntando pra uma amiga.

Mas, sério, como isso aconteceu? Não perco o controle assim desde... bom, desde que namorava com Derek. Eu deveria saber. Ele sempre dava um jeito de me puxar para sua órbita festeira até eu estar só voando e voando com as mãos no ar, como se não me importasse.

Parece que obliteramos a regra catorze: nada de beber juntos.

Fecho os olhos de novo e dou um gritinho de angústia antes de empurrar o ombro de Derek.

— Ei! Acorda!

Ele suga o ar como se tivesse sido ressuscitado.

— Hã? — Derek ergue o rosto o suficiente para eu ver uma marca de travesseiro descendo pela sua bochecha, quase fazendo ele parecer fofo, em vez de um Thor assustador.

Ele resmunga, enfiando a cara de volta no travesseiro, mas não puxa o braço. O homem está esparramado como uma águia em pleno voo. Uma águia sem camisa, toda torneada — e, meu Deus, que visão. O corpo dele é impecável. E de alguma forma parece ainda maior com um lençol cobrindo a metade inferior. Fico surpresa que seu braço não tenha quebrado minhas costelas.

Contra minha vontade, meus olhos acompanham as curvas e depressões dos músculos sobre seus ombros e costas. A pele retesada e as tatuagens pretas desbotadas atravessando a extensão das costas e dos braços. E, quando me dou conta, estou me inclinando na direção do calor que emana de seu corpo.

Ah, nossa, peraí. Ele está pelado? Eu estou pelada? A coisa toda vai ficar dezesseis vezes mais constrangedora se nós tivermos que ficar pelados juntos enquanto sóbrios. Faz muito tempo desde que esse fenômeno aconteceu com Derek. Tanto tempo que é praticamente como se nunca tivesse acontecido. Além disso, a gente era jovem. Não tinha muita experiência.

Por acaso, sei que o homem deitado ao meu lado não é *nem um pouco* inexperiente. Nada nele é como o cara desengonçado que tirou minha virgindade com delicadeza na faculdade. É quase como acordar ao lado de um desconhecido. Mas... ao mesmo tempo familiar.

Eu me apalpo depressa sob os lençóis e, por sorte, pareço estar completamente vestida. Ainda usando tudo menos os sapatos. Tenho medo de espiar Derek sob os lençóis, mas farei isso porque sou grandinha e consigo.

Se tivesse ar disponível, suspiraria de alívio ao ver que Derek estava de calça social, mas não tenho, graças ao braço pesado dele. É saudável os oblíquos serem tão definidos assim? Não sei bem se deveria dar para enxergá-los quando alguém dorme, mas cá estamos.

Bato no braço musculoso de Derek algumas vezes.

— Derek. Dá licença. Não consigo respirar!

Ele puxa o corpo como se estivesse saindo da areia movediça, então desaba de costas. Nunca houve um silêncio mais alto do que esse, enquanto encaramos o teto. Pelo canto do olho, vejo o peito dele — tão bronzeado em contraste com os lençóis brancos e limpíssimos — subir e descer. E vislumbro as tatuagens ali também, embora não consiga vê-las direito desse ângulo. Algo com asas, com certeza.

— Eu estou na sua cama? — A voz dele é uma lixa. Uma lixa muito, muito sexy.

Preciso sair daqui.

— Parece que sim.

Silêncio de novo.

— Isso não é bom.

— Nem um pouco. — Aperto a base das mãos contra os olhos, tentando aliviar o latejar. — Você se lembra de alguma coisa?

Ele grunhe, aparentemente se sentindo tão bem quanto eu.

— De quase nada depois da primeira rodada de shots. — Como se algo o tivesse atingido no estômago, ele se senta abruptamente. — Ai, cacete, tape os ouvidos.

Derek corre até o banheiro. Infelizmente, ouvir as consequências menos elegantes da ingestão excessiva de álcool me faz pular da cama atrás dele.

— Sai, sai, sai! — grito enquanto ele dá a descarga, e então eu assumo de onde ele parou.

Maravilha. Que manhã gloriosa. Que dia lindo!

As luzes fortes do banheiro são ofuscantes, e o exaustor soa alto como um motor de avião. Derek abre a torneira e se inclina para lavar a boca. Nem consigo me importar que ele esteja testemunhando tudo que está acontecendo comigo agora ou que eu tenha visto o mesmo rolando com ele. Estamos no modo sobrevivência. Acho que talvez eu esteja chorando sobre a privada também.

No que eu me transformei?

Derek fecha a torneira e para atrás de mim. Estou preocupada demais com meu estado para me perguntar o que ele está fazendo ali até sentir suas mãos no meu pescoço. Meu cérebro encharcado de gim acha que ele pode estar prestes a me estrangular para escapar das consequências da noite passada. Mas não... ele só está puxando meu cabelo para trás e colocando um pano úmido contra minha pele quente. A delicadeza do gesto faz minhas lágrimas duplicarem.

— O que você está fazendo? — pergunto, ficando de cócoras e arrancando um pedaço de papel higiênico fino e áspero para limpar a boca.

— Não queria que você ficasse com vômito no cabelo.

Agora as lágrimas triplicam. Saem como de uma fonte, vazando pelo meu rosto e com um gosto parecido demais com rímel e gim.

Continuo atordoada quando vejo Derek achar um elástico e então passar com delicadeza os dedos pelo meu cabelo, fazendo uma trança nele inteiro e prendendo ao final. Só consigo me segurar à privada com as mãos como se fosse uma boia no oceano enquanto sou inundada pelas lembranças. Tantas noites comigo sentada na frente dele no sofá, comendo uma tigela de sorvete com cereal enquanto ele trançava meu cabelo. Eu ensinei a ele quando começamos a namorar, e ele fazia sempre que possível.

Dou um gemido enquanto outro raio atravessa meu cérebro.

— Isso é a morte?

— É quase. — Ele pressiona o pano úmido no meu pescoço de novo, e os nós dos seus dedos roçam minha pele. — Sinto que fui atropelado. Aliás, a gente...? — O jeito como hesita meio que contradiz sua reputação de playboy. Ele quase soa envergonhado. — Não me lembro de nada, e isso me preocupa por muitos motivos.

Abaixo os olhos para meu corpo totalmente vestido, depois espio sobre o ombro para o dele, seminu. Está de calça, mas sem camisa. Sem cinto. Só... músculos, o elástico da cueca preta à vista e... as tatuagens. Dois gaviões grandes e cheios de detalhes estão espelhados em pleno voo de cada lado do peito dele. Eles têm asas largas e garras esticadas como se estivessem prestes a aterrissar ou apanhar alguma coisa. Como se estivessem indo bem para o centro do esterno dele, de onde vão arrancar seu coração e carregá-lo para longe. O desenho já é lindo por si só, mas em Derek, com seu tamanho, seus músculos e os olhos azuis vibrantes, é de arrepiar.

Engulo o nó na garganta e viro o rosto.

— Acho que não aconteceu nada além de nadarmos num rio de álcool.

Usando a privada para me ajudar a levantar, cambaleio como um cervo recém-nascido até a pia para jogar água fria na cara e limpar o rímel debaixo dos olhos. Derek se senta na lateral da banheira, apoia os antebraços nos joelhos e observa meu corpo como se estivesse à procura de lembranças ocultas. Quase estremeço com a intensidade do seu olhar. Ele está se lembrando de algo de ontem à noite ou de anos atrás?

— Acho que não fizemos nada além de dormir. — Ele abaixa a cabeça e esfrega o rosto.

Por um momento, meu olhar se demora nele e uma pontada de ciúmes feia surge em mim. Nem quero pensar em quantas mulheres acordaram com a visão desse homem e quiseram se casar com ele na hora. Derek é o tipo de pessoa por quem é fácil ficar obcecada — sei disso por experiência própria.

Desvio o olhar e pego minha escova de dentes, com o plano de me livrar desse hálito de dragão e depois inundar meu corpo inteiro com café. Vou tomar banho sozinha (não sei por que senti a necessidade de acrescentar a palavra *sozinha*), então fazer minha mala e comprar uma passagem para agora de manhã em vez de esperar para ir com Derek à tarde, como planejado. Ele me pediu para rescindir nosso contrato ontem à noite porque não gosta de ficar perto de mim, ou porque não consegue esquecer nosso passado, ou *qualquer que seja* o problema, e aí acordou na minha cama e segurou meu cabelo enquanto eu vomitava — só que nada disso faz sentido no meu cérebro que ama organização, então vou fugir desses acontecimentos o mais rápido possível.

— Beleza, Pender. Precisamos tirar você daqui sem que ninguém repare. Porque, se a mídia te vir saindo do meu quarto, seria um desastre para nós dois.

— Hã...

Começo a escovar os dentes furiosamente, falando com a boca cheia de espuma:

— Na verdade, vamos só esquecer que isso aconteceu, tudo bem? Somos ambos adultos. Não tem por que a gente fazer uma tempestade em copo d'água. Provavelmente você só queria garantir que eu chegasse aqui em segurança, e aí desabou na cama e desmaiou comigo. Ninguém se machucou.

Derek esfrega a nuca enquanto me encara.

— Não sei se vamos conseguir esquecer a noite de ontem tão fácil assim.

Reviro os olhos para meu próprio reflexo abatido. Meu cabelo é um emaranhado de nós castanhos, e tenho listras pretas de rímel sob os olhos. Só há um leve tom de rosa onde meu batom estava.

Sei que Derek não está olhando para esta mulher diante dele e desejando poder ficar com ela para sempre. Não mais. Em vez disso, está pensando que escapou bem a tempo.

— Derek, você não precisa mesmo...

Ele salta da lateral da banheira e, com dois passos, está atrás de mim. Fazemos contato visual no espelho, o preto em seus olhos competindo com o azul. A mão dele contorna meu corpo até encontrar a minha, seu peito nu sendo pressionado contra mim. Ele ergue a minha mão, e meu queixo cai — a escova de dentes indo junto e batendo no chão com um estalo dramático.

— Isso é uma...?

A pasta de dente está quase escorrendo pela minha boca, então me inclino depressa e cuspo antes de me virar para encarar Derek. Ergo a mão entre nós, e ele faz o mesmo com a sua.

Encaramos as alianças uma do outro.

— É possível — começa ele com uma calma forçada — que a gente tenha se casado ontem à noite.

19
Nora

Meu estômago embrulha e me inclino contra a pia para me firmar. Não é só um anel no meu dedo, é...

— Uma tatuagem — digo em um sussurro fraco. — Nós... fizemos tatuagens de aliança?

Um filme passa na minha cabeça. Derek e eu estávamos bebendo no bar, e aí fomos beber em outro bar. Depois descemos pela Strip de Las Vegas e passamos por uma capela. Nesse ponto, era tanto álcool no nosso organismo que rimos sobre como "nos velhos tempos" a gente queria se casar, e aí pensamos que seria divertido se só fizéssemos isso agora. *Ha-ha, a Nora Bêbada é tãããão engraçada!*

Então a gente foi lá e fez. Nós nos casamos. Para comemorar, demos uma festa em um terceiro bar (ainda pensando em como era uma piada engraçada), e só aí percebemos que não tínhamos alianças. Mas, de novo, a Nora Bêbada é uma solucionadora de problemas, e como havia um estúdio de tatuagem logo ao lado, tive a ideia maravilhosa de marcar de maneira permanente essa péssima decisão no meu corpo pelo resto da vida, e, ah, eu vou vomitar de novo. Ou desmaiar. Ou chorar. Ou tudo junto.

Derek vê minha cara e aperta meus ombros.

— Ei! Não tem problema. Então a gente se casou em Las Vegas. Não é nada de mais.

— Nada de mais?! — Ergo o dedo anelar, com meu novo acessório permanente, como se fosse o do meio. — É de mais pra cacete! Derek, imagina se a imprensa ficar sabendo. Imagina o que vai acontecer com as nossas carreiras! Ou não... a sua vai seguir normalmente, porque jogadores homens se safam de qualquer coisa sem receber nem bronca. Mas eu... eu posso perder meu emprego!

As asas no peito dele se expandem enquanto ele respira fundo.

— Tá, é, você tem razão. Não é a melhor coisa do mundo.

Ele passa a mão pelo cabelo, e não consigo evitar notar seu bíceps flexionado bem na minha cara. Não é culpa minha. Ninguém poderia esperar que eu desviasse os olhos de um cometa caindo na minha frente, e esse bíceps é mais ou menos do mesmo tamanho. *Sou casada com esse bíceps.*

Preciso fazer alguma coisa. Preciso me mexer. Organizar. Pôr ordem na minha vida, da maneira mais rápida e eficiente possível, para voltar a respirar. Um bom processo de A a Z sempre funciona, e eu vou achar uma solução, passo a passo, até que tudo esteja de volta ao normal.

A) *Fazer a mala.*

Passo voando por Derek para o quarto a fim de pegar meus pertences espalhados como a mulher maluca e divertida que eu sou (leia-se: cuidadosamente dobrados em várias pilhas e guardados nas gavetas).

Derek se inclina contra o batente do banheiro.

— Nora... o que está fazendo?

— Me candidatando à presidência. Sei que parece uma hora estranha, mas alguém tem que fazer isso.

Minhas palavras são como punhais de gelo caindo do teto, prontos para matar. Mas não estou com paciência no momento para explicar que estou fazendo a mala para B) *pegar o primeiro voo e voltar para casa, onde eu poderei C) entrar em contato com um advogado e descobrir como anular esse casamento. E, se for rápida, posso D) implementar um plano de controle de danos antes que a notícia vaze.*

Quais as regras para anular um casamento, afinal? Se as pessoas só estão casadas há dez horas e não consumaram o ato, deve ser facinho, né?

Derek segura meu braço de leve quando tento passar por ele. Arrepios descem pela minha coluna.

— Nora. Preciso que você respire por um segundo.

Anos de piadinhas e sorrisos cuidadosamente planejados racham sob pressão. Eu o fuzilo com um olhar penetrante, sentindo meu coração acelerar. Minha cabeça lateja, a luz aqui é brilhante demais, e minha ressaca é tão forte que até minha pele dói. Não tem como ficar filtrando as palavras nessas circunstâncias.

— Ao contrário de você, Derek, não posso me dar ao luxo de respirar fundo. Para você, tudo isso vai ser uma história tranquila e charmosa que faz todo mundo rir enquanto bebe umas. Já eu fui treinada para lidar com situações como esta com vocês, atletas, desde o primeiro dia. É parte do meu trabalho varrer as indiscrições de vocês para baixo do tapete. — Minha cabeça pulsa com cada palavra fervorosa. — Só que desta vez eu estarei do outro lado recolhendo os cacos com cuidado e tentando ao máximo não me machucar.

Minha voz falha na última palavra, e, como odeio mostrar qualquer sinal de fraqueza, puxo o braço de volta e vou depressa até a cama.

— Desculpa — diz ele baixinho.

Dobro os joelhos no colchão e me curvo para a frente, abraçando a barriga enquanto uma nova onda de náusea me atinge — mas não por causa da ressaca.

— Você não entende como é, Derek. Eu... eu me esforcei muito nos últimos dois anos para provar que sou boa. Até usei um nome que odeio porque mulheres avançam mais nesse mercado quando os homens acham que estão falando com outro cara por e-mail. — Fecho os olhos, ciente de como isso é absurdo e triste. — E, ainda assim, cada homem no meu escritório está torcendo para eu fracassar. Esperando por isso. Eles toleram Nicole porque ela é meio aterrorizante, mas me odeiam. Odeiam que eu tenha me infiltrado no clube do bolinha deles com minhas roupas bobas e coloridas e minha personalidade animadinha, e decidiram que meu lugar não é lá. A todos os momentos pensam que sou uma idiota incompetente. E *isso*, Derek, vai provar que é verdade. Sem contar que vou ser *demitida* quando meus chefes descobrirem que fiquei bêbada e me casei com o meu cliente.

Derek não está mais apoiado no batente. Com aquela careta tempestuosa, ele vem até mim e se ajoelha. O peso de suas mãos vinca o colchão dos lados dos meus quadris — me encurralando para que eu olhe para ele.

— Eu sei como é agir de um jeito diferente das pessoas ao seu redor e ser visto como fraco por causa disso. — A voz dele é sensível e terna. — E como é horrível se esforçar muito por algo e mesmo assim não atingir as expectativas dos outros *por causa* dessas diferenças.

— Como você sabe? — pergunto com sinceridade. — Você sempre foi o melhor na sua carreira. Todo mundo te respeita.

Um debate se passa atrás dos olhos dele.

— Isso é uma história para outro dia. Neste momento, quero que ouça que você não tem nada de incompetente. E, te juro, vou fazer tudo que posso para manter seu nome fora disso. Tenho advogados incríveis que sabem ser discretos. Podemos anular esse casamento, e não vou contar para absolutamente ninguém. Eu juro, Nora.

Sinto algo quentinho se insinuar no meu coração. Só consigo encarar os olhos azuis dele — dizendo a mim mesma para não jogar os braços ao redor do seu pescoço e implorar que Derek me abrace. O calor do seu corpo se molda ao meu redor, e seria tão fácil me inclinar em sua direção, deixando seus braços suavizarem o medo agudo açoitando meu peito.

Mas não tenho nem a chance de fazer isso.

Meu celular vibra alto na mesa de cabeceira. Dou uma fungada e seco as lágrimas que escorreram pelas bochechas. Derek afasta os braços para eu pegar meu celular. *É a Nicole.* E, se ela está ligando assim do nada, significa que já sabe.

— Alô? — atendo, tentando não soar como alguém que vomitou oito litros de álcool, na improbabilidade de que ela só queira saber onde guardei um contrato.

— Já se espalhou na internet, Mac.

— *Não.* — A palavra sai como uma lufada de ar inútil.

— Sim. Não sei se já está ciente, mas vocês postaram uma foto juntos no Instagram do Derek ontem à noite.

— Pelados?
— Quê? Não.
— Ah, tá. Eu nem estou pelada agora.

Nicole não ri, e Derek está me observando com as sobrancelhas unidas antes de se levantar, o olhar varrendo o quarto.

— Vocês estavam totalmente vestidos, mas sua língua estava enfiada na garganta dele e vocês dois erguiam o dedo com a aliança como se fosse o do meio. Uma foto muito "fodam-se vocês, estamos apaixonados". Épico... mas...

— Cafona.

— É você que está falando, não eu — diz ela, soando mais compassiva do que nunca.

Derek acha minha bolsa e a traz para mim. A visão do seu peito musculoso, nu e cheio de tatuagens enquanto carrega minha bolsa é uma coisa que não vou esquecer tão cedo. Está difícil focar plenamente nas más notícias de Nicole.

— Não é uma imagem muito favorável e está viralizando — diz ela. — Eu não deveria te contar isso, mas... tive uma reunião com Joseph agora há pouco e a conclusão não foi boa, Mac. Você está prestes a receber um convite por e-mail para uma videoconferência com a gente. E, como conheço você e tenho certeza de que há mais coisas envolvidas nisso do que parece, queria te avisar para não ser pega de surpresa.

Eu desabo na cama — derrotada por essas palavras. *Provavelmente vou ser demitida.* E então, como um fantasma, saio da minha pele o suficiente para encarar essa pessoa triste e amarrotada e julgá-la por não ter a decência de se lembrar do que com certeza foi um ótimo beijo de língua com Derek.

A vida é muito injusta.

Estou em pânico demais para me perguntar por que Derek está fuçando a minha bolsa. Mas aí ele saca meu frasco de paracetamol e tudo faz sentido. Ele só está tentando se livrar da dor de cabeça.

— Então... estou demitida? — pergunto, nervosa, mas mantendo a voz neutra.

Na minha frente, Derek pega dois comprimidos e desaparece atrás de mim até o outro lado do quarto.

— Legalmente, não posso responder a essa pergunta em uma ligação não oficial. Mas preciso que saiba que tentei de tudo para dissuadir Joseph da decisão dele. Torço para que você consiga pensar em um argumento melhor.

— Por que está me avisando, Nicole? Eu mereço ser demitida.

Ela solta um grunhido frustrado.

— Eu não deveria dizer isso, mas você não quebrou nenhuma regra da empresa, Mac. Não há nada que diga que não pode se relacionar com um cliente. O que você fez, porém, foi atrair atenção para si de um jeito que prejudica a agência. Esse é o único motivo que eles têm para te demitir. Então não desista ainda. Não me arrisquei te ligando para te ouvir de choramingo. Liguei para você poder preparar uma boa defesa.

— Mas por quê?

No momento, não sinto que valho esse esforço todo. Talvez todos os comentários condescendentes daqueles idiotas do escritório sejam verdade. Talvez eu não sirva para ser agente, já que consegui deixar meus sentimentos por um cara prejudicarem minha carreira.

— Não faça isso — orienta Nicole, quase como se lesse minha mente. — Você é uma ótima agente. Claro, fez uma cagada, mas todo mundo faz cagada de tempos em tempos. Siga em frente. Encontre um jeito de transformar isso em algo positivo.

Derek contorna a cama e entra na minha frente. Estou cara a cara com seu umbigo e percebo, depois de encarar um segundo além da conta sua pele lisa, que ele está me entregando uma coisa.

Nicole continua falando no meu ouvido.

— Você é a única outra pessoa nesse escritório tóxico que entende o que a gente passa aqui. Não posso perder você, ou vou ter que me demitir também. Então dê um jeito nisso.

Mesmo no meio desse dilema, me vejo sorrindo. Tem um homem na minha frente gesticulando para eu tomar o remédio e a água — que pensei que estava pegando para si mesmo — e uma mulher que respeito infinitamente do outro lado da linha cuidando de mim. A sombra da solidão que vinha se esgueirando se dissipa como a neblina matinal engolida pelo sol. Não estou sozinha nessa.

— Você é uma boa amiga, Nicole.

Ela fica em silêncio por um momento antes de responder.

— Não somos amigas.

E então desliga. Mas não me ofendo, pois sei que é mentira. Uma simples colega de trabalho não correria um risco como esse. Acho que a noção de amizade é tão estranha para Nicole quanto é para mim. Ambas somos *workaholics* de personalidade forte. Somos demais para a maioria das pessoas e estamos acostumadas a enfrentar tudo sozinhas. Duas dramáticas.

— Toma isso. Você vai conseguir pensar melhor sem essa dor de cabeça — diz Derek, e é essa oferta carinhosa que golpeia meu estômago.

Minha ansiedade e meus nervos dão as mãos e rodopiam, me forçando a correr até o banheiro e enfiar a cara na privada de novo, vomitando todas as minhas más decisões e rezando para que Derek não esteja escutando.

Dessa vez, não é engraçado. Estou vomitando e soluçando na privada porque tudo pelo que trabalhei tanto para conseguir foi pelo ralo.

— Por favor, sai — digo a Derek quando o ouço entrar no banheiro.

— Não. — Ele vem para o meu lado.

— Derek, estou falando sério. Sai, por favor! Vou ter que falar com meus chefes daqui a alguns minutos, e você não pode estar aqui para isso.

— Eu vou ficar, Nora. — Ele se vira para ligar o chuveiro.

Quero fechar os olhos, me largar na tampa da privada e viver aqui pelo resto da vida em vez de enfrentar o que está por vir. Mas o braço de Derek envolve minha cintura e me coloca de pé. Não quero ficar de pé. Quero que ele me deixe aqui para sofrer em paz. Nunca cogitei desistir, mas tudo parece um monstro gigante dessa vez. Estou cansada demais.

— Não consigo, Derek. Fiz uma cagada gigante. Minha carreira acabou, e não quero ser obrigada a encarar isso.

— Ei.

Ele me vira, e eu cedo, embora precisasse tentar me sustentar sozinha. Geralmente sou muito boa nisso, mas hoje estou exausta, e o peito dele é tão firme e quente e adequado para isso.

Ele não se afasta. Em vez disso, desliza os braços ao meu redor e me abraça do jeito que minha alma ansiava. Derreto sobre ele, saboreando cada centímetro do nosso corpo conectado. Esse abraço é como voltar para casa depois de uma longa viagem e enfim tomar café na sua xícara favorita. Aconchegar-se sob aquele cobertor felpudo com que vem sonhando há dias.

— Você não me deixou desistir — diz ele, a voz suave e rouca no meu ouvido. — E eu não vou te deixar desistir. Você tem que se preparar para a reunião.

— A reunião da minha demissão. — Eu fungo contra seu peito nu. — Ah, sim, deveria estar apresentável para isso. Que cor você acha que combina com vergonha?

Derek segura meu queixo e o ergue para eu ter que encarar seus olhos. Há um calor novo ali, ardendo nas pupilas. Não parece nem um pouco com ódio.

— Você não vai ser demitida. E se acha que vou te deixar se machucar resolvendo minhas cagadas, não me conhece nem um pouco. Levante os braços.

Estou tão perdida, confusa e assustada pelo meu futuro que nem resisto. Ergo os braços, e Derek fecha os olhos antes de tirar minha camiseta. Arrepios irrompem no meu peito enquanto ele tira meu sutiã. Em seguida, abaixa minha calça e calcinha até que todas as minhas roupas pareçam folhas caídas, amontoando-se no chão no fim da estação. Estou em pé, completamente nua, na frente dele, mas ele não abre os olhos. *Queria que abrisse.* Com certeza, essa é a Nora Aflita tendo pensamentos inapropriados, e eu deveria ficar grata por Derek não compartilhar deles.

A mão dele cobre todo o meu ombro enquanto me guia até o chuveiro.

Quando a cortina está fechada, entro sob o jato quente e fecho os olhos, sentindo o resto do rímel derreter na minha cara. *Patética. Você é absolutamente patética, Nora.*

O silêncio só dura um minuto.

— Acho que devemos continuar casados — sugere Derek do outro lado da cortina, me assustando tanto que quase escorrego e caio na banheira. Por sorte, consigo me segurar em uma barra de apoio.

— Você ainda está bêbado? — pergunto, alto, em meio ao barulho da água. — Só pode estar, para sugerir algo assim.

— Estou completamente sóbrio.

— Beleza, então está com alguma intoxicação alcoólica no cérebro. Melhor falar com um médico. Porque alguns dias atrás você me disse que nem queria ser meu amigo e agora está sugerindo que a gente continue casado? — Aperto a embalagem de xampu e faz um barulho nojento. — Isso foi o xampu, aliás.

— Aham.

Arquejo e aperto a cortina contra o peito, espiando ao redor dela.

— Como ousa não acreditar em mim em um momento delicado como esse? — É pra eu rir ou chorar? Já nem sei mais.

Ele está sorrindo e inclinando o corpo seminu na parede, os braços cruzados — sedução pura. Seus olhos não estão fechados, e descem pelo meu cabelo molhado e clavículas expostas. Nunca me senti tão nua na vida.

Deixo a cortina se fechar de novo e me protejo do olhar que ele está me lançando, o que quer que signifique.

— Escuta — diz Derek, soando meio rouco. — Talvez a agência ache que foi um erro de bêbado e que vamos anular tudo o mais rápido possível.

— E ganhariam um milhão de dólares, porque estão corretos.

— Tá, mas e se a gente convencesse eles de que é real? Que... estamos juntos e nos casamos de propósito?

Paro com as mãos no cabelo cheio de espuma.

— Por que a gente faria isso?

— Porque sinto que eles, assim como você, não querem lidar com um escândalo. Então, se a gente puder falar que não é escândalo algum e que não nos envergonhamos, talvez te deixem ficar com o seu emprego.

Peraí. Pode ser que ele não esteja errado. Talvez fosse exatamente esse o tipo de plano que Nicole estava me falando para elaborar.

Nem ligo para minha aparência — só espio no canto da cortina de novo porque preciso ver o rosto de Derek.

— E por que você cogitaria fazer um negócio desses?

Ele abre um sorriso suave, e, quando dá de ombros, a combinação é quase triste.

— Porque é por você.

Não sei o que dizer. Nem o que pensar, por sinal.

— Mas você me odeia — digo baixinho, e um fio de espuma escorre pelo meu rosto.

Derek se afasta da parede e vem até mim. Ele tira o xampu do meu rosto e enfia os dedos no meu cabelo ensaboado.

— *Ódio* não é a palavra certa, lembra? Nunca foi ódio.

Não, não lembro, porque todos os meus pensamentos fugiram devido ao jeito como ele está me olhando. Tem vapor atrás de mim, um torso masculino nu na minha frente e ar frio está roçando a parte exposta do meu peito e pescoço. É um redemoinho de sensações — todas se misturando para virar algo perigoso, incontornável.

Por um segundo, os olhos de Derek focam na minha boca — e ficam fixos ali por tempo suficiente para eu desejar que fossem seus lábios, e não seus olhos, nos meus. Mas então ele tira a mão do meu cabelo e se afasta, secando-a numa toalha. Não consigo parar de olhar; meu corpo está sintonizado nos movimentos dele, sentindo que algo importante está prestes a acontecer.

Ele me lança um olhar rápido e hesitante antes de enfiar a mão no bolso traseiro da calça e pegar a carteira.

Sou perfurada por uma pontada de decepção.

— Está mudando de ideia e vai pagar pelo meu silêncio? Saiba que sou bem cara, colega.

Ele só dá um sorrisinho e tira um pedaço de papel amarelado, tão vincado que parece que poderia rasgar no meio com uma leve brisa. Sei o que é sem nem ter que abrir, mas estico o braço de trás da cortina e o pego mesmo assim. Meus dedos anseiam pela lembrança — para ser levada de volta ao momento em que escrevi isso.

— É a nota promissória que eu te dei.

Eu me lembro desse dia como se fosse ontem — de acordar de uma ressaca quase tão forte quanto a de agora, depois de Derek cuidar de mim a noite toda, apesar de ter acabado de me conhecer. E, como não fico confortável com pessoas me ajudando por pura bondade, lhe dei uma nota promissória para ele resgatar quando quisesse um favor meu.

— Quero usar agora — diz ele, confiante. — Quero que fique casada comigo para fazermos o controle de danos. Você me deve essa.

Vou chorar de novo. Vou me dissolver numa poça de sentimentos e sair rodopiando ralo abaixo agora mesmo. Claro que ele usaria a nota promissória para me ajudar. Porque, quando diz controle de danos, quer dizer controle de danos *para mim*.

Olho de volta para o papelzinho inocente que Derek guardou por todos esses anos. Mesmo quando me odiava. Mesmo achando que nunca me veria de novo, ele carregou isso no bolso. Por quê?

Encaro seus olhos ardentes agora, caçando qualquer sinal de hesitação. Não há nada além de confiança. Uma dedicação que não mereço, mas preciso demais. Não tenho escolha — se ele está disposto a me ajudar, preciso aceitar.

— Bom... não posso discutir com uma nota promissória tão formal e importante, posso?

— Não aconselho. Tenho mesmo bons advogados. — A boca

dele se curva num sorriso torto que faz fogos de artifício estourarem na minha barriga. Então, ele tira a nota dos meus dedos, redobra e a guarda na carteira de novo. *Isso é meu*, seus olhos dizem. — Talvez você queira enxaguar o cabelo. O xampu está prestes a cair nos seus olhos — diz ele, e é então que percebo que estou tendo esse momento gostoso e efervescente com uma peruca de espuma na cabeça.

Sexy como sempre, Nora.

20
Nora

Vinte minutos depois, Derek e eu estamos sentados na mesinha do hotel com meu notebook aberto na nossa frente enquanto entro na reunião com Nicole e Joseph.

— Oi — digo com um sorriso vazio. — Seria exagero esperar que estão ligando porque sentiram falta da minha animação no escritório e precisam de uma injeção de ânimo?

Nicole me lança um olhar seco. Joseph — o dono — faz uma careta. Eles não estão a fim de piada hoje. Ou nunca, na verdade.

Meu joelho balança como um brinquedo de cordinha solto.

Nicole suspira, e seus olhos não dão a menor indicação de que me ligou há meia hora para me preparar para essa conversa. Ela é uma boa atriz.

— Mac, você sabe que gosto de ir logo ao ponto.

— Sei, sim, é uma das suas maiores qualidades. — Imagino que Nicole seja o tipo de pessoa especial que vai direto para o fim de um livro e lê a última página primeiro. Ela não vai perder tempo com uma história que a pegue de surpresa. — Mas, se não se importarem, gostaria de pedir desculpas antes de começarmos. Sinto muitíssimo. Sei que o que aconteceu entre mim e Derek nesse fim de semana não passa uma boa impressão e me sinto péssima por qualquer publicidade negativa que possa ter causado à agência.

O sr. Newman (Joseph) assente e, quando se prepara para falar, se inclina para perto demais da tela. É noventa por cento nariz a essa altura. Um pequeno vinco nefasto se abre entre suas sobrancelhas grisalhas e peludas, e minha perna balança duas vezes mais rápido.

— Mac, você sabe que, apesar dos seus métodos pouco convencionais, gostamos de te ter na agência e consideramos que agrega ao time. Mas... — Ah. Lá vem. O martelo. Eu odeio o martelo. — ... foi ruim dessa vez — continua ele. — Não sei exatamente o que aconteceu entre você e o sr. Pender... que vejo que está sentado ao seu lado... mas saiba, Derek, que nada do que estou prestes a dizer reflete no modo como nossa agência se sente em relação a você. — Claro. — Acontece, Mac, que não podemos ter uma agente conhecida por se embebedar e se casar com um cliente em Las Vegas por capricho. Não cai bem e, para ser franco, não é nada profissional.

Queria poder discordar, mas ele tem toda a razão. Claro que há muito mais envolvido aqui do que eles imaginam, mas nem sei se isso melhora as coisas. Eu deveria ter sido sincera sobre minha história com Derek desde o começo e dito a eles que seria um conflito de interesses ser sua agente.

Meu joelho agora tem um cérebro próprio. Todo o meu estresse e ansiedade se concentram nessa extremidade enquanto me preparo para ouvir as palavras *você está demitida* pelo computador.

Mas então a coisa mais estranha e chocante acontece: a mão de Derek se move sob a mesa e repousa na minha perna. O peso dessa mão se derrete contra minha pele, e meus movimentos se aquietam na hora. Ele aperta uma vez, e, instintivamente (além de irracionalmente), meu corpo relaxa. Pela primeira vez na minha carreira, percebo que não tenho que enfrentar um obstáculo sozinha.

Derek pigarreia — e continua com a mão na minha perna.

— Mas a questão é a seguinte — começa ele, e viro a cabeça em sua direção. Ele me lança um olhar rápido, e recebo mais um aperto no joelho. *Confie em mim.* — Não foi aleatório nem um acidente — acrescenta ele com toda a confiança do mundo.

E então solta minha perna, mas só para erguer o braço e acomodá-lo nos meus ombros, me puxando contra seu corpo. *Aimeudeussim.*

— Nada nesse casamento foi acidental. É a conclusão de algo que começou há muitos anos, na verdade. — Que jeito elegante de deturpar a verdade.

— Explique — pede Joseph, de um jeito firme, mas não sem gentileza.

Ele está intrigado.

— Olha, senhor, não informamos ninguém no começo porque Nora e eu achamos que não seria um problema, mas... nós tivemos um relacionamento anteriormente. Bem sério, na faculdade.

Joseph ergue as sobrancelhas, cheias como as de Eugene Levy. Não sei dizer se ele está contente com essa confissão ou ainda mais determinado a me demitir. Meu joelho balança de novo. Eu adoraria trocar uma palavrinha a sós com Derek para garantir que ele sabe o que está fazendo. Dessa vez, ele põe a perna em cima da minha para imobilizá-la sob a mesa.

— Decidimos não fazer alarde por conta disso, já que nossa história tinha ficado no passado. E esse foi meu primeiro erro. — Seus olhos se viram para mim agora, e seu olhar afetuoso é tão convincente que até eu acredito. — Eu nunca deveria ter presumido que não me apaixonaria mais uma vez por Nora no segundo que a visse de novo. Deveria ter sido honesto com Nicole e com a agência, já antevendo que precisaria passar o resto da vida com essa mulher.

Abro a boca e respiro fundo enquanto meus olhos estudam o rosto de Derek. Parece tão genuíno. Tão sincero. Por que parece que está falando a verdade agora? *Mas não.* Isso é absurdo. Ontem mesmo ele me demitiu. Queria distância de mim. Ódio ou não, ele não estava a fim de passar mais um dia sequer na minha companhia.

Ninguém interrompe Derek.

— Quando ambos nos abrimos sobre nossos sentimentos, uma coisa levou a outra e decidimos que não podíamos passar mais uma hora sem oficializar nossa relação. Não foi por capricho ou acidente, não é algo que vai passar. Estamos casados agora e não nos envergonhamos disso.

Meu Deus do céu, que atuação convincente. Tento não deixar os ombros caírem com o pensamento. O que — oi? — é ridículo, porque não quero um relacionamento com Derek! *Quero?* Para ser sincera, estive tão focada em crescer na carreira que nem parei para considerar que talvez esteja pronta para a próxima etapa do meu plano de vida. Talvez eu consiga conciliar tudo dessa vez.

Ah. Não. O que está acontecendo comigo? Não posso cogitar um relacionamento de verdade com Derek. Quando alinhamos tudo antes da reunião, decidimos ficar casados só por tempo suficiente para acalmar todo mundo e então nos divorciar com toda a discrição e não falar muito sobre o assunto. Dissemos que seria um casamento só na teoria — e falso como a planta de plástico no meu escritório. (Plantas de verdade não crescem lá devido à falta de sol.)

Joseph suspira profundamente, e estou ansiosa para ouvir sua resposta. Ele abre a boca para dizer sabe-se lá o que depois desse discurso épico de Derek, mas Nicole enfim rompe o silêncio e toma as rédeas.

— Sabe, Joseph, pensando aqui... — Seus lábios vermelhos se curvam no sorrisinho calculista mais maravilhoso que já vi. E, se não estou enganada, há uma centelha de orgulho nos olhos dela também. Esse era o tipo de plano que ela esperava que eu elaborasse. — Se esse casamento for de verdade e eles planejam que dure, pode ser uma ótima publicidade para a agência.

O vinco entre as sobrancelhas dele vira uma cratera.

— *Acabamos* de ter uma reunião sobre como isso ia ser um problema enorme.

— Bem, sim, mas isso porque esperávamos que eles anulassem o casamento imediatamente. Mas um casamento com base no amor e no compromisso é outra história.

Meu coração está descendo por uma corredeira. Vou perder meu emprego ou não? Meio que parece que não, mas também parece que uma rede muito intricada de mentiras está sendo tecida na minha frente, e, vou te dizer, eu não sei mentir bem.

Nicole junta os dedos na frente do corpo (suas unhas combinam com o batom).

— Sugiro que a gente saia na frente e solte uma nota em apoio ao relacionamento dos dois. Sem desculpas. Sem sugerir que foi um erro, porque... — Ela faz uma pausa significativa e sorri como um gato astucioso. — Porque não foi um erro, como eles acabaram de confirmar.

O estranho é que uma parte de mim não quer pensar que foi um erro. E isso tem que ser ruim, certo? Em que mundo algo tão complicado seria uma boa decisão?

— Na verdade — continua Nicole —, acho que posso contatar uns conhecidos e transformar isso em uma coisa ótima, se eles toparem. Tenho uma grande amiga na *Celebrity Spark* que mataria por uma história como essa. Que tal colocarmos Derek e Mac num avião amanhã para... Sei lá, um resort na praia em algum lugar para celebrar a lua de mel por uma ou duas semanas — sugere ela casualmente. — Podemos deixar a *Spark* cobrir a história do turbilhão que foi o romance deles e conduzir a narrativa na direção que quisermos. Mostrá-los como um *power couple*, ou algo assim.

Dessa vez, minha mão vai à coxa de Derek, que ainda está em cima da minha, como um peso de papel, e eu a aperto de puro terror. Isso não é bom. Nada bom. Derek e eu não podemos sair em lua de mel. Não estamos casados de verdade! *Ai, meu Deus, estou cometendo uma fraude!* Posso ser presa por isso? Pensando bem, acho que isso só se aplica no caso de se casar por um visto de residência. Uma situação diferente.

A mão de Derek cobre a minha, e viramos uma torre absurda de membros. Ele está relaxado, como se estivéssemos num cinema assistindo a um cenário completamente falso que não tem nada a ver com a nossa vida real. Ainda assim, o calor da sua mão é reconfortante.

— Acha mesmo que é uma boa ideia, Nicole? — pergunta Joseph.

Nicole ergue as sobrancelhas, satisfeita, como se soubesse que qualquer ideia sua é ouro.

— É uma ideia fantástica. Prevejo que essa história vai ser capa da *Spark* e até trazer novos acordos de patrocínio para Derek, uma vez que vai tirar os holofotes da recuperação da lesão dele e apontar para o fato de ele ser um grande romântico... porque o público ama ver um homem perdidamente apaixonado. É só perguntar a Nathan. Fiz com que ele e a esposa, Bree, passassem por algo parecido uns anos atrás e trouxe muita atenção para ele. Quanto a você, Mac, isso restabeleceria seu profissionalismo antes que qualquer narrativa desagradável comece a circular. Todo mundo sai ganhando.

Derek tinha razão. Foi uma boa ideia.

— Agora a questão é, Mac... você aceita ter uma lua de mel com cobertura midiática? Não quero te forçar a fazer uma coisa que te deixe desconfortável.

Eu levo exatamente dois segundos para responder. Mas pode apostar que, nesses dois segundos, vivo dias inteiros de preocupação. Atravesso um labirinto de possíveis soluções para sair dessa bagunça e topo com becos sem saída toda vez. Estou sem opções.

Se quiser manter meu emprego, tenho que ficar casada com meu ex.

— Eu topo! É só entrar no clima e liberar geral! — Todos piscam para mim. Todos, exceto Derek, que está encarando minha mão na perna dele com um olhar que não consigo decifrar. — E com "liberar geral" quero dizer "por favor, contate seus conhecidos na *Celebrity Spark*, e Derek e eu vamos aparecer onde precisar de nós".

Nicole assente.

— Ótimo. Entrarei em contato.

Ela termina a reunião, e eu e *meu marido* imediatamente somos envolvidos por um silêncio avassalador.

Coragem, Nora, você vai sair em lua de mel com seu ex.

21
Derek

Como atleta profissional, já forcei o meu corpo muitas vezes. Já o levei ao limite do colapso físico — incluindo jogar uma partida horas depois de uma intoxicação alimentar. Mas não sei se já me senti tão cansado quanto agora, depois de acordar de uma ressaca descomunal, casado com a minha ex, e então tendo que passar horas fazendo compras por Las Vegas porque não trouxemos roupas para uma lua de mel espontânea em Cancún, no México.

Os amigos de Nicole na *Spark* ficaram muito animados com a exclusiva e disseram que se encaixaria perfeitamente com uma promoção que já estavam prontos para lançar de um resort chique.

O plano é que eu e Nora sejamos um casal apaixonado por todo o resort e a *Spark* tire fotos. *Que merda.* Isso não parece certo. Em resumo, minha lua de mel com Nora será patrocinada pelo Nirvana, um novo resort de luxo em Cancún. Vamos comer no restaurante deles, relaxar na praia deles, nadar em suas piscinas e fazer algumas atividades de resort — basicamente dizer "X" por dez dias enquanto usamos roupas de praia, depois voltar para casa alguns dias antes dos meus treinos com o time começarem.

O avião aterrissa por volta das nove da noite em Cancún, depois de cinco horas da pior turbulência que já vivi — nenhum de nós pregou o olho e mal conversamos. Em seguida, pegamos trânsito saindo do aeroporto (porque é claro que haveria trânsito às nove da noite do domingo, porque é assim que as coisas são quando do nada você acorda casado com a pessoa que estava tentando nunca ver de novo).

E, para completar, Nora está estranha. Quer dizer, mais estranha que o normal. Está mantendo uma distância cuidadosa, como se eu fosse uma granada humana. Porém, para ser justo, também não sei direito como me comportar com ela. O que é que somos agora? E como vamos sobreviver a dez dias assim?

Por fim, chegamos ao saguão do hotel e sinto que alcancei a terra prometida. Não porque o lugar é incrível (embora seja), mas porque sei que uma cama está a poucos minutos de distância. Preciso de comida. E depois cama. E só então estarei pronto para enfrentar o que quer que exista entre mim e Nora.

Mesmo sendo tarde, o resort está transbordando de energia luxuosa e pessoas usando roupas de linho branco. Nora fica se distraindo com a opulência enquanto andamos.

— Isso, sim, é uma escultura de leão! Precisamos te arranjar uma dessas. Pode ser um leão papai para o seu leão bebê. — Ela arqueja. — Um Mufasa pro seu Simba!

— Não preciso de mais leões.

Ela ri, sarcástica.

— Como se alguém pudesse ter leões demais. Vamos, Pender, use o cérebro.

— Podemos só continuar andando? — Apoio a mão nas suas costas, ignorando como ela se encaixa ali com perfeição. Como não quero tirá-la dali.

Quanto mais caminhamos pelo resort, mais atenção recebemos, pois infelizmente meu tamanho não me permite passar despercebido tão fácil. Mesmo se não souberem quem eu sou, as pessoas presumem que sou atleta e começam a procurar no Google. Depois disso é rápido.

Também não ajuda o casamento em Las Vegas ter viralizado. Abri minhas redes por dez segundos e foi tudo que aguentei. A maioria nos apoiou, mas havia muitos cretinos ignorantes chamando Nora de nomes terríveis que eu adoraria enfiar na goela deles. Acho que é por isso que estou com um instinto mais protetor agora.

Conforme seguimos pelo piso de mármore, notamos dois casais rondando o bar do hotel e nos encarando. Eles têm a cara de fãs bêbados prestes a nos abordar pedindo autógrafos e fotos.

Nora também repara e entra na minha frente — sua pequena mão espalmada atrás de si como se estivesse projetando um escudo invisível.

— O que você está fazendo? — pergunto às costas dela.

Ela me lança um olhar como se eu tivesse perdido a cabeça e se endireita o máximo que sua estatura de 1,70 metro permite.

— Hã, te protegendo? O que parece?

Ela está... Ah, Deus. *Essa mulher.*

— Por que você está me protegendo?

— Porque sou sua agente. É isso que fazemos.

— Não é o que vocês fazem. Bill nunca agiu como meu guarda-costas.

Ela dá de ombros.

— Não é culpa minha se Bill não era um agente tão bom quanto eu. Mas por quê? Não acha que eu consigo? Existem guarda-costas mulheres, sabia?

Eu pego sua mão, entrelaçando nossos dedos e a puxando para o meu lado. A sensação de encaixe perfeito explode de novo em mim.

— Sabia, mas elas são treinadas. Você tem braços de espaguete. Além do mais, *isso* — aponto para nossas mãos unidas — vai evitar que as pessoas se aproximem melhor do que sua careta de guarda-costas. Por algum motivo, as pessoas não costumam falar comigo quando estou acompanhado.

— Lógica interessante. Você deveria ter feito Bill segurar sua mão.

Eu sorrio para ela.

— Quem disse que não fiz?

Nora hesita e não ri como eu esperava que fizesse. Ela me estuda enquanto sua boca se curva num sorriso intrigado antes de seus olhos descerem para os meus lábios e ficarem lá por um bom tempo.

— Nora. Você está encarando minha boca — digo, sem conseguir me segurar, e talvez tenha soado um pouquinho esperançoso demais.

Ela não desvia o olhar.

— Porque você finalmente sorriu. Não quero perder se acontecer de novo.

Reviro os olhos e a puxo até o balcão de check-in. Ela fala com a recepcionista, mas não escuto uma palavra sequer. Minha mente está presa no momento em que Nora encarou minha boca como se fosse algo maravilhoso que pertencia a ela.

Depois do check-in, recusamos a ajuda do funcionário do hotel (porque, sério, estou farto de pessoas) e entramos no elevador com nossas duas malas. Infelizmente, um cara aleatório nos segue, e não deixo de ver como seu olhar percorre Nora da cabeça aos pés. Isso aconteceu o dia inteiro, na real. Ela está usando uma legging preta justa, tênis Nike brancos e um cropped roxo soltinho (todos itens que compramos de manhã, em uma sessão emergencial de compras).

Nora é toda feita de curvas lindas, pernas fortes e pele clara e macia, e estou tentando com todo o respeito não ficar olhando, mas falhando miseravelmente. Ainda mais quando me vem a lembrança — por mais turva que seja — da sensação dessa pele macia sob meus dedos.

E não ajuda o fato de que, quando ela ergue a mão e ajusta o rabo de cavalo alto na cabeça, sua blusa levanta, mostrando mais alguns centímetros da barriga. Ao ver seu umbigo, uma lembrança invade a minha mente: nós brincando no sofá enquanto víamos um filme e sua camiseta se erguendo bem assim. Sorri e cravei de leve os dentes bem ali, na parte macia da sua barriga — só o suficiente para fazê-la arquejar e rir da própria reação.

Vejo uma pequena cicatriz branca horizontal na lateral do seu abdômen que não estava lá quando namoramos. Minhas unhas pressionam a palma para me impedir de estender a mão e tocar a marca fina.

Nora viveu uma vida inteira que não conheço, odeio isso.

Ela me pega encarando sua barriga, e me pergunto quão transparentes são meus desejos. *Bastante*, dado o jeito como ela ergue as sobrancelhas.

Disfarço encontrando o olhar dela.

— Estava pensando que vou ter que ficar de óculos de sol, senão vou ficar cego com a claridade da sua barriga — falo, impassível.

— Ei! — Ela aponta para mim. — Isso não é legal. Tem gente que não consegue se bronzear como um biscoito no sol. Tem gente que precisa se lambuzar de protetor solar fator setenta, senão fica com um tom de vermelho que pode ser visto de lá do espaço. Da última vez que peguei um bronze — ela faz sinal de aspas com os dedos no *bronze* —, a parte inferior das minhas nádegas ficou tão frita que passei cinco dias sem conseguir sentar. Mas, pelo menos, minha meta de tempo em pé bateu os duzentos por cento naquela semana.

Às vezes me pergunto se ela continuaria falando a noite toda se eu ficasse quieto. Eu ficaria feliz.

De repente, o cara que a encarava espia por cima do meu ombro para olhar para Nora, e o cheiro de álcool exalando dele explica sua ousadia quando diz:

— Fico feliz em me voluntariar para te lambuzar e proteger do sol, princesa.

Meu olho estremece com a vontade súbita de empurrar o corpo dele na parede.

Bem na hora, as portas do elevador se abrem, e Nora dá risada.

— Muito gentil da sua parte, seu aleatório. Errou um pouco no tom machista nojentão, mas agradeço a oferta.

Ela sai do elevador, e eu me viro para encará-lo, encurralando-o no canto sem encostar nele.

— Fale com ela assim de novo para ver o que acontece.

Ele arregala os olhos e fica sem palavras. As portas do elevador se fecham depois que eu saio, e, por fim, Nora e eu estamos sozinhos, atravessando o corredor. Oficialmente não tenho mais que ver gente hoje. *Exceto por ela.*

Paramos logo na porta da nossa suíte, e ela sorri para mim.

— O que você disse para o sr. Princesa lá atrás?

Semicerro os olhos e luto contra o sorriso que tenta escapar.

— Como assim?

— Eu sei que você falou com ele. O que disse, Derekzinho?

Respiro fundo e dou de ombros.

— Foi há tanto tempo. Quem se lembra?

— Se esforce — diz ela, com um sorriso provocador.

E agora sei que não sou melhor do que o cara no elevador, porque quero agarrar os quadris de Nora, segurá-la contra essa porta de hotel e beijá-la até machucar nossa boca. Mas claro que não farei isso, a não ser que ela peça. E, se pedir, não sei o que vou fazer, porque meu coração ainda está machucado pelo jeito como ela terminou comigo na faculdade. Tenho medo de desejá-la tanto assim de novo.

— Posso ter dito algo tipo... "Fale com ela assim de novo para ver o que acontece."

Nora quase se engasga com uma risada.

— Derek, não é possível. E com essa voz de machão também?

— Não gostei de como ele estava falando com você. Era desrespeitoso. E "princesa"? Ele estava falando sério? Que merda foi aquela?!

Nora balança a cabeça enquanto contém um sorriso.

— Só para constar, prefiro lutar minhas próprias batalhas. Mas também... — Ela abaixa os olhos, pressiona a língua na bochecha e os ergue de novo. — Obrigada. É... é legal ter alguém cuidando de mim.

— Sempre — digo, porque é verdade.

Mesmo quando eu estava furioso com Nora, ainda teria entrado na frente de um ônibus por ela.

Nós nos encaramos, ambos meio sem saber o que dizer, mas claramente sentindo uma antiga intimidade se enrolar ao nosso redor como fumaça. É tão espessa que quase não consigo respirar. A expressão de Nora espelha a minha. Sobrancelhas unidas. Olhos pensativos. Lábios entreabertos. Como vamos admitir essa coisa entre nós?

Somos salvos quando meu celular toca. Atendo no mesmo instante — procurando um jeito de preencher o silêncio de forma patética enquanto também adio o momento de entrar na suíte com Nora.

— Que porra é essa? Você se casou? — Nathan praticamente grita no celular.

Deixei o papai puto.

— Olha...

— Me dá isso aqui!

É a Bree. Eu a imagino pulando para pegar o celular. Como Nathan não lhe dá, ela cutuca as costelas dele até meu amigo se curvar para a frente e o aparelho deslizar para sua mão. Porque, um segundo depois, ela parece estar correndo enquanto diz:

— Derek Pender, você está ferrado! Não pode só postar uma foto daquelas, aí ficar em silêncio por vinte e quatro horas sem falar nada além de uma mensagem dizendo *é fake, explico depois, não contem pra ninguém.* — Ela fala essa parte numa voz excessivamente grave que, para ser sincero, afaga meu ego. — Um bom amigo não faz isso!

— Ela tem razão, foi muito deselegante de sua parte, Pender — concorda Nora, com uma sobrancelha erguida para mim que não preciso nesse momento. — Até eu arranjei um minuto para ligar para a minha mãe.

É verdade, ela ligou e contou a notícia assim que acabou a reunião com Nicole e Joseph ontem. Perguntei o que a mãe dela achou da novidade, e Nora se limitou a sorrir e dizer: *Pam adora coisas assim. Ela me disse para mandar notícias.*

— Pera, a Nora está aí agora? — pergunta Bree, animada demais para o meu gosto. — Passa o celular para ela! Melhor ainda...

Ah, ótimo. Bree está me ligando por vídeo.

Deixo a chamada conectar, e Nora inclina a cabeça contra meu ombro para ambos vermos Bree correndo pela casa para impedir Nathan (atrás dela) de pegar o celular. Ela dá uma guinada brusca na cozinha e desliza por cima da bancada.

— Você é um otário, Nathan Donelson! Nunca vai recuperar esse celular.

— Ela parece fofa — sussurra Nora para mim.

— Chamamos ela de Queijo Bree. Se não tomar cuidado, ela vai tentar virar sua melhor amiga.

— Não existe tentar, só conseguir! — diz Bree com outro sorriso enorme. — Então você é a Nora? — Agora ela está saltando sobre as costas do sofá.

— Não, sou a outra esposa de mentirinha dele.

— Ai, meu Deus, ela também tem senso de humor! Eu já te amo! — grita Bree logo antes de topar com alguma coisa e o celular cair no chão com um barulho alto.

Seguro o cartão magnético na frente da fechadura eletrônica, e a luz fica verde. Parece metafórico de um jeito intimidador.

Tudo que escuto na linha é um gritinho de Bree e então uma discussão resmungada antes de o rosto de Nathan encher a tela.

— Como isso aconteceu? Você disse que nunca ia se casar! E por que é fake? E por quanto tempo vai ser fake? Também... Oi, Nora — diz Nathan, com um sorriso que nem pretende que seja sexy, mas provavelmente é. *Tá bom, com certeza é.* — Bom te ver de novo.

Bree dá um pulo alto atrás do ombro de Nathan como um esquilo cheio de cafeína no sangue.

— Responda às perguntas, Derek!

Eu responderia, só que Nora e eu finalmente entramos na nossa suíte e nossos olhos param no mesmo ponto do quarto.

— Peraí, o que vocês estão olhando? — pergunta Bree, esmagando a cara na tela.

— Sei lá — responde Nathan, mais para a esposa. — Os dois parecem ter visto um monstro.

Eu engulo em seco.

— A gente liga pra vocês depois.

— Derek Pender, não ouse desli...

Eu desligo, sem conseguir arrancar os olhos do objeto infeliz no quarto.

Só tem uma cama.

22
Nora

É uma suíte de casal. É claro que é! Por que esperaríamos que a agência nos reservasse algo diferente? Estamos casados, pelo amor da panqueca! Acho que, de alguma forma, na corrida maluca para comprar roupas novas, e fazer as malas, e chegar ao aeroporto, e cair ainda mais num estado de delírio devido à completa falta de sono nas últimas quarenta e oito horas, não parei para considerar que Derek e eu teríamos que dividir um quarto. Dividir mais do que só o mesmo espaço, na verdade.

Encaro a única cama no quarto.

É enorme — o que é bom, acho. Mas também, por algum motivo, intimidadora. Um arrepio de desejo desce pela minha coluna enquanto penso em dormir com Derek de novo. Eu deveria mesmo estar tendo arrepios de desejo? Acho que não. *Você é a agente dele, Nora!* Espera, sou? Ele me demitiu informalmente.

Meu Deus do céu, o tamanho dessa confusão em que me encontro me atinge de uma vez. Estou casada com o meu cliente que me demitiu. Que também, por acaso, é Derek. Por quem também, por acaso, ainda tenho sentimentos e me vejo perguntando a cada dez minutos se cometi um erro ao terminar com ele. Me perguntando: se eu pudesse beijá-lo, será que ele me beijaria de volta?

Isso não é bom.

Meus olhos deslizam para o homem ao meu lado. Sobem por seus braços fortes e tatuados até os ombros enormes, passando pela mandíbula quadrada até aquela boca cheia que um homem não tem nada que ter.

Vai ser difícil.

— Olha só, que bela suíte — digo, me aprofundando nas entranhas da fera, mas ficando longe da cama ofensiva.

Jogo minha mochila ao lado do grande sofá preto de veludo e corro a mão sobre seu apoio de braço macio.

— Sempre quis um sofá de veludo.

Estou tagarelando sem nada importante a dizer.

Derek me observa rebolar a bunda contra o sofá e exagerar o quanto amo essa peça de mobília.

— Sublime. Quer dizer, que sofá. Na verdade... — Deixo a frase no ar enquanto abro minha mochila e apoio meu notebook sobre as coxas. — Acho que vou reivindicá-lo, se não se importar.

— Nora. — Derek fala meu nome de um jeito extremamente familiar, querendo dizer: *O que está acontecendo?*

Eu me obrigo a erguer os olhos.

Ele continua parado, logo além da porta, mas é tão grande que parece ocupar o quarto inteiro — outro motivo pelo qual não vou dividir uma cama com ele. Derek parece estar passando por um estirão de crescimento nesse exato momento, e seus ombros estão dobrando de tamanho. Não sobraria espaço para mim na cama. Minha bunda ia bater na dele. Pernas se entrelaçariam. Eu teria que me deitar de cara no peito dele, porque é tão grande que se tornaria o próprio colchão. E então, de certa forma, acordaria grávida e nem a pau conseguiria dar à luz um dos bebês gigantes de Derek; portanto, reivindicarei o sofá.

Só ergo os olhos para ele por um segundo antes de abrir meu notebook. Enquanto começo a digitar a resposta a um e-mail que chegou quando estávamos no avião, sinto os ombros relaxarem. Algumas pessoas usam *spinners* para distrair os dedos da ansiedade; eu uso o trabalho. E trabalho é bom. Trabalho é aonde vou quando me sinto insegura no mundo, porque, para mim, trabalho é uma equação que tem uma resposta clara toda vez. Além disso, sou boa no que faço.

Quer adivinhar no que eu não sou boa? *Derek.*

Sinto seus olhos em mim, e meus dedos ficam trêmulos nas teclas. Aperto o botão de apagar quatro vezes.

— Nora, parece que nos últimos dias vivo repetindo essa pergunta, mas... o que você está fazendo? — A voz de Derek soa grave. Ou especialmente grave. Está rouca pela falta de sono, e seu queixo está coberto por uma barba por fazer muito gostosa de olhar.

— Trabalhando.

— É, dá para ver, mas falamos disso daqui a pouco. Eu me referia a essa história de dormir no sofá. Como assim?

— A verdade, Derek, é que não boto fé na habilidade de qualquer outra pessoa de apreciar de verdade um ótimo sofá. Vou fazer de tudo para que a mobília nesta suíte seja tratada com justiça. Para mim, são oportunidades iguais ou nada nos quartos de hotel.

Ele inclina a cabeça, me dando um olhar meio desgostoso.

— Você quer garantir que objetos inanimados tenham chance de igualdade?

Corro as mãos pelo sofá como se procurasse suas orelhas.

— Xiu! Nunca se sabe quando isso pode se transformar numa situação meio *A Bela e a Fera* e todos os móveis ganharem vida. Melhor garantir que eles estejam do seu lado.

Derek fecha os olhos com força e os esfrega com o dedão e o indicador. Seu bíceps faz aquela coisa de cometa de novo.

— Nora... não posso te deixar dormir no sofá.

— Por que não? Quer dormir aqui? Já sei, podemos competir por ele. Podemos nos equilibrar no pé esquerdo, e o primeiro a abaixar o outro pé vai ter que dormir nessa cama sem graça.

Continuo digitando, digitando, digitando enquanto falo, como já vi Nicole fazer com sucesso dezenas de vezes. Mas é mais difícil do que parece. Só escrevi uma longa linha de baboseiras.

— Por que... Pode parar de trabalhar por um segundo?

— Por quê? — Franzo a testa para ele. — Deus ajuda quem nunca dorme.

— O ditado não é assim.

— Deveria ser. — Continuo digitando.

— Nora, sai do computador — manda Derek, mas a exigência mal adentra minha mente, porque agora estou soterrada em e-mails e sentindo meu propósito no mundo restaurado. Mas então algo escapa pelos lábios dele que me faz erguer a cabeça. — *Por favor.*

Encontro os olhos cansados dele e então fecho o notebook devagarzinho.

Ele me observa colocá-lo de lado.

— Não sei se você reparou, mas tem um grande elefante na sala — diz ele, se sentando na beirada da cama.

— Claro que reparei. Ele se enfeitou todo e está estourando fogos de artifício. Sério, esse elefante é maníaco por atenção.

Derek luta contra um sorriso com todas as forças e perde a batalha bem ali nos cantos da boca. Eu amo ver esse sorriso. Estou obcecada por ele desde que o avistei no saguão. *Me dê mais, Pender.*

— Por favor, responda com sinceridade, Nora. Estou cansado demais para qualquer outra coisa agora.

— Tudo bem. A verdade é que estou trabalhando porque não sei como agir com você. Não sei como respirar normalmente quando você e eu estamos casados e dividindo o mesmo ar num quarto com uma cama *king size*. Não sei nem como fazer contato visual desde que você disse que entende por que a gente terminou, mas que não quer que sejamos amigos. Porque como a gente faz isso, poxa? Eu sou sua agente, que foi demitida, que também é sua ex, que agora é sua esposa, e temos uma longa lista de regras para seguir. Tem muita sobreposição e confusão aqui! — Olho avidamente para o notebook e dou um tapinha nele. — Mas, nos meus e-mails, por ora só sou sua agente. E isso não é nada confuso, então eu preferiria viver ali.

Ele assente devagar.

— Que bom que você mencionou isso. Estou te des-demitindo.

Dou um olhar de soslaio para ele, toda desconfiada.

— Por quê? Não quero ser sua agente só porque a gente acabou se casando meio que por acidente e você se sente mal por isso.

— Não é por isso, nem de longe. Quero que seja minha agente porque você é inteligente e criativa. Porque sei lá como conseguiu contratos ótimos para mim, mesmo enquanto eu te ocupava com tarefas inúteis. Porque você se impôs e me disse para deixar de ser um cretino, algo que mais ninguém teria feito naquela sua situação. *Porque você é a melhor para o trabalho.*

Não estou convencida, e tenho uma necessidade crônica de merecer meu lugar na vida.

— Se todos esses motivos são verdade, por que você me demitiu para começo de conversa?

Ele sustenta meu olhar, a mandíbula se flexionando uma vez.

— Sinceramente? Achei que seria difícil demais a longo prazo. Mas estou pronto para superar isso agora e trabalharmos juntos. Desculpa mesmo, Nora, espero que possa me perdoar por isso. Tudo isso.

— *Ah*.

— Você está sem palavras?

— Pela primeira vez na história, sim.

— Então vou aproveitar. — Ele sobe as mangas do moletom fino, então se inclina e apoia os braços nos joelhos. — Quero que você seja minha agente, mas não nesta semana. Nesta semana acho que deveria fechar seu notebook e aproveitar umas férias.

Fico de queixo caído.

— Você está precisando limpar os ouvidos, porque claramente não ouviu nada do que eu disse sobre precisar do meu trabalho para me manter sã durante toda essa maluquice.

Ele se inclina para trás, apoiando as mãos no colchão, e — droga — seu peito cresce de novo.

— É esquisito demais você estar trabalhando e nós dois agindo como casados. Só nesta semana vamos ser apenas Derek e Nora. Tem coisas demais rolando, e é uma maluquice tanto para mim quanto para você. Queria te fazer um pedido...

— Escolha de palavras irônica.

— ... Feche o notebook essa semana, e então, quando voltarmos para LA, podemos reforçar as regras e voltar ao normal.

Odeio admitir, mas acho que ele tem razão.

— Você também quer se livrar das regras?

Ele franze a testa enquanto pensa por um minuto.

— No que der, sim. Mas quero que você se sinta confortável e segura, então podemos continuar com elas, se quiser. Mas pode ser difícil enquanto tentamos vender um relacionamento ao público.

— Eu sempre me sinto segura com você, Derek — digo antes que possa me impedir. Mas é verdade e não lamento que ele saiba. — A gente poderia jogar as regras pela janela, e eu ainda me sentiria assim.

Seus olhos azuis penetrantes me invadem, e o ar parece pesado.

— Fico feliz em ouvir isso. E como estamos de acordo... acho que podemos dividir a cama.

Olhos para suas mãos pressionando o edredom.

— Como vamos dividir sem... — Ele ergue uma sobrancelha quando eu deixo a frase inacabada. — Se tocar sem querer? Era só isso que eu estava pensando. Não em sexo. Eu não estava pensando em sexo com você nem um pouco. Sexo nem entrou na minha linha de raciocínio. Nunca. Nem na época em que a gente fazia.

De alguma forma, o corpo inteiro dele é um sorrisinho.

— Você não para de falar a palavra *sexo*.

— Pois é, né? — Faço uma careta. — Agora é que não podemos mesmo dividir a cama.

Ele ri e estica o corpo grande como se a palavra *sexo* nunca o tivesse incomodado. Provavelmente porque a ouviu muitas vezes ao longo dos anos, ao contrário de mim, que não toco num homem há três giros inteiros ao redor do sol. Caraca, eu deveria resolver isso.

Mas não com ele!

— A gente dormia juntos, Nora. Isso é fato, e não devemos nos envergonhar. Sendo bem franco.

Ele sorri para mim ao lado da cama, e meus joelhos ficam parecendo pudim.

— O que está fazendo? — pergunto quando o vejo acrescentar um cobertor extra à cama e então jogar dois travesseiros para a ponta oposta.

— É assim que vamos dividir a cama sem nos tocar. Eu durmo em cima do edredom e você dorme embaixo. E, só para garantir, eu durmo com a cabeça ao lado dos seus pés.

— Quase como se fosse um meia no...

— *Não* termine essa frase — avisa ele, e seu tom de voz sério me faz pensar que talvez não esteja tão pouco afetado assim.

23
Nora

— Ótimo — diz Derek, entrando de novo na suíte depois de ter saído dez minutos atrás para achar alguma coisa para comer.

Ele fecha a porta pesada e, se estiver incomodado por eu ter me aventurado a deitar na cama enquanto ele estava fora, não demonstra.

Eu, porém, me sinto culpada e me endireito como aqueles brinquedinhos que pulam de uma caixa, porque ficar deitada quando ele está por perto parece errado. Errado porque parece incrível, e eu quero puxá-lo para baixo, ao meu lado, e ver se todos os músculos extras que ele ganhou ficam diferentes quando ele está deitado em cima de mim ou não.

Derek vai até a cama, e me sento bruscamente. Postura puritana.

— Achei que podia estar com fome, então peguei uma coisa pra você também.

Ele ergue duas tigelas enquanto se aproxima da cama. O colchão afunda de maneira quase obscena quando Derek se acomoda, me fazendo deslizar na sua direção. Estou resistindo à vontade de virar uma bolinha de gude e rolar até ele.

Ele para e olha ao redor com curiosidade.

— O que está diferente aqui? — Ele praticamente fareja o ar. — Ah. Você agrupou a decoração do quarto por cor.

— Aconteceu antes que eu pudesse evitar — digo.

— Como em geral acontece.

Eu me empertigo, na defensiva.

— Quando perco o prumo, organizar as coisas me ajuda a relaxar.

— Eu sei.

— Sabe?

Ele abre um sorriso suave.

— Meu apartamento na faculdade nunca foi tão limpo e organizado quanto na época em que a gente namorava. E o seu é assim agora, eu reparei. Mas o lance da cor é novo.

— O que posso dizer? Eu evoluí. — Corro o dedo por um vinco na coberta. — É... isso te irrita?

Os olhos dele encontram os meus, e ele inclina a cabeça, procurando alguma coisa em meu rosto.

— Acho que nunca te vi insegura.

Minhas bochechas coram.

— Eu sou humana.

— Há controvérsias. Quem te disse que isso irrita?

Ok, bem, não era para ele perguntar isso. Nem perceber.

— Só uma pessoa.

— Claramente uma pessoa de merda tentando acabar com algo único em você. — Ele parece incomodado. — Não. Não irrita nada. E... eu sofro com esse negócio de organização, então essa ajudinha a mais é sempre legal.

Noto coisas que não deveria nesse momento: a calça de corrida preta envolvendo as coxas musculosas dele como uma segunda pele. Como consigo sentir o cheiro do seu desodorante e uma nota de suor depois de um longo dia de viagem. Os parênteses sutis de cada lado da sua boca — prova de que ele *tem* sorrido desde que terminamos. E o chamado agudo do meu corpo para rastejar na cama e pressionar o nariz contra o seu pescoço e sentir seu cheiro.

É evidente que preciso dormir.

— Então, o que você arranjou pra gente? — *Mudança de assunto iniciada.* — Gostaria de mentir e dizer que sou totalmente capaz de pular um jantar, mas a verdade é que estou a uns dois minutos de comer esse travesseiro.

Ele abre um sorrisinho.

— Imaginei.

Derek me estende a tigela, e por um momento sou incapaz de falar. Pisco para o lanchinho noturno como se fossem joias. De repente, sinto os olhos úmidos.

— Você... pegou sorvete com cereal pra mim?

Duas bolas de sorvete de baunilha e algo parecido com cereal de canela para completar.

— Você ainda gosta?

— É minha coisa favorita — respondo, assentindo. — Acho que só... não esperava que você lembrasse.

Um sorriso suave se desdobra na boca dele, fazendo meu estômago dar uma cambalhota.

— Nora, você comia isso pelo menos quatro vezes por semana na faculdade. Eu jamais poderia esquecer.

— A maior parte da minha pirâmide alimentar — digo antes de engolir uma grande colherada só para não começar a chorar e falar o quanto isso significa para mim.

A verdade é que esqueci como é ter por perto alguém que me conhece. Ou, melhor dizendo... que me conhece e não acha que minhas estranhezas são excessivas. Fico exausta de fazer todo o esforço para conhecer pessoas só para elas decidirem que eu não valho a pena e me largarem. Tem um motivo para o trabalho ser meu melhor amigo, além da minha mãe.

Pigarreio para soltar o nó na garganta.

— Pegou sorvete pra você também?

Ele responde levando à boca um aipo mergulhado em manteiga de amendoim, fazendo um som crocante entre os belos dentes brancos.

— A temporada está quase começando, então preciso tomar cuidado com o que como. Ainda mais porque parece que vou precisar de toda a ajuda possível para me recuperar dessa maldita lesão.

— Você não comia assim antes de se lesionar?

Ele dá de ombros de leve.

— Comia, mas não de maneira tão rigorosa. Eu ainda saía, ia a festas e bebia. Mas cortei tudo isso.

Tiro a colher da boca.

— Isso é mais triste que um filhotinho de lulu-da-pomerânia molhado.

— Não é tão ruim. — O sorriso dele é frágil. — Olha... sinto falta do sorvete, mas não das festas, por mais estranho que pareça.

— Ele pausa, a testa se vincando. — Essa é a parte mais estranha. Achei que sentiria muita falta desse lado quando saí dos holofotes e foquei toda a minha atenção em tratar o tornozelo. Mas no fim foi uma transição bem natural. Até agradável.

— Ah, não. Será que Peter Pan deixou a Terra do Nunca para sempre?

— Comecei a beber chá de camomila de noite, Nora. *E eu gosto.* — Ele fala isso como uma confissão de assassinato. — Têm sido um período estranho para mim.

Dou outra colherada no sorvete.

— Imagino.

— Aliás... estava pensando numa coisa. — Ele me examina. — Você disse que está na agência há dois anos... o que fez antes disso?

Uma imagem das regras que criamos juntos se desenrola na minha cabeça e então se rasga ao meio. Não só estamos dividindo a mesma cama (tchauzinho, regra número dez), mas ele também está perguntando sobre a minha vida (adeus, regra número dois).

— No fim, os boatos são verdade. A indústria esportiva realmente é cheia de caras machistas e mente fechada que não acham que uma mulher pode entender de esportes tão bem quanto alguém com um negócio pendurado entre as pernas. Pelo visto, é nele que todo o conhecimento do mundo é guardado.

— Por que você acha que o protegemos tanto?

Dou um chute de brincadeira em Derek, e ele ri — tipo, ri de verdade. O som dá voltas no meu peito e limpa todas as teias de aranha.

— Sério, é aqui que guardamos todo o nosso ego injustificado. Dói pra cacete ser atingido aqui embaixo.

— Anotado.

— Então o que aconteceu? — pergunta ele. — Você se formou e seguiu para o mestrado... e aí?

— E aí eu saí supermotivada, com um otimismo gigante e um novo visual arrasador, e passei o ano seguinte estagiando numa agência que deixou claro que eu nunca ia fazer nada além de buscar café e entregar documentos. — Para ser sincera, é triste que a Sports Representation Inc. pareça um paraíso em comparação com a outra agência. — Então, me demiti e fui atrás de um novo cargo ou estágio. Toda entrevista era com um sujeito chamado Robert, ou Michael, ou Richard, que me chamava de "querida" ou "mocinha" enquanto dizia que precisava de alguém com mais experiência. — Reviro os olhos. — Estagiários pelo visto não precisam de experiência, só precisam de...

— Negócios pendurados — completa Derek, me fazendo rir. — E depois?

Termino minha tigela de sorvete com cereal e a deixo de lado.

— Aí eu desisti.

— Mentira — diz ele com ênfase e nem um pingo de sarcasmo.

— É verdade!

— Não acredito em você. Nunca te vi desistir de nada.

Mas quando ele fala essas palavras, ambos as absorvemos da mesma forma. Eu desisti de uma coisa, e nós dois sabemos o que é. Derek não menciona, nem eu, mas seu sorriso fica um pouco menor.

Remexo as pernas contra o edredom macio.

— Minha cafeteria preferida estava contratando, e eu precisava de dinheiro, então fui trabalhar lá e lambi minhas feridas por um bom tempo, até que, um dia, Nicole e seus saltos finos de doze centímetros entraram no café. — Ainda consigo ouvir os cliques afiados dos saltos ecoando do piso. — Eu a conhecia porque dei uma pesquisada enquanto mandava currículos, e ela foi uma das pessoas de quem nunca recebi resposta. Eu me apresentei com um trocadilho engraçadinho e perguntei se ela poderia dar uma olhada no meu currículo.

— Ela disse que sim — sugeriu ele, dando outra mordida naquele troço.

Dou uma gargalhada um pouco alta demais.

— Não. Ela me odiou. Disse que eu era simpática e fofa demais para o mercado e que deveria continuar servindo café.

— Ai. — *Amo o sorriso dele.*

Não, eu gostei. Porque, pela primeira vez, fui rejeitada por um motivo concreto. O motivo era a própria misoginia internalizada dela, que ela nem sabia que estava lá... mas era um motivo contra o qual eu conseguia lutar. — As semanas em que tentei conquistar Nicole foram algumas das melhores da minha vida. — Ela vinha ao café no mesmo horário todo dia. Decorei seu pedido e garanti que estivesse pronto quando ela precisasse. E então comecei a escrever do lado dos copos todos os motivos pelos quais ela deveria me contratar... assim como estatísticas de atletas universitários em que eu achava que ela deveria ficar de olho.

— E? — pergunta Derek com os olhos brilhando, me conhecendo bem demais. — O que mais tinha no copo, novata?

Eu sorrio.

— Uma piadinha.

— Imaginei. Funcionou?

— As piadas não ajudaram, mas no fim ela cansou. Entrou um dia, pegou o café e na saída disse por cima do ombro: "Esteja no meu escritório na segunda às oito." E foi isso.

Ergo um ombro, lembrando-me do momento como se tivesse sido filmado e guardado no meu cérebro entre minhas lembranças mais felizes. Gosto de revê-lo quando estou cansada ou desanimada, e me lembra de seguir em frente. De continuar lutando pelo que quero mesmo quando todo mundo me diz que não vai dar certo.

Só agora percebo que Derek está me olhando com gentileza.

— Fico feliz por você, Nora. Você é boa no que faz. E fico contente que não tenha desistido do seu sonho.

As palavras fazem uma criaturinha felpuda se enrodilhar na minha barriga.

— O mesmo vale pra você. Gritei muito quando você foi o primeiro escolhido naquela convocação da NFL.

Meu sorriso esvanece quando os olhos de Derek se estreitam. Percebo meu erro ali.

— Você acompanhou minha seleção para a NFL?

O olhar dele me faz congelar. Quero me esconder para ele não ter como ver a verdade — que eu segui cada passo da sua carreira. Que o vi alcançar cada marco, meta e sucesso profissional. Que me arrependi de ter ido embora tantas vezes que já perdi as contas. E que, enquanto ele me esqueceu fácil, eu nunca o superei. Que aprendi a viver com esse fato.

Em vez disso, cutuco seu joelho com o pé de forma brincalhona.

— Ah, não vai fazer auê por causa disso. É claro que vi a seleção. Vejo todas desde os seis anos, quando meu pai me deixava comer bolo de chocolate se eu assistisse com ele.

Mas não assisti naquele ano pela atenção do meu pai...

— Certo — diz ele, tentando dar um sorriso que não chega aos olhos e deixando sua tigela vazia de lado.

O silêncio é tão denso que nem consigo engolir. Nosso momento amistoso desapareceu e ficou pesado. Com certeza Derek não está decepcionado pensando que eu não vi a seleção por ele. Ele me superou. Literalmente disse que não quer que a gente seja amigo.

Então por que está com essa cara?

A tensão é muito para mim, então saio da cama.

— Está ficando tarde. — Pego meu nécessaire e uma muda de roupas na mala. — É melhor eu escovar os dentes antes que esqueça e pegue no sono. Porque você sabe o que dizem sobre dentes...?

Derek balança a cabeça, já se arrependendo de incentivar a piada.

— O quê?

— Dentes escovados são dentes motivados.

— Isso não é nem de longe um ditado.

Eu fecho um olho.

— Com todo o respeito, acho que você está errado.

— Eu não estou errado.

Ele se levanta da cama e me segue com seu nécessaire. Meu reflexo sugere que um urso selvagem (e não um homem) está se juntando a mim no banheiro.

— Ah. Vai escovar os dentes também?

Olho para ele por cima do ombro quando Derek estende o braço, o peito tão próximo das minhas costas. Ele apoia sua bolsa de couro marrom ao lado da minha, com estampa de arco-íris, e ergue uma sobrancelha.

— Tem problema?

— Claro que não! De forma alguma. Estou muito animada para você ter dentes motivados também.

É muito pior do que eu poderia imaginar. Porque, enquanto escovo os dentes, Derek fica parado logo atrás de mim, escovando os dele, e tenho que tentar com todas as forças não encará-lo no espelho. E, uma vez que estamos cuidando de nossa higiene bucal como dois não amigos/ex-namorados platônicos, meu olhar se afasta dos seus olhos intensos só para ter uma folga deles. Um respiro, sabe? Existe um limite de tempo pelo qual uma garota consegue encarar os espetaculares olhos azuis de um homem musculoso com barba por fazer de 1,90 metro.

E é aí que reparo de verdade nas tatuagens em seus braços pela primeira vez. Na luz forte do banheiro, até que enfim consigo ver o que são. *Um tubarão cruel disparando entre a espuma branca de ondas, os dentes expostos.* Que fofo. Essa é obviamente pelo time dele. *Um crânio com um pássaro empoleirado no topo.* Assustador, mas legal. *Uma libélula. Nuvens com o sol espiando por trás. Vinhas com flores que se envolvem no braço dele e...* Peraí, o que é essa pequena na parte interna do bíceps dele? É como uma carta, ou...

Derek cola o braço na lateral do corpo.

Meus olhos voam até os dele no espelho, mas ele nem oferece uma desculpa ou se dá ao trabalho de parecer culpado por claramente esconder a tatuagem de mim. Em vez disso, se inclina ao meu redor para cuspir na pia — seu peito roçando o meu braço no processo. Ele enxágua a escova e a posiciona meticulosamente na pia, no exato ponto onde a colocava no meu apartamento depois que contei a ele que meu cérebro obcecado por organização gostava de ver nossas escovas alinhadas.

Sem outro olhar, ele me deixa sozinha no banheiro. Mal resisto ao impulso de relaxar dramaticamente contra a porta quando a fecho. Os trinta segundos que deveria levar para me trocar viram cinco minutos inteiros devido ao discurso motivacional que eu me dou no espelho para não entregar meu coração ao meu ex-namorado de novo. *Ele não te quer. E, mesmo se quisesse, seria complicado demais. Imprevisível demais.* Termino dizendo a mim mesma para sair dali logo e enfiar a bunda debaixo das cobertas sem fazer alarde por causa da cama compartilhada.

Abro uma fresta da porta.

— Eu, hum, estou indo pra cama agora. Não olhe.

— Tá.

— Seus olhos estão fechados?

— Não.

— Derek!

Ele ri.

— Ah, não vai fazer auê por causa disso — diz ele, recorrendo ao mesmo tom que usei antes ao dizer essas exatas palavras. — Você ficou na minha frente de calcinha outro dia sem nem piscar.

— É porque eu estava doida e com privação de sono!

— Você *é* doida, Nora.

Mas há um afeto inconfundível na voz dele que me aquece como um copo de chocolate quente.

— Beleza. Estou saindo… mas se prepare, porque não planejei dormir no mesmo quarto que você e trouxe meu pijama mais sexy… — Minhas palavras ficam no ar quando saio do banheiro e vejo Derek recostado na cabeceira, as mãos unidas atrás da cabeça, os lençóis brancos amarrotados ao redor da cintura afunilada… e sem camisa. Meu discurso do banheiro evapora.

Por que ele tem que ser tão musculoso? E sexy. E tatuado. E… bronzeado a ponto de dar água na boca.

Quero me esfregar inteira nele. Preciso disso.

— Esse é seu pijama sexy? — pergunta ele, me fazendo desviar os olhos de sua nudez para seu rosto, onde eu deveria ter focado o tempo todo.

Eu me aproximo um pouquinho da cama.

— Tentei te avisar. É muito sedutor.
— Nunca vi o rosto do Mr. Rogers tão grande antes.
— Eu sei... é mesmo incrível.

Hesito antes de erguer o edredom para me enfiar sob as cobertas. E deitar na cama. Com Derek.

Estou usando uma camiseta GG com meu querido amigo Mr. Rogers ocupando a maior parte da frente. O texto no topo, nas cores do arco-íris, diz *Eu gosto de você do jeito que é*. Não tenho nenhuma ilusão de que esse troço é sexy. Mas... estou sem calça. E, a não ser que esteja enganada, Derek me achava bem bonitinha sem calça.

Ele não se dá ao trabalho de desviar os olhos enquanto me enfio sob as cobertas. Observa descaradamente e, quando estamos ambos acomodados e apagamos a luz, tem a audácia de dizer:

— Reparei que você ainda usa suas calcinhas de acordo com o dia da semana.

Engasgo com a saliva.

— Ai, meu Deus. Não diga a palavra *calcinha* quando estamos na cama juntos.

— Desculpa — murmura ele, mas o sorriso em sua voz me diz que ele não se desculpa nada.

É um vislumbre do velho Derek, que flertava abertamente. O que sempre sabia o que dizer e como me afetar. Eu o adorava. E, por um segundo de loucura, desejo que ele queira estar comigo de novo.

— Vai dormir, seu encrenqueiro. — Afofo com toda a fúria meu travesseiro até ficar confortável enquanto me viro de lado. Mas aí faço contato visual com os pés de Derek. — Hum, Derek? Você não corre mais dormindo, né?

— Às vezes — responde ele, então percebe por que estou preocupada. Ele se senta e eu também. — Isso é ridículo, né? Você deveria vir pra cá. Podemos dormir na mesma cama sem que seja estranho.

— Claro. Claríssimo. Tão claro que nem me lembro do escuro. — Já estou me virando de modo que minha cabeça e meu travesseiro fiquem no mesmo nível que os dele. — Não é nada de mais.

— Nadinha. — Ele se deita de novo. — O primeiro a dormir ganha.

Aprecio a tentativa dele de trazer leveza. Mas quando sinto o calor do seu corpo esgueirar-se pelas cobertas... quando mexo as pernas e meu joelho roça sua coxa... quando abro os olhos e o vejo me observando, a só um braço de distância... parece demais.

E quando acordo às duas da manhã e percebo que estou completamente entrelaçada com ele — a perna jogada em cima da dele, a barriga em seu abdômen e o rosto pressionado entre seu ombro e pescoço, com a mão dele espalmada no meu quadril —, sinto que devo me preocupar.

Ainda mais porque não consigo me convencer a me afastar.

24
Derek

— Temos que ser rápidos, Nora está no banho, mas não deve demorar muito — digo à tela do notebook na mesa de centro.

O rosto de cada um dos meus amigos aparece em um quadrado na tela. Mandei uma mensagem para eles alguns minutos atrás e convoquei uma reunião emergencial.

— Beleza, então vamos ao que interessa — diz Jamal, inclinando-se avidamente para a frente. — Seu cabelo está grande demais. Seu nariz é meio torto, e, com todo o respeito, uma cirurgia plástica poderia ajudar bastante. E quando você anda...

Eu muto Jamal e sorrio para a tela.

— Vantagens de ser o *host* da reunião. Muto seu microfone quando quiser. Você está oficialmente de castigo, seu trouxa.

Jamal faz um gesto inapropriado na tela.

Nathan deixa de lado o shake proteico que estava terminando.

— Não quero ser chato, mas Bree e eu vamos sair para correr. Fala logo.

Lawrence e Price confirmam que estão prontos. Jamal faz um biquinho com os braços cruzados.

— Show. É o seguinte: vocês sabem que acidentalmente me casei com a minha agente que também é minha ex e por quem ainda estou apaixonado.

— E postou uma foto da sua língua na garganta dela e quase fez com que ela fosse demitida. Não vamos esquecer essa parte — comenta Price com um sorrisinho.

— Cuidado, senão vou te mutar também.

Ele ergue a mão.

— Só estou expondo os fatos para o público.

Nora começa a cantarolar alto no banho e me lembra de não perder tempo.

— O problema é o seguinte: eu acho... Não, eu *sei* que quero voltar com ela. Não só porque ela é engraçada, inteligente, linda e incrível organizando as coisas, mas ela me faz bem. Não tem medo de me confrontar sobre as merdas que eu faço e me sinto mais leve quando estou com ela. Eu... eu não posso perdê-la de novo.

Espero os arquejos surpresos, mas eles não vêm.

Lawrence ri.

— É, cara. A gente já sabia. Desde que conhecemos Nora na sua casa a gente já sabia que você ia querer voltar com ela.

Nathan sorri.

— A gente só estava esperando você perceber também.

Jamal está gesticulando loucamente para a tela, implorando que eu o tire do mudo para poder me zoar. *Sem chance.*

— Que merda é essa? Vocês sabiam que isso ia acontecer mesmo eu dizendo que queria seguir em frente?

Price ri, claramente às minhas custas.

— Difícil não reparar que quando você fala da Nora seu rosto fica ainda mais patético do que o do Nathan falando da Bree.

— *Ou!* — dizemos eu e Nathan, ao mesmo tempo.

Mas ele está ofendido por outro motivo.

— Ninguém ama uma mulher mais do que eu amo Bree.

Todos olhamos para ele, e aperto o botão de mutar.

— Isso te garantiu um minuto de castigo também. Jamal, você está em liberdade condicional.

Eu o tiro do mudo. Jamal arqueja como se estivesse engasgando há vinte anos.

— Derek, te odeio tanto que faz uma volta completa até o amor, e é por isso que vou pular a parte do "eu avisei" e dizer direto que Nora parece areia demais para seu caminhãozinho e você precisa usar esse tempo que tem com ela para reconquistá-la. Lutar por ela. Quem concorda comigo?

Lawrence ergue a mão.

— Concordo... mas com uma ressalva. Não acredito que dê para conquistar uma mulher que não quer ser conquistada. Ela passou uma vibe de que está a fim de você de novo? Ou parece fechada e relutante?

— É claro que ela está relutante — diz Jamal, gesticulando provavelmente para minha imagem na tela. — Olha a cara dele. Quem ia querer olhar pra isso pelo resto da...

Eu o silencio de novo e tiro Nathan do mudo.

— Passamos um bom tempo só conversando ontem à noite. E aí dividimos a cama, e quando acordei hoje ela estava quase dormindo em cima de mim. — Todo mundo faz uma cara de esperança, com as sobrancelhas erguidas. — Mas pode ser porque eu tenho duas vezes o tamanho dela e o colchão abaixou tanto que ela só rolou até mim.

As sobrancelhas caem de novo para confusão.

— Você pode só falar a verdade logo — diz Price.

Nathan sibila entre os dentes.

— Acho arriscado. Se não for recíproco por parte dela, essa lua de mel será um grande constrangimento para os dois e quando voltarem para casa, ela ainda vai ser a agente dele. Eu preferiria ao menos ter alguma garantia de que as coisas estão tendendo nessa direção antes de arriscar e ir com tudo.

— Beleza, então é isso que você tem que buscar — acrescenta Lawrence. — Preste atenção no que ela diz. Estude os movimentos dela. E, se começar a pensar que ela pode sentir o mesmo que você, corteje-a.

— Cortejá-la? Você é uma avó de oitenta anos agora?

— *Cortejar* é uma boa palavra. Você não está tentando seduzi-la. Cortejar quer dizer que está tentando chegar ao coração dela, não só ao corpo.

Faz sentido. Isso me faz pensar no outro motivo da minha ligação.

— Vocês acham que estou sendo idiota por querer ficar com ela de novo? Já que foi ela que terminou comigo da outra vez e isso quase me matou?

— Bree também se afastou de mim, logo antes da faculdade — diz Nathan. — E, mesmo não sabendo de todos os detalhes sobre você e Nora, sei que, se eu tivesse ficado obcecado por uma escolha que ela fez quando a gente era jovem, poderia ter deixado escapar uma vida linda com ela.

Lawrence assente.

— Concordo com Nathan. É a semana perfeita para analisar a situação. Tente. E mesmo que eu não ache que você deva ir com tudo... acho corajoso da sua parte se abrir para ela de novo e ver o que acontece.

Que porra de livros de autoajuda esse cara lê?

Nathan se inclina para a frente.

— Sabe, ainda tenho minha velha colinha que me ajudou a conquistar Bree. Posso te mandar por mensagem.

Reviro os olhos.

— Não preciso de ajuda nesse departamento, muito obrigado. Eu te dei as ideias quando foi sua vez.

— Você me disse para ficar piscando para ela. E não funcionou, devo acrescentar.

— Não é culpa minha se você não tem charme.

Jamal fica se levantando e gritando sabe-se lá o que para a tela. Sorrio e mostro o dedo para ele. Só por diversão, ergo a outra mão e imito uma dancinha com as duas.

— O que você está fazendo? — pergunta Nora, parada na porta do banheiro que não ouvi se abrir e usando um chapéu de aba larga e uma saída de praia.

Tudo que vejo é um vislumbre dos olhos arregalados dos caras (e Jamal urrando de rir) antes de fechar o notebook bruscamente.

— Ah, hum, nada. Eu estava só... alongando as mãos. É pro futebol. — Pauso, e ela nem faz questão de preencher o silêncio. — É só... o povo do esporte faz isso. Atletas. É uma coisa de mão. — Outra pausa dolorosa. — De atleta.

Ela sorri.

— Parece uma mentira deslavada, mas vou deixar pra lá. Se ficarmos aqui papeando sobre sua dança performática com as mãos, vamos nos atrasar para a reunião.

25
Nora

— Estamos muito animados por estar aqui com vocês dois! — diz Kamaya, uma jornalista fofa da *Celebrity Spark* que sorri toda animada para mim e para Derek do outro lado da mesa.

Estamos sentados no pequeno café do resort, e, se você digitasse *paraíso* no Google Maps, ele mostraria esse lugar aqui. Ar quente, céu azul-bebê, palmeiras por todo o pátio e um mar tão lindo que parece um pano de fundo falso.

Ao lado de Kamaya está Alec, o fotógrafo que vai ficar nos seguindo nesta semana. Os dois têm sorrisos bonitos e o tipo de personalidade que faz com que eu me sinta superconfortável. Gostei deles.

E gosto que essa reunião deu para mim e Derek uma desculpa para não falarmos sobre termos acordado nos braços um do outro (pela segunda vez, no meu caso) e, em vez disso, fez com que a gente se aprontasse correndo e descesse a tempo para encontrá-los no café da manhã. Afinal, evitar essas coisas é saudável, né?

— Obrigada de novo por permitirem que a gente cubra a história de amor de vocês e a lua de mel — diz Kamaya. — Nicole e eu somos amigas há um tempão, então, quando ela ligou e disse que tinha uma exclusiva para mim, eu sabia que ia ser bom. Aquela mulher nunca erra.

Eu rio.

— Ninguém rejeita uma ligação de Nicole.

— Exato!

Ela se ajeita na cadeira para cruzar as pernas longas e bronzeadas, olhando para suas anotações com um sorriso suave. Que mulher linda! Poderia ser modelo de passarela, se quisesse. Não muito diferente das mulheres que Derek costumava namorar, na verdade.

Não consigo deixar de me perguntar se ele se sente atraído por ela. Se está olhando para o outro lado da mesa e pensando: *Nossa, queria que essa mulher não pensasse que eu sou casado.* Sou atingida por uma pontada súbita de ciúme a que eu não tenho direito.

Mas então, como se adivinhasse meus pensamentos, o joelho de Derek se encosta no meu sob a mesa e eu ergo os olhos para ele. Ele não está olhando para a linda mulher do outro lado da mesa, e sim para mim — com um olhar questionador. Será que eu estava franzindo a testa para Kamaya? Talvez eu estivesse com cara de quem queria arrancar seu belíssimo cabelo e Derek percebeu.

Pouco feminista da sua parte, Nora.

— Certo, pensei que primeiro podíamos discutir o cronograma da semana, e aí passar para a entrevista. Que tal? — pergunta Kamaya, e tento afastar todos os pensamentos ciumentos.

Mas é difícil: ela é tão simpática e elegante, e eu estou usando uma saída de praia sem graça e um chapéu de palha, porque, como já contei a Derek, o sol e a minha pele não são amigos.

— Certinho, vamos lá! — digo, um pouco animada demais.

Ela franze o nariz ao sorrir.

— Você é tão adorável, bem que a Nicole falou.

— *Adorável* foi a palavra que ela usou?

Estou cética.

Kamaya dá de ombros.

— Mais ou menos.

— Ela disse *irritante*, não foi?

— *Irritantemente fofa* foram as palavras exatas.

Não sei por que me magoa ouvir que Nicole — minha única aliada no escritório — disse isso de mim para Kamaya. Ok, é exatamente o que eu sou e sempre estive bem com isso. Não vou mudar para me encaixar na ideia que a sociedade tem de uma mulher profissional poderosa só para deixar as pessoas mais confortáveis. Mas... acho que, com Derek ao meu lado e diante de uma mulher que admiro de verdade, isso me faz murchar um pouco. Eu me sinto desleixada e boba, e meu chapéu é grande demais.

Mas prefiro comer esse chapéu gigante a deixar alguém descobrir que sua opinião me desanimou. Porque opiniões não são fatos. Como minha mãe sempre diz, opiniões só se tornam verdade se a gente aceitá-las como tal.

— Prefiro histericamente engraçada ou alegremente extro...

Eu ia dizer *extrovertida*, mas Derek se inclina e joga o braço ao meu redor, seus dedos descendo pelo meu ombro e braço. Então, a palavra *extrovertida* meio que sai como "extrogorrgg".

Kamaya repara no meu probleminha repentino, e seu sorriso fica todo derretido.

— A fase de lua de mel. Adoro. Certo, vamos lá para eu poder deixar vocês em paz por hoje!

Deslizo os olhos para Derek, e... ele me dá uma piscadinha. *Santa mãe de Harry Styles.* O que foi isso? Sinto um baita frio da barriga, como se estivesse numa turbulência num avião. Ele quebrou a regra dezoito descaradamente (não que ela esteja valendo).

Não acredito em como meu corpo responde a ele. É surreal. Já transei com outros homens — homens bonitos, que fique claro — e nunca senti tanto frio na barriga assim. Nem uma única vez. E tudo que Derek precisa fazer é piscar? Ele sempre conseguiu me desarmar de um jeito assustador. Quando está por perto, o resto do mundo poderia muito bem não existir. É desgastante. E foi exatamente por isso que terminei com ele.

Mas e agora? Estou pronta para isso?

Ai, meu Deus, Nora, agora é de mentira! Agora ele está fingindo para me ajudar a não ser demitida. Não faz diferença eu sentir frio na barriga ou não, porque Derek agora é meu não amigo/cliente/marido. Concentre-se.

Maaaaaaas, meu cérebro argumenta mais uma vez, ele guardou aquela nota promissória na carteira por anos. Ele se lembrou da minha sobremesa favorita. E às vezes o pego olhando para mim como se... como se ainda me amasse. *Então que tal não ser tão ignorante, Nora?* Porque, se estou sentindo essa coisa entre nós de novo, ele também pode estar. Talvez eu só esteja com medo de ter esperanças.

— Estava pensando no seguinte — começa Kamaya, ajeitando os papéis numa pilha tão ordenada que fico animada. — Agora de manhã vamos resolver a entrevista. Depois disso, vamos todos fazer um tour que o resort oferece pelo recife de corais. Tudo bem pra vocês?
— Parece uma boa pra mim — diz Derek. — E para você, Nora? — Mas, em vez de só me perguntar, ele dá um beijinho na minha têmpora, enquanto seu dedão esfrega meu pescoço para cima e para baixo, logo abaixo do meu ouvido. Enquanto meu coração para de bater.

Engulo em seco, tentando não demonstrar quanto estou afetada.
— Ótimo! — Mas sai como um gritinho agudo pré-púbere.
Kamaya sorri.
— Maravilha. E já que estão em lua de mel, a gente tentou não agendar mais do que um ensaio de fotos por dia, deixando vocês com o resto do tempo juntos para... bem... fazer o que gostam! — Ela agita as sobrancelhas, e tento não engasgar com a insinuação constrangedora de que o que gostamos é jogar Twister pelados. — Deem uma olhada no que planejamos.

Ela desliza suas anotações, e Derek não tira o braço de mim enquanto se inclina para a frente. Em vez disso, me puxa para mais perto, assim posso olhar com ele. Sinto o cheiro do seu desodorante e tenho vontade de lamber seu bíceps. Estou descontrolada.
— Um dia no spa? — pergunta Derek com a sobrancelha erguida, porque está prestando atenção de fato na lista, e não sonhando com coisas inapropriadas que podemos fazer juntos, como eu.

Kamaya assente.
— A maioria desses serviços faz parte das comodidades do resort que eles gostam de propor para casais. Alec e eu tentaremos ficar fora do caminho o máximo possível durante as atividades, vocês nem vão perceber que estamos aqui. E, óbvio, se alguma dessas coisas parecer horrível, descartamos e planejamos algo diferente. Que tal?

Derek e eu levamos um minuto para analisar o itinerário e não vemos nada que pareça difícil ou desconfortável demais, então concordamos e começamos a entrevista. Kamaya apoia um gravador na mesa com a nossa permissão e começa pelo básico:

— Como vocês se conheceram?

Derek responde, enveredando pelo túnel do tempo para descrever em detalhes perfeitos nosso primeiro encontro naquela festa na faculdade.

Recebemos outras perguntas fáceis como: Para onde foram no primeiro encontro? *Boliche.* E a lembrança de casal mais engraçada? *Sermos pegos nadando pelados na piscina da faculdade à noite.*

A entrevista está indo tão bem que fico bem tranquila até Kamaya me olhar diretamente e perguntar:

— Qual foi o motivo do término na faculdade?

Meu joelho balança porque não sei como responder. Eu não minto bem e não quero me aprofundar numa verdade que Derek e eu mal exploramos ainda. Claro, para Kamaya, para um casal agora casado e feliz, essa pergunta seria fofa e seria engraçado lembrar. Mas, na verdade, nossas feridas ainda estão abertas. Sobretudo para Derek, e isso requer toda a minha sensibilidade.

Kamaya interpreta mal minha expressão.

— Posso ver pelo seu olhar, Nora, que é uma história boa.

Hum, não, não exatamente!

A mão de Derek cobre meu joelho.

— Isso é particular. Próxima pergunta — diz ele, com uma autoridade e um senso de proteção que causam arrepios na minha pele.

— Sem problemas. — O sorriso de Kamaya é supercompreensivo. Ela não está tentando ser uma chata intrometida, só fazendo seu trabalho e caçando detalhes. — E o período que vocês dois não estavam juntos? Derek, claro que sabemos que namorou bastante, mas e você, Nora? Saiu com mais alguém, ou ainda estava pensando em Derek?

Sinto Derek congelar ao meu lado e queria não ter que falar sobre isso pela primeira vez com um fotógrafo e uma jornalista na minha frente. Mas se eu me recusar a responder a essa também, Kamaya pode desconfiar. Também acho engraçado ela presumir que foi Derek quem terminou comigo. Porque é claro que uma garota engraçadinha como eu se casar com um Derek só pode ser sorte.

Essa conclusão incendeia uma parte de mim que fica furiosa em nome de toda mulher que já ouviu que é sortuda por ter uma chance com um homem bom. Como se essa fosse nossa meta primária de vida, e, uma vez encontrado, esse homem deveria ser o seu mundo até ele decidir terminar.

Eu ajeito a postura.

— Saí com outros homens, mas esses relacionamentos nunca foram sérios. Sobretudo porque minha mãe me ensinou desde cedo a importância de colocar meus sonhos e ambições em primeiro lugar... quaisquer que fossem. Ela sempre deixou claro que nunca tentaria ficar no meu caminho ou rir de quão longe eu queria chegar. Que sempre me apoiaria e me ajudaria a chegar à próxima etapa, e que, se eu não encontrasse um cara que me tratasse exatamente da mesma forma, de igual para igual, como uma parceira cujos sonhos são tão importantes quanto os dele, era para seguir em frente.

Derek está imóvel ao meu lado de um jeito nada natural. O dedão dele parou de acariciar meu pescoço, e percebo, quase com dor, que queria que ele nunca parasse.

— Que mulher sábia. — Os olhos de Kamaya brilham. Parece que ela me acompanhou nessa. — E agora você o encontrou.

— Quê? — pergunto antes de perceber o que ela quer dizer.

— Derek — diz ela, apontando para ele com uma risada. — Você enfim achou o cara certo para te apoiar em vez de derrubar. E se casou com ele.

A afirmação me golpeia e rouba meu fôlego — porque Kamaya não percebe como está certa. Eu me viro para Derek e o vejo de outra forma. Um minuto atrás, minha mente estava presa no passado, com um Derek que me amava intensamente, mas não por completo. Ele caía na categoria dos homens que, mesmo sem intenção, tratam nossas metas como menos importantes — querendo que os coloquemos à frente de tudo.

Mas não estou mais com esse Derek, estou? Ele mudou. E eu também.

Esse Derek viu que minha carreira estava em risco e se dispôs a fazer o que fosse necessário para protegê-la. A diferença é total. O Derek que eu namorei na faculdade era um menino. Este Derek é um homem. E parece ser um homem confiável.

— Pode ter certeza de que me casei com ele.

Não fique confortável demais, Nora. É só temporário.

26
Nora

— Quantos? — pergunta Derek do nada, no primeiro momento em que ficamos a sós.

— Quinhentos. — Minha resposta é veloz como um raio. — Peraí, do que estamos falando?

Ele mantém o rosto fixo no leme do barco, voltado para o oceano turquesa límpido, mas é evidente que seu foco é em mim, ao seu lado.

Depois da entrevista, nós quatro entramos em um carro e fomos até uma doca grande. Kamaya achava que conseguiríamos fotos incríveis de Derek e eu mergulhando com snorkel em um recife de corais. Também me pareceu uma ideia excelente quando achei que dava para chegar em um recife de corais a pé, da praia. Não sei bem por que pensei isso, mas pensei. Mas logo descobri, depois de me afivelar em um colete salva-vidas grandalhão, que não dá para andar até lá — vamos de barco, através das águas agitadas do oceano. Só espero que minha morte não me encontre aqui.

Ele me olha.

— Com quantos caras você ficou depois de mim?

Eu me seguro na borda para me equilibrar.

— É o quê? Alerta de intrometido. Não sei se você pode me perguntar isso.

— Estou perguntando mesmo assim. Quero saber.

Ele olha de soslaio para Kamaya e Alec, que estão falando com o capitão (piloto?) do barco. Não sei como me referir ao cara de talvez vinte e poucos anos, que não parece ter idade suficiente nem para dirigir um carro (que dirá uma embarcação) e está prestes a conduzir nosso barco para o oceano infinito e revolto. Mas não estou sendo justa. Ele provavelmente é um capitão maravilhoso.

É só que odeio barcos. Todo filme que tem um barco acaba com ele batendo e todo mundo se afogando ou ilhado. Imagino que meu ódio tenha a ver com a falta de controle, mas nunca saberemos, já que a coisa mais próxima que tenho de um psicólogo é *The Great British Bake Off.*

Derek engancha um dedo no ombro do meu colete salva-vidas (coisa que pelo visto optou por não usar até entrarmos na água, já que não está morrendo de medo de cair como eu) e me vira para que eu o encare. Ele abre o colete e sobe o tecido da minha saída de praia até revelar alguns centímetros da minha cintura.

— Ei! O que...

— E também quero saber de onde veio isso.

Seu dedo roça com suavidade a pequena cicatriz do lado direito do meu abdômen. A que ficou de uma cirurgia de cinco anos atrás.

Puxo a saída de praia para baixo e lanço um olhar incisivo — não porque sou particularmente recatada ou estou desconfortável, mas porque ainda não passei protetor solar e vou fritar como bacon.

— O que deu um você? Por que de repente quer saber dessas coisas?

Porque ele se sente como você. Uma mudança. Uma revelação. O olhar de Derek está ardente.

— Porque você é... — Ele parece frustrado, tentando encontrar um jeito de terminar a frase. Seus olhos encontram os meus de novo e fico decepcionada quando, de algum modo, sei que não é o que ele pretendia dizer. — Essa semana você é minha esposa, não é? Eu deveria saber detalhes importantes sobre você. Então, quantos?

Ponho as mãos na cintura, a desconfiança entrelaçada nas minhas palavras.

— Derek Pender. Você não está... Não estaria pegando o trem do ciúme com destino à Cidade Possessiva, né?

— Talvez... por favor, só me diz quantos, Nora. Acaba logo com meu sofrimento. — Ele está tão obstinado. Tão resoluto. Possessivo e contrariado ao mesmo tempo.

— Não acho que você queira jogar esse jogo, meu senhor. Ainda mais quando te disser que foram só dois homens comparados aos seus milhões de mulheres.

Ele faz uma careta, mas não pelo motivo esperado.

— Caramba, Nora. Só dois? Dois é muito pior.

Abro a boca, e uma risada escapa. Espio sobre o ombro para verificar se Kamaya e Alec ainda estão conversando com o capitão. Abaixo a voz só para garantir.

— Em que mundo eu ficar com dois caras é pior do que as muitas, muitas mulheres que você pegou? — E então balanço a cabeça. — Não, peraí. Nada disso é ruim porque a gente não estava junto! Você tinha direito de ficar com quem quisesse e eu também.

Ele ignora minha declaração pragmática e se aproxima alguns centímetros até agarrar as fivelas do colete e fechá-las com firmeza de novo.

— Dois é pior porque é específico. Dois significa que você de fato os conhecia... e é provável que ainda se lembre perfeitamente deles. — Ele não solta meu colete. — Quais eram os nomes deles?

— Você precisa aprender a ter educação.

— *Por favor.* — Ele dá um sorrisinho. — Por favor, *Gengibrinha*, me diz os nomes dos caras com quem você ficou?

Quase arquejo ao ouvir meu velho apelido nos lábios dele. Uma onda de excitação me percorre.

Ainda assim, olho Derek de esguelha, meio preocupada que esteja coletando os nomes para dar a um assassino de aluguel, julgando pelo brilho raivoso em seus olhos.

— Liam e Ben.

— *Não.* — Ele soa mais derrotado do que qualquer pessoa já esteve na história do mundo. — Ben? Namorou um cara chamado Ben? Que provavelmente era apelido de Benjamin. É sério isso? — Ele dá um passo ansioso para longe e então se vira depressa. — Que merda... E ele era um cara legal, não era? Um médico? Os Ben são sempre médicos ou jogadores de beisebol.

Não consigo evitar um sorrisinho. No fim, meu lado mais primitivo gosta de ver Derek com ciúme. Gosta dessa nova energia correndo entre nós, ainda que me assuste.

— Pediatra.

Ele grunhe.

— Você dormiu com ele?

Meus olhos faíscam.

— Ok, aqui eu vou bater o pé. — Faço um movimento exagerado de erguer o pé no ar e abaixá-lo. — Viu? Pé. Batido. Você não tem direito de me perguntar coisas assim.

— Você dormiu. Dormiu com ele. — Nada na aflição dele é fingida, ele está mesmo perdendo a cabeça. E, consequentemente, eu também. Por quê? O que está acontecendo? — Meu Deus. Estou com vontade de matar alguém que nunca nem conheci.

— Está me zoando?

— Nunca falei tão sério.

— Você não acha que está sendo meio dois pesos, duas medidas?

Ele se aproxima de mim.

— Você *não* está com ciúme? Não odeia a ideia de qualquer outra pessoa dormindo comigo? — pergunta ele com os dentes cerrados, desvairado como nunca o vi.

E é claro que estou! Mas não quero ele saiba disso. E, sério, não quero sentir ciúme, já que sei que ele teve todo o direito de beijar, transar ou se apaixonar por quem quisesse. Gosto de ser racional — mas nunca consegui permanecer racional quando se trata de Derek.

— Eu sou o único que... — Ele parece dividido entre terminar a frase ou guardá-la para si. E então seu olhar passa por cima do meu ombro, e ele sorri com educação para Kamaya, que se aproxima de nós.

— Tudo certo, pombinhos? O capitão está pronto, então vamos zarpar. Se quiserem só ficar aqui e olhar para o oceano no caminho, Alec vai ficar ali — ela aponta para ele, a alguns passos de distância — e tirar algumas fotos espontâneas de vocês. Ok?

— Está ótimo! — digo, embora ter minha foto tirada enquanto morro de medo de cair do barco e afundar até o fundo do oceano pareça tão legal quanto engolir espinhos de cacto.

O motor acelera, e meu coração também, conforme o barco começa a se mover pela água. Nesse momento, sinto que deveria ter algum lugar onde a gente pudesse sentar, mas infelizmente esse barco não é do tipo que tem bancos. Estamos num convés azul enorme com uma amurada muito frágil ao redor (perigoso), e no andar de baixo há uma cabine pequenininha com alguns assentos, mas Alec vetou que fôssemos para lá quando chegamos, dizendo que as fotos ficariam incríveis se estivéssemos olhando pela proa durante o passeio.

Aposto que Alec não imaginava que as fotos contarão também com meu olhar de puro terror.

— Está tudo bem, Nora? — pergunta Derek, vendo minha expressão e erguendo a voz em meio ao som do motor.

— Uhum! — digo em voz alta e animada com um sinal de joinha, mas imediatamente me arrependo de soltar a amurada e a agarro de novo como se minha vida dependesse disso.

Derek para atrás de mim e seu corpo grande pressiona minhas costas enquanto ele envolve minha cintura com os braços, me segurando com firmeza contra si. Olho para baixo e quase engasgo com a visão das veias e dos tendões pronunciados de seus braços fortes. Braços másculos. Braços de *atleta*.

A boca dele está no meu ouvido.

— Por acaso você não tem medo de barcos, tem?

— Não — respondo depressa, e então o barco inteiro quica após uma pequena onda e eu dou um gritinho. — Medo, não. *Pavor*.

Derek ajeita os braços e me aperta mais.

— Você está segura. Não vou te deixar cair — diz ele, e acredito totalmente.

Lá no fundo sei que, se esse barco atingisse um iceberg e começasse a naufragar até o fundo do mar como em *Titanic*, Derek não me soltaria. E pode acreditar que, se eu encontrasse um pedaço de madeira flutuante na qual me segurar, abriria espaço e o deixaria deitar comigo. *Havia espaço de sobra, Rose!*

Percebo vagamente Alec se movendo para a frente do barco e apontando a câmera em nossa direção — mas estou focada demais na sensação que a mão de Derek provoca, cobrindo meu quadril e alcançando minha coxa. Seu toque não é hesitante ou contido. Eu perguntaria se é só para a câmera, mas... depois de como ele admitiu ter ciúme dos meus outros relacionamentos, acho que não é o caso.

Não sei bem o que estou fazendo, ou por que meu coração está disparado no peito ou se essa é a pior ideia do mundo. Mas, antes que eu amarele, ergo a voz em meio ao ruído das ondas.

— Derek. Você não é o único com ciúme.

Mas ele não me ouve.

— Fala mais alto! O motor é barulhento demais! — grita ele sobre o borrifo das ondas.

— Você não é o único! — grito. — Sinto ciúme desde que te vi beijando uma mulher do lado de fora do seu apartamento, uma semana depois de a gente terminar!

De repente, Derek está me virando para me encarar, os olhos cheios de preocupação.

— Você foi até o meu...

Mas o barco desacelera de repente, bem quando atingimos uma onda, e o resultado é o corpo dele balançando em direção ao meu enquanto minha cabeça é jogada na direção dele — bem contra a sua cara.

Dou um gritinho, e Derek solta um grunhido, e quando ergo os olhos ele está apertando o nariz com as duas mãos.

— Ai, meu Deus, você está bem? — pergunto, mas quando ele afasta as mãos vejo que não está. Tem sangue jorrando do seu nariz.

Derek percebe no mesmo instante que eu, e seus olhos voam para os meus, sabendo o que está prestes a acontecer. A essa altura, o barco desacelerou até parar e nosso corajoso capitão anunciou no alto-falante que chegamos ao nosso destino para o mergulho com snorkel. Mas tudo que ouço é *fuén, fuén*, porque, ao ver o sangue de Derek, o mundo começa a sumir para mim.

    Derek me chama e pula em minha direção com sangue escorrendo pelo rosto e a camisa, e então tudo fica preto.

27
Nora

Havia tanto sangue no barco (e em Derek) que fomos levados de volta ao resort. Isso sem mencionar que eu desmaiei e assustei todo mundo. Kamaya insistiu em nos trazer de volta para que a enfermeira do resort examinasse o nariz de Derek e conferisse se não estava quebrado. Por sorte, não havia ameaça de concussão para mim, já que Derek me segurou antes que eu caísse.

O nariz dele e o meu cérebro estão bem, mas meu orgulho está bastante ferido. Eu fiz uma baita cena. Tão grande que o nosso tour inteiro precisou ser reagendado por causa do inesperado caos que causei. Todos foram bem compreensivos de forma geral, mas claramente ficaram insatisfeitos com a reviravolta.

Claro que bem no momento em que eu estava tentando ser vulnerável... bato no nariz dele, faço-o sangrar quase até a morte e então desmaio como uma heroína dramática do século XIX com um espartilho apertado demais. E foi tudo captado pelas câmeras. Quero chorar.

Evidências de que Nora Mackenzie (Pender) é mesmo exagerada.

Agora Derek está no chuveiro (lavando o sangue) e estou sentada na cama, embalando meu ego ferido e me perguntando se esse é um sinal do universo de que preciso ficar de boca fechada. Que o que Derek e eu tivemos está no passado e deveria continuar lá. Enterrado. Sem mapas nem X para marcar o lugar.

Talvez nem importe mais. Derek teve mais um gostinho de como é namorar comigo de verdade.

Mas é aí que a porta do banheiro se abre e vapor sai girando em volta de um corpo masculino enorme e bronzeado usando apenas uma toalhinha branca ao redor da cintura, e penso que o universo tem mais é que ir chupar um limão. A toalha mal se mantém no lugar e torço internamente para que caia.

— Desculpa, esqueci minhas roupas — diz ele, e juro que não estou encarando os pelos que descem pelo abdômen musculoso e desaparecem atrás da toalha.

Ergo os olhos bruscamente para o teto.

— Uhum. Sem problemas.

Está um silêncio mortal, tirando pelos passos descalços de Derek sobre o tapete, lembrando-me de que ele está aqui, estamos dividindo esse quarto e agora há gotas de água escorrendo pelas suas costas. Ai, merda, até consigo ouvir a toalha roçando contra as coxas dele. Consigo ouvir o zíper da mala se abrindo e então o som de tecido subindo pelas pernas. Seria a cueca? Ele largou a toalha em plena vista? Eu deveria olhar? Não. Seria falta de educação.

Dou uma espiada e o vejo de costas para mim, quase todo vestido, mas — ai, meu Deus — o homem ainda está sem camisa, usando calças de moletom justas. Seus músculos ondulam sob a pele enquanto ele veste uma camiseta e logo seguida um moletom dos Sharks, que parece tão aconchegante que quero me enfiar dentro com ele.

Ele se vira e me pega olhando antes que eu consiga desviar. Me sentindo culpada, caio de volta no travesseiro e fecho os olhos.

— O que está fazendo aí? — pergunta ele, um tom de divertimento na voz.

Mantenho as pálpebras fechadas.

— Dormindo. Estou cansada depois de drenar todo o seu sangue hoje, então acho que vou tirar um cochilo.

Ficamos em silêncio por um momento, e então pulo ao sentir a mão de Derek tocar minha testa. Abro os olhos rapidamente e o vejo parado logo ao lado da cama.

— Você está doente? — Ele está falando sério.

— Acho que não. — Mas me sinto prestes a chorar.

— Nunca te vi cochilar.

Ergo uma sobrancelha.

— Olha... para sermos justos, passaram-se aí uns bons anos. Talvez eu cochile todo dia agora.

— E você faz isso? — pergunta ele, e me recuso a pensar em como ele não tira a mão imediatamente, correndo os dedos pelo meu cabelo primeiro, afastando-o com delicadeza do meu rosto e encaixando-o atrás da orelha.

Eu estremeço um pouquinho. Talvez esteja, sim, com febre.

— Não. Não cochilo desde os doze anos. Só... estou cansada. Foi um mês maluco e estou me sentindo uma idiota por desmaiar no barco e... eu acho... eu acho que só preciso de um cochilo. — Mas minha voz fica embargada.

Sem piadinhas. Sem brincadeiras dessa vez. Fui sincera porque tudo está começando a pesar e estou muito cansada. Preciso reiniciar o sistema, para poder acordar e parar de me sentir tão envergonhada e com tantas emoções diferentes por Derek na cabeça. Preciso me controlar antes que comece a ver coisa que não existe só por ele ter me contado que sente ciúme. Por seus pequenos toques. Pela possibilidade de que ele consideraria ficar comigo outra vez, embora, na verdade, fosse uma péssima ideia.

Derek me observa por alguns segundos, o maxilar quadrado se tensionando antes de ele ir até seu lado da cama. Eu me ergo nos cotovelos e observo cada movimento.

— O que está fazendo?

— Vou cochilar com você.

Dou uma risada nervosa.

— Quê? Por quê?

Isso não vai me ajudar a reiniciar sistema nenhum.

Ele ergue o edredom e entra embaixo.

— Parece uma boa ideia. Nunca consigo cochilar no dia a dia, em casa. Então vamos cochilar.

— *Beleeeeza* — digo, cética, deitando-me devagar no travesseiro.

Ficamos em silêncio juntos de novo, e tudo que escuto são os sons suaves de nossa respiração e um farfalhar de cobertas de vez em quando. As cortinas estão abertas, então o quarto está todo ensolarado e quente. É gostoso.

— Desculpe pelo acidente com o seu nariz — digo baixinho. — E por toda aquela cena que rolou.

— Quem liga para isso? Só estou feliz que você não machucou a cabeça.

Fico engasgada — as emoções fechando minha garganta porque é libertador demais não ser tratada como um estorvo por algo que não consigo controlar.

— Porque você me segurou. Mesmo com o nariz sangrando e sentindo dor.

Ele apoia um braço acima da cabeça.

— Para de falar como se eu fosse um herói. Meu nariz está perfeitamente bem. — Ele dá uma leve bufada. — Deus sabe que já tive machucados piores.

Viro de lado, enfiando a mão sob o travesseiro, e olho para Derek. Ele está deitado de barriga para cima, o braço com a tatuagem que não consigo ver acima da cabeça, os olhos fechados.

— Você ficou com medo? Naquele dia no campo, quando quebrou o tornozelo?

Ele se encolhe de leve, e me arrependo da falta de tato. Seus olhos se abrem e se conectam com os meus, o rosto virado para mim.

— Fiquei aterrorizado. — Ele pausa e olha para o teto de novo. — Ainda consigo ouvir o som que fez. O osso literalmente quebrando. Tive certeza absoluta de que era o fim para mim. Que... eu nunca mais jogaria e perderia tudo, sem nem ter tido tempo de me preparar psicologicamente para isso.

O que não conto a ele é que eu estava na arquibancada naquele jogo. Que o vi cair no campo e não levantar e achei que ia vomitar. E então aqueles momentos angustiantes em que tive que vê-lo ser carregado numa maca e fiquei atualizando meu celular sem parar para descobrir que tipo de lesão tinha sido. Foi um inferno. Eu queria estar lá para apoiá-lo. Queria ter segurado a mão dele.

E acho que é essa lembrança que me faz tocá-lo sob o edredom. Quando roço os dedos na mão dele, seus olhos se viram depressa para mim, e por um momento ele congela. Eu mesma mal estou respirando. E então, todo suave e doce, ele aproxima os dedos dos meus, até nossas mãos estarem entrelaçadas.

Fecho os olhos de novo e deixo o calor atordoante entre nós me embalar num nível de repouso que não costumo alcançar com facilidade.

— Nora... precisamos conversar sobre o que aconteceu antes do nosso pequeno acidente no barco.

Resmungo com os olhos fechados.

— Precisamos mesmo?

A adrenalina abaixou, e agora me arrependo do meu ímpeto de vulnerabilidade.

— É. Precisamos. — Então, ele vira minha palma para cima. Com o indicador, começa a desenhar linhas sobre cada dedo. Seu toque me deixa formigando. — Por favor, me conte.

É... gostoso. E de alguma forma doce também. E também uma ideia muito, muito ruim. Mas me distrai do meu medo de contar a verdade para ele.

— Uma semana depois que terminamos, eu fui lá na sua casa. Você estava voltando de um encontro e parecia que tinha se divertido muito, então me escondi num canto. — O dedo dele pausa, provavelmente sabendo o que direi em seguida, considerando o que admiti no barco. — E aí vi uma mulher maravilhosa usando um vestido incrivelmente pequeno te beijar. Na boca. E você aceitou o beijo... então eu fui embora.

Ainda não abro os olhos. Não vou aguentar a expressão no rosto dele. Pena, talvez? Constrangimento? O que quer que seja, não quero ver. Só quero ficar deitada aqui e mergulhar nessa sensação dos dedos dele tocando minha pele como se nada de ruim tivesse acontecido.

— Por que você foi ao meu apartamento? — pergunta ele, a voz mais suave que veludo.

Inspiro e concluo que não há melhor momento que o presente para a verdade.

— Porque eu... senti muita saudade e queria te ver. Senti que tinha cometido um grande erro e queria consertar tudo. — Pauso quando a onda de dor me atinge de novo. — Mesmo que eu não tivesse direito de estar triste porque fui eu que terminei com você... doeu demais perceber como você me superou fácil. Como eu era facilmente substituível.

Ele puxa o ar com força, e então seu dedo vai para minha palma, onde começa a desenhar um padrão.

— Mas então — continuo — concluí que você estava bem, tinha seguido em frente e estava feliz, então era algo que eu deveria fazer também.

Ele continua em silêncio por tanto tempo que fico curiosa e abro os olhos. Sua expressão não é de pena ou constrangimento — é uma coisa completamente diferente. Parece alívio.

Só agora percebo que a forma que ele está desenhando na minha palma é um coração. *Uma vez atrás da outra.* Assim como fazia antes.

— Você foi embora cedo demais, Nora.

— Por quê? — Meu coração martela contra as costelas.

— Porque, se tivesse ficado, teria visto que na verdade eu nem de longe tinha superado você. Veria como eu não... — Ele se cala.

— Você o quê, Derek?

Diga. O que quer que seja, diga!

Ele solta o ar devagar, o dedo ainda se movendo na palma da minha mão, me marcando com um desenho que nem sei se ele está ciente de que está fazendo.

— Naquela noite, você não ficou o suficiente para ver que eu me afastei daquela mulher e disse que não podia convidá-la para entrar porque ainda não estava pronto, porque tínhamos terminado.

Ele pausa, enquanto minha mente tenta se agarrar a todo custo a essa nova informação como se fosse um pedaço de madeira flutuando no oceano.

— Eu não consegui — continua ele. — Não consegui superar você tão rápido assim... eu não dormi com ela nem com ninguém por muito, muito tempo. Dois anos, para ser exato. Mesmo que tentasse fingir para a imprensa que estava ótimo, para meus amigos e minha família não se preocuparem comigo, eu não estava. Porque, sem você, fiquei perdido. — Um sorriso triste surge no canto da sua boca. — Você não era facilmente substituível para mim, nem um pouco.

Ele move a mão da minha palma, deslizando ao meu pulso e puxando com delicadeza. Meu corpo responde sem hesitação, aproximando-se aos pouquinhos. Sei que deveria estar ouvindo alarmes, mas não tem nada tocando na minha cabeça. Alguém os arrancou e os enterrou na areia.

Ele se vira de lado, de frente para mim, e sua mão passeia ao meu redor e se acomoda na base das minhas costas. Eu me arqueio em sua direção, sentindo um redemoinho de calor brotar no meu âmago e se espalhar para fora. Fecho os olhos quando sinto sua respiração do lado do meu pescoço, o cheiro do seu sabonete fresco na pele, e, antes que eu consiga impedir, minha perna está se enganchando ao redor da sua coxa. Seus quadris se pressionam contra mim e contenho um gemido. A boca dele desce até o meu pescoço com um beijo paciente e suave, e sua mão desliza para apertar a minha bunda com delicadeza. Não sei o que está acontecendo e não me importo, porque a mão de Derek está...

Uma batida alta e firme soa na porta, e eu me catapulto para longe de Derek e da cama, como se estivéssemos prestes a ser pegos num tipo de tango proibido.

— Camareira! — grita alguém do outro lado da porta.

Derek continua deitado, chocado com minha postura súbita de animal assustado, até sua risada cortar o ar. Aproveito que ele está se divertindo imensamente para gritar com educação para a porta que não precisamos que arrumem o quarto hoje, e então volto para a cama, onde jogo um travesseiro na cabeça de Derek, ainda às gargalhadas.

Ele enxuga os olhos.

— A sua cara!

— Para! — digo, rindo um pouquinho também. — Foi um dia traumático pra mim, tá? E isso — digo, gesticulando para o que estávamos fazendo na cama — foi um erro!

Porque foi mesmo. Tem que ser. Não importa quanto eu me divirta com ele, quanto ame seu sorriso, o jeito como ele me incendeia como fogos de artifício, o jeito como o respeito por parar o que está fazendo para tirar uma foto com toda pessoa que o reconhece, como ele cuidou de mim mesmo quando supostamente me odiava, quanto ele... Peraí, estou perdendo o fio da meada. Qual era mesmo o raciocínio? *Ah, é, erro.*

Porque, quando tiramos todas as mentiras dessa lua de mel, não somos nada um do outro além de pessoas que terão que trabalhar juntas quando chegarem em casa. Pessoas que não podem se dar ao luxo de ficar se beijando só por diversão.

Derek está sério agora. Seu riso morre, e ele se senta com a testa um pouco franzida.

— Você acha que foi um erro?

— Acho! Não podemos... nos beijar assim na nossa situação. As coisas vão se misturar totalmente, e só... não pode acontecer de novo. Não a sós.

Ele inclina a cabeça.

— Não a sós? — pergunta, com uma centelha curiosa nos olhos.

É, você captou a mensagem direito, Derek.

— Quer dizer... imagino que vamos ter que... nos abraçar em algum momento em público durante essa semana. E acho que tudo bem. Mas aqui — pairo a mão sobre as cobertas em um gesto muito Alexis Rose —, nada de carinho. Só conversa.

— Para não misturar as coisas.

— Cada coisa em seu lugar.

Ele me encara por um minuto e sorri. *Desafio aceito.*

28
Nora

— Certo, pombinhos, queremos que seja uma coisa divertida e não tome tanto tempo de vocês, e com sorte não vai terminar com o nariz de Derek jorrando sangue e Nora desmaiando — diz Kamaya com uma risada rápida. Não consigo evitar rir também, porque o constrangimento passou e agora só fiquei com uma história ótima para contar.

— Então, a gente pensou que seria divertido tirar umas fotos espontâneas de vocês brincando na praia. Simples, né? — pergunta ela, sorrindo alegre para nós, descalços na areia ao lado do sempre quieto Alec.

Mas não. Não parece simples. E até o momento não me permiti pensar em ser fotografada. Não estou só sendo modesta quando digo que não saio bem em fotos. No momento em que uma lente é apontada na minha direção, eu esqueço de agir como um ser humano. Meus ombros ficam rígidos, eu começo a suar e meu sorriso parece o de um predador com raiva. Fui assim a vida inteira e me pergunto se Derek se lembra disso. Minhas redes sociais estão cheias de fotos artísticas da minha mão segurando um café ou meus pés em meias aconchegantes. Todo mundo acha que é porque estou tentando ser misteriosa e criativa. Não. É porque quando uma câmera me encontra eu pareço uma palhaça pulando para surpreender alguém numa casa assombrada.

— Por que vocês não ficam ali, bem em frente às ondas, e trocam aqueles mesmos olhares apaixonadinhos do barco ontem?

Derek e eu nos entreolhamos, e nossas expressões são um espelho uma da outra: a gente estava trocando olhares apaixonadinhos? Porém, mais importante, meu cérebro se fixa em: *ele* estava *me* dando um olhar apaixonadinho? Cada vez mais sinais apontam para o fato de que Derek sente algo por mim. E o problema é que eu, com certeza, sinto algo por ele. Isso não deveria ser um choque, já que parte de mim nunca parou de amá-lo. Mas há uma diferença entre sempre ter amado um homem que você conhecia quando era jovem e *gostar* do homem que conhece agora. É perigoso. Complica tudo.

Derek e eu vamos até a água, mas Kamaya nos interrompe.

— É, hum, sem querer constranger vocês, mas... — Ela abre um sorriso de desculpas. — Poderiam tirar a saída de praia e a camiseta?

Ai, meu Deus.

Não só não cogitei que teria que ser fotografada nessa semana como também não cogitei que seria fotografada de biquíni para uma revista! Legal. Ótimo. Que divertido.

— É pra já, capitã — digo. — Mas sob uma condição. Eu tenho celulite na parte de trás das pernas e estrias no interior das coxas...

— Ah, não se preocupe! Vamos editar tudo isso.

— Não. Não é isso que estou dizendo. Eu tenho celulite e *não* quero que seja editada. Se vai colocar meu corpo numa revista, quero que seja meu. Quero que as mulheres o vejam e se vejam na foto também.

Essa foi outra coisa que minha mãe me ensinou: a gente tem que amar nosso corpo, ele trabalha duro por nós todos os dias.

— Hum... — diz ela, e não sei se está impressionada comigo ou temendo o time de homens que vai ter que confrontar por mim quando tentarem retocar meu corpo inteiro. — Adorei, Nora. Combinado.

— Obrigada.

Assinto, então tiro a saída de praia e a deixo numa cadeira na areia. Apoio meu chapéu em cima dela e tiro minha faixa para soltar o cabelo. Corro os dedos por ele algumas vezes na esperança de que pareça naturalmente amassado pela praia e não como o pelo de um guaxinim que acabou de sair da lixeira. E então eu me viro.

Derek está me encarando.

Tipo, *encarando*-encarando. Seus olhos percorrem cada centímetro do meu corpo no biquíni rosa sem a menor vergonha. E, escute, eu gosto do meu corpo. É um corpo legal, e levei anos para aceitar que posso amá-lo mesmo se a mídia disser que não está à altura dos padrões esperados. Simplesmente não me importo mais porque me sinto bonita e me recuso a passar meus dias me odiando porque uma pessoa um dia decidiu que eu deveria ter uma cintura fina e uma bunda enorme e peitos grandes. Meu corpo é macio e mole em alguns lugares, plano em outros, e perfeito para mim.

Mas o jeito como Derek está me olhando me faz sentir que meu corpo é o padrão no qual todos os outros serão julgados. Como se fosse seu ingresso para a felicidade eterna. Como se eu fosse uma deusa — e percebo que ninguém jamais apreciou meu corpo tanto quanto Derek.

Tenho certeza de que cada centímetro de mim está ficando tão rosa quanto meu biquíni. Ele não deveria estar me olhando assim. Era para estarmos casados, pelo amor de Deus! Ele precisa parecer pelo menos um pouco imune a mim. Em vez disso, parece que, se eu der um passo na sua direção, ele vai me abocanhar.

Derek arrasta os olhos até meu rosto mais uma vez e leva um segundo para voltar à realidade antes de pôr as mãos atrás da cabeça e puxar a camisa do seu corpo tão, *tão* gostoso. E agora é a minha vez de me afogar na piscina do desejo. Corro os olhos pelo seu tronco forte e admiro não só a forma, mas o trabalho e a determinação que foram necessários para deixá-lo assim. Sua pele bronzeada já está reluzindo com uma boa camada de suor, destacando os ombros enormes e o peitoral definido. Ele é todo robusto e musculoso, as veias se destacando. Uma brisa quente vem do oceano e bagunça seu cabelo. O homem não só tem um abdômen glorioso, mas oblíquos totalmente visíveis do lado do torso e...

Peraí.

Ele corre a mão pelo cabelo, expondo o interior dos bíceps. Meus olhos pousam naquela pequena tatuagem preta que nunca consegui ver direito. E pela primeira vez consigo identificar a mancha de tinta enfiada secretamente sob seu braço. É uma única letra.

N.

Poderia muito bem estar tatuada em neon brilhante, do jeito que fixo o olhar nela.

Derek me vê inspecionando-a, mas dessa vez não tenta esconder.

— Pronta? — pergunta depois de um momento, abaixando o braço devagar e atraindo minha atenção para o seu rosto.

Ele aponta com a cabeça para o oceano. Atrás de nós, escuto Kamaya sussurrar para Alec que parecemos prestes a arrancar nossas roupas bem aqui na areia. Derek também escuta e olha para mim com um sorriso que quase pede desculpas.

Quando chegamos à água, viramos um para o outro, e é aí que cometo o erro de olhar para Alec. Vejo aquela lente gigante mirando nossos rostos e sinto o pânico se instalar. Tento sorrir para Derek, que parece rígido.

— Hum... — Alec abaixa a câmera. — Nora, tente relaxar os braços um pouco.

Faço isso, mas não ajuda. Agora estou hiperconsciente dos meus braços. Sou como a boneca Betty Spaghetty dos anos 1990, e meus braços são longos macarrões flácidos.

Kamaya intervém para ajudar.

— É só... respirar e sorrir, Nora, e talvez colocar a mão no peito de Derek, como se estivesse se inclinando para dar um beijo nele.

É possível que eu esteja me movendo em câmera lenta enquanto ergo a mão e a apoio nas linhas rígidas do peito nu de Derek. O toque no calor do seu corpo me faz pegar fogo.

— Não está rolando, Derek — digo, puxando o braço de volta. — Não consigo. Estou me sentindo mais sem jeito do que da vez que pedi um Starbucks e percebi que tinha uma embalagem de absorvente colada na minha camiseta durante a conversa inteira. — Na verdade, quem parecia mais desconfortável era o barista. Coitado. — Ambos sabemos que eu não consigo tirar uma foto boa nem pra salvar a...

Os braços de Derek de repente envolvem minha cintura, e ele me puxa para si, tão apertado que minhas costas se inclinam para trás quando olho para o seu rosto. Meu corpo inteiro está pressionado contra o corpo dele e não consigo respirar. Seus olhos são escuros como as profundezas do oceano.

— Pare de pensar tanto e se divirta comigo, Nora.

Penso é que talvez ele me beije, mas de repente ele se inclina ainda mais e ergue minhas pernas por trás, me levando para a água.

— Derek! — dou um gritinho estridente, chutando. — Não posso entrar na água ainda! Não passei protetor solar!

Nem é uma desculpa mentirosa. Não posso ficar no sol por muito tempo sem proteção, ou vamos precisar de um extintor para apagar as queimaduras.

Consigo chutar e me desvencilhar dele, pousando de pé com as ondas só ao redor dos tornozelos. Não perco um segundo antes de sair correndo, atravessando a água e a areia — e seguindo em direção à cadeira, onde está a bolsa com o protetor solar, mas na verdade só tentando fugir da alegria descontrolada que está me dominando. Eu estou... com medo de novo. Com medo de gostar tanto de alguém. Com medo de reconhecer essa mudança nítida entre nós. Com medo de arruinar tudo — ou que ele faça isso —, e de um jeito ou de outro terminaremos com o coração partido, quando minha carreira está só começando a chegar aonde eu queria.

Por outro lado... *E se nada de ruim acontecer? E se... só for maravilhoso?*

Olho para trás, e Derek está correndo na minha direção. Suas linhas longas e esguias e seus músculos estruturados se flexionam a cada passo.

— Volta aqui! — grita ele, e tropeço no caminho pela areia, rindo demais para correr de verdade.

Derek leva dois segundos para me alcançar. Ele abraça minha cintura e me derruba com todo o cuidado no chão, absorvendo a maior parte do impacto. Eu me contorço, rindo, até estarmos cara a cara, ele em cima de mim, mas seu antebraço e pernas sustentando o peso do próprio corpo.

Ele afasta meu cabelo do rosto e segura minha nuca.

— Você é rápida. Já cogitou seguir carreira no futebol americano? — pergunta, abrindo um sorriso com covinhas e me deixando atordoada.

Nada nisso parece falso.

— Não quero humilhar ninguém.

— Tão gentil de sua parte.

Estou ciente de que Alec está tirando fotos nossas e a areia quente está grudada atrás dos meus braços e pernas. E que vou ficar tirando areia do cabelo por semanas, mas dessa vez não consigo me importar com nada além desse momento. Além de Derek olhando no fundo dos meus olhos, seu corpo pesado sobre o meu.

Os grãos de areia se transformam em glitter. É tudo *mágico*.

— Estamos em público — diz ele, baixo o suficiente para só eu ouvir. — Acha que vale a pena te beijar?

Meu estômago dá uma cambalhota.

— Vale, totalmente.

Pelo visto, ele não quis dizer na boca, porque responde se inclinando e encostando os lábios na minha clavícula. Eu puxo o ar bruscamente pelo choque dos arrepios que inundam meu corpo.

— Que bom que você não deixou editarem suas fotos. — Ele se demora ali e dá uma mordidinha na alça fina do biquíni, como se não conseguisse resistir. — Porque retocar qualquer parte do seu corpo lindo seria um crime.

Ai, nossa.

Meu corpo vira geleia sob os lábios dele, minha pele sensível. Ele pode estar só fazendo um showzinho para Alec, mas não sei se é o caso. De qualquer forma, estou derretendo por dentro e sou incapaz de me importar com qualquer coisa além de enterrar os dedos atrás do cabelo castanho-dourado dele. Ergo o joelho, apoiando o pé na areia, e quase automaticamente a mão de Derek toca minha coxa levantada.

A câmera de Alec está clicando de maneira frenética agora, e o sol logo atrás da cabeça de Derek é tão forte que tenho que fechar os olhos. É êxtase. Puro êxtase.

— Derek. Posso fazer uma pergunta pessoal?

— Qualquer coisa. — Ele beija o outro lado da minha clavícula, e é muito difícil me concentrar nas palavras.

— Você tem uma letra *N* tatuada no braço?

Ele se afasta e olha para mim. As ondas batem atrás de nós, o azul dos seus olhos rivaliza com o do céu.

— Tenho — diz ele simplesmente.

Enormes borboletas voam pelo meu estômago.

— E... esse *N* seria de... Nora?

Ele flexiona a mandíbula antes que um sorrisinho preguiçoso ganhe forma em sua boca. A mão dele sobe pelo meu joelho dobrado até o topo da minha coxa — um esquiador profissional em uma pista traiçoeira. Ele estuda meus lábios, e acho que vou me lembrar pelo resto da vida desse momento, da sensação do sol, das ondas batendo e do olhar de puro carinho que vejo nos olhos dele.

— Sim — diz ele. — Eu fiz para você.

A palavra *chocada* nem começa a descrever como estou.

— Mas... quando?

Ele abaixa a cabeça de novo e respira contra a pele do meu pescoço e orelha.

— Na semana seguinte à que terminamos. Ou, para ser mais específico, um dia depois que você me viu beijar aquela mulher.

— Por quê? Ainda mais depois de como eu te magoei? Por que você tatuaria minha inicial?

— Porque não importa como você terminou as coisas, eu precisava de um jeito de provar que nosso relacionamento existiu. — Ele solta as palavras logo acima da minha boca. — Eu estava com medo de esquecer o que tivemos. A tatuagem era um jeito de admitir para mim mesmo que você era importante para mim e sempre seria uma parte de mim, independentemente do tempo que passasse.

Não sei o que dizer. Como expressar que meu coração parece ao mesmo tempo pesado e leve. Mas ele não me obriga a encontrar as palavras.

O dedão de Derek sobe pelo meu queixo para provocar o canto dos meus lábios antes de ele abaixar a cabeça, a boca finalmente cobrindo a minha. E meu corpo evapora.

Ouço o clique baixo da câmera algumas vezes antes de parar por completo. Alec sussurra alto para Kamaya que eles deveriam nos dar um pouco de privacidade.

Deve ser porque esse não é um beijo doce. Não é o roçar acidental de lábios que trocamos na cozinha de Derek. Desde o segundo em que a boca dele cobre a minha, é avassalador. São anos e anos de desejo, saudade e anseio.

Envolvo o pescoço dele com os braços e puxo mais do seu corpo sobre mim porque o quero aqui. Preciso dele aqui. Sua mão segura minha nuca e inclina meu rosto num ângulo melhor. Quando ele lambe de leve meu lábio inferior, pedindo autorização, eu me desfaço. Abro a boca, e a língua dele se esfrega na minha, enviando um jato de tesão ardente diretamente para o meu âmago. Corro as mãos pelas costas dele, me deliciando com a textura áspera de areia misturada com suor. Tomo seu lábio inferior entre os dentes e chupo. Derek solta um grunhido, e fico desesperada para ouvir esse som de novo. Quero tudo. Quero ver esse homem se desfazer por completo e saber que fui eu que fiz isso com ele.

Exceto que não tenho essa chance porque, um segundo depois, Kamaya está pigarreando em algum ponto ali perto.

— Hum. Desculpa, gente, mas me sinto obrigada a avisar que vocês estão atraindo um pouco mais de atenção do que provavelmente gostariam.

Derek afasta a boca e olha para a praia, onde, de fato, há algumas pessoas nos observando com a mão sobre os olhos para se proteger do sol.

— Merda. Desculpa, Nora. Isso foi...

— Incrível — digo, tocando seu rosto para ele saber que não me arrependo.

Não me arrependo de nem um segundo sequer.

29
Derek

Eu vivo pelo momento da noite em que Nora sai do banheiro depois de escovar os dentes, porque ela está com sono, relaxada, e o sorriso que me dá ao me ver no sofá é tão... íntimo. Por um breve segundo, parece que não se passou tempo algum e ainda somos só dois jovens perdidamente apaixonados e com a vida toda pela frente.

E, não sei... talvez ainda sejamos essas pessoas.

A porta se abre, e lá está ela, com um shortinho preto de dormir e uma camisa gigante e aquele sorriso sonolento nos lábios. Deus do céu, ela é tão linda. Sexy, gostosa e cheia de sardas.

Beijei essa mulher hoje de manhã — beijei e ela retribuiu o beijo. Não foi nada falso. Não foi só para a câmera. Se tem uma coisa que sei é que Nora não é boa atriz, e mente muito mal... então o que vi nos seus olhos, senti no seu beijo, foi real. Era um dos sinais que os caras me disseram para procurar, e eu encontrei.

Será que era o melhor lugar para dar um beijo tão apaixonado? Talvez não. Mas não me arrependo de nada. Nós dois deitados lá na praia, a areia no cabelo dela e o sol dourando sua pele... não consegui evitar. Eu a queria. Ainda a quero. Provavelmente vou passar a vida toda querendo.

Mas não só fisicamente. Quero Nora como minha melhor amiga, minha pessoa favorita para conversar, a pessoa com quem atravesso toda fase boa e ruim. Quero muito mais do que só aquele beijo na praia.

O problema é se Nora não quiser isso também. Porque, com os limites perfeitamente traçados ou não, vai ser difícil voltar a um relacionamento profissional normal depois disso. Que fique claro: se for o que ela quiser, farei isso. Porque decidi que viver uma vida em que Nora não é nada além de uma colega de trabalho platônica é muito melhor que a vida sem ela.

Acho que ela também está analisando essas potenciais implicações e os prós e contras. Porque, depois do incidente na praia e de admitir a verdade sobre minha tatuagem, ela não voltou comigo para o quarto. Quer dizer, até voltou, mas só para trocar de roupa e pôr uns livros numa bolsa, e então deu uma desculpa esfarrapada sobre querer ler na areia e ficar desconectada. Em outras palavras, estava se sentindo fora do eixo e me evitando para recuperar a compostura.

Foi bom passarmos o dia separados. Tive tempo para processar meus sentimentos enquanto me exercitava na academia do resort, repassando cada palavra que eu disse lá na praia e decidindo se valeu a pena contar a verdade. Não me arrependo. Na verdade, me sinto aliviado. Parte de mim ainda está preocupada com a possibilidade de Nora sair correndo. De, quem sabe, ela sair para pegar café e mandar uma mensagem dizendo que foi para o aeroporto em vez disso e não pode mais fazer isso comigo. Mas, se isso acontecer, não vou me arrepender de ter contado a verdade e a beijado como fiz.

Mas ela ter voltado no fim da tarde ajuda. Nora entrou pela porta, me deu um sorriso suave e foi tomar banho.

E agora cá estamos, eu bebendo chá de camomila e mentalmente tropeçando em meus próprios pés ao vê-la sair do banheiro. Só que, quando se vira para apagar a luz, ela faz uma careta.

— O que foi? — Eu me ajeito no sofá e abaixo a xícara.

— Nada. — Ela vem se sentar no sofá, mas na outra ponta. *Bem longe.* Isso é um mau sinal? Será que suas reflexões na praia levaram a uma conclusão oposta à minha? — O que estamos vendo? *SportsCenter?* Humm, aumenta o volume.

— Nora.

— Derek, deixa quieto. Estou bem. Está tudo bem. Aumenta o volume, por favor — diz ela, o tom decidido.

Ela não está brava comigo — só odeia quando fazem alarde por causa dela. Lembro quando tive que cuidar de Nora naquela vez em que ficou resfriada, e como achei que ela ia arrancar minha cabeça sempre que eu a forçava a tomar o remédio. E é sua rispidez comigo agora que me diz que tem alguma coisa a incomodando de fato.

Não tenho escolha exceto deixar quieto, então aumento um pouco o volume. Claro que, assim que faço isso, meu rosto preenche a tela. Nora e eu ficamos tensos na hora, instintivamente pensando que nosso casamento repentino vai ser discutido na TV, mas o assunto não surge. Em vez disso, os dois apresentadores discutem os potenciais obstáculos para eu retornar aos Sharks após a lesão.

— Não sei, Blake, você acha mesmo que vão colocá-lo como titular? Claro, Derek era um *tight end* e tanto antes da lesão, mas está com trinta anos e é mais difícil se recuperar dessas coisas. Quer dizer, quantos jogadores já vimos voltarem de uma lesão dessa gravidade e jogarem com pelo menos metade da força de antes? — diz um dos apresentadores.

— Pouquíssimos — responde o outro. — Ainda mais agora que sabemos que os Sharks têm um reserva incrível no banco. Collin Abbot teve uma baita estreia no fim da última temporada, com impressionantes cinco *catches* em 121 jardas e dois *touchdowns*.

— Por mais que eu queira ver Pender voltar de vez, não parece provável.

A TV desliga. Viro a cabeça e vejo Nora abaixando o controle remoto.

— Você não precisa desses palhaços te deixando inseguro. Collin é um bom jogador — ela dá um sorrisinho —, mas você é melhor.

Minha pulsação ruge nos ouvidos.

— Mas eles têm razão. Estou ficando velho para o mundo dos esportes. Abbot é uma aposta melhor.

— Você tem trinta anos, Derek. Está cheio de energia.

Ela me cutuca com o pé, mas não rio. Não consigo, porque meu peito está apertado demais até para respirar. Para onde quer que eu olhe tem alguém dizendo que vou fracassar. Que a minha carreira, que não só amo mas com a qual cresci, acabou.

Desvio o olhar, e em um segundo Nora está ao meu lado. Aconchegando-se comigo e colocando a mão no meu queixo para me fazer olhar para ela.

— Ei. O que está acontecendo? O que você não está me contando?

Não é justo ela usar sua suavidade contra mim assim. Um único olhar, uma passada do dedão na minha bochecha, e eu cedo. Todos os meus segredos mais bem guardados saem voando como se nunca tivessem sido segredos.

— Não posso perder, Nora. Não posso perder o futebol.

— Você não vai.

— Talvez eu vá. Nós dois sabemos que os Sharks estão pensando em cortar gastos. Eu sou o elo mais fraco da cadeia, o segundo maior salário. Poderia muito bem ter um alvo na testa. E se eu perder o futebol...

As palavras saem roucas e embargadas, porque a raiva é mais fácil que a decepção para mim.

Porra, meus olhos começam a arder. Não vou chorar na frente dela. Na frente de ninguém, na verdade. Então tento levantar do sofá com a intenção de sair da suíte até conseguir controlar meus sentimentos de novo, mas Nora põe a mão no meu peito e me mantém no lugar.

— Ah, não vai sair daqui, não.

— Nora, por favor, me deixa ir...

As palavras morrem quando ela coloca uma perna sobre meu colo e se senta ali. Suas mãos pousam em meu rosto, e seus olhos castanhos ardem ao me encarar.

— Você não vai a lugar nenhum até me contar a verdade. Me conta esses sentimentos ruins que estão girando atrás dos seus olhos. Eles parecem estar num brinquedo de xícara se divertindo muito.

Como se fosse uma coisa frágil, fecho a mão delicadamente ao redor do pulso dela. Ela está montada no meu colo, me prendendo de propósito para conseguir o que quer.

— Isso não é justo.

— Não podemos sempre jogar segundo as regras. — O sorriso dela se transforma numa cara séria. — Me diga o que está te incomodando. *Por favor.*

Eu queria poder guardar para mim, mas perco a força sob seu olhar hipnótico. Fico inebriado com seu toque. Perco a cabeça com seu perfume.

— Eu sou disléxico.

Faz sentido que Nora seja a primeira pessoa para quem já disse isso em voz alta, já que ela é também a primeira pessoa que eu já senti que me entende de verdade.

Ela só parece chocada por um segundo — e sobretudo por conta da confissão abrupta. Seu dedão desliza por meus lábios.

— Há quanto tempo você sabe?

— Não muito. Uns meses. Eu tinha umas suspeitas, aí fiz o teste.

— E como se sente em relação a isso?

Ela está me rodeando com suas palavras. Sondando para ver se esse é o problema principal ou se tem algo além.

Eu suspiro e solto o pulso dela para esfregar a mão na cara e passá-la no cabelo.

— Para ser sincero, ter o diagnóstico não mudou muito meu dia a dia. Quer dizer, não tenho uma carreira que exija muita leitura ou estudo, então foi mais uma mudança emocional do que qualquer outra coisa. E isso... tem sido interessante.

Ela abaixa as mãos para repousarem entre nós, no meu peito.

— Em que sentido?

Olho para baixo e fecho minha mão nas dela — segurando-as como um presente.

— Acho que passei a olhar para meu eu do passado com mais compaixão. E talvez um pouco de tristeza. — Sinto a necessidade de piscar várias vezes. E tensionar a mandíbula. — É bom saber que existia um motivo por trás de todas as dificuldades. Saber que eu não era só um garoto que não conseguia se esforçar, como todo mundo dizia. Mas olhar para trás significa ver como eu estava me esforçando muito, na verdade, e como me dei até que bem considerando a falta de apoio ou recursos. — Faço uma pausa e engulo. — E acho que é aí que entra a parte da tristeza. Meu cérebro só funciona de um jeito diferente, e ninguém viu isso. Nem meus pais, nem meus professores. Definitivamente nem meus colegas de turma que estavam ocupados rindo de mim sempre que era minha vez de ler em voz alta. — *Sem dúvida nunca mencionei essa lembrança específica a ninguém.* — Todo mundo só presumia que eu não estava me esforçando o bastante... e por causa disso... o futebol se tornou minha passagem para um bom futuro. Um futuro em que eu não tinha que depender da leitura. Em que eu podia me dar bem em alguma coisa e finalmente ver orgulho no rosto dos meus pais.

Faço outra pausa e tenho que pigarrear duas vezes. Afasto o olhar, e Nora não protesta.

— Mas agora tudo que eu tenho é o futebol, Nora. Tudo que eu sou e que já fui é um bom jogador de futebol americano. E tenho medo de que, se perder isso, a única coisa em que já fui ótimo, vou perder tudo. Quem sou eu sem isso?

Porque, da última vez que vivi sem o futebol, eu não era nada além de uma decepção.

Ela não se apressa a me corrigir ou me convencer de que minha reação é exagerada. Seus olhos investigam os meus por um tempo, até que ela inclina a cabeça.

— Tá. Digamos que você perca tudo. E aí?

— Não parece um bom jeito de começar.

Ela empurra meu ombro.

— Só responde. O que vai acontecer com você se os Sharks nos ligarem amanhã e disserem que você foi cortado do time?

Balanço a cabeça.

— Não sei. Provavelmente vou encher a cara, pra ser sincero.

— Tá, depois que você encher a cara, sentir tudo que precisa e ficar sóbrio, e aí?

Não gosto desse jogo. Não gosto de pensar sobre o que vai acontecer. É por isso que não me permiti cogitar nada disso antes.

A ideia é deprimente demais. Mas ela não vai desistir, então me obrigo a responder:

— Eu... eu não sei. Imagino que os caras vão aparecer lá em casa tentando me animar.

— Acha que seus amigos ainda vão falar com você depois que for cortado do time?

Sinto a necessidade de defender meus amigos.

— Sim... claro. Eles nunca...

Eu interrompo meu raciocínio e um sorriso lento e astuto surge em Nora. Droga. Eu caí direitinho nessa. *Você não vai perder tudo.* O lindo sorriso travesso dela desce pelas minhas costas, amplificando meu desejo. Mas ela está no meu colo, então preciso parar de pensar em como ela é linda ou quanto eu a quero nesse momento.

— Não importa como você conheceu seus amigos, aqueles caras vão estar contigo pelo resto da vida, Derek. E estarão lá para te ajudar nos seus próximos passos também. Pode não ser fácil descobrir quem você é fora da NFL, mas não tem problema porque você superou coisas difíceis a vida toda. Você está à altura do desafio. Claro, o esporte, as pessoas, a fama, tudo isso moldou a pessoa que você é agora, mas não representa a totalidade de quem você é. O futebol era só o começo. Você tem...

Eu a beijo.

Roubo as palavras direto da sua boca. Mas aí me lembro da regra de não beijar dentro do quarto e afasto a boca.

— Desculpe. Você disse pra gente não se beijar aq...

Ela me beija.

Ambos inspiramos bruscamente. Ela hesita só um segundo antes de ficar de joelhos para envolver os braços no meu pescoço e encontrar um ângulo melhor. O beijo é sensual e exigente ao mesmo tempo. Espalmo a mão nas costas dela para puxá-la para mais perto, mas ela dá um gritinho ao meu toque.

Eu recuo.

— Tá, o que foi?

Ela balança a cabeça, já se inclinando para continuar de onde paramos.

— Estou bem. Me beija.

Mas eu abaixo a cabeça para evitar o beijo. E então, para enfatizar, cruzo os braços.

— Não vou te beijar mais até você me falar por que fica se encolhendo de dor.

— Só deixa quieto! — implora ela.

— Não. Você não deixou quieto quando era comigo. É justo.

O rosto dela é pura derrota antes de se virar, apresentando as costas para mim. Ela estica a mão para trás, puxando o moletom devagar para revelar que está muito, muito queimada de sol. Terrivelmente vermelha depois do nosso dia na praia.

Eu puxo o ar pelos dentes.

— Merda. Nora. Desculpa. — Eu me sinto um grande babaca por puxá-la para a água sem protetor. — Não achei que ia se queimar tão rápido.

— Não é só culpa sua. Eu me esqueci de passar mais protetor antes de sair de novo para pensar... quer dizer, ler — corrige ela depressa com um sorriso culpado. — Mas não tem problema, porque sempre quis saber como é ser uma placa de PARE e agora posso descobrir em primeira mão.

— Beleza. Deita no chão — digo a ela.

Ela arregala os olhos.

— Eu gostaria de lembrá-lo, sr. Dermott, que a nossa relação é de negócios.

— Hein?

— É de *Como Roubar um Milhão de...* deixa pra lá.

É difícil acompanhar Nora às vezes, então eu nem tento.

— Deita de barriga para baixo.

Eu a ponho de pé e vou até o banheiro, onde fuço o meu nécessaire.

Não fico surpreso quando volto ao quarto e vejo Nora ainda imóvel ao lado do sofá — sem obedecer ao meu comando. Eu sorrio, sabendo aonde a cabeça dela foi. Ergo uma embalagem de babosa, e ela entende na hora.

— Ah. Babosa! Faz sentido. Você tinha um negócio desses à mão?

— Não posso prometer que não está vencido, mas sim. Durante os treinos de verão geralmente fico bem queimado nos antebraços. Gosto de manter uma garrafinha disso por perto no caso de emergências. Vou usar nas suas costas.

— *Você* vai passar em *mim*?

Olho ao redor.

— A não ser que uma das suas peças de mobília inanimadas resolva ganhar vida e ajudar, sim.

Ela mordisca um canto dos lábios, franzindo a testa para o chão.

— Tem certeza de que é uma boa ideia? Ainda mais depois de toda a...

Ela aponta com a cabeça para o sofá onde estávamos nos beijando. Mais uma vez ficou preocupada de estarmos misturando as coisas.

— O que tenho certeza é de que sem isso você vai ficar com dor e vai ser quase impossível dormir. E aí não vou dormir também, sabendo que você está sofrendo. Então faça um favor a nós e a todo mundo que interagir com a gente amanhã e me deixe te cobrir com essa gosma verde grudenta horrível. — Ela hesita por mais um segundo. — Sei que não gosta quando menciono isso, mas... eu já toquei sua pele nua antes e duvido que passar babosa vai me afetar, considerando as coisas que costumávamos fazer.

O rosto dela fica de um tom vibrante de vermelho que não tem nada a ver com a queimadura.

— Beleza, tá, pode passar. Mas seja rápido — diz ela enquanto se acomoda no chão, de barriga para baixo.

— Engraçado, isso é o oposto do que geralmente me dizem.

— Ha-ha, que engraçado, sr. Engraçadinho Gostosinho. Você me mata de rir. — Ela me lança um olhar nada entretido por cima do ombro. — Babosa, fazendo o favor.

Eu me ajoelho ao seu lado e ajeito seu cabelo — está da cor de canela esta noite. Embora eu tenha falado com uma confiança fingida sobre tê-la tocado antes, minhas mãos tremem quando ergo a bainha do seu moletom, lentamente expondo a longa extensão de suas costas nuas até os ombros. Não há sutiã à vista.

Como se pudesse ler meus pensamentos, Nora diz:

— As alças estão machucando por causa da queimadura.

A pele está assustadoramente vermelha. A coitada vai ter que dormir de bruços, com certeza. Eu me sinto péssimo por tê-la convencido a entrar na água sem passar protetor. Vou comprar uma camiseta com proteção solar para ela na loja de presentes amanhã de manhã sem falta. Vou enchê-la de protetor, da cabeça aos pés. Segurar uma sombrinha em cima de sua cabeça enquanto ela anda.

Espremo um pouco de babosa no meio das costas dela e então cubro com as minhas mãos, espalhando com delicadeza. Sua pele está escaldante sob o gel fresco, e fico com medo de que, embora a esteja tocando com o máximo de cuidado possível, minhas mãos calejadas sejam ásperas demais contra a maciez sensível de suas costas.

Parece um momento horrível para ficar atraído por ela, mas não consigo evitar. Cerro os dentes enquanto corro os olhos por seu corpo de ampulheta, dos ombros, passando pela curva suave da cintura, até onde seus quadris se alargam. Vejo a sarda em cima do cós do short dela que começa minha constelação favorita, na sua bunda. A gente costumava brincar que olhar as estrelas era meu hobby preferido.

E, enquanto aplico a babosa na parte inferior das costas dela, onde o sol atacou com mais força a sua pele, meu toque vai de delicado para reverente — deslizando sobre as depressões macias que emolduram sua coluna e apertando os dedões até chegar aos ombros. Reparo que arrepios se espalham pelos braços dela, e então, de repente, Nora faz... um som. Um som familiar e baixo no fundo da garganta (um gemido, digamos assim) que ela certamente não pretendia fazer, julgando pelo modo como seu corpo fica tenso. Ela levanta a cabeça de repente.

Tiro as mãos da sua pele, pairando no limbo até saber o que deveria fazer em seguida.

— Hum... — Ela engole em seco. — Esse som que você ouviu agora foi... hum... um som de eu-acabei-de-lembrar-algo importante. Só isso.

— Ah — digo com as sobrancelhas franzidas de um jeito sério. — Entendi.

— É. Tipo como os celulares têm apitozinhos para avisar dos lembretes. Bom, eu tenho... esse som. Esse lembrete sonoro. *Lembre-se de beber oito copos inteiros de água amanhã, Nora.*

Abaixo com delicadeza o moletom sobre as costas pegajosas dela, sem conseguir esconder meu sorriso. Amigos não fazem sons assim. E colegas de trabalho não se beijam como nos beijamos no sofá também. Finalmente tenho a resposta que estive buscando.

Pouso as mãos ao lado dos ombros dela e abaixo o rosto até o seu ouvido. Meu nariz roça sua bochecha, e vejo os olhos dela tremularem e fecharem.

— Eu estava esperando que o som fosse outra coisa. Porque, no fim, eu estava errado. Te tocar me afeta profundamente. Mesmo sem babosa.

Ela inspira bruscamente, e quero beijar sua boca enquanto estou aqui, meu peito roçando suas costas, sentindo o cheiro tropical do seu cabelo e a pele coberta de babosa. Mas não faço isso.

Eu me levanto do chão, deixando Nora chocada atrás de mim enquanto vou para o banheiro lavar as mãos.

Dois segundos depois, ela aparece atrás dos meus ombros, me olhando pelo reflexo. Seus olhos brilham, as pupilas dilatadas e a pele corada.

— Beleza, escuta. Estava pensando aqui. Pode ser a hora... e isso é um pensamento totalmente aleatório. Aliás, não tem nada a ver com uma pessoa cujos pronomes são ela/dela fazendo qualquer som inapropriado agora há pouco... mas acho que deveríamos restabelecer nossas boas e velhas regras.

Viro para ela, que se afunda um pouco mais no canto do banheiro, os olhos reluzindo quando estendo os braços ao redor dela para secar as mãos na toalha atrás de sua cabeça.

— Que bom que você mencionou isso. — O mesmo tipo de adrenalina que sinto antes de entrar em campo flui pelas minhas veias. — Eu estava me preparando mesmo para tocar nesse assunto.
— Você concorda, então? Que precisamos voltar com as regras?
Abaixo o rosto para olhá-la nos olhos.
— Discordo. Fortemente, aliás.
Ela pisca.
— Peraí. O quê?
Solto a toalha e me inclino contra a pia, cruzando os braços.
— Nora, sendo totalmente honesto com você, quero que saiba que pretendo quebrar todas as nossas regras ao longo dessa semana. Esta é a sua chance de me pedir oficialmente para não fazer isso.

Os lábios dela se entreabrem de choque. Ela leva alguns segundos para responder.
— Po... por quê?
— Porque... — Solto o ar para acalmar os nervos. — Porque eu me arrependo de ter deixado você ir embora, para começo de conversa. — Se ela parecia chocada antes, realmente está agora. — Porque não acredito muito que o que a gente tinha acabou de verdade. Porque, quando nos beijamos, parece a coisa certa. Porque, quando você sorri para mim, sinto que meu mundo fica completo. E quero usar essa semana em que você não é minha agente e não tenho outros obstáculos no caminho... para te cortejar.

Ela balança a cabeça de leve, buscando as palavras.
— Você vai... me cortejar?
— Sim, vou te cortejar.
Ela muda o peso de um pé para o outro.
— Não vai, não.
— Vou, sim.
— Não vai, não! — diz ela, a voz uma oitava mais alta.
— Tá bem, não vou.
Os ombros dela caem, e ela parece decepcionada agora.
— Peraí. Não vai?

Sorrio e dou um passo para mais perto, apoiando as mãos em seus braços.

— Nora. O que você quer? Quer dar uma chance pra nós mais uma vez enquanto temos a desculpa perfeita para fazer isso? Ou quer que eu esqueça que falei qualquer coisa, fazer como você sugeriu e restabelecer as regras? De um jeito ou de outro, você ainda será minha agente quando voltarmos para Los Angeles. Sua resposta não vai mudar isso de forma alguma.

Os olhos dela encontram os meus, e é como se houvesse estática entre nós. Tudo que quero fazer é apertá-la contra a parede e continuar o beijo que começamos no sofá, mas me seguro. Por pouco. Porque quero que ela pense sobre isso. Não quero que decida nada na base do tesão — ou que ela pense que é só tesão da minha parte também. É muito mais que isso para mim. Sempre foi.

Após vários minutos longos e angustiantes, Nora balbucia:

— Preciso fazer uma ligação!

Ela escapa por baixo do meu braço e foge do banheiro e então da suíte. A porta se fecha com um baque agourento e desanimador.

30
Nora

Quinze passos rápidos e estou no corredor. O que está rolando? Repito, *o que está rolando*?

Jogo o corpo para a frente ao lado das máquinas de gelo e aperto a barriga. Estou tentando puxar o ar como uma daquelas máquinas de pegar brinquedo com uma garra — não é possível.

Derek quer me cortejar?

Eu quero que ele faça isso?

Minha cabeça está girando. Estou aterrorizada, mas o sorriso em meu rosto está desenhado com pincel atômico permanente. No entanto, deveria achar um jeito de apagá-lo depressa, porque nada bom pode vir disso. Primeiro, estamos casados e precisamos nos divorciar. Como vamos enfiar um namoro no meio? Só ficamos casados e pronto? Nos separamos para poder namorar? Segundo, sou a agente dele e quero continuar sendo. Terceiro, quero que ele tire todas as minhas roupas e...

Que droga. Não era nem para eu considerar esse último ponto. E não sou uma pessoa do tipo casual, tire-minhas-roupas-só--por-diversão. Não importa quanto deseje o contrário. Quando minhas roupas caem, visto minha mochilinha de sentimentos monogâmicos. Não consigo evitar. É a lei do meu corpo, governado por uma policial fofa e pudica de quem eu realmente adoraria escapar às vezes.

Então, preciso ligar para a minha mãe. Minha melhor amiga. Ela sempre sabe o que fazer.

Rolo a lista de contatos o mais depressa possível para achar o nome dela. Dois toques depois, ela atende.

— Oi, meu bem! Como vai sua falsa lua de mel? Ah, aliás, eu entrei no Instant Gram hoje de manhã para ver se você tinha me mandado outro vídeo fofo de animais e, meu Deus, querida, seu rosto estava por todo lado! Quer dizer, o seu e o do Derek, esmagados um no outro, dando uns amassos na praia. Mesmo assim. Você sabia que vitalizou?

Ligar para Pam é sempre a decisão certa.

— Mãe, primeiro que se chama Instagram. E não é vitalizar, é viralizar.

Há uma música alta no fundo, assim como alguém falando alto.

— Como um vírus? Eca, por que chamam assim?

— Porque se espalha depressa, acho.

— Eu gosto mais de *vital*. — Alguém faz um *shh* para minha mãe.

— Concordo, vamos mudar. Mas não, eu não entrei nas redes hoje e agora fico feliz por não ter feito isso. — A música do outro lado da linha está altíssima. — Mãe, onde você está?

— No cinema, mas só estão passando os trailers. — Ela afasta o telefone do ouvido para falar com alguém ali perto. — *Ah, paciência, são só os trailers! Ninguém liga para esses filmes, e é a minha filha no telefone. Você tem filha? É, se tivesse saberia como é importante não perder essa ligação! Tá bem, tá bem, eu vou!*

Há um som abafado, como tecido arranhando no celular, e então:

— Nora, ainda está aí? Estou no saguão agora.

— Estou aqui. — A parede é sólida atrás das minhas costas. Eu deslizo por ela até o chão, puxando os joelhos para o peito. — Que filme você vai ver?

— Aquele de ação em que o cara tira a camisa.

— Ah, sei, o cara com o abdômen sarado? — Apoio o queixo nos joelhos.

— Isso, e com o cabelo bonito também.

— Sei exatamente de quem você está falando. — Ambas rimos. — Queria estar aí assistindo com você.

— Por que, pretzel? — pergunta ela, usando o apelido ridículo num tom brincalhão. — Não está se divertindo na sua falsa lua de mel com seu ex?

— O problema é esse — digo em um tom reclamão que nunca usaria com ninguém além da minha mãe. Não tem problema ser extremamente irritante com ela. — As coisas estão ficando complicadas porque estou me divertindo demais. E agora mesmo...

Eu me lanço numa explicação de cada detalhe das últimas vinte e quatro horas. Até as partes que uma filha em geral deixaria de fora num relato à própria mãe, porque não estou brincando quando digo que ela é minha melhor amiga. Em parte por necessidade, porque ou estou obcecada demais com o trabalho, ou apenas sou demais para as pessoas, e ambas as opções me deixam bem solitária no fim das contas. Mas também porque minha mãe sempre me deu espaço para errar e contar a verdade sem temer que ela usasse isso contra mim. Somos amigas de verdade, e sua opinião é o ouro mais brilhante aos meus olhos. E é por essa razão que estou meio nervosa com o silêncio dela durante minha história.

Não é típico de Pam fazer silêncio. A essa altura deveria haver uma centena de arquejos diferentes e comentários de *não acredito!*.

Quando termino, ela me faz uma pergunta — e apenas uma.

— Nora... sua gaveta de talheres está bem estocada?

Minha boca se abre, mas levo um segundo para pensar em qualquer resposta.

— A minha...? Mãe, acabei de te contar que meu ex-namorado-barra-falso-marido-barra-cliente quer me cortejar e você só pergunta se minha gaveta de talheres está bem estocada? Está passando uma vibe meio esquisita.

— Olha, querida, eu já vi o estado das suas colheres — diz ela em um tom enfático, como se fosse explicação suficiente. — Aquelas coisas desceram pelo triturador de lixo mais vezes do que qualquer colher deveria, e eu mesma já joguei algumas delas fora, então estou preocupada que não vá haver utensílios suficientes para duas pessoas.

Um movimento junto à máquina de gelo chama minha atenção, e vejo uma mulher se aproximando para encher garrafas de água.

Ela está segurando cinco garrafas nos braços e não consegue descobrir como abrir a torneira.

— Tenho duas colheres, três garfos e uma faca — digo a minha mãe enquanto vejo a mulher acenar para a máquina como se fosse ativada por movimento e exigisse uma dança contemporânea para funcionar.

Para falar a verdade, tem muita lógica. Tudo parece ser ativado por movimento hoje em dia. Eu me pergunto quantas horas de vida perdi acenando para máquinas de secar a mão até elas ligarem.

Minha mãe dá um murmúrio de quem sabe das coisas.

— Imaginei. Vou até a loja amanhã comprar mais para você.

Eu rio como se ela tivesse perdido a cabeça.

— Mãe! Por que vai comprar talheres para mim?

Levanto, vou até a mulher e gesticulo para que ela me deixe pegar uma garrafa. Ela me dá um olhar especulativo da cabeça aos pés, pois com esse moletom puído e short aparentemente inexistente por baixo, devo parecer uma influencer fracassada que perdeu todo o dinheiro num esquema de pirâmide e está tentando morar no resort em segredo.

Relutante, a mulher me dá a garrafa vazia e eu a seguro sob a fonte, apertando o pedalzinho no chão para liberar a água. Ela arqueja e sorri aliviada. Eu me sinto como uma mágica usando cartola. Que glorioso. Talvez seja hora de mudar de profissão.

Minha mãe continua enquanto encho as garrafas da mulher uma após a outra.

— Porque, Nora, minha única filha acabou de se casar. E quero que o marido dela consiga comer cereal com ela de manhã sem cortar a boca.

— Mas, mãe, no momento é falso. F-A-L-S-O. Você entendeu isso, né? — digo, então me lembro da mulher ao meu lado e espero que não faça ideia de quem eu sou. Dou um sorriso sem graça para ela enquanto a moça me estende outra garrafa. Não sou mais mágica; ela acha que trabalho aqui. — Nem conversamos sobre o que vai acontecer quando voltarmos para casa. Ele só disse que vai me cortejar nessas férias.

A mulher ao meu lado levanta as sobrancelhas e cutuca meu ombro.
— Parece divertido — sussurra ela.
Assinto várias vezes porque tem mesmo tudo para ser divertido.
— Querida, eu te amo com todo o meu ser, mas estou brava com você por pensar que qualquer parte disso é falsa. Ou que tem sido falso desde o começo. E como por acaso sei, com toda a minha sabedoria maternal, que não é falso e que aquele rapaz estará dormindo na sua casa antes que você se dê conta, quero renovar sua gaveta de talheres. Não se preocupe, tenho a chave do seu apartamento.
— Eu me preocupo sim, mãe! Eu me preocupo sobre o estado das suas habilidades cognitivas no momento. Você não está escutando. Isso pode dar errado de mil jeitos diferentes. Além disso, cadê minha mãe feministona que sempre me diz pra colocar minha carreira em primeiro lugar?
— Agora *eu* é que estou preocupada com suas habilidades cognitivas. Você não escutou o que eu disse todos esses anos? O feminismo, meu amor, é apoiar as mulheres e lutar pelos nossos direitos a igualdade e escolha. Se sua escolha é seguir sua carreira, vou lutar por isso até meu último suspiro. Se sua escolha é se casar e ser mãe, ou mesmo uma combinação dos dois, vou lutar por isso até meu último suspiro também. Não se trata de qual escolha é, e sim da liberdade para escolher. Tudo que eu sempre quis, e continuo a querer para você, é um parceiro que vai te apoiar tanto quanto eu sei que você vai apoiá-lo... e que você largue qualquer um que ouse fazer o contrário.
A mulher ao meu lado deve conseguir ouvir minha mãe pelo celular, porque me olha de um jeito encantado enquanto cobre o coração com a mão. Ela me afasta da fonte para encher as garrafas restantes e gesticula para eu ir falar com minha mãe. *Tire o dia de folga de seu trabalho de encher garrafas de água*, dizem seus olhos. E é isso que eu amo nas mulheres. Os filmes gostam de nos representar como venenosas, mas eu sei que não é verdade por causa de momentos assim. E de momentos em que completas desconhecidas se

uniram no banheiro para me arranjar um absorvente quando minha menstruação desceu do nada.

— E, Nora, minha aboborazinha, você não toma decisões precipitadas. Tudo que faz tem um motivo por trás. Até quando está bêbada. Querida, lembra no ano passado, quando acabamos bebendo demais naquela degustação de vinho e você comprou aquele sofá rosa na internet? Depois riu e disse que foi um lapso bêbado, mas se esqueceu que eu sigo seus murais do Pinterest e que sei que você tinha salvado vários sofás cor-de-rosa ali por um mês antes daquilo. Você *queria* aquele sofá.

Eu queria mesmo. Mais do que tudo.

Meus pés descalços voltam pelo corredor até nossa suíte antes que eu perceba o que estou fazendo.

— O que está dizendo, Pam? Que Derek é o meu sofá rosa? Você acha que passei todos esses anos remendando meu coração partido e esperando por ele? Fui eu que terminei com ele porque queria focar na minha carreira, não sei se você lembra.

— Acho que você já sabe as respostas dessas perguntas e não precisa que eu te diga.

Ela tem razão. Eu fiquei remendando meu coração partido, só tenho vergonha de admitir para minha mãe. E não importa que fui eu que terminei — ainda assim fiquei de coração partido. A única diferença é que fui eu mesma que o estilhacei.

— Nora, você é excelente em usar a razão. Sempre admirei sua capacidade de pensar dez passos à frente e se colocar na rota mais segura e eficiente.

— Obrigada. Tem que me ver jogando damas.

Minha mãe ignora a piadinha.

— Isso funcionou porque você precisa dessa estabilidade e autopreservação, dado o jeito como seu pai sempre entrou e saiu da sua vida. Mas agora, minha deusa maravilhosa... é você quem dita as regras. Você sabe quem é e o que quer da vida, e acho que pode ser a hora de pensar um pouco com seu coração e dar um descanso ao seu cérebro. E se o seu coração quer Derek... Bem, então, minha fadinha, a partir de amanhã você terá talheres suficientes para acomodá-lo em casa.

Fico em silêncio por um minuto, digerindo aos pouquinhos tudo o que ela disse. E, na incapacidade de pensar em um jeito adequado ou profundo de dizer que a amo mais que o oceano, ou o arco-íris, ou Sprite do McDonald's depois de uma intoxicação alimentar, eu me contento com um fato.

— Sabe que Derek tem uma mansão, né? Cheia de colheres.

— Mas a mansão dele tem uma mulher linda e um sofá rosa?

A porta da nossa suíte se agiganta à minha frente, e eu a examino como se fosse um dragão cuspindo fogo.

— Estou frustrada comigo mesma, mãe.

— Por quê?

— Porque você tem razão sobre tudo isso, claro, e eu ainda sinto coisas pelo Derek... amo ele, até... e já me sentia assim quando terminei. Mas achei que não tinha como dar certo na época e conseguirmos cada um alcançar nossos sonhos. — *Também talvez estivesse tentando me adiantar a ele, terminando o namoro antes que ele tivesse a chance de partir meu coração.* — Mas, agora que estou aqui e ambos atingimos nossas metas e nossos sentimentos duraram todo esse tempo, não consigo decidir se me arrependo de ter terminado com ele ou se estou feliz por ter seguido minha carreira.

— Acho que as duas coisas podem ser verdade. Você não tem que escolher. Talvez Derek sempre fosse a pessoa certa, mas era a hora errada.

Consigo ouvir o sorriso na voz da minha mãe, pois ela sabe que o que está dizendo é profundo e vai provavelmente transformar isso numa frase inspiradora para o Pinterest quando desligarmos. Ela vai aprender a bordar só para costurá-la num travesseiro.

— Agora, eu sou só sua velha mãe, mas digo que Derek tem razão e que você deveria não ser tão rígida consigo mesma essa semana. Use esse tempo para conhecê-lo de novo e entender o que quer de verdade. Divirta-se um pouco.

Com essas palavras, parece que asas brotaram no meu estômago e se lançaram de um penhasco. *Divirta-se um pouco.* Um conceito que, sem dúvida alguma, demorei para botar em prática.

— Quer talheres brilhantes ou foscos? — pergunta ela afinal.

— Foscos. Obrigada, mãe.

— Se precisar de mim, é só ligar, amor. Mas na próxima é melhor esperar meu filme acabar, porque aquelas pessoas lá dentro seriam excelentes monitores de dormitório e tenho medo de descobrir o que fariam comigo se eu me rebelar de novo.

Desligamos depois de trocar *eu te amos* e ela me lembrar de passar protetor solar (um pouco tarde, minha senhora), e então abaixo o celular e encaro a porta de novo. Eu a tocaria cheia de angústia e desejo se não achasse que as câmeras de segurança aqui captariam a aflição na minha cara.

Antes que possa pensar demais, encho os pulmões com uma inspiração tão grande que é capaz de eles estourarem e entro marchando na suíte.

Derek está no chão, alongando o posterior da coxa direita com um cilindro de espuma, quando entro com tudo no quarto. Ele ergue as sobrancelhas.

— Em primeiro lugar, que posição escandalosa, meu senhor.

— Aprendi a não fazer esse alongamento perto de câmeras por um motivo — diz ele. — Tem um segundo lugar?

— Tem — digo com um aceno final e definitivo *à la* Nicole. — Vamos quebrar todas as regras, Derek Pender.

31
Derek

Não consigo parar de encarar Nora. Ela parece um tubinho de chiclete no momento, só que sexy. Não sei se ela acharia essa comparação atraente, mas, acredite, é. Ela está com um top rosa-choque que, segundo me disseram, se chama *bandeau* e uma calça combinando. Só sei que seus ombros estão completamente nus, ainda um pouco vermelhos do sol e pontilhados com sardas bonitinhas que escureceram após termos ficado na piscina hoje de manhã (tirando fotos para a revista), e uma parte da barriga está à mostra, atrás da cintura alta da sua calça soltinha.

Ela está linda.

Tão linda que, enquanto Alec nos fotografava fora do restaurante e as pessoas paravam para ver e tirar fotos com seus celulares quando percebiam quem eu era, senti o impulso de ficar parado na frente dela. Seu corpo está incrível demais. Seu sorriso, largo e brilhante demais. Quero esconder Nora, assim ninguém vai poder vê-la. *Ela é minha.*

Mas, não, Nora pertence a si mesma. E esconder qualquer parte dessa mulher seria um erro — então, em vez disso, eu me posiciono atrás dela, deixando-a em destaque, que é onde deve ficar.

Os lábios dela se curvam na borda da bebida agora — alheia ao desejo e ao ciúme vibrando sob minha pele.

— O que vai acontecer quando você voltar pra casa, Nora?

Ela me olha de esguelha.

— Tipo... com a gente?

— Com *você*. — Inclino a cabeça. — Você não mencionou nenhum dos seus planos profissionais para quando voltarmos... o que me diz que eles estão girando aí na sua cabecinha há dias e você tem tomado um cuidado especial para não deixar escapar nada.

Ela se recosta na cadeira, me olhando com apreço — e hesitação.

— Eu não queria falar nada e arriscar arruinar de novo o que quer que seja essa nossa conexão.

— Acha que é frágil assim?

Ela dá de ombros.

— Não sei. Parece errado ostentar meus sonhos na sua frente quando os seus estão...

Na corda bamba é o que ela não diz. E parece que se arrepende das palavras na mesma hora.

Eu entendo. Teve uma época em que, sem querer, priorizei minha carreira em detrimento da dela. Uma época em que não teria aguentado ver o sucesso dela enquanto o meu desvanecia. E agora ela acha que esse fato pode me destruir.

Eu me inclino para a frente e sorrio.

— É o Demetris, não é?

Seus lábios se curvam em um sorriso suave e surpreso. Ela também se inclina para a frente.

— O que você sabe do Demetris?

— Está começando o último ano do ensino médio. Quebrou vários recordes no fim do segundo ano. É um dos melhores *rushers* na história do futebol americano escolar. — Ponho um pedaço de bife na boca. — Parece que vai chegar ao topo e vai precisar de uma grande agente para levá-lo até lá.

Uma centelha competitiva reluz nos olhos de Nora. Eu poderia encará-la assim o dia todo.

— Parece que vai mesmo.

— Falando em ótimos agentes, nunca discutimos aquele contrato que você conseguiu para mim com a Dapper. — Faço uma pausa. — É surreal. Como você convenceu eles a me dar tanto dinheiro?

O sorriso dela — aquele que tantas pessoas subestimam porque vem de uma boca rosa-choque — fica praticamente malicioso.

— Foi simples. Eles estavam pedindo que meu atleta famosíssimo estrelasse em seu comercial e usasse seus ternos em todo evento grande no ano seguinte. Precisavam pagar à altura.

— É, mas Bill nunca fechava acordos assim por tanto dinheiro.

— Bill era um pateta — diz ela, me fazendo rir. — Sério, Derek, eu analisei metade dos seus acordos e todos eles deveriam ter sido negociados por um valor muito maior. Bill precisava ter ovários e lutar pelo seu cliente.

Ouça o que estou dizendo, Nora vai dominar o mundo das agências esportivas — e eu sou muito sortudo de ter assinado com ela.

— De volta ao Demetris. — Eu me reclino, cruzando os braços. — Todo mundo vai atrás dele. Incluindo Nicole. Quero saber seu plano.

Ela estreita os olhos e aponta um garfo para mim.

— Vai ficar querendo. Infelizmente para você, eu não discuto clientes ou futuros clientes com os meus atuais. Então afaste sua lupa, Sherlock.

— Hum. De boa. Vou me divertir tentando tirar respostas de você, Gengibrinha.

As bochechas dela ficam do mesmo tom de rosa que seu top, mas ela não desvia o olhar.

— Vou ignorar o comentário lascivo. Como você sabe do Demetris?

Dou de ombros.

— Gosto de acompanhar jogadores de destaque de escolas e universidades, vai que eles acabam no meu time. — Aconteceu duas vezes. Um desses jogadores foi Collin Abbot, o cara que pode muito bem ficar com minha vaga. — Sei que veteranos geralmente não prestam muita atenção aos novatos, ou, se prestam, é para zoar. Mas sempre preferi uma abordagem diferente.

— Que é? — pergunta ela.

De repente, me sinto exposto falando de mim mesmo. Nunca gostei muito disso, ainda mais quando é tão pessoal. Mas, para Nora, eu falo.

— Gosto de ajudar esses meninos a se adaptarem e mostrar a eles como as coisas funcionam desde o começo, porque nunca se sabe quando um titular vai se machucar e o novato de repente vai assumir uma posição vital no time. Também... sei lá... eu só gosto.

Pauso e aliso minha calça só para ter o que fazer. Mas Nora não diz nada. Só me observa com um sorriso.

— Não acredito que você não tem o que dizer! — digo, sarcástico.

— Ah, eu tenho muito a dizer! Mas sei que tem mais aí e pretendo ficar quieta até você falar tudo.

Reviro os olhos e resmungo. Ela bate o pé na minha perna sob a mesa, enviando uma corrente elétrica que sobe pelas minhas canelas e coxas e se acomoda abaixo da minha barriga.

— Tá bom. Acho que fiquei pensando na nossa conversa ontem e me permiti cogitar de verdade o que pode acontecer se eu for cortado do time. E aí percebi que, mesmo se eu não for mais um Shark, não quero abandonar o futebol. É parte de quem eu sou. Então talvez possa seguir outro caminho. Acho que eu seria um bom... técnico.

— Faço uma careta. — Isso é ridículo? Nem sei se eu conseguiria achar um trabalho de técnico. Eu só... — Minha voz vai morrendo.

— Por que isso não seria simplesmente maravilhoso? Você daria um ótimo técnico. E também acho que é uma opção excelente para depois dos quarenta, quando decidir se aposentar dos Sharks. — Seu sorriso é uma adaga afiada e doce. — Porque aposto qualquer coisa, meu melhor cliente...

— Seu único cliente.

— ... que você vai voltar mais forte do que nunca. Então pare de se preocupar, porque eu sou uma agente bem foda e sei do que estou falando.

Queria que todo mundo compartilhasse da fé dela em mim.

Verdade seja dita, tenho medo de entrar em campo, ouvir o eco medonho do meu osso quebrando no meio e congelar. Tenho medo de que esse talvez seja mesmo o meu fim. Mas pelo menos esse medo não vem mais com um pânico tão grande como antes. Eu tenho algumas opções...

— Tá, chega de falar de mim. Você vai visitar o Demetris quando voltarmos?

— Por que está tão preocupado com isso? — pergunta ela com um sorriso curioso.

Dou de ombros.

— Acho que só... Já atrapalhei sua carreira o suficiente. Quero apoiar você daqui pra frente.

Ela me olha como alguém num museu estudando uma pintura abstrata e tentando encontrar o significado oculto por trás dela. E então abre um sorriso suave enquanto dá uma garfada num pedaço de batata.

— Não se preocupe. Tenho tudo sob controle e planejo fazer uma visita ao Demetris, sim.

— Ótimo.

— Só não antes da Nicole.

Franzo a testa e me inclino para a frente de novo.

— Por quê?

Aquela centelha desafiadora que me deixa em chamas surge nos olhos dela. Aquela que as pessoas não veem porque estão distraídas demais com as roupas coloridas dela e seu ar inocente. Pessoas idiotas. Eu fui idiota por pensar que poderia orbitar Nora sem jamais cair na sua atração gravitacional. *Eu sou dela.*

— Porque quero que ele ouça a proposta dela primeiro e depois veja o que estava faltando ao ouvir a minha. — A confiança dela é deliciosa. — Nicole me ensinou tudo... o que significa que tenho a oportunidade de observar as fraquezas dela de um lugar privilegiado. E, antes que pense que sou horrível e gananciosa, ela já me disse para usá-las contra ela. Nicole gosta de um desafio e está animada por ter uma nova competidora à altura. — O sorriso dela esvanece quando vê um músculo na minha mandíbula se contrair. — Que foi? Está me achando traiçoeira? Você tem que entender que Nicole e eu...

— Não era nisso que eu estava pensando.

— Então que cara é essa? — pergunta ela, pegando o copo. — Diz a verdade. Eu aguento.

— Tá. — Apoio os antebraços na mesa e deixo minhas emoções alcançarem meus olhos enquanto fito os dela. — Essa cara foi eu querendo arrancar suas roupas com os dentes e cometer obscenidades bem aqui nessa mesa quando você fala desse jeito.

Ela engasga com a água — porque, o que quer que estivesse esperando, não era isso. Quando sua tosse está sob controle, Nora puxa o guardanapo dobrado sobre a mesa para enxugar a boca, mas não vê que a dobra está enganchada no canto do cardápio. Um segundo depois, ele é atirado como um Frisbee pelo restaurante e voa até a mesa mais próxima, onde derruba uma das taças de vinho de um casal.

Antes que os garçons consigam piscar, Nora se levanta e corre até a mesa ao lado. Ela afasta os pratos e seca o líquido com seu guardanapo rebelde, o tempo todo murmurando desculpas sinceras. A discrição dela nesse restaurante é a mesma de um flamingo rosa em Wall Street.

Uma garçonete vai até a mesa com guardanapos limpos e fica tão pasma ao ver Nora lá ajudando que só lhe estende os panos quando ela pede. Também vou ajudar, erguendo pratos de comida para Nora poder pegar o vinho que está quase rolando da mesa antes que vire uma lambança ainda maior. Ninguém à nossa volta parece saber o que fazer exceto ela, que está numa missão para limpar sozinha a sujeira.

— Caralho — diz o homem sentado à mesa quando inclina a cabeça e me vê pairando sobre ele. — Você... é Derek Pender, né?

— É, sim! — diz Nora, animada. — Gostaria de ver o documento dele? É injusto como a foto é boa, pra ser sincera.

Eu lhe lanço um olhar seco.

— Não, eu, eu acredito em você. Quer dizer... caramba... como você é grande. — Ele faz uma careta. — Desculpe, que coisa esquisita de se dizer. Bebi um pouco demais porque estava nervoso com... — Ele olha para a mesa, e nosso olhar recai numa caixinha de veludo vermelha.

Nora arqueja, encantada.

— Vocês acabaram de ficar noivos?

— Sim — responde a mulher, com um sorriso afetuoso para o noivo bêbado.

Nora se lança numa série de felicitações, elogiando a mulher e dizendo que ela está linda. Ela percebe na mesma hora que é uma aliança antiga e pergunta se tem uma história por trás. Cinco minutos depois, o homem termina de contar que a aliança era da sua avó, e seu avô a comprara durante a guerra e mandou para ela pelo correio, pedindo que guardasse para quando ele voltasse. Ele voltou, e eles tiveram uma linda família, três filhos. Nora está chorando. A mulher está chorando. O cara está chorando. Eu estou... emocionado, mas isso é tudo que vou admitir.

— Mas vocês acabaram de se casar, né? Eu vi a história do casamento secreto na internet! — diz a mulher. — Posso ver seu anel? Aposto que é... — Nesse momento, os olhos dela descem até o dedo de Nora, e ela vê que está vazio exceto pela linha preta discreta.

O sorriso de Nora não muda, mas eu reparo que ela roça o interior da tatuagem com o dedão — como se estivesse traçando a linha para sentir algo. Provar que está lá.

— Pensamos que uma tatuagem seria um jeito divertido de comemorar a espontaneidade do evento.

Ela ergue os olhos para mim, e o dourado neles arde mais forte do que o verde nessa luz. Embora ela esteja sorrindo, vejo o que ela não quer que eu veja: o lembrete inescapável de que isso não é verdade. Que o que somos agora — seja lá o que for — começou como uma mentira. Que eu nunca lhe dei uma aliança por amor. Fizemos tudo isso para ela não perder o emprego, e, sim, um novo relacionamento nasceu da situação, mas como vai se sustentar na vida real quando voltarmos para Los Angeles? Temos mesmo uma chance, se tudo começou como uma mentira?

Pego sua mão esquerda e a levo aos lábios, beijando a tatuagem e esperando que ela entenda o que não posso dizer: "Não importa como começou, o que temos é real para mim."

Meu olhar vai além de Nora e percebo que o restaurante todo está nos observando. Não só com os olhos — com os celulares também. Nosso tempo aqui acabou.

Depois de dar meu autógrafo e tirar uma foto com o casal, Nora pede aos garçons que levem para eles qualquer sobremesa e garrafa de vinho que quiserem como parabéns (e desculpas). Mesmo quando não está tentando, ela está no modo agente, o que lhe cai muito bem.

Quando voltamos à mesa, ela sorri como se nada fora do comum tivesse acontecido.

— Estive pensando, Derekzinho. Topa ir numa balada comigo depois do jantar?

— Balada? — pergunto, hesitante.

Não vou a nenhum lugar remotamente parecido com uma balada desde minha lesão. Primeiro, porque não tive vontade. A ansiedade e o estresse gritantes para me recuperar foram os fatores que me guiaram desde que acordei da cirurgia. Segundo, não quero parecer relaxado na mídia. Ninguém gosta de ver um cara com a carreira em risco ficando bêbado numa festa. Terceiro, porque não senti falta disso.

Dessa vez, é Nora quem lê meus pensamentos. Ela me encara e inclina a cabeça.

— Você pode se dedicar à sua carreira, beber chá de camomila e se divertir também.

Estendo a mão para ela.

— Oi, sujo? Prazer, mal lavado.

— Exato. *Os iguais se reconhecem.* — Seus lábios rosa se curvam num sorriso quando ela dá um tapa na minha mão. — Vem comigo. Vamos nos divertir juntos esta noite.

As palavras dela se infiltram no meu peito e bombeiam como sangue pelo meu coração.

— Que versão de nós vai? Agente e cliente? Marido e mulher? Ou amigos?

O sorriso dela desabrocha.

— Todas.

32
Derek

Depois de sairmos do restaurante, chamamos um Uber e vamos para uma balada no distrito turístico do centro de Cancún.

Aqui dentro faz muito barulho. Luzes azuis e roxas cruzam a atmosfera escura, borrada e encharcada de suor e refletem em superfícies espelhadas. O lugar está cheio, mas não lotado. Ainda assim, há corpos suficientes aqui para me fazer instintivamente segurar o quadril de Nora enquanto andamos.

— Vamos pegar uma bebida! — grita ela em meio à música.

Seus olhos cintilam sob as luzes, e uma energia viciante emana dela em ondas. Eu não a vejo assim desde a faculdade. Velhas lembranças e sensações familiares vêm à tona.

— Tem certeza? — pergunto, me inclinando para perto do seu ouvido para ela me escutar mesmo com o som alto. — Da última vez que bebemos juntos, acabamos casados.

— Só mais um motivo para fazer isso de novo — diz ela, os olhos descendo para os meus lábios.

Ela escapa do meu braço e vai na frente, tomando minha mão para me puxar no meio de toda essa gente. De vez em quando me lança um sorrisinho por cima do ombro, e duvido que perceba como me deixa fraco. Como estou com medo de que tudo isso seja um sonho e vá escorrer pelos meus dedos quando eu acordar.

Quando chegamos ao bar, ela chama o bartender e pede uma rodada de doses para nós dois em espanhol. Não é perfeito, mas o bartender entende e, em um inglês perfeito, responde que logo vai trazer nossas bebidas. Dou meu cartão para abrir nossa conta, e, um minuto depois, ela está fazendo uma contagem regressiva antes de virarmos a tequila.

Nora faz uma careta com um sorriso e bate a mão no bar. Ela é toda sardas e pele rosada. Fica linda assim. A leve linha da alça do biquíni descendo pelo seu ombro queimado de sol atrai meu olhar, e de repente é tudo em que consigo focar. Quero usar essa linha como um caminho para percorrer seu corpo.

Não adianta disfarçar meu desejo a essa altura. E, quando os olhos dela encontram os meus, deixo isso bem claro.

— Você parece comestível de rosa.

— E você... já deve estar bêbado.

— Nem um pouco.

Ela me examina, e a solenidade de sua expressão está em guerra com a festa barulhenta ao redor.

— Posso te perguntar uma coisa?

— O que quiser. Sempre.

A expressão dela fica travessa.

— O que tem na sua mesa de cabeceira, Pender?

O que quiser, menos isso.

— Tem uma coisa muito importante pra mim... mas isso é tudo que quero dizer agora.

Ela fica triste, mas não insiste.

— Justo. Vou tentar outra, então.

Ambos estamos sentados em banquetas no balcão do bar, lado a lado, e ela se vira mais um pouco na minha direção, nossas coxas se apertando uma contra a outra.

— Por que dois anos? — pergunta ela. Não entendo de cara sobre o que ela está falando, então Nora explica: — Você disse que ficou dois anos sem namorar de novo depois que terminamos. O que mudou depois desse tempo?

Olho para a boate agitada e de volta para Nora.

— Você não foi a única que viu o que não deveria.

Ela franze as sobrancelhas.

— Eu te vi no aeroporto.

Pela sua expressão, o chão está desabando.

— Viu? Por que não disse nada?

— Eu ia. Mas aí percebi que você estava com alguém.
— *Ah.*
Apoio a mão sobre a dela no bar, traçando cada um dos nós dos seus dedos com o dedão. Faço isso principalmente para lembrar que ela não está mais naquele aeroporto com um cara aleatório. Ela está aqui. Comigo. No que quer que seja esse relacionamento indefinido, bagunçado e maravilhoso.

— Eu estava prestes a pegar um voo para um jogo, olhei para o lado e lá estava você. — Eu sorrio, lembrando como foi olhar para ela de novo depois de dois anos. Como meu estômago se apertou e foi como se uma explosão de luz tivesse ocorrido no saguão. — Você estava puxando uma malinha rosa-choque, usando tênis, legging preta e um moletom branco da *Vila Sésamo*. Seu cabelo estava mais escuro e preso num rabo de cavalo. Lembro que sorriu por cima do ombro e, mesmo a uns vinte metros de distância, fez meu coração parar.

A tensão cresce entre nós, e ela não faz mais perguntas. Já sabe o que vem. Não percebi na época, mas vê-la no aeroporto naquele dia foi minha penitência por ela ter me visto beijando uma pessoa uma semana depois de terminarmos.

— Aí um cara foi até você e pegou sua mão, e vocês dois foram até o portão juntos. — Respiro fundo, tentando manter a compostura diante da lembrança. — Fiquei parado ali por tempo demais vendo você ir embora com ele, mesmo quando não conseguia mais te ver. — O que eu não conto é que Nathan me encontrou daquele jeito e disse que eu parecia ter visto um fantasma. Eu não me dei ao trabalho de contar a ele que era exatamente o que tinha acontecido.

— Mas você parecia tão feliz com aquele cara ... Ben ou Liam, imagino. Eu não queria estragar as coisas indo lá falar com você. E mais ou menos como aconteceu contigo... te ver com ele me ajudou a perceber que era hora de seguir em frente também.

Exceto que nunca fiz isso de verdade.

Antes que eu possa dizer mais alguma coisa, Nora agarra a frente da minha camisa e me puxa. Ela me beija — um beijo desesperado.

Ela despeja todos os seus sentimentos nesse beijo. O baixo grave da música nos atravessa enquanto ambos aprofundamos o beijo. Nora desliza da sua banqueta para ficar entre as minhas pernas, e minhas mãos sobem por suas costas, seus ombros quentes. Ela inclina a cabeça e, numa posição melhor, eu deslizo a língua pela sua boca quente, devorando seu desespero doce e encharcado de tequila.

Alguém esbarra sem querer em mim e me traz de volta à realidade. Estou beijando Nora no meio de uma balada — e adorando. Quando nos separamos, ela ergue os olhos para mim, sorrindo, talvez um pouco envergonhada. Queria que não estivesse. Tudo nela é perfeito.

Nora sai dos meus braços e pega minha mão, me puxando para longe do bar.

— Vem, vamos dançar.

A maioria dos homens do meu tamanho tem vergonha de dançar. Não temos como ser discreto. Mas não dou a mínima — sempre me diverti sendo um palhaço na pista de dança, e é bom estar aqui de novo com ela, me lembrando daquela noite feliz quando a conheci na festa.

Não posso dizer que senti falta de todas as festas e baladas do passado, só que agora, rindo e beijando Nora sob as luzes neon, com música vibrando no meu peito, percebo que preciso mais disso na vida. Eu me fechei para a diversão e me agarrei o mais forte possível à minha carreira. Mas não hoje à noite — hoje à noite, Nora me puxa para a pista e me lembra de viver.

Além disso, como posso parecer idiota se tenho a mulher mais linda do mundo dançando comigo, como se estivéssemos num teste para o próximo *Dirty Dancing*?

Há muitas pessoas aqui com a gente, mas para mim só existe Nora. Os olhos dela cintilando contra a escuridão. O sorriso dela emitindo luz própria através do salão. O corpo dela quando a puxo para mim.

Depois de sabe-se lá quanto tempo na pista, voltamos ao bar para uma água e outra bebida. Deixo Nora ali bebendo sua água por menos de cinco minutos enquanto vou ao banheiro, mas pelo visto demorei demais. Quando volto, vejo um americano (que devia estar querendo morrer) agarrando agressivamente o braço dela enquanto ela se vira para longe dele.

— Que frescura, sua vadia! Estou falando com você — grita ele em meio à música, e isso é tudo que consegue dizer antes que eu o agarre pelo ombro e gire o seu corpo, jogando-o contra o bar.

Ele é claramente um turista, porque fala inglês e tem aquele olhar vidrado de quem já se divertiu demais. Gritos irrompem ao nosso redor e, bem quando estou prestes a socá-lo sem parar até que todos os seus malditos dentes caiam no chão, Nora segura meu braço erguido.

— Derek! Não! — Ela fala como uma ordem, e só porque é ela eu desvio os olhos do cara. Estou tremendo de raiva, e ela está respirando pesado, parecendo ansiosa com o que vê nos meus olhos.
— Não bate nele. Não vale um processo. Por favor. Estou bem, prometo.

Cerro os dentes contra a raiva, a adrenalina bombeando pelo meu corpo.

— É aí que eu discordo. Valeria totalmente a pena para fazer ele pagar por tocar em você.

E estou falando sério. Eu iria para a cadeia, se significasse mantê-la a salvo de imbecis como esse.

Ela aperta meu braço.

— Eu acredito. Mas acabei de te reencontrar e não estou a fim de perder você de novo.

Ela solta meu braço, mas suas palavras me envolvem e apertam.

Inspiro com força pelo nariz e volto o olhar para o escroto de olhos arregalados preso sob meu punho. Eu o espremo ainda mais no balcão, me aproximando tanto do seu rosto que as costas dele se curvam sobre o bar. Quero que consiga ver as obturações nos meus dentes.

— Está vendo essa mulher atrás de mim, que você tocou sem o consentimento dela e ofendeu? — pergunto numa voz deliberadamente baixa que espero que assombre seus pesadelos.

Ele engole em seco e mal consegue dar sua resposta de uma palavra.

— Sim.

— Ela é minha esposa. Se dependesse de mim, eu te deixaria agorinha sangrando nesse bar por encostar um dedo nela sem ela ter deixado. Quando eu te soltar, você vai pedir desculpas a ela. E aí vai embora desse bar, e, se um dia tratar uma mulher assim de novo, eu vou descobrir e te achar... Por questões legais, não vou te dizer o que vou fazer com você. Mas tenho certeza de que sua imaginação pode preencher as lacunas.

Eu o solto com um empurrão e dou um passo para trás.

Ele leva alguns segundos para se descolar do bar e se endireitar de novo. Ele olha ao redor, para a multidão que só aumenta, e ajeita a camisa, balançando os ombros.

Cruzo os braços e espero com um olhar impaciente que ele se dirija a Nora.

— Hãã... eu sinto muito por...

— Não — interrompo. — Não a olhe nos olhos. Você não merece olhar para ela. Olhe para os seus sapatos horríveis enquanto pede desculpas para ela.

O cara abaixa os olhos na mesma hora e agora está tremendo enquanto balbucia sua desculpa tosca. E então, como um covarde de merda, ele sai correndo do bar.

Respiro fundo e ignoro a multidão boquiaberta, assim como ignoro os celulares apontados para mim, e olho para Nora. Seus olhos estão marejados e, quando abro os braços, ela entra neles, me deixando envolvê-la com firmeza. Quero ser seu plástico-bolha humano.

— Você está bem? — murmuro no cabelo dela.

— Estou. Eu tinha ido para a pista ver o pessoal dançando, e aí ele apareceu do nada e não me deixava em paz. Eu disse que não queria dançar, mas ele ficava entrando na minha frente, insistindo. Aí eu me virei, e foi quando você apareceu. — Ela faz uma pausa, e não consigo dizer nada, porque a fúria corre nas minhas veias.

— Tomei um susto. Preciso me matricular em uma aula de defesa pessoal quando voltarmos para casa. Minha língua é afiada como uma lâmina, e eu o teria matado com uma piada na hora certa, mas talvez eu precise aprender a jogar alguém no bar como você fez. Não vai fazer mal ter opções.

— Ainda não consigo fazer piada.

Pego a mão dela e a ponho sobre o coração para ela sentir como está batendo forte.

Ela me beija ali, bem em cima do meu coração martelando. Sem ligar se a boate inteira está nos assistindo, seguro o seu rosto nas mãos com a maior delicadeza possível e a olho nos olhos.

— O que ele falou de você...

— Não tem problema, Derek. Ele era só um infeliz e...

— Claro que tem. E muito, porque você, Nora, é pura magia, linda e rara, nada menos que isso. — Uma lágrima escorre pelo rosto dela, e eu a beijo. — Vamos embora.

33
Nora

O elevador está tão silencioso que me preocupo se Derek consegue ouvir meu coração batendo forte — mas não tem nada a ver com o que aconteceu na boate.

— Você está bem mesmo? — pergunta ele pela centésima vez desde que fomos embora, algumas horas atrás.

Fiquei abalada a princípio, mas aí voltamos ao resort e Derek, todo preocupado, pediu cinco aperitivos e três sobremesas diferentes, e passamos duas horas só conversando e rindo no bar. Agora minha ansiedade esvaneceu por completo e foi substituída por um conforto quentinho.

— Estou. Juro, mil vezes.

— Eu só... — Ele balança a cabeça. — Espero que você saiba que não tem nada que eu não faria por você, Nora.

— Eu sei — digo suavemente. — E espero que saiba que eu sem dúvida brigaria com um cara num bar por você também.

Um sorrisinho ergue o canto da boca dele.

— Ah, eu sei.

Ele está de um lado do elevador, encostado na parede, e eu estou do outro. O ar fica tão carregado que parece que estamos ligados na corrente elétrica. Os braços dele estão cruzados, um tornozelo preguiçoso sobre o outro, a cabeça inclinada, os olhos fixos em mim.

Eu o imito enquanto nos avaliamos, cogitando por um momento todas as formas como podemos arruinar a vida um do outro se cedermos aos impulsos zumbindo sob nossa pele e, no fim, for tudo um erro. O negócio é que nunca tive tanta certeza de que isso não é um erro. Não dessa vez.

E quando aqueles olhos azul-gelo dele pousam em mim e se demoram, sinto que estou em queda livre até uma piscina de êxtase. Eles deixam meu rosto brevemente para descer pelo meu pescoço, clavícula, pela curva dos meus ombros, seios e cintura. Ele olha para mim como se estivesse me devorando pouco a pouco.

E, pelo amor de Deus, quero que faça exatamente isso.

Ele capta meu olhar com o dele e não parece mais sob controle — parece desesperado.

O elevador apita, e um homem entra e fica entre nós. Derek e eu não nos movemos. O coitado do sujeito está preso num fogo cruzado perigoso e sabe disso. Ele bate o pé ansiosamente enquanto o elevador sobe. Seu andar é o próximo, e, assim que as portas se abrem, ele sai depressa e olha para trás, nervoso.

As portas se fecham, e eu sorrio.

Derek flexiona a mandíbula.

— Sobraram duas regras... — Ele faz uma pausa, e eu o incentivo com uma sobrancelha erguida. Ele continua com uma voz de seda: — Duas regras que não quebramos.

— Só duas? — Eu me sinto estranhamente realizada por termos conseguido quebrar dezoito das vinte regras desde que começamos a trabalhar juntos.

— Só duas — repete ele, erguendo dois dedos preguiçosos.

Na mesma hora sei quais são:

Regra número 3: nada de amizade.

Regra número 20: nada de sexo.

— Vem cá. — Ele me chama com os mesmos dois dedos.

— Sem chance — digo, envolvendo as mãos no suporte atrás de mim para me ancorar. — Vem você aqui.

— Você sempre tem que vencer, né? — diz ele com um sorrisinho satisfeito.

— E você não consegue não competir.

O elevador está quase no nosso andar, e a expressão de Derek faz meu coração martelar, tentando rachar minhas costelas.

— Então tá. Quais são as regras dessa competição?

Mordo o lábio quando as portas se abrem. Não acredito que vamos fazer isso, mas não consigo impedir. Quer dizer, isso não é verdade. Eu *não quero* impedir. Ele tem sido uma força magnética na minha vida desde o dia em que o conheci naquela festa na faculdade — não quero pensar demais sobre isso. Só quero passar essa noite com Derek e torcer para que haja outras depois.

Saio do elevador, e ele me segue de perto enquanto vamos até nossa suíte. Sinto cada centímetro da minha pele. Sinto como minhas roupas me tocam. O som dos nossos pés no carpete felpudo. A expressão faminta dele em cada espelho por que passamos.

— Vai ser como um jogo de perguntas — digo por cima do ombro, e então viro para a frente de novo. — Misturado com *strip poker*.

Percebo os passos de Derek vacilando de leve atrás de mim. Mas, quando chegamos à porta e ele encosta o cartão de acesso na fechadura, está completamente controlado. Mais do que controlado, na verdade — sua confiança irradia de seu corpo enorme como se ele fosse a origem de toda a sedução. Taí uma coisa em que Derek é excelente.

Um arrepio me percorre. Essa dança específica nunca foi tão divertida quanto com o homem segurando a porta aberta para mim.

— Beleza — diz ele, a voz rouca e baixa depois que ambos entramos no quarto. — Então, se eu responder à pergunta, você tira uma peça de roupa, e, se eu não responder, eu tenho que tirar?

Confirmo.

— Quem estiver nu primeiro perde... e tem que dar o primeiro passo.

Ele me encara por um momento com um sorriso sagaz.

— Combinado.

Ah. Ele sabe exatamente como está lindo com esse sorrisinho torto — mas não tem piedade de mim. Abaixa o olhar para o pulso, tira o relógio e o joga no sofá.

— Um de graça pra você — diz num tom que faz minhas coxas se contraírem.

Só consigo pensar que ele está longe demais e perto demais ao mesmo tempo.

Sei que estou perdendo a vantagem. Ele é melhor que eu nesse jogo de sedução.

É por isso que sigo seu exemplo e tiro os saltos.

— E um para você também.

Ele semicerra os olhos de leve ao ver meu sorriso.

— Você primeiro, Gengibrinha.

Tá, talvez eu desmaie. Meu coração está batendo rápido demais. Minha pele está pegajosa. De onde eu tirei que essa seria uma ideia divertida? Pareceu empolgante no elevador, quando a adrenalina estava lá em cima. Mas agora ela se foi e estou só no quarto com um homem que me arrebata. Que é mais sexy do que qualquer homem tem o direito de ser.

Só sobraram duas regras que não quebramos.

Não havia como se enganar sobre a intenção dele com essas palavras. E não há como se enganar sobre quanto concordei com ele. *Hoje, a regra número vinte vai ser destroçada, sem a menor dúvida.*

Mas também quero jogar, quero vencer o jogo. Não vou ceder primeiro — o que significa que preciso manter o máximo de peças de roupa possível. Estar preparada para abrir meu coração com as perguntas que ele fizer e pensar em perguntas impossíveis para ele.

— Derek — digo, num tom travesso.

— Pois não, Nora? — Ele dá um passo para perto.

Estamos a menos de dois metros agora, parados no meio da nossa suíte com uma janela enorme à direita. Nunca houve uma vista mais linda do que a lua afundando no mar escuro e revolto.

Penso numa pergunta que sei que ele não vai querer responder. *Prepare-se para perder uma preciosa peça de roupa.*

— O que tem na sua mesa de cabeceira?

Derek me lança um olhar misterioso.

— Você quer mesmo descobrir, né? Passo.

Uma descarga de triunfo corre pelo meu corpo até os olhos de Derek cintilarem. Ele se inclina e chuta os sapatos.

— Nora — começa ele quando volta a se endireitar, os braços cruzados. — Qual é a sua sobremesa preferida?

Franzo a testa.

— Você sabe a resposta. Por que não me pergunta algo melhor? — questiono, meu cérebro se esforçando para entender a estratégia dele.

Seu olhar não revela nada.

— Você não disse que não podíamos perguntar sobre o que já sabemos.

Muito suspeito.

Estreitando os olhos, respondo:

— Sorvete com cereal.

Ele sorri. Mas não é qualquer sorriso — é um sorriso safado, obsceno e deliberado enquanto abre os botões da camisa, um por um, até expor aquele abdômen lindo e definido. Ele tira a camisa, e meu coração dá um pulo. O topo dos ombros está bronzeado após nossos dias na praia. E nada é mais sexy do que o jeito como sua calça social está baixa nos quadris, me provocando com o elástico da cueca e de alguma forma intensificando o detalhe escuro do gavião no peito dele. Até os quadris do homem são definidos. Há uma faixa de músculo que se acomoda onde a maioria das pessoas tem uma gordurinha e desce até o V no abdômen dele. Seria fácil odiá-lo por esse corpo se eu não soubesse quanto ele trabalha duro para mantê-lo.

— Você podia ter tirado as meias — digo, mentalmente recalculando a rota para encontrar o destino dele.

— Poderia. — Ele está se divertindo. Malicioso e brincalhão.

— Sua vez.

Ainda não sei qual é o jogo dele e, como meu cérebro está intrigado, me aproximo e tento a mesma tática.

— Tudo bem, sr. Sorrisinho. Qual é a sua cor favorita?

Se ele responder, terei que tirar uma peça, e é arriscado considerando que comecei com menos roupa do que ele. Mas é um preço que estou disposta a pagar para descobrir o que ele está fazendo. Sinto que ele começou uma segunda competição secreta e quero vencê-la também.

Ele franze as sobrancelhas e inclina a cabeça. Seu maxilar parece afiado o bastante para cortar um bife.

— Passo. Isso é absolutamente pessoal.

— *Quê?* — Não só estou pasma que ele se recusou a responder e vai perder uma peça de roupa, como não consigo entender qual é o objetivo dele. Parece menos um jogo de perguntas e mais um enigma. *Emocionante.* — Não que eu não aprecie a importância que você está dando à expressão artística, mas em que mundo isso é pessoal demais?

Ele solta um *tsc*.

— Pareceu outra pergunta. Espera sua vez, sua apressada.

Totalmente vestida, suspiro e cruzo os braços enquanto o vejo se curvar para tirar as meias. Durante o movimento, tenho a visão mais espetacular de todas dos músculos de seus ombros e costas se flexionando e torcendo sob suas tatuagens. É como ver um super-herói se preparando para a noite. Ele se endireita e ergue o pé para balançar os dedos de um jeito brincalhão. Mas não estou olhando seus dedos. Estou olhando para seu abdômen se contraindo enquanto ele se equilibra num pé só. *Senhor.*

O que quer que ele pergunte, preciso tirar uma peça de roupa. Não sei explicar por que ou como — mas posso ver esse segundo jogo secreto se desenrolando nos olhos dele e quero participar.

— Nora... você se sente segura comigo?

Arquejo e aponto um dedo para ele.

— Ah, não é justo! Isso é manipulação. Você não pode me fazer essa pergunta sabendo que não vou querer te deixar sem resposta.

Ele dá de ombros de leve — de novo, sem dar qualquer sinal do que está pensando. Qual é a motivação aqui? Porque, no momento, parece que ele está tentando perder.

— Não podemos sempre jogar segundo as regras — diz ele com um sorrisinho, e me pergunto há quanto tempo está esperando para usar minhas exatas palavras contra mim.

Estou completamente confusa agora. Não sei se deveria responder ou passar. Então, eu conto a verdade:

— Nunca me senti tão segura com alguém como com você.

O peito dele se expande com uma inspiração e um sorriso minúsculo desponta em sua boca. E então ele desabotoa a calça e a deixa cair no chão. Dá um passo, outro — e está sem calça.

Agora, Derek Seu Desgraçado Pender (esse deveria ser o nome do meio dele, mas na verdade é Felix e ele odeia) está parado na minha frente usando uma cueca preta apertadíssima e estou prestes a desfalecer. Claro, já o vi pelado muitas vezes. Mas era diferente. A gente era jovem, e o tempo (esse babaca implacável) apagou a maior parte da minha memória.

Essa é uma experiência totalmente nova. Mãos suando. Coxas formigando. Pés inquietos.

Mais uma pergunta, e eu venço.

Ele vê meu olhar faminto, e seu sorriso fica quase perverso.

— Faça sua pergunta.

Não hesito.

— Por que você financia uma ONG que ajuda mães solo a pagar o aluguel e a hipoteca?

Ele arregala os olhos. Eu o peguei nessa.

— Você estava mesmo fuçando minhas finanças, hein? *Passo.*

E então, sem um pingo de vergonha, sem um segundo sequer de hesitação, Derek tira a cueca, deixando-se (e quero dizer todo ele) à mostra para meus olhos devorarem. Ele perdeu, e eu venci — mas, quando seus olhos se fixam nos meus e vejo a centelha arrogante ali que amo tanto, quando ele se aproxima para dar o primeiro passo, conforme definido nas regras do jogo... com certeza parece que foi ele quem venceu.

— Que jogo secreto era esse que você estava jogando? — pergunto, meu rosto se inclinando cada vez mais para trás conforme ele se aproxima.

Ele é poderoso vestido, mas é transcendental sem roupa. Minha pele esquenta e formiga enquanto cada célula no meu corpo deseja tocá-lo.

— Não existia nenhum jogo secreto.

— Não minta pra mim, Pender.
— É sério. — Ele afasta meu cabelo, a ponta dos dedos roçando meu ombro num sussurro. — Só perdi porque queria te mostrar que estou completamente entregue a você, Nora. Que ficarei feliz em perder para você todos os dias da minha vida... porque, para mim, o prêmio é só estar do seu lado.

A mão dele desliza pelo meu queixo, e um arrepio percorre meu corpo.

— Agora, algumas verdades. — Ele se inclina para beijar minha bochecha. — Não quero te contar o que tem na minha mesa de cabeceira porque, quando contar, vai mudar tudo entre nós, e não acho que você esteja pronta pra isso ainda. Não tenho a menor vontade de te ver sair correndo pela porta, então você vai ter que se contentar em esperar. — Um beijo na outra bochecha enquanto um calor delicioso emana dele em ondas, silenciosamente chamando o meu corpo. — Minha cor preferida é castanho. — Ele ergue meu queixo e seus lábios tocam logo abaixo da minha mandíbula. — E eu financio aquela organização porque, quando a gente namorava, você disse que gostaria que algo assim tivesse existido para sua mãe e outras pessoas como ela. Então, quando recebi meu primeiro salário grande e o contador perguntou a quais instituições de caridade eu gostaria de doar, suas palavras foram as primeiras que me vieram à mente. E fiz de forma anônima porque não queria que você soubesse e achasse estranho.

— Eu nunca teria...

Ele me silencia com um dedo nos lábios.

— E no primeiro dia que vi você de novo na sala de reunião, eu fiquei *furioso* — ele rosna a palavra —, porque você ainda é a mulher mais linda que já vi na vida.

Agora lágrimas se acumulam nos meus olhos e escorrem pelas minhas bochechas. Derek as enxuga com os polegares.

— Eu estou a seus pés, Nora. Se me quiser, eu sou seu.

Não há nenhuma parte de mim que precisa sequer pausar para refletir.

— Sim, Derek, eu quer...

34
Nora

Minhas palavras são engolidas pelo beijo devastador de Derek. A boca dele colide com a minha com uma força que estremece cada centímetro do meu corpo. Ferve sobre meus lábios. Aquece minha pele e se aproxima, aos pouquinhos, do meu âmago.

A mão dele desce, muito de leve, pelo meu corpo, arrepiando meus braços e minhas coxas, enquanto ele envolve minha cintura, me puxando para si. Nossa boca se separa e se conecta de novo, em busca de novos ângulos. A melhor aula de geometria da minha vida.

Meu coração troveja enquanto ele sopra seu hálito pelo meu pescoço, os dentes arranhando com delicadeza minha pele até alcançar a clavícula. A noite escura nos rodeia, as estrelas brilhando lá fora dizem que essa é uma ideia *muito boa* enquanto a boca de Derek chupa de leve meu pescoço.

Mais, mais, mais.

— Com certeza — diz ele, porque pelo visto eu estava sussurrando meus sentimentos.

Meu abdômen se contrai por puro instinto quando os dedos de Derek roçam ali, brincando por um instante com a cintura da minha calça rosa. Com uma habilidade digna de prêmio, ele abre o botão, abaixa o zíper e então a deixa cair ao redor dos meus tornozelos. Acontece tudo muito rápido. O ar frio cobre minhas coxas, mas estremeço com a mão grande de Derek se movendo até minha bunda e apertando uma vez, com força.

Ele solta um grunhido abafado que faz o desejo me atravessar por todos os lados.

— Essa não é a calcinha do dia. — Ele meio que rosna no meu ouvido.

— Não. Não é. — Meu sorriso está entremeado de confiança. *Essa* é de renda. *Essa* é translúcida. *Essa* é sexy e ousada e me faz sentir como uma mulher. Os olhos de Derek me devoram da cabeça aos pés.

— Adorei. — Um sorriso perverso toma a boca dele. Os olhos cintilam perigosamente. — Agora, tira.

Ele engancha os polegares no tecido fino e a tira de mim — centímetro a centímetro. Não aguento mais ficar com as mãos paradas. Quero me grudar nele e nunca mais soltar. Para começar, traço as linhas das tatuagens nos ombros e no peito, deixando a ponta dos dedos dançarem pelo seu abdômen duro e na direção de outros lugares duros. Mas Derek agarra meu pulso, me interrompendo antes que eu consiga fazer isso.

— Ainda não — avisa ele. Não, ele *suplica*. Sua voz revela a importância desse momento, lembrando quanto isso significa para nós dois. — Não quero me apressar. Esta noite quero te saborear.

Não tenho como discutir. Então ergo os braços, deixando Derek tirar meu top. Ele dá alguns puxões rápidos, mas a peça não se move. Estou prestes a mostrar onde fica o zíper quando escuto um rasgo alto. Meu *bandeauzinho* triste cai no chão ao lado da minha calça, como uma pilha de tecido descartado. Vou levar esse top para casa comigo e emoldurá-lo com uma plaquinha embaixo que diz *Uma ode a Cancún*.

— Achei que não queria se apressar — repreendo-o, levando as mãos àquelas cordilheiras que ele chama de ombros.

— Temos que fazer exceções de vez em quando. Eu te compro um novo — sussurra ele no meu ouvido, mordiscando o lóbulo uma vez.

A tensão se acumula entre minhas coxas enquanto a língua de Derek percorre minha pulsação. Sensações sem igual descem ziguezagueando pela minha barriga.

Cravo as unhas nas costas dele, tentando desesperadamente me aproximar, sentir a pressão do encontro dos nossos quadris. Ele solta um palavrão contra minha pele antes que suas mãos agarrem a parte de baixo das minhas coxas. Então, me levanta até estarmos cara a cara, e, apesar de estar me afogando nessa névoa de tesão, consigo ver como os olhos dele estão azuis mesmo sob o luar.

Aperto as pernas com força ao redor do seu abdômen, sua pele está escaldante. Sua boca toma a minha num beijo molhado e quente, aumentando tanto a tensão do meu corpo que tenho medo de quebrar bem ao meio. Mapeio um caminho com as mãos na parte de trás da sua cabeça enquanto ele me carrega até a cama. Mas ele não me deita, só senta comigo montada em seu colo, respirando fundo e desacelerando o momento com carinho. Como uma perfeita contradição, suas mãos enormes e calejadas afastam delicadamente meu cabelo do meu peito, jogando-o para trás. Seus olhos árticos derretem sobre meu corpo enquanto seus dedos sobem pelas minhas costelas como teclas de um piano. Não estou preparada para a sensação que é ter suas mãos repousando com reverência nos meus seios.

O *olhar* que ele está me dando agora. Quanto desejo e quantas promessas de como vai ser gostoso sentir o corpo dele todo no meu... Mas tem muito mais coisa também. Algo à flor da pele e quase doloroso.

O dedo dele sobe por entre meus seios e para no lado esquerdo do meu peito, logo abaixo da clavícula. Ele desenha uma forma. Minha forma. *Um coração.* E então se curva, acariciando-a com os lábios.

— Eu nunca te agradeci... — começa ele, se erguendo da cama.

Dou um gritinho e agarro seu pescoço, embora ele pareça ter me acomodado com facilidade contra si sem precisar de qualquer ajuda minha. Um meio giro, e ele me deita de costas no colchão macio. É uma nuvem branca e fofa de luxo.

Finalmente ele me cobre com seu peso, e eu quero tudo. Engancho a perna ao redor das costas dele só para tornar isso ainda mais real, mas ele sorri enquanto seu cabelo cai sobre a testa.

— *Paciência.* Preciso te dizer uma coisa.

— Não quer talvez dizer depois?

Estou desesperada por ele. Nunca estive tão desesperada por qualquer coisa ou pessoa na vida.

A mão dele mergulha sob as minhas costas, me erguendo de novo para me levar até o travesseiro.

— Não. Quero te contar agora, com você nua. É melhor assim.

Não consigo conter meu gemido, ainda mais quando Derek abaixa a cabeça, os músculos dos ombros ondulando sob a pele, e pressiona a boca na parte mais sensível do meu seio. Sua língua é uma obra de arte, e meu corpo arqueia de maneira involuntária.

Após um momento, ele continua:

— Todo mundo na escola e na faculdade fazia com que eu me sentisse tosco quando eu tentava qualquer outra coisa que não um esporte. Mesmo adulto, os relacionamentos que tive foram apenas físicos e superficiais. Nunca me senti especialmente desejado ou amado. Exceto... com você.

Enquanto fala, sua mão desce pela minha barriga, desenhando coraçõezinhos com a ponta do dedo no interior das minhas coxas, e então se movendo entre elas, *finalmente* me tocando onde mais quero e preciso dele. Suas palavras já vibram sobre minha pele como uma corrente elétrica perigosa, mas, combinadas com o toque, é como levar um raio na cabeça. É uma sobrecarga. Um ataque. E ele tem razão — essas conversas são melhores quando estamos sem roupa.

Ele pressiona a boca no meu pescoço enquanto sua mão mantém o ritmo, e estou atordoada com o prazer que ele extrai do meu corpo. *Ele ainda me conhece bem demais.* Não quero que pare. Não quero que termine. Quero viver aqui, nessa nuvem confortável com Derek, por toda a eternidade.

— Obrigado por *me* amar naquela época, Nora. — A voz dele sai rouca. — Foi a coisa certa ficarmos um tempo separados, mas, *meu Deus do céu*, tenho muita sorte que viemos parar aqui de alguma forma.

— *Derek* — digo, ofegante, tão próxima do clímax. — Palavras. Não. Consigo...

Ele sorri como se essa fosse a melhor resposta que eu poderia dar antes que sua boca capture a minha no beijo avassalador pelo qual anseio. A sensação da sua língua, sua mão e seu corpo culminam para libertar aquela pressão deliciosa dentro de mim. Faíscas voam atrás das minhas pálpebras como fogos de artifício no escuro. Aperto as costas dele enquanto um estremecimento espirala através de mim, curvando meus dedos dos pés e me desmontando. Ele me beija o tempo todo — grunhindo como se amasse o jeito como eu me desfaço ao seu toque.

Não acho que exista nada melhor que isso.

Exceto que, alguns segundos depois, após uma breve pausa para Derek pôr a camisinha, percebo como estou errada. Tem uma coisa mil vezes melhor — ele sussurrando meu nome, beijando meu pescoço, meu rosto, meus ombros, tudo que sua boca consegue alcançar enquanto entra em mim devagar. *Isso. É assim que é pra ser. É assim que devo me sentir.*

Estar com Derek de novo quase enche meus olhos de lágrimas, porque era isso que tinha que acontecer, e até sinto um alívio. Meu corpo abandonando o controle com a única outra pessoa com quem já me senti confortável. Ele se move para a frente e para trás, deixando que eu me acostume com ele de novo, e quero chorar de tanta saudade que senti. De tanta saudade de fazer *isso* com ele.

Ele agarra a cabeceira com uma das mãos para se apoiar enquanto seus quadris investem contra os meus. As sensações atingem o ápice e uma nova onda de desejo me preenche. Eu me mexo junto aos movimentos dele, rebolando e erguendo os quadris, e juntos vamos nos aproximando do clímax. Prendo a perna em volta da sua cintura, e ele grunhe, abaixando a cabeça na base do meu pescoço.

— *Caralho, Nora* — diz ele, ofegante, enquanto sua mão livre se entrelaça com a minha, pressionando-a no colchão.

Seu ritmo aumenta, carregando o meu junto.

— *Derek...*

Nem sei o que eu pretendia dizer. Não tenho nenhum pensamento coerente no momento. Só um corpo. E ele também tem um corpo. E estamos movendo os dois juntos de maneira tão perfeita e obsessiva que acho que talvez eu morra.

Ergo a cabeça e coloco a boca aberta no pescoço dele — sentindo o gosto do suor em sua pele. Giro a língua e ouço meu nome num suspiro uma última vez antes que ele aperte minha mão com mais força. O som dele se desfazendo me faz ir logo atrás. Uma descarga elétrica de prazer corre pelas minhas veias antes de eu ficar mole de êxtase.

Respiramos juntos por um minuto, acomodando-nos e saboreando o momento. Depois de um minuto, uma hora, um ano, quem sabe... Derek apoia seu peso no cotovelo, solta minha mão para erguer meu queixo e me beija com tanto cuidado que faz meu coração virar um zilhão de pedacinhos.

— Você está bem? — pergunta ele numa voz rouca e baixa que me faz balançar os dedos dos pés.

Eu sorrio, dando um beijo no bíceps dele, e então afasto seu cabelo da testa suada.

— Posso te garantir que nunca estive melhor.

Ele me deixa só por um minuto para ir se lavar, mas estou sonolenta demais para me mexer, então só fico deitada com um enorme sorriso bobo na cara. Ao voltar para a cama, ele me puxa para fazer conchinha e joga as cobertas ao meu redor. Sou uma lagarta quente em um casulo de edredons. Vivo numa nuvem de êxtase onde nenhum problema pode me alcançar.

O braço dele está jogado sobre meu ombro, e eu o beijo. Mordisco. E beijo de novo.

— Para mim, também nunca foi assim com ninguém além de você. Não só o sexo. Tudo. — Eu pauso e escuto o som das ondas quebrarem ao longe, misturado com as batidas do coração de Derek. — Mesmo em relacionamentos, eu me sentia meio... solitária. Ninguém me entende como você.

E, justamente por me entender, Derek não pede que eu explique mais. Então, guardo o resto para mim mesma — que ser substituída se tornou tão comum na minha vida que parei de ir atrás de relacionamentos e até amizades.

Ele beija minha têmpora.

— Desculpe por ter dito que não podia ser seu amigo. Foi só porque eu não confiava em mim mesmo e sabia que não ia me segurar se me aproximasse demais de você.

— Faz sentido. Eu sou mesmo irresistível — digo, girando nos braços dele para encará-lo.

— A oferta ainda está de pé?

— Para ser meu amigo?

— Aham — diz ele, fechando os olhos.

— Isso é mais complicado agora que estamos sem roupa. E casados.

Ele me aperta contra seu peito.

— Não. É melhor agora. Por favor, diga sim. Eu adoraria ser seu amigo, Nora.

Como se houvesse a menor chance de eu dizer não.

Desenho um coração nas costelas dele.

— Sim, você pode ser meu amigo, Derek Pender. Mas isso quebra a regra número três.

35
Nora

Nos últimos dias, Derek e eu não saímos do quarto nem uma vez. Brincadeira — na verdade, ficamos muito ocupados no resort. Finalmente fizemos aquele mergulho com snorkel no recife de corais. Fizemos compras de tarde numa feira ao ar livre. Um bate e volta para visitar e nadar em cenotes que eram lindos demais para ser verdade. E um dia de spa em que recebemos massagens de casal e tivemos um incidente infeliz com o lençol que gostaria de apagar da memória para a eternidade.

Tudo isso me faz sentir que estou num sonho, porque tenho a chance de vivenciar todas essas coisas com Derek. Passamos esses dias grudados um no outro — reaprendendo quem o outro é agora. Acho que nunca ri tanto quanto na última semana. Não só isso, mas nos sentamos sob as estrelas à noite na praia nos atualizando sobre todos os acontecimentos na vida um do outro que perdemos ao longo dos anos. Tipo como os dentes de Derek são tão perfeitos porque ele colocou lentes que custaram milhares de dólares e nunca se arrependeu. E como ele e os amigos ajudaram a juntar Nathan e Bree com várias táticas românticas. E como eu sou obcecada por *The Great British Bake Off* e tenho o sonho secreto de ir ao programa um dia, mesmo não sendo britânica e não tendo qualquer habilidade de confeitaria.

Nos momentos mais tranquilos, ele também se abriu mais sobre como tem sido viver com dislexia. Como foi difícil ser tratado como se não estivesse se esforçando quando tudo o que ele fazia era *se esforçar* incessantemente. Eu queria aliviar sua dor, fechar as feridas, mas não consigo, então sussurro que estou muito orgulhosa dele e o abraço até não poder mais, enquanto lidamos juntos com os seus sentimentos da melhor forma que conseguimos.

Mas nossas noites... nossas noites não têm nada a ver com a revista e são só nossas. Ficamos nos braços um do outro. Acontece mais ou menos assim: entramos aos tropeços, mortos de cansaço após um dia de exploração e sorrisos para as fotos, aí tomamos banho e ganhamos um novo fôlego que gastamos dos jeitos mais deliciosos possíveis.

É por isso que agora, tarde da noite, com ambos suados e exaustos, eu caio nos braços de Derek para o chameguinho mais gostoso da minha vida. Ele deixa os dedos descerem suavemente pelas minhas costas, e meu corpo estremece.

— Você está preocupada com a volta? Para o escritório? — pergunta Derek, a voz tão preguiçosa que dá para ver que está com tanto sono quanto eu.

Mas sei por que ele está perguntando. Hoje Marty me mandou um link por e-mail de um site de fofoca com uma foto de quando Derek e eu nos beijamos na praia pela primeira vez. Ele tomou cuidado com a escolha de palavras, mas a ofensa era óbvia: *Pensei que talvez você gostasse de ficar ciente do tipo de imagem que sua lua de mel está passando, para não pôr em risco seu profissionalismo. Eu odiaria que outros atletas homens tivessem uma impressão errada de você.*

Eu me aconchego um tantinho mais.

— Um pouco. — Pauso. — Tá, bastante.

Como quem não quer nada, Derek se ofereceu para dar um fim à vida do homem por mim (ele estava brincando... eu acho), mas recusei. Eu até encaminhei o e-mail para o RH, mas eles infelizmente disseram que não havia nada de ofensivo ou inapropriado (devido às palavras estratégicas e ao fato de haver um link para uma foto em vez da foto em si). Não ajuda em nada o fato de Marty jogar golfe com esses mesmos caras do RH.

Eu me enrosco mais em Derek.

— Ou... acho que não estou exatamente preocupada, mas talvez um pouco apavorada.

Os dedos de Derek continuam passeando pela minha pele como se estivessem abrindo uma trilha.

— Sabe, se você quiser se demitir e encontrar um lugar com um ambiente menos tóxico, eu vou te seguir aonde você for. Quer dizer, não sei quanto isso significa vindo de um atleta que pode estar desempregado daqui a alguns meses. Mas você tem opções.

— Deixa de ser bocó! Significa muito. Nos próximos meses, foguetes vão querer ser você quando crescerem, de tão alto que vai subir. — Ele dá uma risada baixa e grave. Fecho os olhos e saboreio a vibração através de mim. — A verdade é que estou começando a duvidar que exista um lugar menos tóxico. Meu receio é que o mundo dos esportes simplesmente seja assim, e, se eu quiser viver nele, vou ter que resistir.

Ele murmura e me aperta contra si.

— Isso não foi muito Nora Mackenzie da sua parte.

Ergo o queixo, apoiando-o no peito para olhar para ele.

— Como assim?

— A Nora que eu conheço não se adapta a uma coisa de que não gosta. Ela muda a situação. — Ele acaricia meu cabelo.

Eu solto o ar.

— Essa Nora está cansada. Ela está pronta para que outra pessoa enfrente o mundo.

Derek me abraça e se vira para me prender ali. Beija meu queixo e enfia o rosto na base do meu pescoço.

— Continue descansando comigo então, e quando voltarmos você vai descobrir como colocar aqueles cretinos de joelhos. — Ele beija meu pescoço e aí recua para me olhar nos olhos. — E, se precisar de alguma ajuda, é só falar, que estarei lá.

Eu sorrio, e ele abaixa a cabeça para juntar meu sorriso ao seu.

Infelizmente, assim que sua boca encontra a minha, o celular dele começa a tocar alto na mesa de cabeceira. Ambos tomamos um susto, e ele estica a mão todo atrapalhado para tentar pegar o aparelho.

— Desculpa, achei que estava no silencioso.

É então que percebo — é madrugada, e alguém está ligando para Derek. Não pode ser bom. Eu me sento e vejo as sobrancelhas dele se juntarem.

— É o Price — diz ele, ajustando-se para se encostar na cabeceira, e acende a luz. Ele atende rápido: — O que houve?

Derek escuta em silêncio, olhando para o quarto enquanto eu olho para ele. Vasculho seu rosto em busca de qualquer indício do que está ouvindo, mas suas expressões são feitas de pedra. Os olhos de Derek se voltam para mim por uma fração de segundo e então ele desvia o olhar, enfiando a mão no cabelo bagunçado.

— *Merda.* Ela vai ficar bem? E o bebê?

Agora fico de joelhos, apertando o lençol junto ao peito enquanto encaro Derek.

Ele murmura algumas vezes enquanto tira as cobertas das pernas e rapidamente se levanta.

— Sim, cara. Claro. Te vejo amanhã.

Derek vai até sua mala e começa a revirá-la. Embora eu não saiba o que está acontecendo, corro até o banheiro depois de me enfiar numa das camisetas dele e jogo dentro do meu nécessaire tudo que está no balcão. Mesmo que me dê um nervoso ver tudo misturado de qualquer jeito, sinto que não dá tempo de organizar nada. Podemos separar nossas coisas depois.

— Nem fodendo — responde ele, agressivo, a alguma coisa que Price diz. — Vou voltar não importa o que aconteça. Vai ficar com sua esposa em vez de perder tempo discutindo comigo. — Price diz mais alguma coisa a Derek que o faz responder em voz baixa: — Pode deixar.

Derek enfia um short de academia depois de terminar a chamada e se junta a mim no banheiro na hora exata em que estou enrolando às pressas o fio do meu modelador de cachos. Nosso olhar se encontra no espelho, em um misto de emoções. Giro para encará-lo, e o plugue na ponta do fio bate na minha perna.

— O que foi? O que aconteceu? Eles estão bem?

Derek assente, mas parece abalado — assustado. Nunca o vi assim, e me incomoda. Quero consertar o que quer que seja porque de repente cai a ficha de que Derek ocupa todo o meu coração. Nunca duvidei de que o que eu sentia por ele na faculdade era amor. Mas agora... é amor *amor*. É diferente, de alguma forma. Desarticulado e elegante ao mesmo tempo. Tranquilo e doloroso. Antes, meu amor por ele vivia fora da minha pele, mas agora ele se insinuou para dentro da cavidade do meu peito e bombeia através de cada câmara do meu coração. Quando ele está sofrendo, eu estou sofrendo.

— A esposa do Price, Hope, entrou em trabalho de parto várias semanas antes da hora.

— Ela vai ficar bem?

Ele assente.

— Ela está bem, e a médica está confiante de que, mesmo um pouco adiantada, já passou tempo suficiente para dar à luz com segurança. Price surtou principalmente porque enfim se tocou de que vai ser pai.

— *Ah* — digo com um suspiro aliviado, então dou um tapinha no peito dele. — Eu pensei... pela sua cara... pensei que tinha alguma coisa errada.

— Tem uma coisa errada. — Ele pausa, um vinco surgindo entre as sobrancelhas. — Preciso te perguntar se podemos interromper nossa lua de mel e voltar pra casa mais cedo. Quero estar lá para dar meu apoio... mas também não quero que isso termine.

Algo como *podemos muito bem ter outra lua de mel quando tudo se acalmar* está na ponta da língua, mas me seguro. Ainda não decidimos exatamente como será nosso futuro. E tenho medo demais de perguntar se vou estar no dele. Velhas feridas se abrem e me dizem que há uma chance de ele me trocar. Alguém mais fácil vai aparecer. Alguém que não esteja já mentalmente reorganizando o nécessaire e se encolhendo a cada segundo porque nossas coisas estão misturadas como em uma pintura feita a dedo por uma criança.

Então, em vez disso, vou até ele e envolvo sua cintura com os braços.

— Tire essa careta da cara, eu aceito tudo. — Beijo a frente do seu ombro. — Vamos pra casa. Isso é importante pro seu amigo, você precisa estar lá ao lado dele.

Derek pressiona os lábios no topo da minha cabeça, e eu o ouço respirar fundo. Seus braços apertam mais minha cintura, e talvez eu esteja projetando, mas sinto inúmeras preocupações ocultas nesse abraço. Nenhum de nós as diz. Estamos ambos assustados demais, ou preocupados, ou com medo de forçar o outro além do limite, rápido demais. A comunicação que parecia tão aberta e livre nos últimos dias de repente parece selada, hermética.

36
Derek

Estamos no avião, e o clima é tenso. Desde que contei que a gente tinha que voltar, estamos dando sorrisos esquisitos um para o outro. Do tipo rígido, com dentes demais para ser sincero. Esses sorrisos começaram depois que anunciei nosso retorno antecipado, mas não acho que seja por isso que o de Nora parece fixo no rosto dela, como se ela fosse a Barbie Viajante.

Meu cérebro está querendo acabar comigo, me dizendo que Nora está arrependida de tudo agora que estamos de volta ao mundo real. É um merdinha e está fazendo isso sem parar. Mas a gente compartilhou tanta coisa ao longo da última semana. Não tem como ela estar repensando esse negócio todo. Ou tem? Eu não estou. Mas, claro, não fui eu que fui embora da primeira vez também.

Merda, converse com ela sobre isso e pronto, Derek.

Porém, quanto mais perto chegamos de Los Angeles, mais o medo se assenta no meu estômago. Quando o avião pousar, vou ter que praticamente sair correndo. A primeira coisa será ir ao hospital para ver como estão Price e Hope. Depois tenho um milhão de coisas para fazer antes que os treinos comecem na semana que vem. Tenho várias sessões de fisioterapia marcadas para garantir que tudo esteja flexível e pronto para o rigor intenso da temporada da NFL. Porque, uma vez que começar, minha vida voltará a ser focada no futebol americano e meu corpo só vai se sentir cem por cento de novo na próxima pausa (ou até eu ser posto no banco se jogar mal).

Quando aterrissamos no aeroporto de Los Angeles, recebo uma mensagem de Price com boas notícias:

Conheça Jayla Price. 2,7 kg. Saudável e forte como a mãe.

Fico mais leve enquanto leio a mensagem. Não sei muito sobre bebês ou partos, então não fazia ideia do que esperar — ainda mais depois de ouvir o desespero na voz de Price ontem à noite quando me disse que a esposa entrou em trabalho de parto antes do esperado. Então deu certo. Que ótimo. Estou me coçando para sair desse avião, conseguir um minuto de privacidade com Nora para perguntar a ela por que parecemos dois ventríloquos falando com os dentes cerrados, e então levar *minha esposa* comigo até o hospital para oficialmente ver meus amigos.

Uma dúvida se insinua. *Talvez ela não queira que você pense nela como sua esposa.*

Por que caralhos não resolvemos tudo isso em Cancún? Que saco essa incerteza.

Quando saímos do avião, Nora e eu ficamos esperando nossa bagagem cercados por pessoas que me lançam olhares não muito sutis a cada poucos segundos. A mala amarela de Nora passa por nós, e dou um passo à frente para tirá-la da esteira, mas ela é mais rápida. Seus movimentos são entrecortados e agitados, e ela põe a mala no chão como se estivesse treinando para uma competição profissional de empilhar feno. Mas quando ergue o olhar para mim — *bingo*, recebo aquele sorriso falso de mil megawatts de novo. É estranho demais.

— Nora — digo com as malas em mãos quando enfim estamos a caminho da saída do aeroporto. — Podemos falar sobre... — Eu paro no meio quando passamos pelas portas deslizantes do aeroporto. O ar poluído de Los Angeles nos atinge, e minha carreira me agarra pelo pescoço. — *Merda* — sibilo ao ver a pequena multidão de jornalistas nos esperando logo depois das portas.

Provavelmente alguém nos viu no aeroporto de Cancún e os alertou. Não estou pronto para isso. *Nós* não estamos prontos para isso. Eu nem sei se somos *nós* de fato a essa altura e não gosto da ideia de enfrentar câmeras e repórteres em meio a essa incerteza.

Olho para Nora, e ela só parece surpresa por um segundo antes de vestir seu modo agente como uma segunda pele. Ela sorri para mim, e meus ombros relaxam um pouco quando a expressão não parece grudada na cara dela.

— Espero que tenha passado maquiagem hoje, Pender, porque vão tirar muitas fotos. Fique atrás de mim.

Juro por Deus. Essa mulher que não tem nenhum treinamento de segurança estar disposta a andar na minha frente para receber o impacto de qualquer problema em potencial é a coisa mais fofa que já vi.

— Agradeço o sacrifício, mas prefiro ter você ao meu lado do que como minha guarda-costas. — Estendo a mão para ela. — Pronta?

A hesitação faz um vinco em sua testa, mas por fim ela concorda e entrelaça os dedos nos meus. Eles mexem com cada parte de mim, até alcançarem meu coração. Por um breve segundo, a preocupação se dissipa e só vejo Nora e eu com nossa vida inteira pela frente.

Olho para os jornalistas reunidos e reconheço a maioria deles. São um pé no saco, mas não uma ameaça à nossa segurança. Nora e eu estamos ambos de boné (o dela diz *Vai, Mac and Cheese!*), bem abaixado sobre os olhos para as câmeras não captarem nossas expressões enquanto atravessamos a multidão.

Andamos bem rápido, as malas quicando sobre buracos e desníveis da calçada como uma lancha atravessando ondas no oceano. Parece errado não reconhecer a presença de outros seres humanos, e ainda mais só passar reto por eles sem parar, mas essa é a natureza do negócio. Se você para, é encurralado. Se for encurralado, quase sempre fala algo de que vai se arrepender. E, considerando que sofri uma lesão sobre a qual ainda não discuti publicamente e me casei em Las Vegas após uma bebedeira, isso parece bem provável.

Estamos na metade do caminho, e estou esmagando a mão de Nora. É aí que começo a absorver as perguntas.

— Derek! Derek! Aqui! É verdade que se casou com sua agente?

— Nora! O que te levou a esse casamento espontâneo com Derek?

— É verdade que vocês não assinaram um acordo pré-nupcial?

Sempre me assusta como essas pessoas obtêm essas informações.

A maioria das perguntas é sobre casamento. Algumas me enfurecem quando começam a questionar Nora sobre sua integridade e se ela vai socializar com todos os seus clientes como fez comigo. Ela deve me sentir prestes a reagir, porque ergue os olhos para mim e sorri.

— Não fale nada, rapaz. Eu sei quem eu sou, você não precisa me defender agora.

Eu assinto, obrigando parte da minha raiva a se dissolver.

Quando quase superamos a nuvem de jornalistas e estamos na porta da SUV de janelas escuras que Nora alugou, eu escuto:

— Derek! Pode comentar o boato de que os Sharks estão oficialmente substituindo você por Abbot?

Eu congelo.

— Algumas pessoas estão especulando que largar os treinos para ir a uma lua de mel demonstra descaso pela sua carreira em um momento em que você deveria estar totalmente focado nos treinos. O que tem a dizer sobre isso?

Várias perguntas parecidas voam na minha direção como vespas, cada uma me picando de uma forma diferente. Todas dizendo que ouviram de uma fonte que minha carreira está em perigo.

Só percebo que estou congelado, encarando a SUV, quando Nora envolve minha cintura com o braço e discretamente me puxa, lembrando-me de continuar andando. Com a visão periférica, quando estou entrando na SUV, vejo-a se virar e falar com os jornalistas. Embora tenha todo o direito de se sentir tão bombardeada e encurralada quanto eu, ela age como a agente perfeita. Seu tom é feito sob medida para deslumbrar.

— Que fofo vocês virem nos dar boas-vindas! Só que não estávamos esperando companhia, então vamos precisar remarcar. Enquanto isso, temos uma lista de casamento na Target e minha cor preferida é rosa! — diz ela com uma piscadela brincalhona, fazendo todo mundo rir e provando que nasceu para isso.

Deixando a multidão enfeitiçada às suas costas, Nora entra na SUV e fecha a porta.

Só então seu sorriso arrefece enquanto se recosta no assento, respirando fundo. Acho que eu deveria fazer isso também — respirar —, mas meus pulmões estão cheios de areia. Não era para ser uma grande surpresa, já que todo mundo na imprensa tem falado sobre isso, mas é a primeira vez que ouvi qualquer suposta confirmação de que fui cortado do time. E, no fim, percebo que nenhuma preparação para ouvir essas palavras ajudou a reduzir o impacto.

— Faz sentido eles me cortarem — digo, atordoado, olhando pela janela e sentindo as velhas inseguranças me assombrarem.

Você não é bom o suficiente e nunca será. Agora não tem nada.

— Não diga isso! — dispara Nora. Há urgência e algo mais em seu tom. Um instinto protetor, dá para perceber. — Esses colunistas de site de fofoca não sabem o que dizem. São boatos, só isso. Se qualquer decisão tivesse sido tomada, a gerência teria me contatado primeiro.

Meus olhos estão fixos num ponto além da janela. O sol e o céu azul parecem amargos.

— Mas eles já vazaram informações para a imprensa antes. Não seria a primeira vez que soltam algo para criar um burburinho ao redor do time. Ou ao redor do novo astro que querem destacar.

— Você e Nathan são os astros! Eles não vão te cortar.

— A não ser que eu jogue mal — digo, finalmente virando a cabeça na direção dela.

Sei que estou sendo mal-humorado e irracional. Como um adolescente com o capuz pra cima. Nora também sabe, porque se endireita e me dá um sorriso provocador.

— Tá beleza. É oficial? Estamos desistindo do futebol?

— Parece a decisão mais sensata.

— Você pode entrar para a área de finanças.

Faço uma careta.

— Sedentário demais.

— Bem... você tem um belo corpo — comenta ela, gesticulando para o corpo em questão, jogado no banco do carro.

Dou de ombros como se o prêmio de consolação não fosse suficiente.

— Obrigado.

— Como se sente em relação a striptease? Aposto que faria uma boa grana se começasse usando seu uniforme e o protetor de ombros. Eu com certeza pagaria para ver.

— Que gentil da sua parte — digo com um sorriso triste. — Mas não vai funcionar. Eu não sei rebolar.

— É, não com essa atitude! — Ela bate o dedão no meu joelho. — Mas, com uma boa professora e uma atitude otimista, acredito que você, Derek Pender, vai ser capaz de rebolar e fazer seu pau acenar para a plateia como se fosse a rainha da Inglaterra!

Eu amo a Nora.

Quero dizer isso para ela. Mas não parece o momento certo. E por que eu não disse em Cancún, porra? Achei que tinha deixado meus sentimentos claros, só que, quanto mais repasso tudo que dissemos, mais percebo como as coisas ficaram em aberto na verdade. Ela sabe que eu sempre gostei dela. Mas amor? *Eu não disse.* Comprometimento? *Estava com medo até de pensar, pois vai que ela ouvia o sussurro na minha cabeça e saísse correndo pela porta.*

Ela se aproxima agora e aperta meu queixo, puxando meu rosto para olhar para ela.

— Acredite em você, Derek. E não quero dizer só no campo ou no palco de *Magic Mike*. Acredite que, independentemente do que acontecer, você vai ficar bem. Você é forte, determinado e bom demais na cama. — Ela dá um sorriso brincalhão, e a pressão no meu peito suaviza. — Você não está sozinho. Não é mais um garoto enfrentando obstáculos sem ajuda. E essa carreira não é tudo que você tem ou tudo que é. Jamais.

Sua expressão se suaviza, e ela se inclina para roçar os lábios nos meus. É o primeiro contato real que tivemos desde ontem à noite. Preciso disso — e ela sente. Nora me beija várias vezes, até que minha boca se solta.

— *Respire* — sussurra ela, e eu inspiro profundamente pelo nariz pela primeira vez desde que embarcamos hoje de manhã.

Ela sabe o que fazer para me relaxar — e, bem quando estendo as mãos para emaranhá-las no seu cabelo, ela se afasta, os lábios inchados e rosa-escuro.

— Mas, como sua agente... — começa em um tom completamente diferente. Adoro ter um gostinho do que todo mundo vê em Nora Mackenzie também. — Preciso que saiba que vou fazer tudo a meu alcance para garantir que não perca esse emprego que ama. Você tirou o meu da reta, e agora vou salvar sua bunda deliciosamente durinha também.

Eu assinto.

— Obrigado, Nora.

— Imagina. Para que serve uma amiga-barra-agente-barra-esposa-acidental? — O sorriso dela se suaviza. — Vá ao hospital e fique com seus amigos hoje. Tente não se preocupar com nada disso, e eu vou para o escritório resolver tudo.

Ué? Ela não vai comigo para o hospital? O nó de tensão no meu peito se torce de novo.

— Achei que você fosse vir comigo ver o bebê.

Não tenho como dizer isso sem soar infeliz e carente.

— Eu queria, mas preciso ir ao escritório entender o que está rolando. Tudo bem com isso?

Encaro seus olhos por um momento, as emoções me puxando para os dois lados. É o primeiro momento em que vamos nos separar desde que nos casamos. O primeiro em que a vida real vai tentar nos dividir. Da última vez que isso aconteceu, eu a perdi. A ansiedade borbulha no meu estômago como um refrigerante. Não quero perdê-la. Mas não posso cravar os dentes nela e me recusar a soltá-la. Tenho que lhe dar espaço e ter fé de que tudo vai funcionar. Além disso, ela é minha agente. Tem que trabalhar. Mas só estou percebendo agora como isso vai ser complicado daqui para a frente.

Depois de um momento desconfortavelmente longo, respondo, desejando estar sendo sincero:

— Claro que tudo bem.

Meu sorriso de ventríloquo está de volta e, quando seguro a mão dela no carro, não consigo evitar: toco a pequena tatuagem preta no seu dedo, desejando ter gastado menos tempo falando sobre o passado na nossa lua de mel e mais sobre o nosso futuro.

Chego no hospital e vou até a recepção, onde sou informado de que os caras estão todos em uma sala de espera particular e recebo instruções de como chegar lá. É bem típico haver uma sala à parte para nos receber, pois, quando estamos todos juntos (ainda mais com Nathan presente), tendemos a atrair muita atenção. Atenção que o hospital talvez não esteja muito a fim de receber.

Abro a porta da sala de espera achando que vou encontrar um ambiente sóbrio, porque ficamos todos acordados a noite inteira aguardando notícias de Hope e do bebê. Estou completamente errado.

Tudo que tenho é um vislumbre de um cabelo longo e cacheado antes de ser agarrado pelos pulsos e puxado abruptamente para dentro da sala, onde uma chuva de confetes cai na minha cabeça. Todos os caras, além de Bree, gritam e comemoram, no mesmo momento em que Nathan abre uma garrafa de suco de uva borbulhante apropriado ao hospital e a canção "Marry You", de Bruno Mars, explode dos alto-falantes.

Sinto que estou vivendo esse momento através de um espelho de uma casa de diversões. Ou sob a influência de um brownie com maconha.

— Senhor e senhora... — Bree se interrompe de repente com uma careta.

Ela está segurando um véu brega afixado a uma presilha de cabelo. Sorrio para o véu.

— Isso é pra mim?

O sorriso de todos se esvai quando percebem que minha "cara-metade" não veio.

— Cadê a Nora, porra? — pergunta Nathan, com algo próximo de um olhar feio, como se talvez eu a tivesse esquecido no carro ou algo assim.

Price cruza os braços.

— Porra, Derek, já terminaram? Foi porque interromperam a lua de mel? Eu te disse pra não...

— Dá pra calar a boca por um segundo e me deixar te abraçar? — digo, indo até ele.

Seus braços estão ao meu redor no segundo em que os meus se estendem para ele. Já nos abraçamos antes, sobretudo depois de vencermos jogos importantes, mas isso é diferente. Price não me solta de imediato, e eu não o solto. Ele me abraça como um irmão. Como um irmão cuja vida acabou de mudar para melhor e que quer que eu sinta o terror e a energia maravilhosa que estão dentro dele. Eu seguro até ele estar pronto para soltar.

— Eu sou pai — murmura ele no meu ombro, e a emoção me atravessa.

Fico grato por estar aqui para ver isso.

— É, sim, porra! — digo, apertando-o mais forte.

— E você está casado.

— Estou, sim, porra! — Dou uma risadinha. — Mais ou menos.

— Nós nos separamos, e eu vejo a confusão ao meu redor. — Falando nisso, o que está rolando? — pergunto a Nathan quando ele vem me abraçar em seguida, e então Lawrence depois dele.

Seria de se pensar que fui eu que acabei de ter um bebê. Bree ainda está irritada por Nora não ter vindo.

— Uma festa de casamento — diz Nathan. — Ou era pra ser, se você tivesse se dado ao trabalho de trazer sua esposa.

Bree dá um tapinha no meu braço.

— Mas sério, cadê ela? Vocês terminaram?

— Vocês não botam fé nenhuma em mim.

— Porque você é um bebezão — diz Jamal de um lado da sala, com um sorriso, enquanto segura um urso de pelúcia do tamanho dele.

— Tamara finalmente se cansou de você e te deixou com sua namorada? — digo, apontando para o urso.

Ele me mostra o dedo do meio.

— Esse é meu presente para Jayla. Tamara e Cora estão lá em cima com Hope, enchendo-a de comida que trouxeram de fora. — Jamal dá um sorrisinho para mim. — Vejo que você foi um merdinha e veio de mãos abanando.

— Acabei de pousar. E o que um bebê vai fazer com essa monstruosidade? Esse troço vai asfixiá-la.

— Chega! — dispara Bree, batendo palmas uma vez, coisa que claramente faz para ganhar a atenção de crianças quando precisa.

Uma centelha brilha nos olhos de Nathan, porque ele ama quando Bree entra no modo professora. Sem conseguir evitar, ele vai para trás dela e a abraça enquanto Bree diz:

— Só vou perguntar mais uma vez. Onde está minha nova melhor amiga? Demos essa festinha para ela se sentir bem-vinda, e ela nem está aqui para ver.

Não consigo conter um sorriso. Eles fizeram isso por Nora — para ela se sentir bem-vinda. Porque são minha família e Nora agora também é.

— Ela adoraria estar aqui e ver isso — digo com sinceridade. Ela teria amado toda essa bagunça. Não tem nada que ame mais do que demonstrações reais de alegria. — Mas precisava ir trabalhar pra salvar minha pele. — Todos franzem a testa. — Tinha um monte de jornalistas esperando a gente no aeroporto. Eles achavam que... estou prestes a ser cortado do time.

Um climão invade a sala após minhas palavras.

Surpreendentemente, Jamal abaixa o urso e é o primeiro a falar algo sincero.

— Eles são idiotas, então. Com certeza iriam te dar pelo menos uma chance de jogar primeiro.

Dou de ombros.

— É isso que Nora vai descobrir.

Ninguém está pronto para reconhecer que talvez eu não seja mais um Shark, embora eu tenha que admitir que estou ficando mais em paz com a ideia a cada segundo. Estar aqui hoje, abraçar Price e ver o que meus amigos planejaram para fazer Nora se sentir bem-vinda... isso não tem nada a ver com ser um Shark. Eles são minha família. Não importa aonde a vida nos leve, sempre seremos próximos.

Nathan, por sorte, muda de assunto.

— Podemos ligar para ela por FaceTime e fazer tudo de novo se você quiser. Pra ela poder ver.

Considero por um momento, mas dispenso a ideia. Se é porque estou respeitando o espaço dela ou porque me sinto desconfortável pra caralho depois de como nos despedimos, não sei dizer.

— Não, não quero incomodá-la no trabalho hoje.

— Duvido que você a incomodaria — replica Lawrence.

Mas tudo em que consigo pensar é como eu não vi que ela precisava de espaço na época da faculdade. Não priorizei o sucesso dela. *Sempre* a interrompia para que fosse ver alguma coisa legal ou ir a algum lugar comigo. E essas coisas a afastaram da primeira vez; com certeza não vou pegar o celular e ligar para ela por vídeo uma hora depois de nos despedirmos após uma viagem de uma semana.

E é aí que eu sinto — todas as pequenas fraturas percorrendo nosso frágil relacionamento. Droga, preciso falar com ela depois. Desconfortável ou não, temos que conversar sobre umas coisas.

Enquanto isso, tiro fotos de tudo para mostrar a ela.

Price semicerra os olhos na direção dos meus tornozelos.

— A gente precisa mesmo descobrir o que está acontecendo com as suas calças, cara.

37
Nora

No instante em que entro pelas portas da agência, sinto um zumbido de empolgação misturado com ansiedade deslizar por baixo da pele.

Meu ano de estágio aqui foi como ficar na linha esperando atenderem uma ligação muito importante, mas precisar ficar ouvindo a mesma música de elevador em um loop infinito e torcendo para que a ligação não caísse. Agora, porém, tenho liberdade para agir como agente em tempo integral, e é como se a chamada tivesse finalmente sido atendida. Tenho um propósito e um futuro, e poderia cantar de alegria.

A ansiedade vem de saber que tenho que interagir com os babacas do escritório enquanto desfruto dessa liberdade. Mas não quero pensar nisso agora.

Duas coisas aconteceram quando ouvi a pergunta daquele jornalista sobre os Sharks cortarem Derek do time. 1) Meu coração se partiu ao meio, porque senti a dor com ele — o homem que eu amo. Ver como ele acreditou neles na hora, como sua expressão passou para o desespero... foi horrível. Quero fazer tudo o que for possível para proteger seus sonhos. 2) Meu sangue ferveu. Como eles ousam tentar cortar meu cliente do time? Ou vazar informações para nos deixar numa posição humilhante? Depois de todos os anos que ele dedicou ao time — todas as vitórias que tiveram a contribuição dele —, é assim que vão tratá-lo? Inaceitável.

O Mr. Rogers tem uma frase que sempre repeti: "Existem três caminhos para o sucesso. O primeiro é ser gentil. O segundo é ser gentil. O terceiro é ser gentil."

É por isso que vou gentilmente perguntar se esses boatos são verdade. E, se eles os confirmarem, vou gentilmente informá-los de que podem pegar essa manipulação deslavada e essas fofocas vazadas de propósito e enfiá-las no rabo, e então vou gentilmente lembrá-los de que, se necessário, teríamos ficado felizes em revisitar os termos do contrato e o salário, se tivessem demonstrado respeito ao meu cliente nos abordando primeiro — mas, quando esse respeito é violado, eles podem ir catar coquinho, na nossa opinião.

Tenho um e-mail quase pronto na minha cabeça enquanto atravesso o corredor. Mas, no segundo em que abro minha sala no armário de vassouras e encontro o lugar vazio, meus pensamentos somem.

Cadê minhas coisas?

E então vem outro pensamento terrível.

Ai, meu Deus, me demitiram?

Uma risada baixa soa atrás de mim. Viro para encarar Nicole.

— Quase dá para ouvir seus pensamentos assustados — começa ela, com um sorriso nos lábios vermelhos.

Nicole está fabulosa com uma calça larga e cara, sapatos de salto rosa brilhantes e uma camisa de seda branca enfiada na cintura. Tenho certeza de que há um blazer pendurado no encosto da sua cadeira.

— Bem-vinda de volta — diz com uma nota travessa na voz. — Eu sabia que você ia ver sua sala e pensar que foi demitida. E, pela sua cara, eu tinha razão.

Suspiro de alívio, grata por não descobrir que fui demitida enquanto estou usando legging, uma camiseta gigante com uma carinha sorridente e um boné que expressa meu apoio ao macarrão com queijo.

— Sendo bem sincera, não gosto desse poço de desespero sobre o qual você fica me balançando só para se divertir de maneira perversa. Mas gosto de te ver feliz, então pode continuar.

Ela resmunga.

— Vem comigo.

Passamos por alguns colegas com seus ternos cinza engomados de loja de departamento, e eles não parecem nada felizes em me ver. Quer dizer, na real, em circunstâncias normais, eles nunca ficam exultantes de me ver, mas parece que menos ainda quando estou de volta da minha lua de mel. E ninguém parece mais infeliz por eu ter retornado que Marty — que fica observando enquanto eu passo por sua sala. Seu rosto pálido está repleto de um desdém que não acho que mereço. Na verdade, que sei que não mereço.

— Marty — diz Nicole enquanto passamos. — Talvez fosse bom tirar essa expressão da cara, depois fazer o mesmo com a mostarda na sua camisa.

Quase queria estar bebendo alguma coisa só para poder cuspir de forma bem dramática.

Nicole é minha rainha. Ela não aceita pouco-caso de ninguém. Eu iria aos confins do mundo por ela. E espero que um dia eu seja tão casca-grossa quanto ela — porque parte de mim teme que, se eu tiver que trabalhar num prédio cercada por tantas pessoas hostis todo dia, vou desmoronar. As palavras de Derek ecoam na minha cabeça. *Você tem opções.* Será que tenho mesmo? Trabalhei tanto para chegar aonde estou. Se me demitir e for para um lugar novo, vou ter que começar de baixo outra vez?

Derek, ai. Minha ansiedade fica brincando de montar bloquinhos, um em cima do outro, formando uma torre infinita e imponente de infelicidade. Hoje de manhã foi tão esquisito. Constrangedor e desconfortável, e não consigo entender se fui eu que deixei as coisas tensas ou se foi ele. O que aconteceu com a sinceridade de Cancún? A minha pareceu estar trancada numa masmorra. Não consegui nem perguntar se ele ficou chateado por eu vir para o trabalho em vez ir com ele para o hospital. De alguma forma, pareceu que dizer essas palavras em voz alta seria o mesmo que coçar uma ferida que estava sarando. Eu não estava preparada para a rapidez com que a vida ia nos atingir e queria que...

Não tenho tempo pra pensar em tudo isso.

Sigo Nicole pelo corredor até uma porta fechada. Meus olhos voam dos lábios sorridentes dela para a porta que está apontando para que eu abra.

Tornados dominam meu estômago quando toco a maçaneta e a viro. A porta se abre, e eu fico congelada, sem palavras ao olhar para essa sala maravilhosa. A sala que agora tem minha mesa e minhas coisas. A sala com espaço suficiente para Derek, Jamal, Nathan, Price e Lawrence ficarem todos confortavelmente aqui comigo. *E olha só!* Tem uma janela. Uma janela enorme com vista para a cidade e por onde entra bastante sol. Tem até flores frescas num vaso na minha mesa.

Nicole me arranjou uma sala. Uma sala de verdade.

— Você sabe que tenho uma regra de não chorar — diz ela, interrompendo o momento.

Eu fungo.

— É uma pena, porque estou prestes a abrir o berreiro.

Viro o rosto, e Nicole dá um passo para trás.

— Ah, não, nem vem.

Mas eu vou. Praticamente pulo em cima dela, envolvo os braços no seu corpo todo elegante e a espremo como um limão.

— Obrigada. Obrigada. Obrigada.

— De nada, agora me solte, ou você será demitida — diz ela, sem fôlego.

Eu a solto para finalmente entrar na minha nova sala. Parece tão oficial quando me sento à mesa... Tão importante. Tudo que sempre quis e... imediatamente me sinto enjoada pela culpa. Menti e manipulei as coisas a meu favor para poder sair ganhando — e funcionou. Tenho a sensação de que não mereço nada disso.

— Preciso confessar uma coisa. — Minhas mãos se retorcem em nós nervosos embaixo da mesa. — O casamento... a gente mentiu. Não fomos pra lá de propósito, ao contrário do que contamos pra você e Joseph. Nós acabamos nos embebedando e casamos, e aí ele me salvou sugerindo que vendêssemos a história como amor verdadeiro por um tempo. O suficiente para o escândalo passar. A única parte verdadeira na história toda foi que namoramos na faculdade.

Faço uma pausa, esperando Nicole explodir de raiva por se sentir traída. Em vez disso, ela dá um sorrisinho.

— É, eu imaginei. E foi inteligente.

Ela não diz mais nada, então sou eu que fico indignada.

— Não. Inteligente, não! Sorrateiro. Manipulador. Errado — declaro com convicção.

— Eu literalmente te liguei e disse pra arranjar um bom argumento. E você fez isso. Ótimo trabalho.

Faço que não com a cabeça.

— Não mereço nada disso. Enganei as pessoas e agora vou ter que sentar todo dia neste trono de mentiras sabendo o que fiz pra chegar até aqui! Eu deveria pedir demissão. Melhor ainda... você deveria me demitir! Vá em frente. Eu aguento.

Nicole corre a língua pelos dentes e então se senta na cadeira diante da minha mesa. Ela se recosta e cruza as pernas, em sua calça perfeitamente vincada.

— Escute aqui, eu nunca, nunca mais quero te ouvir dizer que não merece nada disso.

A ferocidade baixa em sua voz me faz manter a boca fechada — mas sei que meus olhos estão grandes como dois pires.

— Você não conseguiu esse emprego por causa de um casamento. Sinceramente, eu não tô nem aí para o seu estado civil. É verdade, mentir sobre seu casamento te ajudou a manter seu emprego porque o mundo ainda é muito cruel com as mulheres e teria te comido viva se você admitisse ter ficado bêbada com seu cliente e se casado sem querer. As pessoas não teriam conseguido ver nada das nuances no seu relacionamento. — Ela descruza as pernas e se inclina para a frente. — Mas eu te conheço, Mac. Melhor do que imagina. E se você já não amasse Derek, seu namoradinho da faculdade, você mesma nunca teria aceitado esse plano. Se não soubesse, no fundo do coração, que Derek ainda pode ser o cara certo para você, teria cancelado na hora. Mas uma parte sua sabia que ele era uma aposta segura.

Abro a boca para discutir, mas ela continua:

— Além disso tudo, você não estava quebrando nenhuma regra da empresa. Só iam te demitir pelo casamento por causa do escândalo que teria causado se vocês se divorciassem imediatamente. Porque pareceria desleixo. E teria feito a agência parecer desleixada. Mas você se salvou vendendo a situação como sua história de amor... da exata maneira como eu esperava que fizesse.

Ela tem um bom argumento, mas minha consciência ainda está gritando comigo.

— Não me sinto bem mantendo esse emprego sob falsas aparências.

— Mas não são falsas aparências, são? — pergunta ela com um sorriso astuto, e sei exatamente o que quer dizer. — Você e Derek ainda planejam se divorciar?

Hesito.

— Não.

Pelo menos, acho que não. Droga. Por que não decidimos esses detalhes?

— E por acaso confessaram seus sentimentos um ao outro em algum momento da lua de mel? — pergunta ela com uma sobrancelha erguida.

Feiticeira onisciente.

Contenho um sorriso, porque pelo menos fizemos isso, ainda que eu não tenha contado a extensão dos meus sentimentos por ele.

— É. Trocamos algumas declarações.

Ela revira os olhos e faz um gesto de "pronto, resolvido".

— Então deixe de bobeira, Mac. Todos fazemos escolhas na vida, e algumas serão mais nebulosas que outras, fazer o quê. Essa é uma dessas ocasiões. Você é uma boa pessoa, e não creio que teria se casado, ou até mesmo saído para beber, com qualquer outro cara além de Derek. Você fez o que precisava para escapar de uma situação complicada. E, para ser sincera, foi brilhante.

Minha bússola moral está girando sem controle.

— Também já tive que fazer escolhas questionáveis para me preservar — continua ela. — Acho que toda mulher lutando por igualdade teve ou terá em algum ponto, sinceramente. E precisamos do apoio uma da outra no caminho. Você tem o meu, não por causa de quem é seu marido, mas porque, mesmo antes de tudo isso, era a melhor estagiária e colega que tive em anos. Ninguém trabalhou mais do que você, e acredito de verdade que vai ser uma das melhores agentes no mercado. É por isso que merece estar aqui, nesta sala... e é por isso que não quero te ouvir dizer nada diferente de novo. Entendido?

Pressiono meus lábios trêmulos e assinto.

— Obrigada, Nicole.

Um sorriso gentil repuxa os cantos de sua boca. Ela gosta mesmo de mim.

O som de um espirro abafado do outro lado da porta atrai nossa atenção — e então o pânico me atinge. A porta estava aberta o tempo todo. Embora Nicole tenha sido compreensiva sobre a situação... como saber que qualquer outra pessoa seria?

Nicole deve ter pensado a mesma coisa, porque levanta da cadeira e vai até a porta, espiando os dois lados do corredor.

— Não tem ninguém aqui. Devemos ter ouvido alguém na própria sala.

Meus ombros relaxam, e solto o ar com força.

— Antes de você ir, posso pedir seu conselho sobre Derek?

Nicole fecha a porta dessa vez e retoma seu lugar na minha frente. Conto a ela tudo que aconteceu no aeroporto hoje de manhã, e passamos os vinte minutos seguintes discutindo estratégias e escolhas de palavras para quando eu for atrás da verdade. Isso. É isso que amo fazer. E saber que estou lutando pela carreira do homem que amo deixa tudo ainda melhor.

Depois de um tempo, Nicole se levanta e vai até a porta. Mas ela hesita antes de ir embora e se vira.

— Estou feliz de ter você no escritório, Mac. Você... você deixa isso aqui mais suportável.

Sorrio, orgulhosa.

— Te custou muito dizer isso, né?

— Obrigada por notar.

— Não importa o que diga, você é uma ótima amiga, Nicole.

Ela estreita os olhos.

— Amiga de *trabalho*. Somos apenas amigas de trabalho, entendido?

— Eu sinceramente morreria por você — digo de forma solene, erguendo-me da cadeira e contornando a mesa sem ter que me espremer para tal. — Semana que vem seremos melhores amigas.

— Já tenho um melhor amigo.

— Que sou eu — sussurro.

— Não é você. — Ela revira os olhos. — É o meu marido.

Eu arquejo com um choque genuíno.

— Você é casada?! Como eu não sabia disso?!

Nicole sorri, orgulhosa do segredo que guardou de mim por todo esse tempo.

— Não misturo minha vida pessoal com a profissional.

— O que mais vai me contar? Que trabalha como governanta para a família Von Trapp nos fins de semana?

Ela já está se afastando.

— Tchau, Mac. Estou indo.

— Nora, na verdade — corrijo pela primeira vez. — Queria ser chamada pelo meu primeiro nome a partir de agora. Nunca gostei de Mac, não é a minha cara.

Nicole para e se vira para mim. Ela sorri (do jeito especial que só Nicole consegue sorrir, erguendo os cantos da boca minimamente) e concorda com um aceno.

— Nora, então.

— Obrigada, miga.

Ela desaparece no corredor a caminho da sua sala, e eu viro para a minha de novo, tentando me convencer de que a hesitação que sinto sobre trabalhar aqui por qualquer período é só nervosismo. Apoio as mãos na cintura e forço um sorriso.

— É. Vai ficar tudo bem.

Meu celular começa a tocar, e tenho esperança de que seja Derek, mas me deparo com a foto do meu pai e sinto um frio imenso na barriga. É essa a ligação que venho temendo. A ligação em que meu pai esperará que eu fique muito feliz por ele, embora eu não ouça um pio dele há meses. Ele também vai esperar que eu me ofereça para planejar seu casamento de alguma forma, como já fiz no passado. Vai querer que eu fique feliz por ele, mesmo que isso signifique me trocar por mais uma família, até ele superá-los também e se lembrar de mim de novo.

Em geral, eu me sentiria impelida a atender a essa ligação. Teria medo de que seria minha única chance com meu pai — e que, se a perdesse, não receberia outra. Mas não dessa vez. Quanto mais toques, mais fácil é largar a mão dele. Mais fácil é finalmente ver com clareza implacável que eu mereço mais que isso. E, de agora em diante, não vou ficar dependente desses momentos de contato furrecas. Vou ligar de volta quando estiver pronta. E então vou falar para ele que não vou comparecer ao seu casamento e que, depois da cerimônia, precisamos ter uma conversa de verdade.

Rejeito a ligação, então olho para minha sala e sorrio.

38
Derek

Estou voltando de carro da casa de Nathan, onde todos ficamos um tempo depois de sair do hospital, quando Nora me liga.

Só de ver seu nome a tensão nos meus ombros diminui. Passei o dia todo pensando no que fazer em relação a ela e acho que tenho um bom plano.

— Você deve ter sentido que eu estava pensando em você — digo como cumprimento.

— Bem que mais cedo minha orelha ficou quente...

Aperto o volante.

— Essa não era bem a parte do seu corpo em que eu estava pensando.

A linha fica em silêncio.

Com um sorrisinho, pergunto:

— Está aí, Gengibrinha?

Ela pigarreia.

— Uhum. Estou aqui. Só... tive que fazer uma ressuscitação por um segundo. Estou viva de novo, está tudo bem.

Meu Deus, eu amo essa mulher. Já estou com saudade.

Dou a seta e mudo de faixa.

— Como foi o seu dia?

Ela dá um suspiro de satisfação, e imagino seus lábios macios sorrindo.

— Foi... bom. Eu ganhei uma sala nova. Você não viu a minha antiga, mas se erguesse o dedão teria uma noção exata do tamanho dela.

Eu sorrio.

— E a nova é maior?

— Muito. E tem janelas grandes e maravilhosas e nem cheira a produtos de limpeza. — Ela faz uma pausa. — Você tem que vir ver.

— Eu ia gostar.

— Mas vai ter que se comportar — diz ela, lendo direitinho meus pensamentos.

— Quando eu não me comporto?

— Você está ronronando, Derek.

Eu rio.

— Então por que o dia só foi "bom", e não "ótimo"? Marty foi babaca? É só você mandar, e eu serei a pior surpresa que ele já encontrou na sala dele amanhã de manhã.

Ela ri, mas não é convincente.

— Não interagi muito com ele. Fiquei entocada na minha sala praticamente o dia todo.

Um alarme arranha pela minha pele.

— Sua voz parece triste, Nora.

— Eu não quis... Acho que só... Na verdade, podemos falar disso mais tarde? Agora quero te contar o que descobri hoje, sobre sua posição no time. Pode falar de negócios um minutinho?

Seu tom está me confundindo. Queria estar lá com ela agora para poder ver seu rosto. Checar se há rugas ao lado dos seus olhos quando sorri ou se seus lábios estão franzidos.

— Estou voltando pra casa, então, sim, vamos às boas notícias — digo com um sarcasmo inconfundível.

— Falei com os executivos do time, e tudo que ouvimos hoje no aeroporto foi mesmo só um boato... e não um boato lançado por eles. — *Que alívio.* — Eles querem que você saiba que não existem planos imediatos de te cortar do time, e que os Sharks sempre valorizaram sua posição lá e vão te dar a chance que você merece.

— Mas...? — pergunto, sabendo muito bem que tem um *mas*.

— Mas — começa Nora com delicadeza — você já sabe o resto. Seu lugar não está garantido de forma alguma e vai depender muito do seu desempenho nos primeiros jogos. Eles querem ver como sua lesão vai afetar o seu jogo... e, se o pior acontecer, podemos estar diante do banco, de um corte do time, de uma renegociação de salário... ou até de uma transferência.

— Não quero jogar em nenhum outro time.

— Mesmo se significar não jogar nunca mais? — pergunta ela, indo direto ao ponto.

Eu me permito refletir um pouco antes de responder. E por um minuto ambos ouvimos o som da minha seta.

— Não quero ser transferido. Os Sharks... aqueles caras... são minha família. Quero terminar minha carreira como um Shark.

— Entendo e respeito sua decisão — diz Nora, e eu gostaria mais do que tudo de estar lá com ela. Ter essa conversa com ela nos braços. De preferência, nus. — Beleza, então tenho mais a dizer, e quero que escute e não fale nada até eu terminar. Promete?

— Isso não parece bom.

— Promete?

Suspiro, e o som invade todas as pequenas fissuras do nosso relacionamento que fiquei sentindo hoje.

— Tá bem. Prometo.

Um silêncio desconfortável se instaura antes que ela diga:

— Vou te dar uma saída do nosso relacionamento por ora.

— Por que *caralhos* eu iria...

— Ei! — Ela me corta. — Nada de interromper, lembra?

— Desculpa — rosno, já odiando a promessa que fiz.

— Como eu dizia, quero te dar uma saída. Fiquei pensando o dia todo e percebi que nosso relacionamento não é justo com você. Você fez isso como um favor para mim e minha carreira, e sou muito grata, mas a última coisa que quero é que se sinta preso.

Tenho que ranger os dentes para me impedir de interrompê-la.

— Nós cumprimos nossas obrigações na lua de mel e estaremos fora dos olhos do público enquanto todo mundo espera que você foque nos treinos e na pré-temporada. Se precisar fingir que tudo que aconteceu em Cancún foi só um sonho febril, estou disposta a fazer isso por você. Porque eu priorizei minha carreira anos atrás e não vou te culpar por fazer o mesmo pela sua agora se precisar.

Espero um segundo depois que ela para de falar.

— Terminou?

— Sim. Acho que sim.

— Tá. Minha resposta é *nem fodendo*.

— Mas, Derek...

— Não, escuta. Tem uma coisa que você disse que está completamente errada. — Os portões do meu condomínio abrem quando encosto o cartão na entrada. — A nossa lua de mel não foi um favor. Continuei casado com você porque sou egoísta e estava feliz por achar qualquer desculpa para ficar perto de você o máximo possível. Então, não... eu não quero uma saída. *Você* quer?

Embico na entrada de casa e então reparo no carro de Nora estacionado na vaga de visitante. Mas não a vejo em lugar nenhum.

— *Calma.* Você está aqui?

— Usei seu código pra abrir a porta. Te vejo aqui em cima — diz ela antes de desligar.

Saber que ela está aqui me faz entrar correndo e subir a escada dois degraus por vez. Voo até o quarto, mas paro quando a vejo sentada na beirada da minha cama. Ela ainda está usando as mesmas roupas de hoje de manhã, aquela camiseta amarela enorme com a carinha sorridente e a legging... mas agora seu cabelo está preso num coque fofo que faz meu coração parar.

— Oi — diz ela com um sorriso suave.

E aí reparo que está segurando alguma coisa. Uma grande caixa de papelão. E de repente parece muito com o dia em que ela terminou comigo.

39
Nora

Derek guarda o celular no bolso e, quando vê a caixa no meu colo, dá passos lentos. Parece hesitante em se aproximar, e sei exatamente por quê.

— *Não* — digo com firmeza, tentando dissipar seus pensamentos infelizes o mais rápido possível. — Não quero uma saída. Quero o oposto de uma saída. Quero uma entrada, mas precisava saber o que você queria primeiro.

Ele franze o cenho enquanto olha para a caixa de novo.

— Estou confuso.

Eu levanto e deixo a caixa na cama.

— Percebi uma coisa no trabalho hoje.

Com a boca franzida, Derek encosta um ombro no batente e cruza os braços. Não está disposto a dar um único passo para dentro desse quarto, comigo e a caixa de papelão ao meu lado.

— Passei o dia fazendo o que eu amo — digo. — Enviando e-mails com planos estrategicamente bem construídos. Revisando contratos. Negociando pesado com os executivos do seu time. Em resumo, sentei à minha mesa e não saí para respirar até todo mundo ter ido embora do prédio e eu estar lá sozinha. Foi aí que percebi... — Pauso, e as sobrancelhas de Derek se unem mais ainda. — Percebi que isso não me satisfez como antes. Em vez disso, peguei meu celular e vi as fotos que você me mandou da surpresa que seus amigos fizeram para a gente e senti um aperto no peito.

A cola que o mantinha no lugar se solta diante das minhas palavras. Ele se desencosta da porta e vem na minha direção.

— Desculpe, Nora. Não quis que...

Ergo a mão, e ele congela.

— Quis dizer que senti um aperto no peito porque queria ter ido com você. Porque percebi que pelo visto entrei numa nova fase da vida em que minha carreira não é mais tudo de que preciso, mas estive tentando viver como se fosse. Preciso e quero você, Derek. Preciso e quero uma vida com você. Com amigos. Equilibrando melhor meus dias.

Faço mais uma pausa, e Derek me dá um minuto para organizar meus pensamentos antes de continuar.

— Na época, eu não estava pronta para nós. Mas agora... você é bom para mim. Me apoiou, se sacrificou por mim e me lembrou de como é me divertir. E quero ser boa pra você também.

— Você é — diz ele, se aproximando aos pouquinhos, enchendo meu corpo com a expectativa doce e quente à qual me viciei. — Sempre foi.

— Então quero ser boa *para nós dois* também. Não quero que nosso passado dite nosso futuro. Não quero ter tanto medo de cometer os mesmos erros de antes a ponto de não sermos honestos um com o outro agora.

Reparo na mão dele se flexionando ao lado do corpo e percebo que acertei em cheio. Eu não era a única me sentindo insegura hoje.

— Como vamos fazer isso? — pergunta ele, com uma tristeza evidente entremeada em seu tom que faz meu coração derreter.

Ele ficou se escondendo hoje. Estava preocupado e disfarçou por minha causa.

Inspiro fundo.

— Olha, tipo hoje. Não quero que você tenha medo de pedir para eu deixar meu trabalho de lado se precisar que eu esteja por perto por algum motivo.

— Só se você prometer ser sincera comigo quando for algo que não pode largar. Não quero ter uma vozinha no fundo da cabeça sempre me perguntando se você está sacrificando algo que ama por minha causa.

— Posso fazer isso.

Seus ombros relaxam um pouco. Ele inclina a cabeça, os olhos se voltando para a caixa.

— Tudo bem, agora preciso saber por que caralhos você está com uma caixa de término de namoro aí, porque sinto minha pressão subindo a cada segundo que tenho que dividir um quarto com ela.

Essa caixinha marrom é um monstro vivo para ele.

Pego a sua mão, puxando-o para perto da cama, e encaro a caixa enquanto ele envolve os braços no meu abdômen. A sensação de estar com ele assim, desse jeito sutil — sem sorrisos falsos e aquela tensão horrível —, é tão boa que tenho vontade de gemer.

Ele se inclina sobre meu ombro para olhar dentro da caixa, mas eu a fecho com um tapa para não arruinar a revelação. E, tudo bem, talvez eu esteja sendo um pouco teatral demais, mas não ligo. Derek gosta desse meu lado dramático.

— Essa não é uma caixa de término de namoro. Essa sou eu percebendo que você foi cem por cento honesto e vulnerável comigo na lua de mel, mas eu fiquei me retraindo. Essa sou eu nos colocando em pé de igualdade, em termos de honestidade.

Ele beija minha bochecha.

— Tá, então me deixa ver todos os seus brinquedinhos safados.

Minha risada corta o ar, e meu coração quase sai pela boca. Minha língua parece seca como um papel-toalha com a ideia de expor todos os meus segredos. Ele me aperta um pouquinho como forma de incentivo, as veias nos antebraços ainda mais pronunciadas. Respirando fundo, abro a caixa.

Há uma mudança no ar quando tiro o primeiro item. O corpo de Derek se empertiga um pouco atrás de mim ao reconhecer o que é.

Uma velha camisa de time — com os números rachados. Eu a deixo em cima da cama.

— Essa... é a mesma camisa que você usava nos meus jogos na faculdade? — pergunta ele, a voz rouca de emoção.

— Ela mesma — digo.

A cola brilhante que usei para contornar o número dele ainda está ali.

Antes de perder a coragem, pego o próximo item, uma camisa da primeira temporada dele no Colorado Trailblazers, antes de ser transferido para os Sharks. Quando a vê, Derek enche o peito com uma inspiração profunda. Eu a jogo sobre a outra, formando uma pequena pilha e fuçando a caixa atrás de mais.

Derek fica em silêncio, imóvel como uma estátua, enquanto revelo a camisa de estilo mais antigo do seu primeiro ano com os Sharks — e seu número também. E então pego mais duas, de quando as camisas mudaram ao longo dos anos. Toda vez eu dizia a mim mesma que não ia comprar uma nova, que eu precisava deixar esses sentimentos esvanecerem e queimá-las todas. Mas alguma coisa dentro de mim não conseguia esquecer. Uma parte de mim sabia, no fundo, que não deveria. Que encontraríamos o caminho de volta um para o outro.

Quando chego ao fundo da caixa, eu me viro nos braços de Derek para poder olhá-lo nos olhos. Olhos azuis que estão nitidamente marejados.

— Eu assisti a todos os seus jogos com o Colorado. Também fui a todo jogo em casa com os Sharks. Não porque amasse o time, mas porque amava você. *Todos. Os. Dias.* — Umedeço os lábios, e ele observa. Suas sobrancelhas se unem com emoção ao ouvir a palavra *amor*. A Grande Palavra Importante que não dissemos desde que reencontramos o caminho para os braços um do outro. — E agora... se prepare para o meu discurso. É muito bom. Eu fiz anotações.

Ele sorri.

— Cada tópico é de uma cor diferente?

— Sinceridade é roxo. História de relacionamento é vermelho. Tudo que tem a ver com você é azul-claro com um toque de lilás.

O dedão dele traça um círculo nas minhas costas.

— Estou pronto.

Ajeito os ombros, tentando me lembrar da minha frase inicial.

— Minha vida toda eu só me senti como um trampolim para as pessoas. Nunca sabia se eu era demais para elas ou insuficiente. Só sei que amigos só ficam comigo até acharem uma versão melhor e menos irritante de mim. A versão que não tem frases de efeito estranhas e não organiza de maneira compulsiva o guarda-roupa. — *E a despensa*. É um negócio importante para mim. — Até meu pai só fica testando a paternidade comigo, aí arranja um enteado novo e me descarta. — Respiro em meio a uma onda de emoções. — E meu último ex, Ben, ele não suportava como eu era incapaz de ficar parada quieta num lugar. Ficava sempre comentando como eu atraía atenção aonde quer que a gente fosse. E, depois que eu desmaiei ao ver o sangue dele, me disse que aquilo era demais para ele e terminou comigo.

Derek parece querer cortar uma montanha ao meio, mas continuo:

— Na faculdade, eu tinha muito medo de que te daria tudo e, no fim, também seria seu trampolim. Então parte de mim terminou as coisas para me antecipar ao que você faria. Mas não tenho mais medo e quero que saiba que estou completamente apaixonada por você. — Seus braços se apertam ao redor da minha cintura. Nunca tive uma plateia tão atenta. — Eu não quero uma saída. Eu quero isso, você e eu pra valer, se você topar.

Os olhos azuis de Derek estão escuros agora, um azul lançado no fundo do oceano. Suas mãos encontram meu rosto, e ele me segura.

— Você não é nem nunca poderia ser um trampolim, Nora. — Seus lábios encontram os meus, e mesmo o toque leve me faz querer gemer de prazer. Ele se afasta rápido demais, mas suas palavras compensam. — Você é uma joia rara, única e vibrante. E qualquer um que não consiga ver isso não merece você.

Um jardim de alegria floresce no meu peito — quente e cheio de cor enquanto Derek me deita na cama, meus tornozelos balançando na beirada. Ele só me impõe metade do seu peso enquanto se inclina sobre mim e passa o dedo pelo meu pescoço e minha clavícula.

— Se não estava óbvio antes, eu também te amo. Te amo mais do que você ama cereal com sorvete e mais do que o sol ama fritar sua pele linda. — Os olhos ficam cercados de rugas nos cantos. — Você merece o mundo inteiro, e eu tentaria te dar, mas acho que vai gostar mais de correr atrás dele você mesma.

Quero me envolver completamente ao seu redor e apertá-lo como uma jiboia.

— Você não está errado. Mas, se eu ficar desidratada na corrida, posso pedir assistência da plateia?

— Claro. Eu levo um isotônico pra você.

Ele é um fofo.

— E se eu quiser que você me leve nas costas até a linha de chegada porque estou com câimbra nas pernas?

— Posso fazer isso.

Seus lábios encontram meu maxilar.

— E se eu quiser que só segure minha mão enquanto eu a cruzo?

Ele murmura contra a minha pele, a sensação fazendo minhas terminações nervosas vibrarem.

— Seria uma honra.

— Você é um fofo, Derekzinho.

— Esse apelido é tão ruim, juro. — A mão dele brinca com meus dedos ao lado do meu quadril. — Tenho uma ideia pra te propor.

— Estou ouvindo — digo, libertando meus dedos de sua mão e deslizando-os sob sua camisa.

Sua pele é um ferro quente tirado direto do fogo.

— E se você me deixasse te namorar por um tempo? — Ele dá uma mordidinha na minha orelha antes de seus lábios deslizarem pela minha mandíbula, voltando à minha boca. — Você mora na sua casa, eu moro na minha, e eu te levo para sair. A gente dorme na casa um do outro. Vamos levar as coisas devagar só por diversão, porque podemos. Porque temos todo o tempo do mundo. Porque odeio não ter dedicado o tempo que você merece para te reconquistar antes de tatuarmos essas alianças nos dedos... e eu quero te dar esse tempo agora.

Eu me afasto de leve para encará-lo.

— Acho que é uma ideia incrível. Ainda mais porque você tem que focar nos treinos agora.

Ele segura meu rosto, sorri e então me beija de novo. Mais forte. A intensidade crescendo a cada vez.

— E eu tenho a sensação de que você vai estar muito ocupada nas próximas semanas viajando por aí para assinar com todo atleta no horizonte. Namorar é a solução mais prática no momento. E eu sei que você adora ser prática.

Ele pega meu lábio inferior entre os dentes.

— *Prático* é a palavra mais sexy no dicionário — digo antes de envolver seu pescoço com os braços.

Ele leva a boca bem ao lado do meu ouvido e sussurra:

— E talvez até pudéssemos... coordenar nossas agendas num calendário.

Gemo de maneira dramática.

— Que pervertido.

— E olha que eu só estou começando.

Não demora muito para minhas mãos estarem no seu cabelo e as dele segurarem a frente da minha camiseta, erguendo-a rapidamente. Sua língua passa sobre a minha, e uma explosão de calor toma minha barriga, meus braços e pernas, minha cabeça. Enfio as mãos debaixo de sua camiseta e as passo pelo seu abdômen musculoso e peitorais, sentindo as tatuagens sob os dedos. Ele me pressiona firme contra si, e seu beijo me derrete de dentro para fora. Cada movimento da sua língua, carícia das suas mãos e pressão dos seus lábios parece dizer *eu te amo, eu te amo, eu te amo.*

— Senti saudade de você todos esses anos, Nora. Minha amiga. Meu amor.

Quero nadar em uma piscina dessas palavras. Quero transformá-las em cobertores e cochilar dentro delas todo dia.

— Senti sua falta também, Derek. No certo tudo vai dar certo.

Ele sussurra no meu ouvido:

— Não é assim o ditado.

— Deveria ser.

Estou me arqueando. Mais, mais, mais.

— Mais uma coisa. Sei que você encurtou uma perna das minhas calças em um centímetro.

Aperto os lábios, tentando desesperadamente controlar minha expressão.

— Não responderei mais perguntas sem meu advogado presente.
— *Você é um perigo.*

Ele beija minha têmpora uma vez e se ergue na frente da cama com um sorriso. E então um olhar quente e cheio de promessas brilha em seus olhos, e ele agarra meus quadris, puxa-os até a beirada do colchão, me dá sua piscadinha característica e se ajoelha.

Na manhã seguinte, Derek volta comigo para a minha casa, onde tomo café da manhã sentada no colo dele com meus lindos talheres novos.

40
Derek

Finalmente é dia de jogo.

O dia do meu jogo.

Estamos todos no vestiário nos preparando para entrar no túnel e sair no campo. A arquibancada está enlouquecida lá fora. O primeiro jogo da temporada sempre é uma maluquice — ainda mais quando é em casa, como esse. Jogamos duas partidas na pré-temporada e perdemos uma, e em ambas tive que assistir do banco. Eles quase nunca colocam veteranos nos jogos da pré-temporada, em especial se eles estão se recuperando de uma lesão.

Hoje, há uma tensão mortal no vestiário enquanto todos se arrumam. É uma nova temporada. Um novo começo. Dá para sentir a expectativa como uma nuvem de fumaça no ar. Mas, para mim, é ainda mais intenso. Enfim terei a chance de provar que consigo jogar. E me sinto pronto.

Os dois últimos meses foram... incríveis. Não só porque meu trabalho está pouco a pouco se intensificando de novo e ocupando meus dias, mas porque minhas manhãs e noites são dedicadas a Nora. Nora — não consigo pensar no seu nome sem sorrir. Sem um calor subindo pela minha coluna.

Ambos estivemos muito ocupados nesses meses — ela ainda mais que eu. E tem sido um privilégio enorme vê-la brilhar tanto. A matéria da *Celebrity Spark* sobre nós foi publicada no mês passado, e, desde então, atletas estão batendo na porta dela em busca de agenciamento. Não porque nossa história viralizou e colocou Nora em evidência — mas por causa do conselho que ela deu às jovens mulheres durante a entrevista. Desde então, oitenta por cento de sua lista de clientes é formado por atletas mulheres. Por isso ela tem passado muito tempo fora, viajando por todo o país para procurar novos atletas e fazer reuniões. Não a vi essa semana, porque ela estava em Illinois atrás de uma jogadora de futebol universitário — a última com quem quer assinar antes de fechar sua lista de clientes.

É, morro de saudades quando ela não está perto, mas sacrifico a possibilidade de vê-la todo dia se puder testemunhar aquele sorriso brilhante no seu rosto toda vez que ela voltar para casa. Nora está vivendo seu sonho, e isso fica evidente em sua risada, seu sorriso, até no jeito dela de fazer amor. Nora está muito feliz. E por causa disso eu também estou.

Ainda não estamos morando juntos. É mais um relacionamento monogâmico sério do que um casamento, nos dando um tempo para a adaptação. Fizemos literalmente tudo ao contrário, então tem sido divertido só namorar Nora nesses dois últimos meses — às vezes esquecendo por completo das alianças tatuadas no dedo. Mas, mesmo a gente não vivendo oficialmente sob o mesmo teto, passamos a maioria das noites juntos. Ou na minha casa ou na dela, mas quase nunca separados. A mãe dela muitas vezes vem jantar com a gente, ou então fazemos uma noite de jogos com os caras e as esposas. Pam é sinceramente uma das minhas pessoas favoritas no mundo. Ela zoa a gente por tudo que aconteceu do jeito que só uma amiga faria. É ótimo.

E talvez seja por isso que hoje estou mais animado que preocupado. Minha vida parece mais completa do que nunca, e tenho pensado cada vez mais sobre meu futuro longe dos Sharks... me empolgando com ele em vez de temê-lo. Tenho que agradecer a Nora por isso, porque vê-la ir atrás dessa nova fase de sua carreira tem me inspirado a querer uma para mim também.

Qualquer que seja o resultado hoje — mesmo se este for meu pior jogo e me cortarem assim que acabar —, sei que vai ficar tudo bem. Tem muita coisa além do futebol americano me esperando lá fora.

Ainda assim... quero jogar pra caralho.

— Pronto? — pergunta Nathan, aparecendo ao meu lado e batendo a mão nos meus protetores de ombro. Ele já está de uniforme, com o capacete em mãos e um sorriso largo, como se pudesse ver o futuro.

Confirmo e pego meu capacete no armário.

— Mais que pronto.

— E se jogar mal?

— Ainda assim estou pronto.

Ele assente com um sorriso e se prepara para se afastar quando Jamal interrompe, olhando no espelho do seu armário.

— Me digam uma coisa, galera... é ruim acordar todos os dias sabendo que nunca vão ser tão bonitos quanto eu?

Ele dá um sorrisinho para o seu reflexo, o brinco de diamante cintilando.

Price, que está sentado no banco na frente do seu armário, parecendo mais exausto do que nunca, olha para Jamal.

— Me faz um favor? Quando te derrubarem hoje, imagine meu rosto sorrindo.

Jamal finge fazer um biquinho.

— Alguém está meio emburrado porque não tem dormido? Não se preocupe. Eu compenso seus vacilos no campo hoje.

Price se levanta e vai para cima de Jamal.

— Vai, baixinho. Provoca mais.

Jamal dá um tapinha no peito de Price, nem um pouco intimidado pela altura dele.

— Ah, ótimo. Acordou.

Nathan balança a cabeça.

— Jamal, um dia desses você vai levar uma surra.

Jamal só sorri mais e passa a mão pela lateral da cabeça.

— E ainda estarei lindo.

— Beleza, pessoal — diz Lawrence, entrando no círculo e atraindo todos os olhares. — Está quase na hora. Só quero dizer...
— Ele vira para todo mundo, e seus olhos param em mim por último, sustentando meu olhar. — Tenho muito orgulho de jogar com todos vocês. E de chamar vocês de amigos.

Franzo a testa e cruzo os braços.

— Que porra é essa, Lawrence? É um discurso de despedida para mim?

Ele cora, e todos os caras riem.

— Não. Nem um pouco. Só quero que saiba que, não importa o que aconteça...

— O que vai acontecer? — interrompo, erguendo o queixo e deixando minha arrogância me impulsionar.

Lawrence vê e assente com um sorriso. Todos fazem o mesmo. Faz tempo que senti essa confiança correr pelas minhas veias, e claramente eles sentiram falta disso.

Nathan dá um sorrisinho.

— Ai, droga. Derek e seu olhar de sedução fatal estão de volta.

Jamal se encolhe.

— É isso que Nora tem que ver logo antes de você...

— Ah, sim, por favor, termine a frase, vou adorar responder.

— Tantas ameaças hoje, cavalheiros! — Jamal ergue as mãos com um sorriso indulgente. — Ninguém aprecia minhas tentativas de animar vocês antes de um jogo?

— Eu aprecio — afirma Lawrence, com uma gratidão tão genuína que ninguém poderia confundir com sarcasmo.

Ninguém imaginaria que esse homem está prestes a se tornar um selvagem em questão de minutos.

— Certo, beleza — diz Nathan, entrando no meio de todos. — Hora do discurso de verdade... — Fazemos um círculo com o time todo no campo, mas essa é uma tradição para nós cinco. Um minuto para nos reagruparmos e prepararmos. Nathan dá o primeiro discurso da temporada todo ano, e revezamos nas semanas seguintes. E, no caso de ser mesmo o último que escuto dele, aproveito o momento. — Muitas coisas mudaram pra nós neste ano. Somos pais. — Ele olha para Price. — Casamos. — Ele olha para mim. — Colocamos um segundo piercing. — Ele olha para Jamal. — Publicamos poemas. — Ele olha para Lawrence e para aí, estranhamente sem acrescentar um evento monumental para si mesmo. — Tem sido um ótimo ano, e sou grato de ter vivido cada uma dessas coisas ao lado de vocês. E hoje... sou grato por entrar naquele campo com vocês também. Vai ser uma boa temporada. Mas sobretudo porque estou jogando com meus amigos...

Ficamos em silêncio porque ninguém tem como garantir que não vai se emocionar. Os olhos de todos se voltam para o carpete, e há o som de pigarros e fungadas.

Por fim, Nathan termina olhando bem nos meus olhos.

— Vamos mostrar pra eles como se joga, rapaziada.

Corremos pelo túnel, e os aplausos e gritos da torcida me atravessam. O sol está quente, e o céu tão azul quanto no dia em que beijei Nora na praia. Me lembrar dela faz com que eu erga os olhos apertados para as arquibancadas, tentando encontrá-la. Ela podia ficar no meu camarote particular, mas não quis. Queria pegar seu lugar de sempre nas arquibancadas — o lugar que eu não fazia ideia de que ocupou nos últimos anos.

Apoiei a ideia até perceber que o lugar era bem no topo do estádio. Aí fui bem egoísta e vetei. Não precisei de muito para convencê-la, só disse a verdade: queria poder ver seu rosto durante o jogo.

Então agora corro os olhos pelos assentos logo atrás da nossa linha lateral, ansiosamente tentando avistá-la. Encontrar a mulher que é a minha amarra para a felicidade.

A torcida ruge ao meu redor, e vários colegas de time batem nos meus ombros enquanto voam por mim até o campo. Nosso técnico bate nas minhas costas e me deseja sorte antes de correr até sua posição na lateral do gramado. Mas estou ocupado demais procurando por *ela*. Nora Mackenzie Pender.

E então a vejo, minha esposa.

Seu cabelo castanho brilha ao sol, e seu sorriso cresce umas oito vezes. Senti falta de acordar com ela hoje de manhã depois de ter que passar a noite no hotel com o time. Estou sedento por ela. Sedento pelo seu toque.

Nora me sopra um beijo e aponta para sua nova camisa, que mandei entregar na casa dela hoje de manhã. É o design novo dessa temporada, branco e preto, que ela ainda não tinha. Ela se vira para eu poder ver que pintou o número com cola de glitter e faz um coração com as mãos.

Ao vê-la, o resto do estádio desaparece. Só existe ela parada ali — seus lábios lindos sorrindo enquanto se vira de volta, silenciosamente me chamando até ela. Dou uma corridinha até lá e solto o capacete na grama. Seguro o parapeito e pulo para ficar no nível dos seus olhos. As pessoas ao redor dela são parentes dos outros jogadores e não tentam me tocar, mas Nora se inclina para a frente e enfia as mãos na parte de trás do meu cabelo.

— Olá, bonitão — diz ela com a mesma voz dramática que usou comigo no bar em Las Vegas.

Na noite em que acidentalmente mudamos nossa vida para sempre.

— Me beija — meio exijo, meio imploro.

Ela aquiesce, dando um beijo leve mas inebriante na minha boca. Estou vagamente ciente dos gritos e assobios ao nosso redor.

— Senti sua falta ontem à noite — diz ela, interrompendo o beijo com um brilho nos olhos castanhos. — Mas aproveitei bem meu tempo e fiz essa placa épica.

Meu olhar desce até o papelão grosso que ela ergue para mim. PENDER, DEIXA EU VER ESSE SEU *TIGHT END*.

Balanço a cabeça.

— Esse desenho era pra ser a minha bunda no uniforme?

— Está igualzinho. — Os olhos dela brilham de felicidade, ou talvez seja só o todo o glitter refletindo da placa.

— Eu te amo. — Me inclino para beijá-la de novo, mas logo antes dos meus lábios tocarem os dela, alguém agarra minhas costas e me puxa.

— Vocês beijam demais. É hora de jogar.

— Jamal, você está querendo morrer hoje — digo às suas costas. Ele já está correndo para o campo com um sorrisão, erguendo o dedo do meio sem olhar para mim.

Olho para Nora mais uma vez e aponto para ela antes de ir me juntar aos caras no campo para o aquecimento. *Essa é pra você.*

41
Nora

A torcida vai à loucura no segundo em que o jogo acaba, após Derek ter acabado de pegar a bola pela 12ª vez na *end zone* — seu terceiro *touchdown*. O *touchdown* da vitória.

Minha mãe e eu gritamos e nos jogamos uma na outra, nos abraçando e pulando sem parar. Derek taca a bola no chão e corre até a linha de cinquenta jardas, parando para me encarar. Ele sorri, cai de joelhos e se curva como se eu fosse sua rainha. Como se tivesse feito por mim. O restante dos caras logo segue seu exemplo, e, antes que eu me dê conta, a maior parte do time está se curvando para mim como se eu tivesse alguma coisa a ver com a performance incrível de Derek no jogo.

Estou rindo sem parar, gesticulando para todos eles se levantarem, o tempo todo me sentindo tão aliviada e orgulhosa que poderia explodir. Ele conseguiu, como eu já sabia. O time todo jogou como campeão, mas Derek foi imbatível. Ninguém conseguia cobri-lo. E os passes de Nathan estavam impecáveis.

Falando em Nathan, quando os caras todos se levantam, eu o vejo fazer uma careta boba para um dos camarotes acima de mim. E, como esperava, lá está Bree dando a língua para ele de volta. Eu amo os dois — e amo que posso chamá-los de amigos agora.

— Quero só ver eles tentarem cortar o seu homem do time depois desse jogo! — diz minha mãe, apertando minha mão porque sabe como eu estava preocupada.

Não queria demonstrar, porque sei que, mesmo se ele jogasse mal e fosse cortado, ainda ficaria bem e acharia algo novo para amar. Derek tem muito a oferecer para ficar sem opções. Mas sei o quanto ele ama os Sharks e os considera sua família. Queria de todo o coração que pudesse continuar no time, com seus amigos. E, graças ao jeito como jogou hoje, não há dúvida de que os Sharks vão ficar com ele. Foi como se sua lesão nunca tivesse acontecido, e não vejo a hora de ouvir aqueles cretinos no rádio engolirem cada palavra que disseram.

Derek se levanta, joga o capacete de lado e corre a toda velocidade até mim. Eu me inclino sobre o parapeito quando ele se aproxima, envolvendo seu pescoço suado e dando um beijo na sua boca sorridente.

— Estou tão orgulhosa de você — digo a ele, lágrimas de alegria se agarrando a meus cílios.

— Obrigado por me apoiar — diz ele, sua respiração rápida. — Por sempre me apoiar.

Várias pessoas atrás de nós estão gritando o nome dele, tentando atrair sua atenção, de seu novo deus do futebol americano que desceu do trono para nos agraciar com sua presença. Ele beija minha bochecha uma vez e então olha para a torcida, tirando uma das luvas e jogando-a para um garoto de uns dez anos nas arquibancadas.

Então, pega minha mão e beija minha tatuagem de aliança.

— Te vejo na sala de imprensa?

Ele tem que participar de uma coletiva pós-jogo agora — e eu não a perderia por nada. Não quando sei que ele vai se gabar por jogar tão bem.

— Estarei lá.

Ele pula de volta, sob os gritos da multidão, e minha mãe sorri para mim. Ela repetiu várias vezes nas últimas semanas o quanto gosta de Derek. Ter sua bênção significa tudo para mim.

Arrumamos nossas coisas e caminhamos contra o fluxo, seguindo para o segundo andar, para o camarote de Bree e Nathan. Vai demorar um pouco até a coletiva, já que eles precisam tomar banho, e provavelmente a entrevista de Nathan será a primeira. Planejo dar um abraço em Bree e então comer toda a comida grátis no camarote enquanto espero.

O problema é que, quando chegamos ao camarote, Bree está olhando para o celular com a testa franzida. Então, seus olhos se erguem para mim e, por puro instinto, sei que tem algo errado. Alguma coisa relacionada a mim, a julgar pelo jeito como seus olhos se enchem com um misto de medo e pena.

— Que foi? — pergunto, ofegante.

Há outras pessoas no camarote: o amigo de Bree, Dylan, e a irmã dela, Lily. Eles me olham como se eu tivesse sido anunciada como o mais novo tributo dos Jogos Vorazes.

Bree abre os braços para mim.

— Me dê um abraço primeiro, aí eu te conto.

Meu estômago se embrulha, mas obedeço, entrando nos braços de Bree e a deixando me espremer antes de me soltar e entregar o celular para mim.

Eu pego o aparelho, mas não tenho coragem de olhar ainda.

— Acha que, se eu evitar ver o que você está tentando me mostrar, vai só... sumir sozinho?

— Improvável — diz ela, com as sobrancelhas franzidas de um jeito que me deixa ainda mais nervosa. — E você deveria ler rápido.

Minha mãe vem até mim para ler também — correndo os olhos pela matéria que foi publicada há poucos minutos, na esteira da vitória dos Sharks. Mas o texto não é sobre o time, é sobre mim. Sobre mim e Derek... mas principalmente sobre mim.

A manchete é "Agente manipuladora se casa com lenda do futebol para subir na carreira".

Uau, que original. Mas então o terror me domina porque, enquanto leio, percebo que muito do que a matéria diz é verdade. Quer dizer, foi escrito de modo a me fazer parecer uma bruxa manipuladora, mas a base da verdade está lá. Afirma que, embora Derek e eu tenhamos apresentado uma história romântica, era tudo fachada. Que nosso casamento espontâneo não foi nada além de um erro de Derek por conta do excesso de álcool.

A fonte tem a audácia de sugerir que eu embebedei Derek de propósito e o usei para subir na carreira (essa parte é obviamente mentira). Então fala que nossa lua de mel não foi nada além de um truque publicitário que Derek foi obrigado a cumprir para nos salvar e não manchar sua reputação. O que... também não é verdade. A reputação de Derek superou coisas muito piores. (Incluindo a vez que ficou bêbado numa boate e tirou todas as roupas no meio da pista de dança. Ele foi escoltado para fora e enfiado num carro e tudo que saiu disso foram vários *gifs* borrados. As ofertas de patrocínio continuaram chegando aos montes.)

Não. Era a minha reputação que Derek estava protegendo.

— Como ousam escrever um negócio desses? — pergunto tremendo quando chego ao fim do texto.

Vejo que a fonte é citada como anônima, mas sem dúvida é obra de um colega com inveja. E então me lembro do dia que confessei tudo a Nicole no escritório várias semanas antes, quando pensamos ter ouvido alguém no corredor. Pelo visto, tinha mesmo alguém ouvindo.

Eu vou vomitar.

— Você está bem, querida? — pergunta minha mãe, envolvendo meus ombros com o braço.

— Sim... não... algum ponto no meio, talvez.

— Tem alguma ideia de quem escreveu isso? — pergunta Bree, a preocupação cravada na testa.

— Alguém com inveja do sucesso súbito da minha carreira para querer ver o fim dela — digo, sabendo exatamente quem foi.

É a mesma pessoa que há tempos fica falando mal de mim pelas costas. A mesma que tem ficado irritada vendo o escritório pouco a pouco me aceitar como um dos seus. E a mesma que tentou roubar os atletas com quem venho negociando bem debaixo do meu nariz, alegando que conhece minha ética profissional e que ela deixa muito a desejar. *É a sua ética profissional que deixa muito a desejar, Marty, a julgar pelo seu péssimo hábito de não descartar seu lixo na copa.*

Devolvo o celular de Bree quando o meu começa a vibrar no bolso de trás. Pego e vejo o nome de Nicole na tela. Ela deve ter visto a matéria.

— Acabei de ler — digo a ela como cumprimento.

Ela também não se dá ao trabalho de dizer oi. Em vez disso, vai direto ao ponto. Um ponto que faz minha nuca suar frio.

— A coletiva de imprensa de Derek. Você precisa encontrá-lo e prepará-lo antes que ele entre na frente das câmeras.

Xingo baixinho e saio correndo do camarote.

Corro o mais rápido possível pelo estádio, trombando sem querer com algumas pessoas. Um cara com uma cerveja na mão não está olhando por onde anda e evidentemente não espera uma mulher correndo em sua direção na velocidade da luz, porque entra bem na minha frente. A cerveja vai parar em cima da minha linda camisa nova e, se eu já não estivesse doida para encontrar Derek, 1) pararia e compraria uma nova cerveja para ele porque a cortesia é a moeda da minha vida; 2) ficaria vibrando de empolgação para testar um novo truque de remover manchas. Mas não tenho tempo, então só continuo avançando entre a multidão.

Consigo enviar uma mensagem para Derek enquanto corro, mas ao olhar de novo para ela vejo que diz *Poblm. Lga p mim.*

Como ele não responde imediatamente, ligo para ele ziguezagueando pela multidão e ergo meu crachá de imprensa para seguranças enquanto corro por túneis até estar no nível do campo. Depois da quinta chamada sem resposta, tenho quase certeza de que Derek deixou o celular no vestiário.

Tem um segurança parado fora da sala de imprensa, e, quando chego lá puxando o ar como se nunca fosse respirar de novo, o homem parece cogitar me algemar só por precaução. Tento passar por ele, mas ele me para com as sobrancelhas franzidas.

— A senhorita não pode entrar. Já começou.

— Eu sei, é por isso que preciso entrar.

— Ninguém entra depois que eles começaram.

Invoco minha Nicole interna e ergo meu crachá a poucos centímetros do rosto dele.

— Eu sou agente, e meu cliente está participando de uma coletiva de imprensa agora mesmo sem mim. Faça o favor de abrir caminho, ou se veja sem emprego semana que vem, quando eu falar com o seu gerente sobre sua conduta.

Ele ainda parece meio da dúvida, mas decide não arriscar e dá um passo para a esquerda. Estou com pressa e não tenho tempo a perder, mas... minha consciência pesa. Então, paro e sorrio para ele.

— Mas você está fazendo um ótimo trabalho protegendo a entrada. Da próxima vez que eu der uma festa e precisar de um segurança, pode apostar que vou te chamar!

E então passo pela porta da sala de imprensa, e meu pânico atinge um novo pico. A sala está lotada, cheia de repórteres com câmeras e gravadores erguidos no ar. Os cliques suaves e constantes das câmeras preenchem o ar, e todas estão apontadas para Derek Pender. Ele já está no palco, em frente ao pódio, com um microfone na cara. Atrás dele há um pano de fundo com o logo do Los Angeles Sharks.

Seu cabelo ainda está um pouco úmido nas pontas, dá para ver por baixo do boné. Sua expressão severa faz minhas coxas se contraírem, pois amo quando ele faz essa cara. A cara profissional. Também amo o novo moletom preto do time que está usando. Talvez eu o roube para mim hoje à noite.

Mas, bem, não estou aqui para atacar Derek, roubar seu moletom e escalar seu corpo como uma árvore. Preciso atrair sua atenção antes que alguém possa lhe perguntar sobre a matéria.

— Licencinha — sussurro freneticamente, empurrando um homem bloqueando o corredor.

Minha nossa, está lotado aqui. Tanta colônia e tanto perfume no ar que estou quase engasgando. Tento captar o olhar de Derek enquanto abro caminho até a frente da sala, mas ele ainda não me viu.

Meus ombros ficam tensos quando um homem na primeira fileira ergue a mão e Derek o chama.

— Parabéns pelo jogo incrível hoje, Derek. Como ficou seu tornozelo enquanto estava no campo?

Essa é fácil.

Suspiro um pouco aliviada enquanto continuo me movendo pelo perímetro da sala para chegar à frente sem atrair atenção demais para mim mesma.

— Obrigado. Eu me sinto melhor do que nunca. Não senti nada no tornozelo.

Outro repórter fala:

— Já vimos atletas com lesões parecidas que não voltaram nem de longe com a força com que você jogou hoje. A que você atribui o sucesso da sua recuperação?

— É, eu devo tudo a meus treinadores. Eles trabalharam tanto quanto eu para fazer meu tornozelo voltar a uma boa forma.

Meu lado agente se enche de orgulho com a resposta. E meu lado de apaixonada por esse homem está ainda mais orgulhosa, sabendo que a gratidão que demonstrou pelos treinadores e as pessoas com quem trabalha não é só fingimento. Ele está sendo sincero.

Derek aponta para outro repórter, e algo no jeito como os ombros do homem se endireitam antes que ele levante da cadeira — o que é totalmente desnecessário aqui — me faz catapultar na direção do palco. Mas não chego a tempo.

A voz baixa do homem faz um estrondo pela sala.

— Derek, está ciente da matéria que foi publicada logo após o jogo afirmando que seu relacionamento com Nora Mackenzie é uma fraude?

Congelo enquanto o sangue lateja em meus ouvidos. Os cliques e flashes das câmeras estão enlouquecidos como uma tempestade de raios. Vou desmaiar. Tudo pelo que trabalhei, tudo que conquistei, vai virar cinzas por causa dessa matéria. E duvido que Derek será afetado — mas, se for, não sei como vou viver comigo mesma.

Só que Derek, Deus o abençoe, está com uma expressão pétrea. Ele não demonstra qualquer emoção ou surpresa com a pergunta, evidenciando seus anos de experiência com *media training* ao não deixar suas sobrancelhas sequer estremecerem. Mas seus olhos se movem depressa pela sala, me caçando. E, como se pudesse me sentir ali em algum lugar, seus olhos deslizam por todos os outros até pousarem em mim.

No momento em que nossos olhares se cruzam, sinto sua ternura como uma carícia tangível. É como se ele brevemente se afastasse desse circo e reconhecesse a agitação em que estou nadando. Mas é uma linguagem que só nós sabemos ler — ninguém mais percebe a conversa silenciosa rolando entre nós.

Como Derek não responde de imediato, o repórter continua com um sorriso arrogante na cara, como se soubesse que acabou de descolar a manchete da semana.

— A fonte relata que o casamento se deveu a uma noite de forte bebedeira e que Nora Mackenzie só usou você e seu status para impulsionar a própria carreira. Você tem algum comentário?

Quero gritar que eu jamais o usaria. Que o amo mais do que já amei qualquer coisa ou pessoa na vida. Mas, como no meu pesadelo recorrente, estou congelada e em silêncio. Provavelmente é melhor assim, já que algum comentário meu ou minha aparição súbita só pioraria tudo. Porque, do jeito que a coisa está, eles fizeram a pergunta de uma maneira que não prejudica Derek — só a mim. E posso aguentar.

Odeio admitir, mas nesse momento não faço ideia de como consertar a situação. Se ele não comentar, pareceremos culpados. Se ele comentar, há uma possibilidade de que as palavras não saiam como o esperado e transformem a coisa toda em um problema maior do que é. E é exatamente o que a imprensa quer. Ele precisa seguir com muito cuidado, e estou prendendo a respiração, torcendo para que saiba como proceder.

Os olhos de Derek pousam em mim de novo, e, embora eu esteja numa espiral de terror, ele parece totalmente calmo e confiante. E então me dá um sorrisinho sutil. Claro que minha pele se arrepia de expectativa antes que ele se vire para o jornalista de novo e se incline para os microfones.

— Escutem bem, porque só vou falar isso uma vez.

Aperto as mãos na altura do estômago, que está completamente revirado. A sala fica em silêncio total, exceto pelos sons das câmeras tirando fotos. Os gravadores estão erguidos por toda a sala para captar cada palavra que sair da bela boca dele.

— Primeiro, o nome dela é Nora Mackenzie Pender, mas não se enganem: ela pode partilhar do meu nome, mas não deve seu sucesso a ninguém além dela mesma. Meu papel na vida dela não tem nada a ver com o tanto que ela trabalhou por anos a fio para chegar onde está agora. E, juro por Deus, qualquer um que ousar questionar a integridade ou ética profissional da minha mulher vai ter que lidar comigo, mas, mais assustador ainda, vai ter que lidar com ela. E garanto que ela é capaz de ser implacável.

Não consigo respirar. Não consigo piscar. Não consigo afastar os olhos da fúria flamejante nos olhos de Derek. Vejo quando eles se voltam para mim de novo e então noto... a piscadinha.

Ah, Derek. O que você vai fazer?

Ele se inclina para a frente devagar, com o trunfo na mão.

— E agora... — diz ele numa voz baixa e grave, que não aceita discussão. — Podemos continuar falando sobre essa piada inventada por alguma fonte desesperada... ou... podemos discutir sobre como estou oficialmente me aposentando da NFL.

Aperto o encosto da cadeira mais próxima. Vozes se erguem. A energia da sala é libertada, e agora estão todos praticamente tropeçando uns nos outros para que Derek repare nas suas mãos erguidas e nas perguntas aos gritos. Flashes piscam como fogos de artifício. E Derek, todo convencido, só fica parado lá e deixa tudo explodir ao seu redor com um sorriso tranquilo.

42
Derek

Merda.
    Nora saiu da coletiva de imprensa logo depois que anunciei minha aposentaria. Nossos olhares tinham se cruzado, e eu esperava que ela visse o que eu estava tentando dizer — *Está tudo bem. Eu quero isso.* Mas, pelo jeito como ela saiu correndo, acho que não captou a mensagem.
    Não pude ir atrás dela porque tinha que terminar de responder a perguntas para as quais não tinha respostas de verdade. E agora, finalmente concluindo a entrevista infinita e evitando quaisquer executivos do time ou meu técnico, que vão me comer vivo por anunciar a notícia antes de contar para qualquer um, entro no vestiário para pegar meu celular. Só que encontro os caras me esperando. Braços cruzados. Bravos. Eles não faziam ideia de que eu estava planejando isso, porque nem *eu* sabia o que ia fazer.
    Antes de qualquer coisa, levanto as mãos com as palmas erguidas.
    — Não me arrependo.
    — Você tinha planejado isso? — pergunta Nathan, a voz mais fria que já ouvi.
    — Sim e não. Percebi que queria depois do jogo. E aí pareceu o momento perfeito para anunciar e desviar a atenção daquela matéria absurda.
    Os ombros deles relaxam um pouco.
    Nunca vou esquecer a expressão de Nora quando aquele cretino perguntou se eu gostaria de comentar sobre como ela me usou para subir na carreira. Ele falou como uma afirmação, não uma pergunta. Como se tudo que alguém lê na internet devesse ser considerado

sagrado. Eu queria estraçalhar o sujeito por insinuar que sabia como minha esposa conquistou seu cargo. Não teve nada a ver com dormir comigo.

Pelo contrário — eu bloqueei o caminho dela, e ela achou um jeito de me contornar.

— Você está mesmo de boa com isso? — pergunta Price.

Sorrio.

— Nunca estive mais de boa com qualquer coisa na vida.

— Beleza, então.

Nathan me abraça primeiro, e o resto dos caras o copiam. Jamal sussurra no meu ouvido.

— Ainda acho que é um bebezão feioso, mas... foi inspirador.

Enfio a mão em cima do rosto dele inteiro e o empurro para trás.

— Valeu, franguinho.

Ele me dá um tapa e mostra o dedo do meio.

— Vamos deixar você voltar para casa — diz Nathan, sutilmente me lembrando de que nossa amizade não tem nada a ver com minha posição ou o time.

Tento ligar para Nora no segundo em que estou no carro, mas cai direto na caixa postal. Pedras se assentam no meu estômago, e fico preocupado se o que disse a incomodou. Se foi grandioso demais e eu a assustei. Mas então chega uma mensagem:

Estou em casa te esperando.

Casa.

Eu mando: Qual casa?

A resposta dela faz meu peito relaxar um pouco. Sua casa.

Ela chamou a minha casa de casa dela. É um bom sinal, certo? Nos últimos meses, tentei parecer tranquilo. Não insistir demais nem pedir demais, porque não quero assustá-la. Mas venho notando algumas pequenas mudanças. Ela deixou uma escova de dentes na minha casa. Tem mais roupas lá do que na casa dela. E também trouxe sua torradeira rosa, que agora vive na bancada da minha cozinha.

Parece tão certo ver as coisas dela se misturarem aos poucos com as minhas.

Talvez seja por isso que me sinto completamente em paz depois de anunciar o fim da minha carreira hoje. Porque, quando olhei para a torcida e encontrei os olhos dela, tudo se encaixou. Eu nunca tinha conseguido imaginar como seria minha vida depois do futebol. E então, de repente, ela se estendeu à minha frente — e me senti pronto para ela. Pronto para a mudança. Pronto para o que vem por aí.

Embico na entrada de casa e encontro Nora sentada no chão diante da porta da frente. Esperando. Mesmo daqui consigo ver as lágrimas escorrendo no seu rosto e fico preocupado. Tão preocupado. É por minha causa?

Ou porque...

Abro a porta do carro, e ela se levanta, correndo até mim.

43

Nora

Derek larga a bolsa na entrada da garagem e dá dois passos para me encontrar — e então eu me jogo nos seus braços e ele me pega sem nenhuma hesitação.

Não fiz nada além de chorar durante a última hora. Ele desistiu de tudo — e não pode ter sido por minha causa.

Seus braços me apertam tanto que mal consigo respirar, e enterro a cara no seu pescoço. Seus dedos afundam atrás da minha cabeça, e ele sussurra no meu ouvido:

— Por que está chorando, Nora? O que houve?

Isso me traz de volta à realidade com um tranco e me desvencilho dos seus braços, pousando de novo em pé.

Então, empurro seu peito.

— No que você estava pensando? Você se aposentou! Derek!

— Novas lágrimas brotam. — Não pode se aposentar por minha causa! Diz que não foi por mim! Isso é demais. Você foi tão incrível no jogo hoje. Quebrou seu próprio recorde, sabia? Você... você não pode desistir disso por causa de uma fofoca de revista. O escândalo passaria sozinho!

Derek sorri e segura meu rosto, secando minhas lágrimas com os polegares.

— Acabou?

— Não. Não acabei. Você deveria ter me contado. Perguntado pra mim primeiro!

— Você teria me dito não.

— Exato! Foi um erro. Eu teria achado outro jeito.

Derek se inclina e me dá um beijo.

— Não foi um erro. Sabe por que eu sei?

Observo seu belo rosto. As maçãs do rosto definidas, a cicatriz acima da sobrancelha. Meu coração dói de amor por ele.

— Por quê?

— Porque, no caminho de casa, senti o aperto no peito relaxar pela primeira vez em anos. É verdade, eu não planejei nada... mas sou grato pelo jeito como aconteceu. Tive uma carreira ótima no futebol e agora estou pronto para mudar, Nora. Eu *quero* mudar. Uma nova aventura. Só precisava de um empurrãozinho na direção certa. E sei que você poderia ter dado outro jeito. Sei que tudo provavelmente teria sido esquecido em algumas semanas. Mas não queria que você tivesse que enfrentar uma tempestade quando eu tinha a solução perfeita na palma da mão.

Eu quero chorar. Na verdade, já estou chorando de novo.

— Você não pode fazer isso por mim, Derek. Aí já é demais. Você vai acabar ficando ressentido por minha causa.

— Não vou ficar ressentido por sua causa, Nora. E, se te ajudar a dormir melhor à noite, lembra que eu sou um cretino arrogante e prefiro encerrar minha carreira no futebol depois do melhor jogo da minha vida do que decadente. — Ele aperta minhas bochechas. — Estou feliz, Gengibrinha. Muito feliz. Quero isso para mim. Estou pronto para essa mudança. Pronto para ver o que mais eu tenho a oferecer para o mundo.

— Mas se você não... Se você se arrepender... Eu vou... eu vou até os Sharks agorinha e digo a eles que foi um engano.

Ele beija minha testa.

— Não foi engano, Nora. Imagina. É isso que eu quero. Mesmo se você terminar comigo aqui e agora, vou continuar aposentado. Estou cansado demais de me esforçar ao máximo todo santo dia. Amo minha carreira no esporte, mas preciso ver o que mais existe para mim. E a hora é agora, só isso.

Suspiro, querendo protestar mais, sentindo que deveria tentar de tudo para fazê-lo mudar de ideia. Mas tenho que admitir que seus olhos são convincentes. Ele parece mesmo querer isso.

— Tá bem, mas saiba que você pode mudar de ideia hoje à noite. Ou amanhã. Ou semana que vem.

— Anotado. Mas, neste momento, só quero entrar em casa com a minha namorada, deitar no sofá e ficar de boa vendo TV.

Ele pega minha mão, pronto para me puxar para entrar.

Mas não consigo me mover. Não consigo fazer nada além do que quero fazer desde aquela noite da nossa lua de mel, quando ele me disse que castanho era sua cor favorita.

Derek para quando sente meu puxão e se vira — me encontrando apoiada sobre um joelho. O cimento está duro e quente, mas não me importo. Adoro a aspereza nesse momento.

Ele franze a testa, que imediatamente se suaviza quando percebe o que estou fazendo.

— Derek Pender... sei que já estamos casados, mas...

Ele estica a mão e cobre minha boca.

— *Calma.* Isso está acontecendo porque você se sente culpada pela minha aposentaria? — Balanço a cabeça. — Você queria fazer isso ontem? Antes do drama de hoje? Ou a ideia acabou de te ocorrer?

Assinto, depois faço uma careta e então balanço a cabeça. Ele solta minha boca para eu poder responder.

— Sim quanto a querer fazer isso ontem, não quanto a ser uma ideia recente. Posso terminar de te pedir em casamento agora?

— Não — responde ele, abaixando-se para me pegar no colo e carregar para dentro de casa.

Estou confusa. Ele marcha até a sala de estar, me senta no sofá e diz para eu ficar aqui. Mas aí se vira, prende meu corpo entre as mãos e me beija com ternura.

— *Por favor* — diz ele.

E então sobe as escadas depressa para o seu quarto, e eu fico no sofá retorcendo as mãos, pensando que esse deve ser o pedido de casamento mais esquisito da história. Mas ele não me deixa esperando por muito tempo. E, quando surge no topo da escada, sua expressão faz meu coração engatar a quarta marcha.

— Eu tinha que pegar uma coisa na minha mesa de cabeceira — diz ele com um tom solene enquanto vem parar na minha frente.

Sei que meus olhos estão acesos como estrelas agora. Quem se importa se ele interrompeu meu pedido... eu finalmente vou poder ver o que...

Ah.

Derek apoia um joelho no chão. E então puxa uma caixinha de veludo preta de trás das costas.

— Você não se importa se eu continuar de onde parou, né? — Ele sorri, e cada gota do meu sangue corre para atender ao meu coração transbordante. — Sei que já estamos casados, Nora, mas seria tudo para mim se você continuasse casada comigo. De verdade. Para sempre. Para a eternidade. Fica comigo. Me deixa te amar completa e desesperadamente, para todo o sempre.

Ele abre a caixinha preta, e uma aliança de diamante brilha para mim.

Meus lábios tremem enquanto olho do anel de noivado para os olhos azuis afiados de Derek.

— Foi isso que os meninos acharam na sua mesa de cabeceira? Essa é a coisa constrangedora?

— Eu nunca disse que era constrangedora. Disse que, quando te desse, mudaria tudo. Porque isso... essa aliança pertence a você e sempre pertenceu. Comprei pra você na faculdade.

— Quê? — Solto o ar. — Você... você ia me pedir em casamento na faculdade?

Ele assente.

— No dia em que você terminou comigo. — Ele sorri da minha cara horrorizada. — Havia um pedido de casamento com uma montanha de flores esperando você dentro do meu apartamento. Foi por isso que não pedi para você entrar para a gente conversar depois que disse que queria terminar. Essa aliança — ele a ergue — estava no meu bolso de trás.

— *Não.* — A palavra sai sem força. — Derek, você vai estraçalhar meu coração.

Sentindo minha culpa, ele se inclina para a frente, apertando a caixa em uma mão e meu rosto na outra para me trazer de volta ao presente com um beijo.

— Nada de vergonha e nada de culpa, Nora. Tudo aconteceu exatamente como deveria, sei disso agora. Se eu tivesse te pedido em casamento na época, teria sido uma bagunça. A gente não era certo um para o outro naquela época, mas pretendo trabalhar todos os dias para ser a pessoa certa para você agora.

Solto o ar alojado na garganta.

— Você guardou essa aliança esse tempo todo?

Ele assente.

— Nunca consegui me livrar dela. E agora sei que é porque a gente ia encontrar o caminho de volta um ao outro. — Seus dedos se cravam nos meus quadris e me puxam para a beirada do sofá. Estamos olho a olho, minhas coxas cercando o quadril dele. — Eu sou seu, Nora. Sempre fui. Sempre serei.

É difícil achar palavras que transmitam o bolo derretido e piegas que é meu coração. Queria poder mostrar para ele como estou por dentro, explodindo com cores e confetes, granulado e glitter. É uma zona.

Em vez disso, sorrio com lágrimas nos olhos e me inclino para a frente para mordiscar seu lábio inferior.

— *Meu* — sussurro antes de me afastar e enfiar a aliança no meu dedo.

Cabe perfeitamente.

Derek destrói o momento fazendo uma careta para a minha mão.

— Porra, é pequeno. Esqueci que eu não tinha dinheiro naquela época. Podemos te arranjar um novo amanhã — diz ele enquanto estende a mão para pegar a minha, mas eu a afasto dele.

— De jeito nenhum! Eu quero esse.

Ele tenta de novo.

— Você pode usar esse na outra mão. Me deixa te dar outro.

— Nem pensar. Esse é perfeito. E, se você pegar, eu vou gritar.

Eu me afasto às pressas, ficando de pé no sofá para escapar, mas ele também se levanta e fica quase no nível do meu olho sem ter que subir numa almofada. Está rindo.

— Eu posso te fazer gritar, se é o que quer... mas preferiria que fosse meu nome, sem parar.

Fico boquiaberta.

— Que boca suja você tem, meu senhor.

Ele se aproxima para beijar o meu pescoço, e eu secretamente espio minha aliança por cima do seu ombro.

Um minuto depois, quando Derek está me espremendo no sofá, prestes a tirar minha camisa, a porta da frente abre com tudo. Ele resmunga e apoia a cabeça no meu pescoço enquanto a canção "Kiss Me" toca alto do celular de alguém.

— Vocês acharam mesmo que tinham a noite toda pra transar, né? — Jamal ri uma vez, alto, e aponta para nós no sofá.

— Errado!

Sua esposa, Tamara, só acena enquanto leva uma braçada de petiscos para a cozinha, junto à esposa de Lawrence, Cora, claramente já acostumada ao jeito como as coisas acontecem nesse grupo de amigos.

— Saiam daqui! — grita Derek, mas ninguém escuta.

Em vez disso, Nathan vai até o sofá e sorri.

— É uma merda ser interrompido, né? A vingança é foda. Onde quer que eu ponha esse bolo? Bree fez a gente parar para comprar no caminho. Disse que você provavelmente a pediria em casamento. E... — Ele espia minha mão por cima do ombro de Derek. — Queijo Bree! — grita para a esposa. — Você tinha razão. Ele deu a aliança pra ela.

Ouvimos o gritinho de Bree antes de vê-la, e então ela entra correndo e pula no sofá como se fôssemos jogadores comemorando uma vitória, nos abraçando com toda a sua força. É maravilhoso.

— Ai! Eu sabia! Que dia bom!

Price e a esposa aparecem na porta em seguida, chutando os sapatos e acomodando a cadeirinha com Jayla no chão.

— Talvez, se ficarmos bem, bem parados, eles não nos vejam e vão todos embora — murmura Derek no meu ouvido, a voz ainda grave com desejo interrompido.

Bree aparece em cima do ombro dele com um sorrisão e sussurra:

— Sem chance. — Ela se afasta do sofá e fica com um brilho travesso no olhar quando vê o marido, acenando para ele vir até ela. — Além disso — continua ela enquanto Nathan se aproxima e envolve um braço em sua cintura, puxando-a para perto. — Já que parece o dia perfeito para grandes revelações, pensei em contar para vocês que... estou grávida.

Derek e eu ambos sentamos depressa, prontos para comemorar com o resto da galera, quando reparamos na cara de Nathan. Chocada. E é aí que percebemos... Bree não tinha contado para ele.

— Surpresa! — diz ela, olhando para ele com tanto amor e ternura que parece que a sala toda foi banhada de sol. — Vamos ter um bebê, Nathan.

— Bree...

Ele pisca, e parece que acabou de ter sido coroado rei. Sua mandíbula se flexiona e seu nariz torce, enquanto ele tenta sem sucesso segurar a emoção. E então segura o rosto dela com as duas mãos e a beija, ambos chorando. Estamos todos chorando. Até Derek está piscando depressa com olhos marejados.

— Ah, nem fodendo! — diz Jamal, enxugando os olhos e pegando a mão da esposa para puxá-la em direção à porta da frente. — Temos que ir, amor.

Encaro a porta depois que eles desaparecem.

— Pra onde eles foram?

— Imagino que fazer um bebê — responde Derek com uma careta. — Jamal odeia ficar de fora dos grandes acontecimentos do grupo.

— Grandes acontecimentos do grupo? — Arregalo os olhos para Derek, então me afasto dele de modo significativo. — Não venha com ideias engraçadinhas, Pender.

— Ah, eu tenho ideias — diz ele, me puxando do sofá e erguendo sobre o ombro. — Mas todas elas incluem proteção, não se preocupe. — Ele me carrega até as escadas.

— Derek! Está todo mundo aqui! Você não está sendo um bom anfitrião!

A risada dele atravessa meu corpo enquanto continua me levando escada acima.

— E esses amigos têm exatamente sessenta segundos pra sair da minha casa, se não quiserem ouvir certas coisas.

E, cerca de sessenta segundos depois, ouvimos a porta da frente bater — ficando apenas eu e Derek em nossa casa.

EPÍLOGO
Nora

A água transborda sobre a beirada da banheira, bolhas se espalhando pelo chão enquanto me recosto no peito de Derek.

— Humm — geme ele. — Por que... nunca fizemos isso antes? É tão gostoso.

Sorrio com a colher na boca.

— Pelos sons que você está fazendo aí atrás, parece que estamos no rala e rola aqui, em vez de só tomando sorvete.

Faz dois meses que Derek jogou pela última vez — e ele não pareceu se arrepender disso nem uma única vez. Acredite, observei atentamente em busca de sinais de arrependimento. Em vez disso, vi Derek renascer. Ele sorri mais largo, ri mais alto. Ainda é viciado em exercício, o que eu apoio totalmente porque esses músculos são sexy demais para abandonar. Mas agora ele faz coisas como tomar sorvete com cereal comigo na banheira numa terça à noite.

Seus lábios frios tocam a lateral do meu pescoço, me fazendo arquear as costas.

— Quem disse que estamos só tomando sorvete aqui?

— Você tem outros planos?

— Tenho vários planos, novata.

— Você não pode mais me chamar assim. Eu tenho uma empresa agora.

Derek deixa a tigela vazia no chão e empurra meus ombros de leve para que eu me incline para a frente. Faço isso, segurando minha tigela de sorvete derretido com cereal contra o peito coberto de bolhas enquanto os dedões dele massageiam a parte de baixo das minhas costas e sobem pela minha coluna até meu pescoço.

— É verdade. Quer que eu te chame de *chefe*?

— Humm, gostei — digo ao mesmo tempo que estremeço na água morna, com a sensação deliciosa das mãos deles pressionando meus músculos doloridos.

Tanta coisa mudou nos últimos meses. A primeira é que não trabalho mais na Sports Representation Inc. É verdade que toda a fofoca na mídia sobre mim e Derek morreu na mesma hora em que ele anunciou sua aposentadoria, a novidade ofuscando quase qualquer outra manchete no mundo dos esportes naquela semana — e quem sabe talvez tivesse morrido mesmo sem a ajuda dele. Nunca saberemos. Mas dentro do escritório não foi assim. Marty parecia um vilão de um filme da Disney dos anos 1990. Nunca consegui provar que ele foi a fonte daquela matéria — mas só poderia ter sido ele. Aquele homem não largava mão do meu relacionamento com Derek.

Numa terça à tarde, eu cansei. Marty estava falando com alguns colegas na copa sobre um cliente com quem estava negociando quando entrei:

— Na verdade, talvez eu só mande Nora dormir com ele para que assine comigo.

Joseph estava lá... e ouviu tudo. Mas escolheu não dizer nada. Eu teria sido demitida na hora por uma declaração dessas, mas Marty só recebeu uma risadinha baixa dos homens na sala.

Então, pedi demissão ali mesmo. Não podia mais trabalhar para uma empresa que não me valorizava nem valorizava as mulheres. E já que sou *tão exagerada,* esperei silenciosamente até todos os olhos estarem sobre mim e então fui até a tigela de Skittles que tinha enchido naquela manhã, enfiei-a debaixo do braço e segui até a porta.

— Considere isso meu pedido de demissão — disse a Joseph, e então olhei direto nos olhinhos de Marty. — E, já que meu contrato não incluía uma cláusula de não concorrência, por favor saiba que será um prazer absoluto roubar cada um dos seus clientes, Marty Vallar.

Então, olhei para o nariz dele e inflei as narinas antes de fazer uma careta. Ele limpou uma meleca inexistente, e eu encarei isso como minha deixa para ir embora de vez.

Numa guinada épica, mais tarde naquela mesma noite, quando Derek e eu estávamos sentados em casa discutindo os próximos passos, o segurança na entrada do condomínio ligou e disse que uma tal de Nicole Hart estava pedindo para entrar. Imaginei que ela tinha aparecido para dizer que eu estava cometendo um grande erro e deveria voltar. Mas, rapaz, como estava errada. Ela entrou com seu estojo de notebook de couro e a plaquinha que vivia na sua mesa. Deixou-a na mesa de centro à nossa frente e disse apenas:

— Vamos precisar de um escritório.

Sim, Nicole saiu da agência. E foi assim que nós duas começamos uma nova, fundada por mulheres e pronta para fornecer uma atmosfera segura e positiva para atletas mulheres. É claro que homens também são bem-vindos. Aliás, quando ouviu nossos planos, Nathan ficou feliz em continuar com Nicole e ajudar a promover a causa. Assim como todos os meus clientes. Foi muita sorte Nicole ter sido forte o suficiente no começo da carreira para exigir que todas as cláusulas de não concorrência fossem removidas do seu contrato antes de entrar na Sports Representation Inc. e ter me ensinado a fazer o mesmo.

E, como não preciso mais do meu apartamento, ele foi convertido em um escritório provisório até encontrarmos um local oficial que seja do nosso agrado. Nem preciso dizer que os últimos meses foram uma loucura.

Derek se inclina para a frente agora, e eu olho por cima do ombro para ele, meu marido, enquanto seu cabelo escuro e úmido cai sobre uma sobrancelha.

Seus lábios roçam minha orelha.

— Você está trabalhando tanto. O que posso fazer para te ajudar a relaxar?

Eu amo a sua voz sedutora. É que nem mel.

Também amo sua mão, que emerge das bolhas para repousar no meu joelho dobrado — imóvel. Provocadora.

Sorrio para essa mão.

— É você que tem que acordar cedo amanhã, técnico.

Essa é a outra grande mudança. Derek aceitou um cargo na nossa antiga universidade, a USC, como técnico assistente. Um emprego que o anima muito, e tenho certeza de que ele será excelente. É perfeito para ele. Também tomou a decisão corajosa de falar abertamente sobre sua jornada com a dislexia e sobre como foi ser diagnosticado já adulto — esperando conscientizar pais e professores, além de atletas e técnicos.

Tivemos muitas noites insones nos últimos tempos, com os manuais de estratégia dele espalhados do seu lado da cama e meus contratos ocupando o outro. Trabalhamos juntos até um de nós enfim empurrar tudo para o chão e pular no outro. É um bom sistema — nota 10. Recomendo demais.

Mas esses momentos... esses momentos tranquilos em que o trabalho está longe e fico sozinha com meu marido, melhor amigo e, sim, *cliente* (porque também represento técnicos, caso alguém esteja se perguntando) são meus preferidos. No fim, comemorar nossas conquistas na banheira com uma tigela de sorvete e mãos sem-vergonha é o melhor jeito de passar a noite.

Falando em mãos sem-vergonha, a de Derek sobe muito aos pouquinhos pela minha coxa enquanto seus dentes mordiscam meu pescoço.

— Ei, lembra aquela lista de regras que a gente fez?

— Lembro — respondo, a palavra saindo como um ronronado.

Não consigo evitar, com o corpo musculoso de Derek ao redor do meu, sua respiração acariciando minha pele quente e sua mão seguindo para acariciar outra parte minha.

— Pensei numa nova regra que deveríamos acrescentar...

— Você lembra que a gente quebrou todas as regras daquela lista, né? — Deito a cabeça no ombro dele enquanto seus lábios pressionam meu pescoço, subindo e descendo como se ele estivesse obcecado por mim.

— Aham. E agora que sei o quanto você ama quebrar essas regras... gostaria de adicionar uma.

— E qual seria?

Esses dedos. Essa boca. O sorriso dele.

— Nada de sexo na banheira.

Começo a rir, a felicidade borbulhando no meu coração.

— E eu pensando que você ia dizer uma coisa romântica, tipo "Nada de amar Derek pelo resto da sua vida".

Ele beija meu ombro, pescoço e peito cobertos de espuma, como fez a noite inteira — como se estivesse plenamente feliz por deixar o mundo lá fora e ficar dentro dessa banheira comigo para sempre.

— Claro. Podemos acrescentar essa também.

A lista de regras
(por Nora M. e Derek P.)

1. ~~Nada de conversar sobre o nosso passado~~
2. Nada de bisbilhotar a vida pessoal um do outro
3. (Nada de amizade)
4. ~~Nada de beijos~~
5. Nada de toques desnecessários
6. Nada de flertar
7. ~~Nora não pode ficar só de calcinha nas reuniões~~
8. Derek precisa estar sempre de camiseta
9. ~~Usar todas as peças de roupa em todos os momentos, em todos os lugares! Nada de pele exposta!~~
10. ~~Nada de dormir na mesma cama~~
11. ~~Nada de dividir a conta~~
12. Nada de andar no mesmo carro
13. ~~Nada de segurar a mão um do outro~~
14. Nada de beber juntos
15. Nada de dividir assentos, incluindo o colo de Derek
16. Nada de contato visual prolongado
17. Nada de ver TV juntos
18. Derek não pode dar piscadinhas
19. ~~Nora não pode morder o lábio~~
20. Nada de sexo (OPS!)
**21. Nada de sexo na banheira

AGRADECIMENTOS

Deixem eu começar dizendo que sou a escritora mais sortuda do mundo, porque tenho a equipe mais mágica, gentil e criativa do planeta. Meu coração fica cada vez mais derretido por essas pessoas depois de todo livro que lançamos juntos e pelo jeito como me tratam bem.

A Shauna Summers, minha editora e estrela brilhante: eu me divirto demais trabalhando nas minhas histórias com você e me pergunto como fazia isso antes de te encontrar. Sou infinitamente grata a você e à beleza que acrescenta aos meus livros. Às vezes acho que somos almas gêmeas nesse mundo editorial, porque ninguém entende aonde quero chegar com uma história ou como me ajudar a alcançar esse objetivo que nem você. Te adoro!

E um grande, *enorme* agradecimento ao incrível time na Dell! Kim Hovey, Taylor Noel (te adoro para sempre), Corina Diez, Mae Martinez, Brianna Kusilek, e todos os outros que trabalharam nos bastidores para tornar este livro possível!

Nunca estaria escrevendo isso sem o apoio infinito da minha incrível agente, Kim Lionetti, que tem sido essencial na minha carreira de escrita. Obrigada, Kim, pelas muitas horas de trabalho em meu nome, mas também por me lembrar de não me esforçar em excesso e priorizar minha saúde mental quando assumo mais responsabilidades do que deveria. Sou muito grata por você e todos na Bookends Literary!

Além disso, fico feliz que este livro possa ser lido na Europa graças ao trabalho duro da minha editora do Reino Unido, a Headline Eternal! Obrigada a todos vocês, do fundo do coração.

Também gostaria de enviar muito amor e gratidão à The Book Shop — uma das minhas livrarias independentes locais que me apoiou e trabalhou horas e horas nas minhas campanhas de pré-venda para os últimos lançamentos, incluindo este. Joelle, você é uma *rock star*, e fico maravilhada com você e sua gentileza. Obrigada!

A meus amigos e família, parece muito pouco dizer obrigada quando foram vocês que me mantiveram sã todos os dias, mas... obrigada. Sobretudo a meu marido e melhor amigo para toda a vida, Chris, que abdicou de tanto para ajudar a tornar meus sonhos realidade. É uma alegria caminhar pela vida com você — nos altos, nos baixos e nos meios imprevisíveis.

E, finalmente, a vocês, que me leem: são vocês que transformam essas histórias em magia para mim. Elas parecem reais quando as escrevo, mas *ganham vida* depois de vocês as lerem. Uma das minhas maiores alegrias é vivenciar minhas histórias pelos seus olhos. Obrigada pelas resenhas, e-mails, mensagens e posts. Espero que este livro tenha trazido muita alegria a vocês.

- intrinseca.com.br
- @intrinseca
- editoraintrinseca
- @intrinseca
- @editoraintrinseca
- intrinsecaeditora

1ª edição	MAIO DE 2025
impressão	IMPRENSA DA FÉ
papel de miolo	LUX CREAM 60 G/M²
papel de capa	CARTÃO SUPREMO ALTA ALVURA 250 G/M²
tipografia	TIMES NEW ROMAN